Richard Surface

DAS VERMÄCHTNIS

Thriller

ACABUS
Verlag

Surface, Richard: Das Vermächtnis, Hamburg, ACABUS Verlag 2014

Originalausgabe
ISBN: 978-3-86282-226-3

Lektorat: Alina Bauer, Matthias Weyrauther, ACABUS Verlag
Umschlaggestaltung: © Marta Czerwinski, ACABUS Verlag
Umschlagmotive: http://pixabay.com

Die eBook-Ausgabe dieses Titels kann über den Handel oder den Verlag bezogen werden.
PDF: ISBN 978-3-86282-227-0
ePub: ISBN 978-3-86282-228-7

Bibliografische Information der Deutschen Nationalbibliothek:
Die Deutsche Nationalbibliothek verzeichnet diese Publikation in der Deutschen Nationalbibliografie; detaillierte bibliografische Daten sind im Internet über http://dnb.d-nb.de abrufbar.

Der ACABUS Verlag ist ein Imprint der Diplomica Verlag GmbH, Hermannstal 119k, 22119 Hamburg.

---

http://www.acabus-verlag.de
Printed in Europe

Aus dem Englischen
von Zoë Beck

Teil I

Kapitel 1

München – 21. Februar 2003

Sie banden die Hände des alten Mannes mit Kabelbindern hinter seinem Rücken fest, brachten eine Metallklammer an und zerrten ihn in den Park hinter dem Museum. Es ging alles sehr schnell.

Früher am Abend hatten sie die beiden Straßenlampen, die am nächsten standen, mit Leinenbeuteln verhängt. Es herrschte jetzt vollkommene Dunkelheit – abgesehen von einer mondbeschienenen Stahlskulptur mit dem Titel „Moderner Baum III". Über einen „Ast" dieses Baums, in mehr als sechs Metern Höhe, war ein Nylonseil geschlungen. Sie hakten die Metallklammer an das Seil und drehten an dem langen Griff der Kurbel des Flaschenzugs, der am Fuß der Skulptur verankert war. Die Hände des Mannes wurden hochgerissen, als er in die Luft gezogen wurde. Sein gesamtes Gewicht hing nun an seinen Armen. Als er oben war, lösten sie die Rücklaufsperre. Der Mann fiel sechs Meter in die Tiefe, doch kurz bevor er auf den Boden aufschlug, rissen die Männer den Kurbelgriff herum und stoppten das Seil. Es ertönten ein ohrenbetäubendes Kreischen und das Geräusch brechender Knochen. Sie lösten die Rücklaufsperre, und der Mann fiel ins Gras.

Ein junger Mann mit glattem, langem Haar hockte sich neben ihn. „Wo ist es?"

Ein dünner, klagender Ton war die einzige Antwort.

„Läsionen am Plexus des Oberarms. Verletzungen der Nerven, Bänder und Sehnen. Es wird nicht besser, alter Mann."

Er öffnete eine kleine Ledertasche und holte etwas hervor. „Siehst du das?" Er hielt dem Mann eine Spritze vor das Gesicht. Die Nadel schimmerte im Mondlicht. „Das ist die Erlösung. Ein sanfter Tod. Sag uns, wo es ist und wie wir drankommen."

Der Mann auf dem Boden schloss die Augen.

Noch drei Mal zogen sie ihn hoch und ließen ihn wieder fallen. Sie wechselten sich an der Kurbel ab, weil das Hochziehen schwer war, selbst mit dem langen Hebel. Beim fünften Mal übertraf der Schmerzensschrei schließlich alle vorangegangenen.

„Jetzt hat es die Achsel zerrissen", sagte der junge Mann und ließ seinen Blick über die nutzlos herabhängenden Gliedmaßen und die nackte Angst im Gesicht des Mannes wandern. „Das hab' ich gemeint, als ich gesagt habe, dass es nicht besser wird. Sagst du's mir jetzt?"

Die Augenlider des alten Mannes flatterten, und seine Lippen bewegten sich lautlos.

Der Jüngere ging zu seinem Kollegen am Flaschenzug, um sich mit ihm zu beraten. Dann kehrte er zu der reglosen Gestalt im Gras zurück.

„Nachdem es mit dem physiologischen Ansatz nicht geklappt hat, probieren wir jetzt den psychologischen", sagte er und nahm die Spritze in die Hand. Die Nadel zeigte gen Himmel. Er drückte leicht den Kolben, und eine winzige braune Blase formte sich auf der Spitze. „Ich beziehe mich auf die seelischen Qualen, die aus dem Wissen heraus entstehen, dass wir uns deinen Enkel vornehmen, wenn wir mit dir fertig sind."

Der Alte blinzelte, dann schloss er die Augen.

„Gabriel. Der Engel Gabriel", sagte der junge Mann, fuhr mit zwei Fingern über den Hals des Alten, wischte Dreck und Schweiß weg, um die Arterie freizulegen. „Die letzte Chance, ihn zu retten."

Er wartete, dann warf er seinem Kollegen einen Blick zu, der kurz nickte.

„Eine Schande, dass Gabriel so viel früher zu den Engeln gehen wird als die siebenundsiebzig Lenze, die du genossen hast, alter Mann."

Er führte die Nadel ein.

„Verdammtes Vermächtnis", sagte er.

Dann drückte er auf den Kolben.

Kapitel 2

Amsterdam – 21. Februar 2003

Es war Mitternacht, aber die Fahrräder strömten noch immer durch die Stadt. Ihre Fahrer kämpften gegen den von der Nordsee herüberpeitschenden Wind und Regen an. Für einsame Herzen mit Geld und einer Neigung zum Selbstbetrug herrschte in der ruhigen Wohnstraße an einem der Kanäle südlich des Hauptbahnhofs eine andere Gangart. In einem alten Stadthaus, dessen Schild „Yab Yom“ so dezent war, dass man die Stufen hinaufgehen musste, um es zu lesen, hatte sich Arthur Whyte so auf einem Barhocker platziert, dass er den Flur, der zur Treppe führte, im Auge behielt. Über die Treppe gelangte man zu den Privaträumen. In einem der Zimmer saß ein Süd-Molukke auf dem Rand einer kreisrunden Badewanne, in der einen Hand einen Joint, in der anderen die dicken Zöpfe eines rumänischen Mädchens. Draußen hörte es auf zu regnen, aber der Wind blies weiter. Die Stadt schimmerte nass und dunkel. Der Molukke blies Rauch aus, der in einer violetten Wolke über den Schaumblasen auf der Wasseroberfläche hängen blieb. Als der Mann vor der Tür ein Geräusch hörte, spannte er sich an. Er wandte sich von dem Mädchen ab, beruhigte sich aber, als sich leise Schritte den Flur hinabbewegten. Unten öffnete der Manager des „Yab Yoms“ Männern in Lederjacken die Tür. Ihr slawischer Akzent drang bis zur Bar durch und ließ die Mädchen, die dort standen oder lustlos tanzten, innehalten.

„Wollen Sie austrinken, Sir?“, fragte der Barkeeper. Er nickte zum Rundbogen, wo der Manager stand und Whyte eisig anstarrte.

„Ich bin nicht wirklich durstig“, sagte Whyte.

Der Manager hörte es und kam zur Bar.

„Aber vielleicht hungrig“, sagte er. „Vielleicht sollten Sie eine Wahl treffen und nach oben gehen.“

Whyte warf ihm einen Blick zu, der den Manager dazu brachte, einen Schritt zurückzutreten und sich mit leicht auseinander gestellten Beinen hinzupflanzen. Der Manager war ein ehemaliger Profi-Stuntman. Er trug eine weite Jacke über affenartigen Armen.

„Ich habe Ihnen am Eingang die Regeln erklärt. Ein Getränk, dann rauf oder raus. Außerdem sind Sie schlecht für's Geschäft. Die anderen Gäste kommen nicht her, um sich böse anglotzen zu lassen."

Whyte spürte, wie sein Mund trocken wurde. Er erhob sich und stellte sich vor den Manager. Dabei achtete er darauf, ob dieser Anstalten machte, auf ihn loszugehen. Hinter ihm, wo der Barkeeper stand, ertönte ein metallisches Kratzen. Der Manager schien seine Möglichkeiten auszuloten. Dann hob er langsam seine mächtige Faust und sah auf die Uhr.

„Sagen wir, zwanzig Minuten."

Whyte setzte sich wieder auf den Barhocker und versuchte, sich auf den Molukken im oberen Stockwerk zu konzentrieren. Sein Name war Ruud Bobel, ein neunundzwanzigjähriger Laufbursche, dessen Arbeitgeber Whyte und seinen Partnern noch eine Provision in Höhe von Vierzigtausend für den Cima schuldete, der jahrhundertelang die Accademia in Venedig geschmückt hatte – oder vielmehr deren Keller –, bevor er erst kürzlich „befreit" wurde.

Ein Mineralwasser später blieb der Flur noch immer leer. Whyte fühlte eine stechende Anspannung in seine Schultern kriechen. Er war davon überzeugt, dass Bobel noch ein letztes Mal alles aufbot, bevor er mit seiner Crack-Sucht und Whytes Vierzigtausend nach Indonesien verschwand. Whytes Partner, Max Schopenhauer, hätte sich normalerweise am anderen Ende darum gekümmert. Niemand bestahl die Adrianobrüder, am allerwenigsten einer ihrer Untergebenen. Aber Max beantwortete keinen von Whytes Anrufen, und das Netzwerk der Adrianobrüder erstreckte sich nicht bis Jakarta. Whyte musste die Sache selbst in die Hand nehmen. Nur wo?

Er entschied sich für hier und jetzt. Er trank sein Wasser aus, stand auf und nickte dem Manager zu, der im Flur an der Rezeption stand. Whytes marineblauer Anzug war maßgeschneidert, das Button-Down-Hemd hing lose über seinem flachen Bauch, die hochglanzpolierten Schuhe hatten Kreppsolen. Am Rücken unter dem Jackett war eine Kaliber .25 mit Klettverschluss an seinem

Gürtel befestigt. Er wünschte sich, er könnte mit seinem alten BMW auf der Autobahn München-Innsbruck nach Süden zu dem umgebauten Bauernhof in Lucca fahren, wo sein Malatelier auf ihn wartete. Aber man konnte sich erst seiner wahren Bestimmung widmen, wenn man seine Schulden bezahlt hatte. Und dafür brauchte Whyte die Vierzigtausend. Und einen Gläubiger, der endlich wieder ans Telefon ging.

Der Barkeeper hob die Augenbrauen und nickte in Richtung einer Blonden in einem geschmackvollen schwarzen Kleid, die Whyte seit zehn Minuten von der Tanzfläche her betrachtete.

Whyte reagierte nicht. Er könnte mit dem Mädchen als Tarnung raufgehen, aber er wollte Kollateralschäden vermeiden. Dann hörte er leise Schritte auf der mit Teppich belegten Treppe. Er wandte sich wieder der Bar zu. Bobel passierte den Rundbogen und ging direkt zur Rezeption, um seine Rechnung zu bezahlen. Er wirkte unruhig, als er ein Bündel Euroscheine aus der Tasche zog.

„Sagen Sie dem Manager“, sagte Whyte zum Barkeeper, „falls es draußen laut wird in den nächsten paar Minuten, soll er nicht die Polizei rufen. Verstanden?“

„Polizisten sind hier nur Kundschaft.“

„Und sagen Sie der Blonden … nein, vergessen Sie’s.“

„Dass Sie wiederkommen?“

„Ich zahle nie.“

„Wir zahlen alle, Sir“, sagte der Barkeeper und trocknete ein Glas ab.

Whyte betrachtete ihn für einen Moment. In seinem Magen pulsierte es vor Aufregung.

Er hörte, wie sich die Eingangstür öffnete. Er ging schnell in den Flur und trat hinaus auf die Straße. Die Tür hielt er fest, um sie leise hinter sich zu schließen. Tiefhängende Wolken spiegelten die Lichter der Stadt, aber die Straße und der Kanal waren dunkel. Ruud Bobel ging links hinunter und sah träge den Enten im Wasser zu. Aber Whyte wusste, dass Bobel ihn entdeckt hatte und sich gerade überlegte, ob er sich der Sache stellen oder fliehen sollte – in das voll besetzte Restaurant auf der anderen Seite der Brücke oder ein Stück weiter zum Taxistand am Hauptbahnhof.

Lautlos glitt Whyte die Stufen hinunter und den Bürgersteig entlang. Es waren ausreichend parkende Wagen zwischen ihm und Bobel, der langsamer geworden war, um sich umzusehen. Vielleicht zweifelte er daran, verfolgt zu werden.

Whyte überquerte die Straße und sprang zwischen zwei geparkten Mopeds hervor. Bobel wirbelte herum und wich zurück. Er hob seine Arme in einer angedeuteten Geste der Selbstverteidigung, als Whyte ihm die .25er vor das Gesicht hielt. „So mag ich das", sagte Whyte. „Lass die Hände, wo ich sie sehen kann. Du weißt ja, wie das geht." Bobel erstarrte einen Moment, aber dann schien er sich zu erinnern und entspannte sich. Er ließ sich von Whyte am Arm zurück über die Straße leiten. Bobel trug spitze Schuhe, eine Cargohose mit aufgesetzten Taschen und eine schwarze Windjacke aus Nylon, auf deren Vorderseite „Lakers" stand. Sein Gesicht war schmutzig braun, und Dreadlocks fielen über seine Stirn. Er roch nach Hasch und billigem Badeschaum. Ein Grinsen verzog die eine Seite seines Mundes. „Hey, Engländer, du willst diese Spielzeugpistole mit 'ner Krallenhand bedienen?"

Whyte machte ein enttäuschtes Gesicht. „Das ist aber der völlig falsche Ton", sagte er. „Der entbehrt jeder taktvollen Note, die man gern hören möchte. Und besonders clever ist es auch nicht, weil diese Klauenhand ein Eigenleben hat, und wenn du sie wieder beleidigst, könnte sie sich krampfartig zusammenziehen und ein nettes fünfundzwanzig Millimeterloch mitten in das ‚k' auf deinem hässlichen Oberteil schießen. Wenn ich mich also nicht auf deine Intelligenz verlassen kann, muss ich dir wohl ganz genau erklären, wie tief die Scheiße ist, in der du gerade steckst. Pass auf! Du bist hier der Depp, der den Riesenfehler gemacht hat. Es gibt zwei Möglichkeiten: Du gibst mir das Geld, oder du kommst mit zu den Adrianobrüdern, die dir die Haut mit Kneifzangen abziehen werden, um nachzusehen, ob du es darunter versteckt hast."

„Die haben mich abgehängt. Ich hab' nie Geld gesehen. Sind einfach mit dem Teil abgehauen." Bobel sah verletzt aus. „Du bist doch jetzt nur hinter mir her, weil ich das schwächste Glied bin."

„Nein, weil du dir von meiner Provision für tausend Euro einen blasen lässt. Außerdem bist du ein mieser Zuhälter mit einer Vierzehnjährigen in deinem Stall, die du von einem Albaner gekauft hast. Deshalb haben dich Arrigo und Luciano rausgeworfen. Und jetzt hast du jemanden reingelegt, mit dem sie Geschäfte machen – mich."

„Ich würde mal sagen, mein Wort gegen ihrs. Das ist wohl 'ne Hängepartie." Bobel streckte die Hände mit den Handflächen nach oben aus. Er sah über Whytes Schulter hinweg die Straße hinunter.

Whyte spürte ein Brennen in den Sehnen, die von seinem rechten Handgelenk wegführten. Er wechselte die .25er in seine Linke und versuchte, den Ärger unten zu halten, der sich gerade hinter seinen Augen aufbaute. Er wusste, dass dieser nichts mit Ruud Bobel zu tun hatte … Es passte nicht zu Max, seinem Partner, nicht erreichbar zu sein. Nicht wenn Whyte ihn wirklich brauchte. Max war immer da.

Nur jetzt nicht.

„Mach die Taschen leer."

„Wozu?"

Whyte zielte mit der Mündung der .25er auf Bobels rechtes Auge. Bobel kramte durch seine Jacke und präsentierte zwei Hände voller Kleingeld, Schlüssel, Plastikmundstücke für die Wasserpfeife und Visitenkarten.

„Wo steht das?", fragte Whyte, nahm den Autoschlüssel und ließ ihn vor Bobels Gesicht baumeln.

„Parkplatz am Hauptbahnhof. Willst mir wohl die Bremsflüssigkeit rauslassen. Mann, das hat die Kleine gerade schon mit mir gemacht." Bobels Grinsen zeigte einen goldenen Zahn.

Whyte drückte auf den Knopf auf dem Schlüsselbund, und Lichter eines Peugeot, der zehn Meter entfernt geparkt war, leuchteten auf. Er stieß Bobel vor sich her zu dem Wagen. „Oh, Ruud, Lügen haben kurze Beine, weißt du? Hoffen wir mal, dass ich meine Scheinchen da drin finde. Dann kannst du nach Hause, und ich kann nach Hause, muss dich nicht an den Laternenpfosten binden und Adrianos Vertreter vor Ort anrufen, damit er dich abholt."

„Das ist Belästigung. Ich hab' deinen Scheiß nicht. Du verdirbst mir echt 'nen schönen Abend."

Whyte öffnete die Beifahrertür und dann das Handschuhfach. Er sah unter den Vordersitzen und im Kofferraum nach, schloss die Tür, riss sie dann wieder auf. Eine Reisebroschüre, auf der „Antigua" stand, klemmte zwischen den beiden Vordersitzen. Darauf hatte jemand „Van der Valk" und eine Telefonnummer gekritzelt.

„Das ist ein Flughafenhotel", sagte Whyte. „Triffst du da jemanden?"

„Ja, meinen Steuerberater. Was stimmt nicht mit dir, Mann?"

Hinter sich hörte Whyte das Klacken von Metallabsätzen auf dem Gehweg. „Ich bring dich zu den Adrianos. Findest du das lustig?"

Bobel ließ sich mit einem Mal auf alle viere fallen. Im selben Moment hörte Whyte, wie jemand von hinten auf ihn zugerannt kam. Er drehte sich gerade in dem Moment um, als zwei kräftige Fäuste in seine Brust schlugen. Er erhaschte einen flüchtigen Blick auf ein großes, schwarzes Gesicht mit einem roten Kopftuch darüber, bevor er nach hinten flog. Seine Waden knallten gegen Bobels Oberkörper, und er überschlug sich rückwärts. Er stürzte so hart auf den Bürgersteig, dass er davon abprallte und unter einen Wagen rutschte. Mit der Lende schlug er gegen den Reifen. Als er völlig benommen dort lag und versuchte, wieder Luft in seine Lungen zu bekommen, hörte er Autotüren schlagen und einen Motor anspringen. Er zwang sich auf die Beine und sah gerade noch den Peugeot die Straße entlangbrettern. Die Bremsen quietschten, als er um die Ecke bog.

Der Manager und ein paar Frauen standen in der offenen Tür des „Yab Yom" und sahen Whyte an. Die Blonde in dem schwarzen Kleid stöckelte die Stufen hinunter, ging auf die Straße, hob die .25er auf und brachte sie ihm. Der Griff baumelte zwischen ihrem Daumen und Zeigefinger. Whyte stand auf dem Gehweg und klopfte nachdenklich sein zerrissenes Hemd sauber. Er verfluchte sich dafür, von zwei minderbemittelten Typen reingelegt worden zu sein und vierzigtausend Euro auf Wiedersehen sagen zu müssen.

Der Blonden tätschelte er kurz die Schulter, dann stolperte er davon. Zehn Minuten später saß er zusammengesunken auf einer Bank am Kanal und drehte die .25er in der Hand. Zwei Enten flogen vorbei, eine ein Stück vor der anderen, und zeichneten V-Formen aus dunklem Wasser in die Algen. Seine Augen brannten, und in seinen Ohren klang das gespenstische Geräusch eines Cricketschlägers, der auf Gelenke und Muskeln traf. Seine Gelenke, seine Muskeln. Whyte dachte an dieses Ereignis, das so viele Jahre zurücklag. Es war der Tag, an dem er seinen Partner kennengelernt hatte. Er würde nach München fahren, um ihn zu finden.

Er steckte seine .25er wieder ins Holster, zog sein Handy raus, rieb mit dem Daumen über die zerkratzte Oberfläche und schaltete es ein. Sofort piepte die Mailbox. Er hielt das Handy ins Laternenlicht, um zu sehen, wer angerufen hatte.

„Max", murmelte er und drückte den Knopf für die Mailbox.

„Arthur …" Die Stimme war nur ein Flüstern. Einen Moment herrschte Stille, dann hörte er, wie jemand wegrannte. Ein hartes, klapperndes Geräusch folgte, dann starb die Verbindung.

Pistoia – 22. Februar 2003

Gabriel Schopenhauer saß im Bett. Das Handy hatte er ans Ohr gedrückt, die Stirn gerunzelt. Seinen Großvater zu erreichen war immer schwierig, aber diesmal hörte er nur das monotone Signal, das ertönte, wenn eine Nummer nicht mehr existierte. Er fluchte und warf das Handy auf die Decke. Von draußen drang das Geräusch eines Dieselmotors herein. Er schlug die Decke zurück und ging zum Fenster. Ein schwarzer Fiat Sedan fuhr langsam über die Piazza, als würde er eine bestimmte Adresse suchen. Ein Priester eilte an dem achteckigen Brunnen vorbei und teilte dabei ein Meer aus Tauben, das sich hinter ihm wieder schloss. War schon Zeit für die Messe? Gabriel sah auf die Uhr. Er hatte lange geschlafen.

Eins von Emilys Kunstgeschichtsbüchern lag auf dem Fenstersims. Er nahm es in die Hand, etwas, das er nur tat, wenn sie nicht in der Nähe war. Natürlich wusste sie, dass er dyslektisch war. Aber in ihrer Gegenwart las er niemals. Denn wenn er las, hielt er das Buch nur wenige Zentimeter vor der Nase und folgte mit dem Zeigefinger den Wörtern. Er war verdammt nochmal ihr Ehemann und kein Stümper, der seine Muttersprache mit der Bedächtigkeit entzifferte wie ein Ägyptologe Hieroglyphen.

Er konnte hören, wie sie unten Saft machte. Die Akustik eines italienischen Palazzos mochte der Polyphonie von Palestrinas Kompositionen alle Ehre machen, aber moderne Gerätschaften klangen wie Presslufthammer, die sich durch das Fundament fraßen. Gabriel spürte das hohe Jaulen in seinem Backenzahn. Als es aufhörte, stellte er sich vor, wie sie den Kopf zurücklegte, um zu trinken, wobei ihr schwarzes Haar mit den roten Reflexen frei über die Schultern floss. Emily, die Gesundheitsfanatikerin. Sie aß wenig, trank wenig Alkohol, und ihr geschmeidiger Körper wirkte zehn Jahre jünger als ihre dreiunddreißig.

Er sah auf das Bett. Die andere Decke war glatt bis unter das Kissen gezogen. Hatte sie überhaupt hier geschlafen? Sie arbeitete oft bis tief in die Nacht an ihren Forschungen über Renaissancearchitektur, während er sich in der Bibliothek mit seinen Modellbrücken abrackerte und dabei die Zeit vergaß.

Draußen hielt ein Wagen.

Gabriel trat auf die Galerie und wollte gerade etwas nach unten rufen, als er sah, wie sie unter ihm den Steinboden überquerte und die Treppe hinaufkam. Sie trug ein Tablett mit einem Glas Saft und einem Zuckerbrötchen aus dem Café Fredo. Sie bewegte sich mit der auf die Körpermitte ausgerichteten Haltung einer Tänzerin, den Bauch angespannt unter Rippentop und Boxershorts. Sie ließ ihren Kopf kreisen.

„Warst du gestern Nacht im Bett?“, fragte er.

„Bin beim Lesen auf dem Sofa eingeschlafen. Ich kann dir sagen, das macht vielleicht ’nen steifen Hals.“

„Ich kann Großvater nicht erreichen.“

„War das schon mal anders? Trink deinen Saft, solange er noch frisch ist.“

Sie stellte sich auf die Zehenspitzen und öffnete die Lippen für einen Kuss, als es unten an der Holztür klopfte.

„Scheiße, wer ist das?“

„Ich geh schon“, sagte er.

„Du bist doch nur halb angezogen.“ Sie gab ihm das Tablett und sprang leichtfüßig die Treppen hinunter.

Du auch, dachte er. Meine wunderschöne Frau. Wer auch immer auf der anderen Seite der Tür stand, konnte sich auf eine angenehme Überraschung gefasst machen. Gabriel durchquerte das Schlafzimmer, ging zum Fenster und nippte an seinem Saft. Der schwarze Fiat parkte unten, daneben standen ein Carabiniere und zwei Männer in Anzügen, die auf unangenehme Weise offiziell wirkten.

Kapitel 3

München – 22. Februar 2003

Gabriel Schopenhauer blieb vor der Doppeltür im Gebäude des Münchner Instituts für Rechtsmedizin in der Nußbaumstraße stehen, starrte sie an und wartete. Detective Inspector Roark ging an ihm vorbei, warf ihm einen kurzen, ernsten Blick zu und stieß die Türen auf. Um ihn herum nahm Gabriel helles Licht und metallische Oberflächen wahr, aber alles, was er sah, war eine Leiche auf einer Bahre. Die Leiche war mit einem Tuch bedeckt, aber jemand in einem weißen Kittel zog es herunter, damit er das Gesicht sehen konnte. Gabriel kam näher. Sein ganzer Körper verkrampfte sich, als kämpfe ein Gift in ihm. Er schlug eine Hand über Mund und Nase, unterdrückte einen Schrei, konnte aber die Tränen nicht aufhalten. Sie liefen ihm über Wangen und Finger und verschleierten seinen Blick. Jemand berührte seine Schulter, und er schreckte zurück. Zwei Hände legten das Tuch über das Gesicht, und Gabriel schlug sie weg. Er riss das Tuch wieder herunter und legte damit nicht nur das Gesicht, sondern auch den Oberkörper frei. Als er ihn sah, rang er nach Luft. Die Schultern des Toten waren schwarzblau verfärbt und auf die doppelte Größe angeschwollen. Die Haut an den Oberarmen hing schlaff und lose herunter, als hätten sich die Knochen darin aufgelöst. Gabriel hielt sich eine Hand an die Stirn, als müsse er seine Augen vor grellem Licht schützen.

Hinter ihm räusperte sich DI Roark. „Mr. Schopenhauer …“

Gabriel streckte die Hand aus und berührte die wächserne Haut an der Schläfe. Er schloss für einen Moment die Augen. Dann drehte er sich um und schritt zur Tür.

Eine halbe Stunde später saß er in einem Vernehmungsraum der Kriminalpolizei in der Ettstraße und starrte mit leerem Blick auf den dampfenden Kaffee, der vor ihm auf dem Holztisch stand. Ihm gegenüber saßen DI Roark, der ihn vom Flughafen „Franz Josef Strauß“ abgeholt hatte, und Hauptkommissar Brandl, Leiter der Mordkommission. Brandl trug einen imponierenden Schnauzer und ein hellbraunes, kurzärmeliges Hemd, das akkurat gebügelt und perfekt sauber war. Seine kräftigen Arme ruhten auf dem Tisch. Stirnrunzelnd sah er auf den Schreibblock, der vor ihm lag. DI Roark war mit einem Aufnahmegerät beschäftigt. Er hatte blondiertes Haar und grüne, schräg nach oben verlaufende Augen, die seinem Gesicht etwas von asiatischer Unergründlichkeit gaben. Gerade öffnete sich die Tür, und ein großer Mann von beeindruckender Statur kam herein. Er ignorierte den anderen Stuhl am Tisch und ging zur Wand, als wäre er Zuschauer, nicht Teilnehmer. Er nickte Gabriel kurz zu und schwieg.

„Das", sagte Detective Inspector Roark, „ist Monsieur le Commandant de la police judiciaire Savarin, er leitet bei der Interpol die Abteilung für Kunstdiebstahl." Er drückte auf den Aufnahmeknopf. „22. Februar 2003, als Zeuge vernommen wird Gabriel Schopenhauer, neunundzwanzig Jahre alt, wohnhaft in Pistoia, Italien, in Anwesenheit von Hauptkommissar Brandl von der Kripo München und Commandant de la police judiciaire Savarin sowie Detective Inspector Roark von der Abteilung für Kunstdiebstahl bei der Interpol." Er sah Gabriel an. „Mr. Schopenhauer", sein Mundwinkel zuckte, „der Tod ihres Großvaters … schreckliche Sache. Unser Beileid. Hauptkommissar Brandl leitet die Ermittlungen in Deutschland. Interpol ist hier, um die grenzübergreifenden Aktivitäten zu koordinieren. Maximilian Schopenhauer war in vielen Ländern zu Hause, und wir glauben, dass uns unsere Ermittlungen nach Italien, Österreich und möglicherweise auch nach Großbritannien führen werden." Roark hielt kurz inne. „Ich weiß, dass dies eine schwere Zeit für Sie ist, aber wir …"

„Wer hat das getan?", fragte Gabriel leise.

Der Hauptkommissar räusperte sich. „Sprechen Sie deutsch?"

„Nur ganz schlecht", antwortete Gabriel auf Deutsch und wechselte wieder ins Englische. „Also, wer hat das getan?"

„Das wissen wir noch nicht", sagte der Kommissar mit einem amerikanischen Akzent. „Aber wir von der Mordkommission tun alles, was in unserer Macht steht, um diese Männer …"

„Was wissen Sie?", fragte Gabriel.

„Ziemlich wenig", sagte Roark. „Wir würden Ihnen gern ein paar Fragen stellen. Dann lassen wir Sie wieder zum Flughafen bringen." Seine Augen wanderten über Gabriels Gesicht. „Vertrauen Sie der Münchner Kriminalpolizei und Interpol! Wir werden die Mörder fassen! Alles, was Sie tun können, ist uns dabei zu helfen, unsere Arbeit zu machen."

Gabriel warf Roark einen Blick zu, der ihn nervös zusammenzucken ließ. In diesem Moment war der einzige klare Gedanke, den Gabriel fassen konnte, der Entschluss, die in ihm hochkochende Wut resolut zu unterdrücken. Niemand konnte auch nur verstehen, wie es war, wenn ein Enkel seine zerbrechliche Welt um eine verlorene Generation aufbaute, weil Vater und Mutter allein vom Großvater ersetzt worden waren. Sein Rettungsanker war von einem Wahnsinnigen zerstört worden.

Jetzt hob er den Blick und sah Commandant Savarin an. Dieser Mann hatte seine Gedanken gelesen, und von dem Schimmern boshafter Zustimmung, das er in seinen Augen las, bekam er feuchte Hände. Brandl wandte sich zu Savarin um. Sein Schnauzer schien sich bei dessen Anblick zu sträuben.

„Mr. Schopenhauer", sagte Brandl und drehte sich wieder zu ihm. „Wir wissen so viel: Die Leiche Ihres Großvaters wurde auf dem Gelände der Alten Pinakothek gefunden. Der geschätzte Todeszeitpunkt liegt zwischen zweiundzwanzig Uhr und Mitternacht der vergangenen Nacht. Im Garten der Pinakothek stehen ein paar Statuen, sonst nichts. In der Gegend gibt es keine Restaurants. Nachts ist es dort dunkel und einsam. Kein Ort, an dem sich Ihr Großvater hätte aufhalten sollen."

„Vielleicht war er auf dem Heimweg. Er wohnt ja nicht sehr weit entfernt."

„Ja, in der Prinz-Ludwig-Straße."

„Wie ist er gestorben?"

Brandl warf einen Blick auf seinen Block. „Vorläufig gehen wir davon aus … Es gibt einen braun umrandeten, punktuellen Einstich im Hals. Vermutlich eine Nadel. Das bedeutet höchstwahrscheinlich Gift." Er hielt inne. Seine Augen verengten sich verärgert. „Wann haben Sie Ihren Großvater zuletzt gesehen?"

„Das ist lange her … letztes Jahr“, sagte Gabriel und hörte die Worte, als hätte sie jemand anderes gesagt. „In Lech … Österreich … Arlberg. Großvater hat …“ Sein Mund war so trocken, dass seine Lippen zusammenklebten. „Gift?“

„Ihr Großvater hat dort ein Haus. In Lech“, vervollständigte Brandl den vorletzten Satz Gabriels.

„Wir haben aber telefoniert. Oder uns gemailt. Aber nicht in den letzten Tagen.“ Gabriel wollte die Kaffeetasse nehmen, aber seine Hand zitterte so sehr, dass er sie wieder zurückzog. „Gift? Sind Sie sicher?“

Brandl räusperte sich und ignorierte die Frage. „Könnten Sie uns die Namen von den Bekannten Ihres Großvaters geben? Jeder, der Ihnen einfällt: Geschäftspartner, Klienten, Freunde …“

Gabriel beugte sich jetzt vor. Unter seinem Stuhl hatte er die Füße gekreuzt, seine Hände umklammerten die Knie. „Sie sprachen von Männern.“

„Bitte?“

„Mördern, Plural. Nicht Mörder, Singular. Woher wissen Sie das?“

Brandl neigte den Kopf und schrieb eifrig etwas auf seinen Block.

Roark beugte sich über den Tisch. „Hat Ihr Großvater jemals von etwas sehr Wertvollem gesprochen, das sich in seinem Besitz befindet? Etwas, das eines Tages Ihnen gehören würde?“

Gabriel sah ihn verständnislos an und schüttelte den Kopf.

„Der einundzwanzigste Februar“, fuhr Roark fort. „Gestern. Das war der Geburtstag Ihres Großvaters. Haben Sie ihn da angerufen?“

„Er ruft sonst immer mich an seinem Geburtstag an.“ Gabriels Stimme stockte. „Und er schickt mir ein Geschenk. Ich mache dasselbe an meinem.“

Roark sagte: „Hat Ihr Großvater jemals über seine Geschäfte gesprochen?“

„Er war Kunsthändler.“

„Nicht irgendein Kunsthändler", sagte Roark. „Der Kunsthändler. Für die Stars: Getty, später dann Kitchener. Das waren die Wichtigsten. Wie sah es mit anderen Klienten aus?"

„Abteilung für Kunstdiebstahl", sagte Gabriel und sah Roark an, um Blickkontakt mit Savarin zu vermeiden. „Was bedeutet das? Gestohlene Gemälde? Wie der Vermeer aus dem Bostoner Museum?"

Roark sagte: „Neuerdings bedeutet es: ‚Kultur für alle'."

Drei Augenpaare beobachteten ihn. „Was?", sagte er und fühlte, wie ihm der Schweiß aus den Achselhöhlen am Körper herunterlief. Er blinzelte. „Sie vermuten, dass mein Großvater von Leuten ermordet wurde, die was mit Kunstraub zu tun haben?"

Es entstand eine lange Pause. Brandl runzelte die Stirn und Roark lehnte sich in seinem Stuhl zurück. „Wir vermuten", sagte Roark endlich, „dass Ihr Großvater etwas mit Kunstraub zu tun hatte."

Gabriel fühlte, wie sich der Boden unter ihm bewegte.

„... und dass er eine bedeutende Geldsumme aus all seinen illegalen Transaktionen über die Jahre beiseite geschafft hat, und dass jetzt Sie, sein einziger lebender Verwandter, alles erben werden. Es sei denn, wir finden das Geld. Und wenn wir es finden, wird es uns hoffentlich zu den Leuten führen, mit denen er Geschäfte gemacht hat ..."

„Sie lügen", sagte Gabriel durch aufeinandergepresste Zähne.

„... und wir hoffen, dass wir durch diese Leute die Kunstwerke finden ..."

„Das ist nicht wahr."

„... und sie wieder ihren rechtmäßigen Besitzern zuführen können. Meist sind es Museen. Vielleicht sogar das Isabella Stewart Gardner Museum in Boston."

„Sie lügen!", bellte Gabriel und sprang auf. Dabei stieß er seinen Stuhl um.

In der Stille, die nun folgte, ging Savarin langsam um den Tisch herum, baute sich vor Gabriel auf und betrachtete ihn wie etwas in einer Glasvitrine.

Die grünen Augen von Roark schossen zwischen Gabriel und seinem Chef hin und her. „Mr. Schopenhauer“, sagte er schnell, „Ihr Großvater ist ziemlich sicher vergiftet worden, aber bevor er starb, wurde er gefoltert. Das bedeutet, jemand wollte etwas von ihm wissen. Und genau danach suchen wir …“

Gabriel richtete seinen Blick auf ihn. „Seine Schultern?“

„Das wollen Sie nicht wissen“, sagte Roark.

Gabriel tastete hinter sich nach seinem Stuhl, hob ihn auf und setzte sich wieder hin.

Savarin trat auf ihn zu. „Strappado“, sagte er. „Während der Inquisition wurde ausgiebig davon Gebrauch gemacht. Man nimmt dafür ein Seil. Der Schmerz war so qualvoll, dass allein die Androhung den härtesten Mann brach.“

Savarin beugte sich herunter, um Gabriel ins Gesicht zu sehen. Sein Atem roch sauer; seine Lippen waren feucht. Roark lehnte sich mit verschränkten Armen und fast geschlossenen Augen zurück. Brandl starrte Savarin an.

„Das war nicht irgendein Straßenraub“, sagte Savarin. Seine Worte streiften Gabriels Wange wie Nebel, der aus einem Moor aufstieg. „Das war bis ins Detail geplant von jemandem, den wir den Henker nennen. Ein gebildeter Sadist – zusammen mit anderen Sadisten, wie Sie ganz richtig angemerkt haben. Für Strappado braucht man mindestens zwei Personen. Und je schwerer das Objekt, desto effektiver ist Strappado. Savonarola, zum Beispiel, wurde gebrochen. Interessanterweise hatten die Schwächlinge bessere Chancen. Strappado hat bei Machiavelli nicht funktioniert. Man kann keine gekochte Nudel brechen.“

Gabriel starrte auf den Boden zwischen seinen Füßen. Er fühlte, wie sich das Blut in seinen Wangen sammelte. Er hörte, wie Brandls Stuhl zurückgeschoben wurde.

Savarins Stimme klang nun weicher und näher. Von seinem übelriechenden Atem verkrampften sich Gabriels Nasenflügel. „Max Schopenhauer war hart.“

„Schluss!“

Gabriel sah auf.

Der Hauptkommissar war aufgesprungen, sein Gesicht war gerötet. Savarin warf ihm einen ungerührten Blick zu und klappte sein Handy auf. „Wir verlieren nur Zeit, Mr. Schopenhauer", sagte er und checkte seine Nachrichten.

In dem Moment flog die Tür auf. Ein Beamter winkte Brandl dringlich zu sich, der ohne ein Wort ging, gefolgt von den beiden Interpolbeamten. Auf dem Flur wurden stakkatoartig Anweisungen gebellt. Das Geräusch eiliger Schritte folgte. Wenige Minuten später kam Roark zurück in den Raum, setzte sich und schaute nachdenklich auf das Aufnahmegerät.

„Wie hat er das gemeint", fragte Gabriel und zeigte zur Tür, „dass wir Zeit verlieren?"

„‚Kultur für alle'", antwortete Roark nach einer Weile. Er schien abgelenkt zu sein und über etwas nachzudenken.

„Das haben Sie vorhin schon gesagt. Als müsste ich wissen, was es bedeutet. Aber das weiß ich nicht."

Roark nahm einen Stift und tippte damit auf den Tisch. „Ich vermute mal", sagte er schließlich, „dass Sie absolut im Dunkeln tappen, was Ihren Großvater angeht." Er ließ den Stift fallen. „Was ist mit der Wohnung in der Prinz-Ludwig-Straße?"

„Was soll damit sein?", blaffte Gabriel. Dann fügte er leise hinzu: „Haben Sie ihn da …"

Roark schüttelte den Kopf. „Für Strappado", sagte er, „braucht man eine hohe Decke mit einem Haken. Oder einen Baum. Oder eine moderne, baumähnliche Skulptur." Roark rieb sich die Augen mit den Handrücken. „So eine", fuhr er fort, „wie es sie im Garten der Alten Pinakothek gibt. Hauptkommissar Brandl hat Ihnen schon gesagt, dass wir die Leiche dort gefunden haben."

Gabriel schoss hoch. „Kommt er …", sagte Gabriel und zeigte wieder auf die Tür.

„Savarin. Le Monsieur Commandant de la police judiciaire Georges Savarin."

„Kommt Savarin nochmal wieder?"

„Der ist weg", sagte Roark. „In der Prinz-Ludwig-Straße." Seine Finger schwebten über dem Ausschalter des Aufnahmegeräts. „Hatte Ihr Großvater irgendeine Art Tonbandgerät in seiner Wohnung?“

Gabriel schien ihn nicht zu hören. Er ging einen Schritt auf die Tür zu, dann wandte er sich an Roark. „Was?“

„Es ist nah genug.“ Roark dachte laut. „Die Prinz-Ludwig-Straße ist nah genug, um Signale von der Pinakothek aufzunehmen.“

„Wie komme ich zum Flughafen?“

„Die Rechtsmedizin hat Abdrücke auf der Brust Ihres Großvaters gefunden. Klebeband, verstehen Sie? Er hat einen Sender getragen.“

Gabriel ließ sich wieder auf den Stuhl fallen. Roark sagte mit schwerer Stimme in den Rekorder: „Maximilian Schopenhauer hat seinen eigenen Tod aufgezeichnet. An seinem Geburtstag.“

Der Inspector sah Gabriel direkt an. Seine grünen Augen schienen einen Moment lang groß und verletzlich. „Was für ein Geschenk!“

Der Ausknopf klickte mit einem dumpfen, schneidenden Geräusch, wie ein Messer, das ein Seil durchtrennt.

Das Polizeiauto vermied die Baustellen des Altstadtrings. Als sie vom Karlsplatz in die Barer Straße einbogen, hörte Gabriel die Glocken der Frauenkirche. Er drehte sich im Beifahrersitz um und sah die grünen Zwiebeltürme, die hinter den Dächern der modernen Gebäude aufragten. Sein Großvater hatte ihn einmal mit dorthin zur Messe genommen. Er erinnerte sich an die Weihrauchschwaden, die während Mozarts Lacrimosa aufgestiegen waren, als würden sie von einem unsichtbaren Chor hinaufgezogen. Jetzt lag die Leiche seines Großvaters nicht weit entfernt in der Rechtsmedizin und wurde von einem Fremden in einem weißen Kittel seziert. Und der widerwärtige Savarin sezierte seine Wohnung, um … was? Nach Geld zu suchen?

„Bringen Sie mich in die Prinz-Ludwig-Straße.“

Der Fahrer warf ihm einen strengen Blick zu. „Nee“, sagte er. „Wir fahren zum Flughafen.“ Er lehnte halb an der Tür, eine Hand nur am Lenkrad, und trat die Kupplung.

Gabriel starrte ihn kurz an. „Prinz-Ludwig-Straße“, wiederholte er. Als der Fahrer nicht reagierte, schnallte sich Gabriel ab und öffnete die Tür.

„Scheiße!“ Der Fahrer stieg auf die Bremse, und der Wagen knallte gegen die Bordsteinkante. Hinter ihnen quietschten Bremsen, und empörtes Hupen war zu hören. Der Fahrer drehte sich rasch um, aber Gabriel war schon ausgestiegen und schlenderte die Straße entlang zum Karolinenplatz.

Zehn Minuten später stand er in der Lobby des Wohnhauses, in dem sein Großvater gelebt hatte. Roark fuhr gerade in einem Streifenwagen vor. Der Inspector schüttelte den Kopf, als er ihn sah, wirkte aber nicht überrascht.

Gabriel durchschritt den Flur zur Erdgeschosswohnung seines Großvaters. Die Eingangstür war angelehnt. Er ging hinein und direkt auf Savarin zu. Dieser unterhielt sich gerade mit einem uniformierten Beamten und einem besorgt wirkenden Mann mittleren Alters, in dem Gabriel den Hausverwalter erkannte.

„Ich will, dass Sie sofort diese Wohnung verlassen“, sagte Gabriel.

Der Commandant warf ihm einen kurzen Blick zu und wandte sich dann wieder dem Hausverwalter zu, den er mit einem seiner Wurstfinger antippte und dabei Englisch sprach. Der uniformierte Beamte übersetzte schnell. Am anderen Ende des Wohnzimmers beugten sich Brandl und ein forensischer Techniker über ein Aufnahmegerät. Zwei Spurensicherer mit weißen Handschuhen durchschritten Schulter an Schulter den Raum, die Köpfe gesenkt und die Blicke auf den Teppich geheftet. Als sie Gabriels Stimme hörten, unterbrach jeder seine Tätigkeit und sah ihn an.

Savarin bildete die Ausnahme. Dessen Aufmerksamkeit war auf seinen Untergebenen gerichtet, der gerade durch die Tür trat. „Roark“, rief er ihm zu, „rufen Sie in Lyon an. Das Aufnahmegerät ist eingeschaltet, aber die Kassette fehlt. Und raten Sie mal, wer vor zwei Stunden hier war.“

Inspector Roark musste nicht lange nachdenken. „Whyte?“

Der Commandant nickte knapp. Roark zog sogleich sein Handy heraus und sprach eindringlich hinein, während er wieder im Flur verschwand: „Nachname Whyte, mit y. GPS auf seinem Handy. Das ist in der Akte … Können Sie gern versuchen, aber ich meine mich zu erinnern, dass er Bargeld benutzt, keine Kreditkarten …“

Gabriels Blick ruhte weiter auf Savarin, der sich endlich zu ihm wandte und mit übertriebener Höflichkeit sagte: „Also. Was wollten Sie gleich noch sagen?“

„Interpol hat keine Befugnisse in Deutschland – oder anderswo. Das gilt auch für die Wohnung meines Großvaters“, sagte Gabriel. „Sie können also verschwinden. Machen Sie draußen auf dem Flur mit Ihrem irischen Kollegen doch ein paar Telefonate.“

Der Leiter der Abteilung für Kunstdiebstahl warf ihm einen eisigen Blick zu. Dieser Blick sollte vermutlich den kalten Stahl, der sein gallisches Temperament überzog, vermitteln. Gabriel fragte sich, ob der Mann vorm Spiegel übte. Die deutschen Beamten hielten inne und warteten darauf, dass ihnen der Himmel auf den Kopf fiel. Alle außer Brandl, der seine kräftigen Arme vor der Brust verschränkt hatte und Gabriel durch den Raum zunickte. Der Hausverwalter trat nervös blinzelnd einen Schritt zurück.

„Sie werden jetzt gehen“, sagte Gabriel. „Sonst wird morgen ein Anwalt in Lyon anrufen und eine formelle Beschwerde bei Ihren Vorgesetzten von Interpol einreichen.“

Savarins Augenbrauen schossen hoch.

„Natürlich, Mr. Schopenhauer“, sagte er sanft, legte einen baumstammgroßen Arm um Gabriels Schultern und steuerte ihn von den anderen fort. Laut sagte er: „Tut mir leid, wenn ich vorhin im Vernehmungsraum etwas grob mit Ihnen war. Sie haben jedes Recht, empört zu sein. Und es stimmt absolut, dass Interpol kein Mandat hat, um normale polizeiliche Ermittlungen durchzuführen. Wir sind nur hier, wie Detective Inspector Roark es erklärt hat, um zu koordinieren.“

Gabriel ließ sich außer Hörweite der anderen bringen. Aus dem Augenwinkel sah er, wie sich die Beamten entspannten und mit ihrer zeitlupenartigen Untersuchung des Teppichs fortfuhren. Dann bemerkte er Savarins Mund nah an seinem Ohr.

„Ihr Großvater war der Kunstdieb des Jahrhunderts …“, sagte er leise.

Gabriel stieß seinen Arm weg. Der Commandant zog ein gutmütiges Gesicht für die anderen im Raum, falls sie herübersahen.

„… und ich werde es der Welt beweisen“, sagte er. Seine Lippen bewegten sich kaum. Er tätschelte freundschaftlich Gabriels Schulter, nickte Brandl kühl zu und verließ die Wohnung.

Gabriel starrte ihm nach. Der Geruch des Mannes schien sich in seiner Nase festgesetzt zu haben. Einen Moment später bemerkte er, dass Brandl neben ihm stand.

„Ja“, sagte er und klang zynisch, „so ein ‚Commandant‘ …“ Er sprach den Titel aus, als würde er sich dabei die Zunge schmutzig machen. „Er lässt sich entschuldigen. Das sollte er wohl.“ Brandl trat von einem Fuß auf den anderen. „Mr. Schopenhauer, dieser Arthur Whyte … Er hat einen Schlüssel zu dieser Wohnung, hat uns der Hausverwalter gesagt. Kennen Sie ihn?“

„Vom Namen her“, sagte Gabriel und beobachtete immer noch die Eingangstür. „Der Geschäftspartner meines Großvaters.“

Der forensische Techniker winkte Brandl aufgeregt vom Schreibtisch aus zu.

„Hansi“, rief er durch den Raum und zeigte auf die Seite des Aufnahmegeräts. „Da gibt’s einen Rufweiterleitungsknopf.“

Brandl spielte an seinem Schnauzer und sah Gabriel auf eine Weise an, die ihn nervös machte. Dann wandte er sich wieder an den Techniker.

„Rufweiterleitung?“

Er hetzte zurück zum Schreibtisch, und Gabriel begab sich in eine entlegene Ecke des Wohnzimmers. Er ließ seinen Blick durch das schweifen, was für ihn immer Großvaters Büro gewesen war – mit einem angeschlossenen Schlafquartier. Zu Hause, das war der Bungalow in Lech, wo das Sonnenlicht auf den silbergerahmten Familienfotos funkelte, die Frau Köberl, ihre langjährige Haushälterin, täglich polierte … Wie dieses, dachte er überrascht, als er ein gerahmtes Foto auf einem Beistelltischchen bemerkte. Und dann schrak er zusammen, als er es erkannte: Großvater und er. Sie standen vor einer Steintreppe, und Großvater hatte noch all seine Haare. Glückliche Tage in Rom. Wie lange war es her? Sein halbes Leben? Der Anblick seiner heiteren Miene traf ihn wie ein

Schlag, und er legte den Rahmen mit dem Foto nach unten auf den Tisch. Dann starrte er auf die Adern auf seinem Handrücken, eine Konzentrationsübung, die ihm vor vielen Jahren von seinem „Lernbehinderungstutor“ beigebracht worden war. Konzentriere dich auf die Daten. Mache dir die Fakten klar … Die Steintreppe auf dem Foto war sehr lang gewesen, erinnerte er sich. Sie führte hinauf zu einer Kirche neben diesem bombastischen weißen Denkmal, das aussah wie eine Hochzeitstorte … *Vittoriano*, das *Monumento a Vittorio Emanuele II.*, das war's. Die Kirche am Ende der Treppe war merkwürdig, erinnerte er sich. Sie hatte eine raue Backsteinfassade ohne die üblichen barocken Ornamente. Er hatte den Namen der Kirche vergessen. Es war ein seltsamer Name …

Gabriel steckte sich das Foto in die Manteltasche.

Ein paar Minuten später stand er draußen auf dem Bürgersteig und fühlte sich ausgelaugt. Er empfand nicht einmal mehr Trauer. Dass Brandl ihm nachgekommen war, hatte er nicht bemerkt.

„Ich versichere Ihnen, dass wir von der Kripo Ihren Großvater als Opfer ansehen. Sonst nichts“, sagte er und winkte den Streifenwagen herbei. Das Auto setzte sich in Bewegung und fuhr vor. Brandl öffnete die Beifahrertür und schritt zur Seite, um Gabriel einsteigen zu lassen. „Wir tun, was wir können“, sagte er und presste die Lippen zusammen, bevor er fortfuhr: „Ich denke, Sie sollten sich von diesem … Savarin fernhalten.“ Sanft schloss er die Tür.

Kapitel 4

Pistoia – 22. Februar 2003

Es war fast Mitternacht, als der Streifenwagen, der ihn in Pisa abgeholt hatte, Gabriel zu dem Palazzo brachte. Emily hatte ein paar Kleinigkeiten zu Essen und eine Flasche Rotwein aus der Umgebung auf den Küchentisch gestellt.

„Glaubst du, du kannst was essen?“, fragte sie ihn.

Gabriel setzte sich und starrte einen Moment auf den Teller. „Interpol glaubt, dass Großvater ein Krimineller war. Dass er mit gestohlenen Kunstwerken gehandelt hat. Er wurde von jemandem gefoltert, den sie den Henker nennen, und dann vergiftet, wegen verstecktem Geld, das jetzt mir zufällt. Falls ich es vor den Bullen finde.“

Er sah, wie sich leise der Schock in ihrem Gesicht ausbreitete, als hätte sie einen alten Feind entdeckt, der langsam die Straße herunterkam.

„Gabriel, egal, was du tust, es wird nichts daran ändern, was die Polizei denkt. Dein Großvater war ein guter Mann. Aber er war sein eigener Herr.“

„Die Reputation meines letzten Blutsverwandten wird vernichtet, nachdem er selbst es auch wurde. Ich kann da nicht einfach nur zusehen.“

Sie sah ihn über den Tisch hinweg an. Dann nahm sie ihre Gabel und legte sie sofort wieder hin.

„Du musst es der Polizei überlassen“, sagte sie.

„Großvater hat sich einen Sender auf die Brust geklebt. Er hat seine eigene Ermordung aufgenommen. Sie haben das Aufnahmegerät in seiner Wohnung gefunden, aber die Kassette ist verschwunden. Gestern war sein Geburtstag, aber er hat mich nicht angerufen. Ich habe an seinem Geburtstag nicht mit meinem Großvater gesprochen, am letzten Tag in seinem Leben.“

Emily hatte den Kopf gesenkt. Er sah zu, wie sie mit ihrer Gabel Salamischeiben und Käse auf dem Teller herumschob. Dann stand sie auf und ging ans Waschbecken. Sie sah aus dem Fenster. Der Mond stand tief hinter dem Dom. Gabriel dachte, dass sie vielleicht nach den richtigen Worten suchte und feststellen musste, dass es keine gab. Sie öffnete einen Schrank, nahm zwei Plastikschüsseln heraus, ging zurück zum Tisch und bedeckte die Teller damit.

„Komm mit", sagte sie.

Sie nahm ihn wie ein Kind an der Hand und führte ihn aus der Tür und durch die knarzende Pforte. Sie gingen schweigend um das dunkle Rechteck des Platzes. Aus einem versteckten Garten drang Hundegebell. Fledermäuse drehten in den Schatten der Zitronenbäume ihre Runden. Die beiden hatten ihren Rundgang beendet und kehrten wieder zur Eingangspforte zurück, als Gabriel stehenblieb.

„Ich weiß, dass du so etwas schon durchgemacht hast, Emily. Schlimmer noch, du warst direkt dabei. Ich kann das Gesicht meines toten Großvaters nicht vergessen. Ich denke an seine Schultern und was sie ihm angetan haben und … Jemand muss dafür bezahlen!"

Er glaubte, ein Seufzen gehört zu haben. Vielleicht war es auch nur ein Windstoß in den Bäumen gewesen. Emily schob sich eine Haarsträhne hinter das Ohr und öffnete die Pforte. Als sie ins Haus gegangen waren, drückte sie kurz seine Hand, bevor sie in die Küche ging. Gabriel ging nach oben in die Bibliothek und setzte sich hin, das Kinn in die Hände gestützt. Er starrte auf die Modellbrücken und versuchte, nicht das silbergerahmte Foto aus der Münchner Wohnung anzusehen, das er auf den Schreibtisch gestellt hatte. Er nahm ein Buch, das auf dem Tisch lag, und zog es zu sich. *Brücken der Welt* war vor fünfzehn Jahren veröffentlicht worden. Seit ihn die Leidenschaft, Konstrukteur zu werden, aus dem Nichts gepackt hatte, war es seine persönliche Bibel. Brückenkonstrukteur. Jahrelang hatte ihn dieser Traum aufgerichtet, nun war er tot. Der Schutzumschlag des Buches war an mehreren Stellen eingerissen und am Buchrücken zusammengeklebt. Behutsam öffnete er das Buch und sah sich die handgeschriebene Widmung auf dem Deckblatt an:

Für Gabriel

Von Lego zu wer weiß? Alles ist möglich. Tu's einfach.

Dein dich liebender Großvater

Sein Handy klingelte.

„Spricht da Gabriel Schopenhauer?“

„Wer sind Sie?“

„Diese Arschlöcher von Interpol sind nicht hinter den Mördern Ihres Großvaters her.“ Es folgte eine kurze Stille.

„Hallo?“, sagte die Stimme.

„Sie müssen Arthur Whyte sein. Mit y.“

„Haben Sie gehört, was ich gesagt habe?“

„Die Polizei hat gesagt, dass Sie die Kassette aus der Wohnung von meinem Großvater mitgenommen haben.“

„Ach ja?“

Gabriel schwitzte im Gesicht, und seine Glieder fühlten sich an, als hingen bleierne Gewichte an ihnen. Kopfschmerzen bahnten sich an. Er hatte nicht mehr genug Energie, um kühl den aufgewühlten Aggressionen zu begegnen, die er am anderen Ende der Telefonleitung knistern hörte. Aber er hatte noch genug, um ausfallend zu werden. „Beweise zurückzuhalten ist eine kriminelle Handlung, Sie Penner. Außerdem macht Sie das zum Scheißverdächtigen Nummer eins für mich.“

„Was?“

„Wer wusste denn, dass mein Großvater seinen eigenen Tod aufgezeichnet hat? Der Mörder!“

„Kleiner, du hast echt Glück, dass wir uns nicht gegenüberstehen. Sonst würde ich dir eine reinhauen.“

„Hören Sie, ich bin so kurz davor …“

„Nein, du hörst mir zu. Max durfte alles zu mir sagen. Ich hab's geschluckt. Aber sein dämlicher Enkel darf das nicht. Ich will meine Schulden zahlen und raus aus der Nummer. Ich will rausfinden, wer das war, und ihn zu Staub zermalmen. Ich mach' hier nicht einfach nur 'rum. Ich brauch deine Hilfe. Ja oder nein?“

„Hilfe?“

Gabriel hörte ein Rascheln, das sich anhörte, als würde der Mann sein Telefon in die andere Hand nehmen. „Triff mich morgen um zehn beim Bahnhof. Da gibt's einen Sandwichladen mit einem Illy-Schild dran. Nur du. Keine Freunde, keine Bullen.“

Emily schlief schon, als Gabriel ins Schlafzimmer kam. Sie lag auf der Seite. Mondlicht fiel in Streifen auf die Bettdecke. Er zog die Schuhe aus und hängte sein Hemd über einen Stuhl. Dann ging er zum Fenster und sah hinaus. Der Mond war nun hinter einer Wolke verschwunden, und in der Dunkelheit sah der Garten aus wie ein tintenschwarzer Tümpel in einer Grotte. Alles war ruhig, außer den Krähen, die in den Zypressen saßen und müde krächzten. Die Domuhr schlug mit gedämpftem Schwengel zur halben Stunde.

„Hey“, sagte Emily.

Gabriel drehte sich um und zog sich die Hose aus. Er hörte das Rascheln der Bettdecken.

„Ich hab' nicht geschlafen, Schatz“, sagte sie. „Du musst kein schlechtes Gewissen haben.“

Er hängte die Hose über den Stuhl und setzte sich in T-Shirt und Boxershorts auf den Bettrand. Er sah zum Fenster, als er anfing zu reden. „In mir ist eine Truhe, in der schlechte Dinge eingesperrt sind, und es fühlt sich an, als hätte jemand den Deckel aufgerissen. Ich hab mir immer eingeredet, dass ich über all die kleinen Verletzungen und Beleidigungen im Leben hinweg bin. Aber nein, jetzt weiß ich … Es ist, als hätte ich versucht, neue Muskeln aufzubauen, die dort nicht sein wollen. Jetzt ist es geschehen, und das Böse ist rausgekommen … Ich will meine Hände in das Blut des Mannes tauchen, der das getan hat.“

Die Matratze sackte herunter, als sie sich hinter ihn setzte. Er fühlte die Wärme ihres Körpers durch sein T-Shirt.

„Ich habe gerade einen Anruf von dem Typen bekommen, der ich weiß nicht wie viele Jahre für meinen Großvater gearbeitet hat. Er ist aufgekratzter als ein Speedjunkie, und vielleicht ist er der Mörder. Ich treffe ihn morgen und werde ihm wahrscheinlich mit bloßen Händen die Gedärme rausreißen, wenn ich herausfinde, dass er's war. Jemand, der normal im Kopf ist, würde so etwas nicht mal denken."

Ihre Hände legten sich auf seine Schultern, und er fühlte ihr Haar über seine Schläfe streichen. „Du bist der einzig normale Mann, den ich in dieser bösen Welt je getroffen habe, Gabriel", sagte sie. „Du lässt dich nicht auf das Böse da draußen ein. Das ist das Kreuz, das du trägst, Liebster, und du kannst es nicht einfach abwerfen und gehen. Du musst es tragen."

Er drehte den Kopf und presste seine Wange an ihren Mund. Ihre Lippen formten sich zu einem Kuss. Sie hielt den Kuss, als wüsste sie, dass all seine Sinne in diesem Moment auf die wenigen Zentimeter Haut unter ihren Lippen ausgerichtet waren. Dann ließ sie ihn los und fiel wieder auf ihr Kissen. Gabriel sah zu ihr hinunter. Emilys schwarzes Haar sah im Mondlicht grau aus. Ihr tief ausgeschnittenes Oberteil zeigte die Kuhle zwischen ihren Brüsten. Sie klopfte auf den Platz neben sich.

Er legte sich zu ihr und schmiegte seinen Körper an ihren. Als er etwas sagen wollte, legten sich ihre Fingerspitzen über seine Lippen.

„Schsch", flüsterte sie. Ihr Atem strich über sein Ohr, als brächte er den Schlaf. „Lass es sein, Schatz. Überlass es der Polizei. Bleib hier bei mir."

Er entspannte seine Arme und fühlte, wie die Decke über ihn gelegt und sein Kopf an ihre Brust gezogen wurde. Sanft streichelte sie seine Schläfe. Er schlief mit dem Geruch ihrer Haut ein, die so warm und duftend wie die blumengeschwängerte Luft einer Sommernacht war.

Die schmiedeeiserne Brücke verlief über einem ausgetrockneten Flussbett hinter dem Hauptbahnhof von Pistoia. Sie stammte noch aus der Mussolini-Zeit und war teilweise verrostet. Ein paar Arbeiter ersetzten die mit Rost übersäten Streben mit neuen schwarzen. Der Vorarbeiter bemerkte Gabriel, näherte sich ihm mit trotzigem Gesicht und sagte streng etwas auf Italienisch.

„Scusi", sagte Gabriel. „Ich spreche kein Italienisch."

Der Vorarbeiter sah ihn verschämt an. „Dachte, du bist von der Stadtverwaltung. Warst schon mal hier. Schon oft."

„Ich sehe gern zu."

Der Vorarbeiter sah ihn zweifelnd an. „Bei dem hässlichen Teil?"

Gabriel lächelte. „Es gibt keine hässlichen Brücken."

„Bist du ein Ingenieur?"

Gabriel schüttelte den Kopf. „Student. Oder vielmehr, das war ich mal."

Der Vorarbeiter sah ihn stumm an.

„Ich habe mal die Streben gezählt", sagte Gabriel und zeigte auf die Konstruktion. „Es gibt über viertausend. Und dann habe ich ausgerechnet, dass gut fünfzehnhundert unnötig sind." Er sah den Vorarbeiter von der Seite an. „Ich wette, Sie habe keine Ahnung, wovon ich rede …"

Der Vorarbeiter breitete entschuldigend die Hände aus, grinste und schüttelte den Kopf.

„Egal", sagte Gabriel. „Nur dummes Geschwätz."

Er drehte sich um und ging zurück zum Bahnhof, wo der Laden mit dem Illy-Schild war. Ein paar Minuten zuvor war er an ihm vorbeigegangen.

„Ist okay, wenn du kommst und schaust", rief der Vorarbeiter ihm nach. „Kein Problem."

Als er sich dem Sandwichladen näherte, hielt Gabriel inne. Er wollte das Café nicht betreten. Er wollte den Mann nicht treffen, der mehr Zeit mit seinem Großvater verbracht hatte als sein eigener Enkel. Er wollte nichts von der Welt seines Großvaters hören, von der er nie etwas gewusst hatte. Trotzdem straffte er die Schultern und ging hinein.

Der braune Lack des Tresens war zerkratzt und platzte an manchen Ecken schon ab. Hinter einer Glasscheibe lagen Croissants und belegte Brötchen. Zur Rechten stand die Tür zu den Toiletten halb offen. An der Wand waren runde Tische aufgereiht. Sie alle waren belegt von Arbeitern und anderen Gästen. Auf einem Flachbildschirm lief Fußball. Der Ton war ausgeschaltet.

An einem Tisch am Ende des Raums sah Gabriel einen blonden Mann mittleren Alters. Er saß allein vor einer leeren Mokkatasse und trug eine ärmellose, wattierte Weste über einem Kordhemd. Seine Hände lagen, zu Fäusten geballt, auf dem Tisch. Er hatte den halbkonzentrierten Ausdruck von jemandem, der alles im Blick hatte, ohne auf etwas Besonderes zu achten. Als er Gabriel sah, nickte er ihm zu.

Gabriel setzte sich ihm gegenüber. „Bringen wir's bitte schnell hinter uns, Mr. Whyte. Was brauchen Sie?"

„Junge, ich verstehe, dass du wütend bist, aber du bist auf den Falschen wütend. Ich versuche nur, dir einen Gefallen zu tun."

„Noch einen?"

Whyte sah ihn abschätzig an.

„Du spielst auf die Kassette an", sagte er schließlich.

„Das ist ein wichtiges Beweisstück für den Mord an meinem Großvater. Und Sie haben es gestohlen."

„Wär's dir lieber, Commandant Georges Savarin von Interpols Abteilung für Kunstdiebstahl hätte es in seine schmierigen Finger bekommen?"

Es war weniger eine Frage als eine verachtende Feststellung. Gabriel spürte, wie sich etwas Unbestimmtes in ihm regte. Er ging an die Bar, holte sich einen Macchiato und setzte sich wieder hin. Er nippte daran und schob dann die Tasse beiseite. „Was haben Sie noch aus seiner Wohnung mitgenommen?"

Whyte versuchte, in seinem Gesicht zu lesen, als betrachtete er einen Psychiatriepatienten durch eine Einwegscheibe. „Erinnerungen. Hör zu, bevor ich …"

„Was ist ‚Kultur für alle'? Die Bullen haben dauernd davon geredet."

„Himmel. Wo warst du die ganze Zeit? Liest du keine Zeitung?"

Gabriel wurde rot.

„Dyslexie, stimmt's?", sagte Whyte. „Hat mir Max erzählt."

„Was ist mit Ihrer verdammten Hand los?", lenkte Gabriel ab.

Whyte überging die Frage. „Ich habe die Kassette genommen, weil es zu meinen Aufgaben gehört. Wenn Max mit bestimmten Leuten verhandelt hat, war er immer verkabelt. Ich sollte dann die Kassetten einsammeln und an einen sicheren Ort bringen. Ich ging in seine Wohnung, suchte nach ihm, fand das." Er warf eine schwarze Kassette auf den Tisch, als wäre sie ein Jeton und er in einem Casino. „Dann bin ich schon auf halbem Weg in Österreich, und die Bullen rufen mich an."

Whyte sah mitgenommen aus, die Haut spannte über seinen Wangen. „Ich will den Schlüssel für das Haus in Lech."

„Geht er dorthin? Der Mörder?"

„Wenn er nach etwas sucht, das Max besitzt, wird er es versuchen, bevor die Bullen dort sind. Die von Interpol werden so zwei, drei Tage brauchen, bis sie einen Durchsuchungsbeschluss haben, denk' ich. Sie müssen das erst mit dem Arlberger Gericht abklären."

„Die Haushälterin, Frau Köberl, ist dort. Ich müsste mitkommen."

„Ich kann nur auf einen Arsch aufpassen, nämlich auf meinen. Bleib in deinem Schloss, ruf sie an und sag, dass ich komme."

„Was ist mit der Kassette?"

Whyte wandte den Blick ab und zog scharf die Luft ein. „In der Nacht, in der Max ermordet wurde, hinterließ er eine Nachricht auf meinem Handy. Nur, dass da keine Nachricht war. Er wurde unterbrochen, als hätte ihm jemand das Telefon aus der Hand geschlagen. Was glaubst du denn, was auf der Kassette drauf ist, Strahlemann?"

„Haben Sie sie sich angehört?"

Hilflosigkeit huschte über Whytes Gesicht. „Das kann ich nicht ... Das ist mir zu heftig."

Gabriels Blick fiel auf die Kassette. Er schüttelte langsam den Kopf. „Ich kann es auch nicht." Er steckte die Kassette ein und stand auf. „Auf dem Weg zur Autobahn halten wir bei der Polizei in Florenz, und da hinterlasse ich sie. Zum Abendessen sind wir in Lech."

Kapitel 5

Florenz – 23. Februar 2003

Inspector Roark hatte Gabriel eine Karte mit der Adresse der Polizei in Florenz gegeben, wo Interpol für die Zeit der „Koordination“ mit den italienischen Kollegen ein Büro bezogen hatte. Während der vierzig Minuten Fahrzeit herrschte beklommenes Schweigen in Whytes BMW. Aber Gabriel war dankbar dafür. Er überlegte, wie er seine plötzliche Abreise Emily erklären konnte.

Als sie in Florenz angekommen waren, kurvte Whyte im zweiten Gang durch die enge Straße, die die Piazza di Ciombi von dem kleinen Gebäude mit der Glastür trennte. Auf dem blauweißen Schild über der Tür stand „Polizia“. Er bog in eine Seitenstraße und parkte.

„Gib Gas, okay?“, sagte er.

Gabriel war mit einem Fuß schon ausgestiegen, als er sich umdrehte und ihm die Kassette unter die Nase hielt. „Sie bringen sie ihm. Ich bin nicht Ihr verdammter Lieferjunge.“

Whytes Augen glänzten einen Moment lang rot. „Ach, aber ich bin dein verdammter Chauffeur?“

Gabriel wandte sich brüsk ab.

„Sag ihm, ich hätte sie in Pistoia vorbeigebracht, als du nicht da warst“, rief Whyte ihm nach. „Du weißt nicht, wo ich bin!“

Der Eingangsbereich war dunkel und eng. Links war eine marmorne Treppe, geradeaus in einer Glaskabine die Rezeption. Eine Frau in einer blauen Carabiniereuniform mit roten Paspeln saß darin. Ihre ausgeprägten Augenbrauen zogen sich zusammen, als Gabriel den Namen von Inspector Roark dreimal wiederholte, weil er keine Antwort bekam. Als er „Interpol“ hinzufügte, leuchtete ihr Gesicht auf.

„In-ter-pol?“, wiederholte sie.

„Si.“

Sie fragte ihn nach seinem Ausweis, und Gabriel klopfte seine Taschen ab.

„Oh, hm, 'tschuldigung." Er deutete auf sich selbst. „Gabriel Schopenhauer", sagte er, jede Silbe einzeln betonend.

Sie hielt seinen Blick, während sie telefonierte, und sprach seinen Namen mehr oder weniger richtig in den Hörer. „Uno", sagte sie und legte auf. Dann hielt sie den Zeigefinger hoch. „Eins", fügte sie stolz hinzu und zeigte auf die Treppe.

Gabriel ging in den ersten Stock und öffnete die Tür zu einem Großraumbüro mit Arbeitsplätzen, an denen Beamte sich durch Papiere wühlten oder an ihren Computern herumtippten. Am anderen Ende waren Büros, die durch Glaswände getrennt waren. Vor ihnen stand ein glatzköpfiger Mann mit einem Diamantstecker im linken Ohr und winkte Gabriel zu sich. Er öffnete eine Tür, und als Gabriel hineingegangen war, schloss er sie, ohne ein Wort zu sagen.

Das Büro war nur spärlich mit einem leeren Schreibtisch und zwei Holzstühlen eingerichtet. An der Wand befand sich eine Pinnwand, die mit Postern und Zeitungsausschnitten bedeckt war. Gabriel sah auf die Uhr. Wahrscheinlich war Roark irgendwo im Gebäude und ließ ihn absichtlich warten. Durch die gläserne Trennwand sah er den Glatzkopf, wie er mit zwei anderen sprach. Die drei betrachteten Gabriel misstrauisch. Er drehte sich von ihnen weg und ging zu der Pinnwand. Sogleich fiel sein Blick auf einen Zeitungsausschnitt. Er war aus dem *Corriere della Sera*, und auf einem Foto war Commandant Georges Savarin zu sehen, der neben einem kleinen, mondgesichtigen Mann stand. Savarin grinste in die Kamera. Sein Begleiter runzelte die Stirn und schien sich abzuwenden. Die Überschrift lautete: ‚Cultura per tutti'. Gabriel lehnte sich vor, um den Text zu lesen. Dabei sagte er die Worte leise vor sich hin, wie man es ihm vor Jahren beigebracht hatte, aber sein Italienisch war nicht gut genug, um alles zu verstehen. Er warf einen Blick durch die Glaswand und sah, wie sich zwei Beamte mit einem Grinsen von ihm abwandten.

Gabriel starrte wütend und trotzig zurück, aber niemand beachtete ihn mehr. Er ging zur Tür, riss sie auf und eilte durch das Großraumbüro und die Treppe hinunter. Niemand rief ihm nach. An der Rezeption übergab er die Kassette.

„Geben Sie das bitte Inspector Roark, Signora. Sagen Sie ihm, dass es Arthur Whyte an meine Adresse in Pistoia geschickt hat. Er hat sie aus der Münchner Wohnung meines Großvaters genommen und gedacht, sie sei für mich. Ich habe sie mir nicht angehört. Ich … will mir nicht anhören, was da möglicherweise drauf ist. Inspector Roark wird das verstehen, und wenn er mich sprechen will, hat er meine Nummer. Okay?"

Die Frau zog die Augenbrauen zusammen. Sie trafen sich in der Mitte. „Che?"

Er bedeutete ihr, dass er Papier und Bleistift brauchte. Als sie ihm beides gab, schrieb er eine Nachricht. Er brauchte dazu eine Weile. Die Buchstaben gerieten in die falsche Reihenfolge, er musste sie durchstreichen und neu anfangen, sich außerdem darauf konzentrieren, zwischen den Wörtern Platz zu lassen und halbwegs gerade Zeilen zu schreiben. Endlich war er fertig, wickelte das Papier um die Kassette und schrieb Roarks Namen in großen Druckbuchstaben darauf. Er reichte alles der Rezeptionistin und wandte sich um. Aus dem Augenwinkel sah er noch, wie sie auf seine kindliche Handschrift starrte.

Als Gabriel zurück zum Wagen kam, fühlte er sich, als würde sich jeder über ihn lustig machen und ihn verachten, jeder, mit Ausnahme seiner Frau. Whyte hatte den Motor schon gestartet und war bereit zu fahren. Gabriel öffnete die Beifahrertür, stieg aber nicht ein. „Können Sie mich zum Flughafen bringen?"

Whyte betrachtete ihn einen Moment lang. „Weiß Roark, dass ich hier bin?", fragte er.

„Der war gar nicht da."

„Es gibt keine Flüge von Florenz nach Lech."

„Am Flughafen gibt es Mietwagen. Nicht, dass es Sie irgendwas angeh…" Gabriel stockte. Er tastete seine Taschen ab und verzog das Gesicht. Er hatte seinen Führerschein in Pistoia gelassen. Zurückzufahren, um ihn zu holen, würde bedeuten, dass ihn seine Frau nicht mehr wegließ. Unentschlossen blieb er stehen und fluchte leise.

„Schau", sagte Whyte und klang, als wollte er etwas Tröstliches sagen, „warum gibst du mir nicht einfach den Schlüssel für das

Haus in Lech und lässt mich das machen? Ich halte dich komplett auf dem Laufenden. Versprochen! Ich fahre hin und sehe nach, ob jemand herumschnüffelt. Wenn nicht, sehe ich mich im Haus um und sorge dafür, dass alles, was sich zu stehlen lohnt, an einen sicheren Ort kommt. Vielleicht bringe ich die Sachen hierher ... je nachdem, was es ist."

Gabriel sah ihn interessiert an.

„Das hätten Sie mir im Café sagen können", sagte er. „Sie konnten die Kassette nicht selbst zu Roark bringen. Er hätte Sie festgenommen und zur Befragung dabehalten. Ich war wirklich ihr Laufbursche." Er zeigte mit einem Finger auf ihn. „Sie hatten den Motor noch laufen. Sie waren bereit wegzufahren und mich hier stehen zu lassen, ohne zu wissen, wie ich nach Hause kommen soll. Sie sind ein Arsch."

„Das ist jetzt aber nicht nett."

Gabriel ließ sich Zeit damit, sich in den Wagen zu setzen und die Tür zu schließen. „Um Ihre Frage von vorhin zu beantworten: Ja, Sie sind mein verdammter Chauffeur. Bringen Sie mich nach Lech."

Für ein paar Sekunden rührte sich Whyte nicht. Dann rutsche er ein Stück auf dem Sitz vor und schob seine Hand hinter den Rücken. Vor Gabriels Augen, die sich vor Überraschung weiteten, beugte er sich über ihn, öffnete das Handschuhfach, legte eine Waffe hinein und schloss es wieder.

„Hat sich mir in den Rücken gedrückt ... Anschnallen, Jungchen."

Der Verkehr bewegte sich langsam den Arno entlang. Es war Mittag, als sie auf die A1 kamen und durch das Penninikum in Richtung Bologna fuhren. Gabriel sah immer wieder auf die Uhr auf seinem Handy und hoffte, dass Emily nicht anrufen würde. Um halb eins entspannte er sich. Jetzt saß sie im Sonntagnachmittagsseminar in den Uffizien und hatte das Telefon ausgeschaltet. Er dachte lange darüber nach, was er ihr in der SMS schreiben würde: dass er Arthur Whytes Angebot angenommen hatte, ihn auf seinem Weg nach München in Lech abzusetzen. Dann hätte

Gabriel Zeit, die Sachen in Großvaters Haus durchzusehen, bevor es die Polizei tat. „Hoffe, das ist okay. Ich ruf dich heut' Abend an. XXX G."

Er starrte angespannt in die bewaldete Landschaft. Er wusste, dass Emily an die Decke gehen würde, weil sie glaubte, dass er einen Fehler machte. Schon zuvor hatte ihm sein impulsives Verhalten Probleme gemacht …

Sie ließen die Berge hinter sich. Der Wagen glitt über die breite, flache Ebene der Reggio Emilia. Die Wintersonne schien auf den Schnee in den Furchen der gezackten Reihen auf den gepflügten Äckern. Die Autobahn wand sich nordwestlich in Richtung Modena. Sie kamen an einem verlassenen Industriegebiet vorbei, in dem nur noch ein Sicherheitsbeamter den mit Stacheldraht umrandeten Zaun abschritt. Gabriel räusperte sich.

„Die von Interpol haben gesagt, dass mir Großvater einen Haufen Geld aus illegalen Kunstverkäufen hinterlassen hat."

Whyte nahm den Blick nicht von der Straße. Sein rechtes Handgelenk ruhte auf dem Lenkrad, die Finger hatte er zu einer Faust geballt. Eine ganze Weile sagte er nichts. „Max und Savarin haben eine böse Vorgeschichte", antwortete er schließlich. „Savarin ist hart. Und er kennt sich aus. Auktionspreise, die bis in Napoleons Zeit zurückgehen, heißt es. Mr. Supergedächtnis. Halt dich von ihm fern."

„Sie sind schon der zweite, der mir das in den letzten vierundzwanzig Stunden gesagt hat. Der erste war ein Münchner Bulle."

Whyte sah zu ihm rüber. „Klingt nach 'nem Abenteuerroman, hm? Es gibt zwei Untersuchungen. Die eine wird von der Münchner Polizei durchgeführt. Sie ermitteln im Mordfall an deinem Großvater. Sie können sich nur in Deutschland umsehen. Die zweite ist von Interpol, der Abteilung für Kunstdiebstahl, vertreten durch Savarin und seinen Handlanger Roark. Sie ermitteln gegen deinen Großvater. Und sehen sich überall um. Hast du das schwarze Loch bemerkt? Wir fahren direkt rein. Es wird nicht lustig."

„Ich bin kein kleiner Junge mehr."

Whyte rieb sich die müden Augen. „Du hast gesagt, dass Savarin deinen Großvater bezichtigt, ein Verbrecher zu sein, und erwartest, dass ich widerspreche oder etwas erkläre. Max tat das auch nie. Vielleicht solltest du dich entscheiden, woran du glaubst: an den Großvater, den du kanntest, oder an den Bullen, der ihn bis aufs Blut gehasst hat."

Gabriel konzentrierte sich eine Weile auf seine Hände, bevor er sprach.

„Eine Sache sollten Sie nicht tun", sagte er ruhig. „Mir vorschreiben, wie ich zu meinem Großvater zu stehen habe." Er sah auf. „Ist das klar, Mr. Whyte?"

Whytes Lippen begannen mit einem Mal zu zittern. Gabriel sah, wie er das Lenkrad mit beiden Händen fest umklammerte, so dass seine Knöchel weiß hervortraten.

„Verdammt nochmal", murmelte Whyte. Eine einzelne Träne fand ihren Weg über seine Wange, und er wischte sie ärgerlich weg. Gabriel wandte sich peinlich berührt ab und suchte in der Landschaft nach Ablenkung … irgendetwas …

Dann fiel ihm der Zeitungsausschnitt ein. Er wartete, bis er hören konnte, dass sich Whytes Atem wieder beruhigt hatte. Nach einer Weile sagte er:

„Auf der Polizeistation hing ein Artikel an der Pinnwand. ‚Cultura per tutti' war die Überschrift. Ich kann lesen, aber nicht Italienisch."

Whyte blieb einen Moment lang ruhig. „‚Kultur für alle'", sagte er mit leiser, erschöpfter Stimme. „Das ist ein Gesetz, ein Steuergesetz. Das ist nur das dünne Ende. Dahinter lauert noch ein riesiger Keil."

„Die Polizisten haben was davon gesagt, dass die Zeit knapp wird."

Whyte nickte. Er bat Gabriel, eine ausgebeulte Ledermappe vom Rücksitz zu nehmen. „Da ist ein Wirtschaftsmagazin drin. Vor gut drei Monaten haben sie was darüber geschrieben."

Gabriel kramte das Magazin hervor und blätterte darin herum, bis er den Artikel gefunden hatte. Er lehnte sich an die Kopfstütze, damit Whyte ihn nicht aus den Augenwinkeln beobachten konnte, und hielt sich den Text nah vor die Augen. Seine Lippen bewegten sich, während er las. Beim ersten Absatz erinnerte er sich daran, dass Emily ‚Kultur für alle' schon vor Monaten einmal beim Abendessen erwähnt hatte. Ihm fiel ein, dass er damals gedacht hatte: Na und? Dasselbe dachte er jetzt auch. Wie Whyte gesagt hatte, war ‚Kultur für alle' ein Steuergesetz. Ursprünglich auf EU-Gebiet beschlossen, hatte nach und nach jedes Mitgliedsland Gesetze verabschiedet, um es in ganz Europa durchzusetzen. Dreieinhalb Prozent jährliche Abgaben auf den Wert eines Kunstwerks wurden veranschlagt, wenn sie sich in Privatbesitz befanden. Es sei denn, es handelte sich um Dauerleihgaben für Museen. Kultur für alle? Wohl eher Steuerersparnis für ein paar Wenige. Gabriel konnte hier keine Verbindung zu dem Mord an seinem Großvater sehen, und er wollte es gerade Whyte sagen, als er zum letzten Abschnitt kam:

„... aber das Gesetz hat dieses Mal eine schöne Überraschung beschert. ‚Kultur für alle' bietet einen einjährigen Straferlass. Kunstwerke, die von ihren Besitzern aus den Verstecken geholt werden, weil sie denken (oder wissen), dass diese Gemälde illegal beschafft wurden, vielleicht schon vor Jahrhunderten, können dem Staat übergeben werden, wobei die Besitzer den vollen Marktwert erhalten, dazu Immunität für sowohl zivil- als auch strafrechtliche Verfahren und vollständige Anonymität. Aus Quellen, die dem EU-Kommissar für kulturellen Angelegenheiten, Daniel Martin, nahestehen, war zu erfahren, dass diese Amnestieklausel in letzter Minute hastig hinzugefügt wurde. Ein nachträglicher Einfall, um die erwartete Handvoll solcher Kunstwerke aus der Versenkung zu holen.

Doch statt der Handvoll wurde es ein Füllhorn. Lotto, Rubens, Tizian, Pordenoe, Carracci, Sebastiano del Piombo, van der Weyden, Carpaccio, Giovanni Bellini – diese und andere Meisterwerke tauchten dank der Straffreiheit wie durch Zauberhand wieder auf. Sogar ein Zeichenbuch von Raphael, dessen Echtheit allerdings noch, wie die einiger anderer Werke, bestätigt werden muss, war darunter. Sie alle sind Meisterwerke und sie alle waren längst verloren geglaubt.

... Die großzügigen Zahlungsbedingungen stehen in der Kritik. Aber ein Sprecher von EU-Kommissar Martin verteidigt sie:

‚Diese unglaublichen Schätze, die von der Kunstwelt schon vor langer Zeit abgeschrieben wurden, bereichern bereits die europäischen Museen. Somit ist es ein kleiner Preis, der für einen solch immensen Beitrag zu unserem kulturellen Erbe bezahlt wird.'

Auch wenn der ‚kleine Preis' einem nicht gewählten Mitglied der EU-Kommission leicht über die Zunge geht, hat Martin mit einer Sache recht: Es steht außer Frage, dass sich ‚Kultur für alle' bemerkbar gemacht hat. Die Londoner Nationalgalerie verzeichnete in den vergangenen drei Monaten einen Besucheranstieg von vierundfünfzig Prozent. Die Uffizien, das Kunsthistorische Museum und der Louvre berichten von ähnlichen Zahlen ... Die Öffentlichkeit wurde demnach ebenfalls von einer Art kulturellem Goldrausch ergriffen. Oder wenigstens glauben das die Medien ... Sicherlich ist es ein Zeichen dafür, dass die ‚Kultur' in der Tat ‚alle' erreicht hat, wenn ein massenwirksames britisches Boulevardblatt wie *The Sun* auf der Titelseite schreibt: ‚KFA Amnestie: Was ist der nächste große Fund?'

Im März läuft die Frist für die Straffreiheit aus. EU-Quellen erwarten einen Last-Minute-Ansturm."

Gabriel sah auf. Die zweispurige Straße führte sie direkt nach Norden. Verona war nur dreißig Minuten entfernt. Sie fuhren durch hellen Sonnenschein, aber der Horizont versteckte sich hinter einem Wolkenberg. Gabriel dachte an den Vernehmungsraum in München und die drei Polizisten, die versucht hatten, nach Roarks erster Erwähnung von ‚Kultur für alle' in seinem Gesicht zu lesen. Und langsam, wie eine Wolke, die über den Winterhimmel zog, legte sich über Gabriels Herz der eisige Schatten eines Mörders – der auf dem Weg zu ihm war.

Kapitel 6

Zwischen Verona und Vipiteno – 23. Februar 2003

Sie folgten der A22 um Verona herum und erreichten die südlichen Ausläufer der Alpen. Der BMW wurde langsamer, als die Straße anstieg.

„Wie alt ist der Wagen?", fragte Gabriel.

„Von 1958", sagte Whyte. „Ich habe Sicherheitsgurte und ein Kassettendeck eingebaut. Alles andere ist original."

„Hoffentlich nicht die Reifen."

„Riech mal das Leder!", sagte Whyte. „Und fühl über das Chrom!"

„Sehr schön … Könnten wir mal für einen Kaffee anhalten?"

Zehn Minuten später fuhren sie bei einer Tankstelle raus. Gabriel kaufte zwei Espressi, während Whyte tankte und in bar bezahlte. Er zeigte nach Norden. Ein grauweißer Vorhang legte sich über das Land, wo an einem klaren Tag die Berge zu sehen waren. Eine halbe Stunde später schaltete Whyte die Nebelscheinwerfer ein. Gabriel sah auf den Tacho.

„Wenn wir in diesem Tempo weiterfahren, sind wir erst weit nach dem Abendessen da."

„Wenn ich schneller fahre", sagte Whyte, „kommen wir vielleicht gar nicht an."

Wie zum Beweis, bremste Whyte scharf, als sich vor ihnen im Nebel das Hinterteil eines LKW materialisierte. Whyte drosselte weiter das Tempo und lehnte sich vor, um durch die Windschutzscheibe zu sehen. Gabriel blieb ruhig, um ihn nicht abzulenken. Schließlich sagte Whyte: „Hast du eine Idee, wo wir gerade sind?"

„Gerade an Trento vorbei. Wir sind jetzt in Südtirol. Sehr hübsch, wenn man etwas sehen könnte."

„Das ist, als würde man durch Watte fahren."

„Und es ist zehn vor vier, und wir müssen noch ungefähr dreihundert Kilometer fahren. Bei einer Geschwindigkeit von sechzig

Kilometer pro Stunde kommen wir heute noch nach Lech, aber sehr spät. Vielleicht haben wir Glück und es klart noch auf."

Aber das tat es nicht. Innerhalb von Minuten wurde der Nebel noch dichter, und der Wagen schlich im dritten Gang voran. Whyte musste hin und wieder das Steuer herumreißen, um auf der Straße zu bleiben. Rechts konnten sie ein Schild im Nebel erkennen.

„Bozen", sagte Gabriel.

„Scheiße, schon fünf Uhr", sagte Whyte, „und es ist dunkler als im Arsch des Teufels!"

„Noch zweihundertfünfzig Kilometer bis Lech", sagte Gabriel und sah auf den Tacho. „Wenn es so weitergeht, sind wir doch erst morgen da."

Whyte sah ihn an. „Tu mir einen Gefallen", blaffte er. „Hör auf mit diesem Entfernungsscheiß. Ich brauch keinen verfluchten Co-Piloten. Aaah!" Er riss das Steuer hart nach rechts, als vor ihm aus dem Nichts Scheinwerfer auf der Spur auftauchten, auf die er gewechselt war. Ein Ausfahrtschild tauchte rechts auf, und Whyte fuhr ab. Er hielt an dem unbefestigten Fahrbahnrand.

„Wir müssen uns eine Pension suchen", sagte er, „und hoffen, dass es bis morgen aufklart. Vielleicht muss ich eine Kreditkarte benutzen, was ich nicht will. So hätte das eigentlich nicht laufen sollen."

„Tommaso nimmt uns auf", sagte Gabriel. „Am Wochenende ist er oft bei seiner Mutter. Das ist nicht weit von hier, in der Nähe von Vipiteno."

Whyte sah ihn zweifelnd an. „Tommaso?"

„Ich dachte, Sie würden die Freunde von Großvater kennen?"

„Dein Großvater hat immer schön dicht gehalten. Ich weiß nichts über sein Privatleben."

Gabriel sah auf sein Handy. „Tommaso ist Großvaters Patensohn. Er hat versucht, mich anzurufen." Er klickte sich zu der Nummer, aber sein Daumen schwebte einige Sekunden über dem Anrufknopf. „Oder vielleicht suchen wir uns doch eine Pension", sagte er mit gesenktem Kopf.

Eine Weile herrschte Stille.

„Das ist normal“, sagte Whyte.

Gabriel sah auf.

„Dass man nicht darüber reden will“, fuhr Whyte fort. „Nicht mal mit der Familie. Trauer ist egoistisch.“

Gabriel sah einen Moment lang verwundert aus. Dann nickte er und drückte auf den Knopf. „Ich kann ihn nicht ignorieren“, sagte er. „Nicht Tommaso ... Hallo“, sagte er in sein Handy. „Signora Zennetti? Hier ist Gabriel Schopenhauer ... Hallo? ... Signora, Tommaso hat versucht, mich anzurufen. Kann ich ihn bitte sprechen? ... Oh ... Gut ... Ich ruf ihn dann dort an ... Nein, ich bin nicht in Pistoia. Eigentlich bin ich gerade mal dreißig Kilometer vor Vipiteno ... Wir wollen nach Lech, aber Nebel hat uns aufgehalten. Wissen Sie vielleicht eine Pension in ...“

Whyte sah zu, wie Gabriel das Handy fester ans Ohr drückte und sich seine Augenbrauen zusammenzogen.

„Aber Signora ...“ Gabriel hörte mit geschlossenen Augen zu. Dann verabschiedete er sich und legte auf.

„Was?“, fragte Whyte.

„Tommaso ist dieses Wochenende in Florenz. Um mit mir zu reden ... Aber sie hat darauf bestanden, dass wir bei ihr übernachten.“

„Das scheint dich nicht richtig froh zu machen“, sagte Whyte.

„Als ich ihr gesagt habe, dass wir auf dem Weg nach Lech sind, hat sie Italienisch gesprochen.“

„Sie glaubt, dass du lange genug hier wohnst, um wenigstens ein bisschen was zu verstehen.“, sagte Whyte trocken.

„Hab ich auch. Es waren die ersten Worte auf Italienisch, die ich gelernt habe. Aber ich hab sie noch nie von einer alten Frau gehört.“

„Was?“

„Obszönitäten. Und dann sagte sie auf Englisch: Gabriel, wir müssen reden.“

In der Nähe von Vipiteno – 23. Februar 2003

Signora Zennettis Häuschen stand am Ende eines Feldwegs, der sich durch eine bergige Region wand, die in den Tälern und Schluchten von reißenden Bächen und kleinen Seen durchzogen war. Gabriel erinnerte sich daran, gelesen zu haben, dass diese Seen nicht von alpinem Tauwasser, sondern von Thermalquellen gespeist wurden. Er öffnete das Fenster und atmete die nach Pinien duftende Luft tief ein. Er erklärte Whyte den Weg, wie Tommasos Mutter ihn ihm erklärt hatte. Um kurz vor sechs verlangsamte Whyte das Tempo und bog in die Einfahrt.

Tommasos Mutter stand in der Tür, als sie anhielten. Signora Zennetti war eine große, gepflegte Erscheinung mit einer dichten weißen Mähne und Tommasos schwarzen Augen. Sogar auf die Entfernung hatte sie die furchteinflößende Ausstrahlung einer pensionierten Schulleiterin. Bei ihrem Anblick dachte Gabriel mit einem Mal, dass es vielleicht doch eine bessere Idee gewesen wäre, im Auto zu schlafen. Whyte schien es genauso zu gehen.

„Sie gehört dir", sagte er grimmig. „Ich bin nur der Chauffeur."

„Haben Sie Angst vor Frauen?"

Whyte schnaubte. „Gelegentlich. Tödlicher als Männer."

Aber als Gabriel näher trat, beruhigte ihn die Wärme ihrer Begrüßung sofort wieder. Signora Zennetti streckte ihm beide Hände entgegen, schenkte ihm ein mütterliches Lächeln und betrachtete sein Gesicht. „Ich bin so froh, dich endlich wiederzusehen, Gabriel", sagte sie mit ihrer tiefen, melodischen Stimme. „Nur die Umstände machen mich sehr traurig."

Sie führte die beiden Männer ins Haus und eine enge Treppe hinauf, um ihnen die beiden Gästezimmer zu zeigen. Eine halbe Stunde später saßen sie an einem Holztisch mit dicken Tischbeinen, der mitten in einem langgezogenen Raum stand. Eine offene Küche befand sich an einem Ende, ein Kamin mit zwei Rohrsesseln am anderen. Die Decke zeigte freiliegende Holzbalken voller Wurmlöcher. Die einzige Dekoration an der Wand war eine Serie eindrucksvoller Farbfotografien von Fresken, die Gabriel an etwas erinnerten.

Während Whyte und er die Penne mit Pesto herunterschlangen, schielte er verstohlen zu ihrer Gastgeberin. Er versuchte, aus ihr schlau zu werden. Obwohl es in dem Zimmer warm war, trug Signora Zennetti einen Umhang über ihren dünnen Schultern. Sie hielt sich mühelos aufrecht und gerade und sah ihnen beim Essen zu. Er hatte erwartet, dass sie in Erinnerungen an seinen Großvater schwelgen würde, aber sie sprach kaum, ignorierte Gabriel mehr oder weniger und sah Whyte nachdenklich an.

Whyte schien ihre prüfenden Blicke nicht zu bemerken. Wie bei Gabriel war es für ihn das erste Essen seit dem Frühstück. Er verschlang zwei Teller Pasta und trank mehrere Gläser Wein, die er sich aus einem Keramikkrug nachschenkte. Dann lehnte er sich zurück, bedeckte ein Rülpsen mit seiner Serviette und deutete auf die Bilder an der Wand.

„Ich hab' schon viele Fotos von der Brancacci Kapelle gesehen“, sagte er. „Aber diese hier sind so echt, als wäre man dort. Wer hat sie gemacht? Wissen Sie das?“

„Ja. Ich.“

„Sie?“ Whyte hob die Augenbrauen. Dann prostete er ihr zu, verschüttete dabei etwas Wein, trank und füllte sein Glas wieder auf. Signora Zennetti betrachtete ihn mit einem Ausdruck, der Gabriel mit seinem Stuhl vom Tisch zurückweichen ließ, als müsse er sich aus der Schusslinie begeben.

„Sie scheinen überrascht, Mr. Whyte“, sagte sie leise.

„Nein, nein.“

„Frauen können eine Kamera bedienen.“

„Ich erzähl' Ihnen mal was. Ich bin immer wieder erstaunt, was Frauen alles können. In Glasgow kannte ich mal ein Mädchen ...“

Gabriel unterbrach ihn eilig: „Sie waren Profifotografin, Signora? Sind diese hier veröffentlicht worden?“

„... die war unglaublich gelenkig, falls sie überhaupt Gelenke hatte!“, fuhr Whyte fort. „Sie konnte ihr Bein – und zwar gerade ausgestreckt – hochheben bis hinters Ohr. Ich schwör's.“

Beschämt schloss Gabriel die Augen. Als er sie wieder öffnete, sah er, wie Tommasos Mutter Whyte mit einem wissenden

Blick betrachtete. Und Whyte sah sie mit offener Bewunderung an.

„Mr. Whyte“, sagte sie zu Gabriel, „ist das, was Feministinnen ein sexistisches Schwein nennen.“

„Sie sind zu feminin, um eine Feministin zu sein, Signora“, sagte Whyte. „Außerdem haben Sie viel zu schönes Haar. Ich habe noch nie eine Feministin mit schönem Haar getroffen. Die Pasta war übrigens ganz unglaublich.“ Er grinste und hob beide Hände. „Ich bin allerdings wirklich irgendwie ein Schwein, das stimmt. Das sind verdammt gute Fotos. Verdammt gut.“ Er rülpste noch einmal, diesmal jedoch, ohne seinen Mund zu bedecken. In der Zwischenzeit blieb sein umherschweifender Blick an einem bestimmten Foto hängen. Es zeigte einen ernst aussehenden, weißbärtigen Mann, der gerade Wasser aus einer Schale über einen Jugendlichen goss, der in einem Fluss kniete.

„Die Taufe des Neophyten“, sagte Signora Zennetti, die seinem Blick gefolgt war. „Vielleicht ist das Ihre selbsterwählte Rolle, Mr. Whyte. Sie als der heilige Petrus, und Gabriel als der junge Akolyth? Jetzt, da Maximilian gestorben ist, nehme ich an, Sie werden seinen Enkel in Ihre … Ihre Welt einführen.“ Sie zog die letzten Worte bedeutsam in die Länge.

Whyte hatte sein Glas zum Mund geführt, ließ es dann aber wieder sinken, ohne davon getrunken zu haben. Er zog die Augenbrauen nachdenklich zusammen.

„Vielleicht wissen Sie es nicht, Signora“, sagte er, „aber Ihre letzte Bemerkung trifft mich doch sehr …“

„Wenn das auf dem Bild Wein wäre statt Wasser“, unterbrach Gabriel mit einem kleinen, nervösen Lachen, „würde er es sich natürlich lieber in den Hals schütten.“

Seine Gastgeberin ignorierte ihn. „War es Ihre Idee, Gabriel nach Lech zu bringen?“, fragte sie Whyte.

„Meine“, sagte Gabriel rasch.

Sie wandte sich zu ihm. „Dann überleg es dir anders. Morgen fährt um halb sieben ein Zug von Vipiteno. Du musst zweimal umsteigen, aber bis zum Mittag bist du in Florenz. Ich kann dich zum Bahnhof bringen.“

Es folgte eine bedrückende Stille. Signora Zennetti wandte sich wieder zu Whyte und starrte ihn an. Er sah auf und hielt ihrem Blick einen Moment lang stand. Dann trank er den letzten Schluck Wein aus, erhob sich, bedankte sich für das Essen und entschuldigte sich. Er schwankte etwas und hielt sich am Geländer fest, als er die Treppen hinaufstieg.

Signora Zennetti sah ihm mit steinernem Gesicht nach, bis er verschwunden war. Dann wandte sie sich an Gabriel. Der Schulleiterinnenausdruck kehrte in ihr Gesicht zurück.

„Also?“, fragte sie.

„Signora, ich fahre nur für einen Tag nach Lech, um Großvaters Sachen durchzusehen. Vielleicht gibt es da etwas, das er mir hinterlassen hat, und ich will es vor der Polizei finden.“

Sie stand mit blassem, bestimmtem Gesicht auf und fing an, den Tisch abzuräumen. Gabriel erhob sich unsicher und folgte ihr mit seinem Geschirr in die Küche. Er murmelte Dankesworte für das leckere Essen und fügte hinzu, dass es spät war und er ebenfalls schlafen gehen würde. Sie schüttelte den Kopf.

„Wir müssen reden.“

Gabriel spürte die Erschöpfung wie mit eisernen Ketten an all seinen Gliedern zerren. Er wollte nur noch hochgehen und ins Bett fallen. Stattdessen schlurfte er gehorsam zurück zum Esstisch, setzte sich, und gleich darauf gesellte sich seine Gastgeberin zu ihm. Sie sah nun so erschöpft aus, wie er sich fühlte.

„Gabriel, es tut mir so leid. Es tut mir so wahnsinnig leid.“ Sie sprach mit der Stimme einer alten Frau, die keine Tränen der Trauer mehr übrig hatte. „Aber das Leben geht weiter …“ Sie betrachtete ihn einen Moment lang. „Du ähnelst deinem Großvater sehr“, sagte sie ernst. „Breite Schultern, dieselbe Nase, dieselben Augen, auch wenn die von Maximilian kälter waren. Der Krieg hat ihm das angetan.“ Sie sah kurz zur Treppe hinüber. Ihr Blick wurde hart. „Aber nicht einmal Maximilian hätte zugelassen …“

„Sie meinen, weil ich nach Lech will. Mr. Whyte hat keine Schuld daran. Er wollte nicht, dass ich …“

„… wenn noch ein Mörder da draußen herumläuft. Was sagt deine Frau dazu?“

„Also, sie … Ich hab ihr eine Nachricht hinterlassen." Er wich ihrem Blick aus.

„Du hast ihr eine Nachricht hinterlassen", sagte sie mit Nachdruck.

„Wie auch immer, Signora, das ist doch keine große Sache. Die Polizei kommt auch dorthin … bald."

„Die Polizei kommt immer dann", sagte sie und betrachtete ihn mitleidig, „wenn es zu spät ist. So wie 1969."

„Was?"

Sie setzte sich wieder aufrecht hin und zog den Umhang fester um ihre Schultern. „Tommaso würde mir jetzt sagen, ich solle den Mund halten. Es gehe mich nichts an, da es nicht meine Familie sei. Aber es ist meine Familie, und er sollte so nicht mit seiner Mutter reden." Ihre wässerigen Augen hörten auf, durch den Raum zu irren und blieben auf Gabriels Gesicht ruhen. „Maximilian hat es dir nie erzählt, da bin ich mir sicher. Verschlossen wie der Vatikan, der Mann."

„Signora?"

Sie legte ihre Hände flach auf den Tisch und betrachtete sie eine Weile. „Aber ich werde es dir erzählen", sagte sie leise. „Und wenn dich das nicht zurück nach Pistoia bringt … Gabriel", sagte sie und sah ihn an. „Dein Urgroßvater, Armande Montmorency, was weißt du über ihn?"

Gabriel zuckte zusammen. „Großvaters Schwiegervater? Nichts. Warum? Ich meine, er ist vor langer Zeit gestorben. Bevor ich geboren wurde."

„Er starb 1969, vor vierunddreißig Jahren. Aber er ist nicht ‚eingeschlafen'. Er wurde ermordet. Erschossen. In Florenz, direkt vor mir." Sie hielt inne. Ihre Augen suchten sein Gesicht. „Wenn du morgen nicht den Zug nimmst, wird mit dir dasselbe geschehen."

Er wusste nicht, wie lange er sie anstarrte, ohne zu atmen.

„Ermordet? Warum?"

„Um das zu bekommen, wonach du suchst. Sie haben Armande deshalb getötet – und sind gescheitert. Maximilian bekam es. Sie haben ihn deshalb getötet. So, wie ich Max kenne, sind sie wieder gescheitert. Und jetzt erbst du. Du bist an der Reihe."

In dem Zimmer war es so still, dass Gabriel glaubte, die Luft wäre daraus entwichen.

„Um was geht es da?", fragte er.

Feuer schoss aus ihren Augen. Sie war sichtlich bis aufs Mark erschüttert. „Porca vacca!", blaffte sie. „Ist das nicht egal? Darum geht es gar nicht. Wichtig ist nur, dass es dich umbringen wird. Willst du das? Die Tradition aufrechterhalten? Den Familienfluch weitertragen? Basta."

Gabriel nahm ihren Zorn kaum wahr. Er starrte sie mit offenem Mund an. „Sie waren dort? Sie kannten meinen Urgroßvater?"

Ihr Ärger verrauchte mit einem Mal. Sie blickte still in die Ferne. „Wir haben uns geliebt, Armande und ich." Sie sah Gabriel rasch an und fügte hinzu: „Nach dem Tod seiner Frau."

Gabriel blinzelte. Dann riss er die Augen auf. „Tommaso …", begann er und hielt inne.

„Nein." Sie lächelte leicht. „Armande hat ihn wie einen Sohn behandelt, aber Tommasos Vater war … jemand anderes." Ihr Lächeln verschwand. „Und ja, ich war dabei, als sie Armande erschossen haben. Nicht nur da …" Signora Zennetti wirkte nun so mitgenommen, als wäre der Schmerz noch frisch. „Du solltest wissen, was geschehen ist. Vielleicht wird dir das genug Angst machen, um dich zur Vernunft zu bringen. Es war nämlich kein Überraschungsangriff, bei dem ein Mann in seinem Auto oder auf der Straße von einem Gangster erschossen wird. Armande ging zu den Männern, die ihn ermordeten. Er hatte seine Arme weit ausgebreitet. Und ich musste vom Fenster meiner Wohnung aus zusehen …"

„Er ist auf sie zugegangen?"

„Um Maximilian Zeit zu geben, zu verschwinden – und um Tommaso und mich zu schützen. Armande stieß Maximilian zur Tür unseres Hauses hinein, dann verschloss er sie. Maximilian hatte keine Wahl. Er rannte die Treppen hinauf, verbarrikadierte die Eingangstür und rief die Polizei. Sie kamen gerade, als die Schützen gegen unsere Tür schlugen. Tommaso und ich waren in der Küche, Max draußen, nur mit einem Küchenmesser bewaffnet. Die Mörder rannten davon. Tommaso war zehn …“

Gabriel wagte lange Zeit nichts zu sagen.

„Haben sie sie gefangen?“, fragte er schließlich.

Sie brauchte einen Moment, um zu antworten. „In Palermo, wo meine Mutter herkommt, übt man selbst Rache.“

Gabriel zögerte überrascht. „Haben Sie das getan?“

„Maximilian hat es, hoffe ich, obwohl ich ihn nie gefragt habe. Er hatte das Foto, das ich gemacht habe.“ Ihre Stimme wurde so leise, dass Gabriel sich vorbeugen musste, um sie zu verstehen. „Armande hatte mich gebeten, dieses Foto zu machen. Er rief mich voller Panik an, nur Minuten, bevor … Es wurde so scharf wie ein … wie nennt man das, ein Fahndungsfoto. Ich war im vierten Stock und lehnte mich aus dem Fenster. Der Platz war dunkel wie die Sünde. Aber das Gesicht des Mannes, der hinaufsieht … Ich sehe es immer noch … und sein Haar.“

Ihre Finger griffen nach Gabriels Hemd. Ihr Gesicht war blutleer, ihre Augen so groß wie die eines erstaunten Kindes, das sich an seiner Mutter festklammert. „Eine Frau schenkt einem Mann ihr Herz, und dieser Mann bittet sie darum, ein Foto von seinem Mörder zu machen. Was hält man von einem Mann, der so etwas macht?“

Am nächsten Morgen stand Gabriel am Schlafzimmerfenster und rollte die nackten Zehen gegen die Kälte des Fußbodens ein. Signora Zennettis Geschichte ratterte durch seinen Kopf. Mord, der drei Generationen zurückreichte und eine Generation ausgelassen hatte: Gabriels Vater, der sein Leben selbst mit Drogen beendet hatte, bevor er irgendetwas erben konnte, das wertvoll genug war, um dafür ermordet zu werden. Mord wegen „irgendetwas“, etwas von Wert. Interpol dachte, es ginge um Geld, aber Interpol hatte auch von ‚Kultur für alle‘ gesprochen. Bezeichnet ‚Kultur für alle‘ ein Kunstwerk? Aber warum sollte Interpol lügen?

Er tippte eine kürzlich gewählte Nummer in sein Handy.

„Gabriel! Wo bist du?“

Emilys raue Morgenstimme rief ein Bild von ihr auf, wie sie am Frühstückstisch seitlich auf dem Stuhl saß und eine Hand um die Tasse mit grünem Tee gelegt hatte.

Gabriel erzählte ihr alles. Von dem Treffen mit Arthur Whyte über die Kassette, die er der Polizei in Florenz übergeben hatte, bis zu der Geschichte von letzter Nacht, in der es um einen vierunddreißig Jahre alten Mord ging. „Weißt du", fügte er hinzu, „Tommaso hat mir immer nur von dem Mehrfamilienhaus erzählt, in dem er aufgewachsen ist. Es wurde ‚Bargello' genannt, wie das Museum. Aber er hat mir nie von dem Mord dort erzählt. Großvater auch nicht."

Er hörte, wie ein Stuhl zurückgeschoben wurde. „Inspector Roark war gestern hier", sagte sie mit angespannter Stimme. „Die Kassette, die du ihm gebracht hast. Da war Musik drauf. Es geht ihm nicht um dich. Er will mit Arthur Whyte sprechen."

„Musik?"

„Finlandia, wie in einem indischen Callcenter … Gabriel, einfach so abzuhauen, das ist nicht richtig. Ich will, dass du nach Hause kommst! Jetzt!"

„Arthur Whyte hat eine Waffe", sagte er und bereute es sofort. „Mein Akku hält nicht mehr lange durch."

„Meine Geduld auch nicht."

„Es wird nichts passieren. Mach dir keine Sorgen!"

„Dir könnte etwas passieren. Und wozu? Glaubst du, dein Großvater hat dir ein Bündel Geld unter seinem Bett vermacht?"

„Ich muss los."

„Verdammt." Sie legte auf.

Gabriel schluckte den sauren Geschmack im Mund runter, den ihre seltenen Streits mit sich brachten. Er zog sich an, fragte sich, was er sagen könnte, wie er sich bei ihr entschuldigen würde. Sein Handy piepte. Er hatte eine Nachricht bekommen.

„Ruf mich heute Abend an. In Liebe, E."

Ich muss in einem früheren Leben eine Menge gutes Karma angesammelt haben, dachte er, dass ich eine Frau wie sie verdient habe.

Dreißig Minuten später fuhr Whyte den Wagen vorsichtig rückwärst aus der Ausfahrt. Die Reifen knirschten durch den Schnee, der über Nacht gefallen war.

„Was hat sie dir gegeben?“, fragte er.

Gabriel sah auf den Umschlag auf seinem Schoß, dann wieder zu Signora Zennetti, die im Türrahmen stand. „Einen Talisman. So hat sie es genannt. Vielleicht ist sie eine Hexe.“ Er betastete den Umschlag, aber nichts Festes war darin.

„Sie ist Fotografin. Ich vermute mal, dass es das Foto von dem Mann ist, der deinen Urgroßvater erschossen hat.“

Gabriel sah ihn an.

„Ich saß auf der Treppe und hab’ gelauscht“, sagte Whyte. „Es war so klar, dass sie dir was unter vier Augen erzählen wollte. Deshalb bin ich verschwunden.“

Gabriel blies Luft aus. „Wissen Sie, was ich an Ihnen so mag?“

„Nichts?“

Gabriel wog den Umschlag in der Hand.

„Willst du’s dir nicht ansehen?“, fragte Whyte.

„Ja. Ich werde es mir ansehen.“

Aber als Gabriel auf den Umschlag auf seinem Schoß sah, war er mit den Gedanken woanders. Whyte manövrierte den Wagen durch die engen Kurven der Landstraße, die am Hang hinunter nach Vipiteno entlangführte. Zur Linken blockierte ein hoher Bergkamm das Licht der Morgensonne. Zur Rechten war ein steiler Abhang, der zu einem trockenen Flussbett hinabführte. Gabriel sah Whyte an.

„Großvater hat mir erzählt, dass Sie gern malen. Sie sehen gar nicht aus wie ein Maler.“

Whyte hob die Augenbrauen.

„Ein Mann, der sich wie ein Gentleman kleidet“, fuhr Gabriel fort, „einen Oldtimer fährt, Kunsthändler ist … Ich hätte einen Ästheten erwartet. Stattdessen … sind Sie eher wie so ein rauer Typ aus einem Mickey Spillane-Roman.“

Whyte hob die Schultern. „Zwei Seelen wohnen, ach, in meiner Brust. Gerade jetzt hat eine die Oberhand.“

Gabriel sah ihn verwundert an, doch dann lenkte ihn eine Bewegung vor dem linken Fenster ab, zu der das Geräusch eines schweren Motors gehörte. Er hatte den flüchtigen Eindruck eines großen, schwarzen Fahrzeugs, das links an ihnen vorbeirauschte.

Es fuhr eine halbe Wagenlänge vor dem BMW, als es plötzlich scharf rechts ausscherte. Seine hintere Tür rammte den linken Kotflügel des BMW mit einem lauten Knall. Whyte schrie auf. Es gab ein schreckliches, mahlendes Geräusch, und Gabriel wurde nach links geworfen. Dabei schlug er gegen Whytes Schulter. Der BMW kam von der Straße ab und kippte der Länge nach zur Rechten. Gabriel wurde gegen die Beifahrertür geschleudert und schlug sich den Kopf am Seitenfenster an. Kiesel regnete auf die Windschutzscheibe, und der hintere Teil des Wagens rutschte weg. Gabriels Gesicht war gegen das Seitenfenster gedrückt. Er erhaschte einen kurzen, erschreckenden Blick auf den felsigen Abhang unter ihnen. Instinktiv zog er schützend die Schultern hoch und erwartete den Sturz in die Schlucht, als sich der Wagen mit einem Mal wieder stabilisierte, die Hinterräder Bodenkontakt bekamen und der BMW auf die Straße zurückzuspringen schien. Zugleich rollten sie auf ebenem Boden vorwärts und blieben dann auf der rechten Spur stehen. Von weiter weg, hinter einer Kurve, war abgeschwächtes Hupen zu hören.

Starr saß Gabriel mit einem Arm gegen das Armaturenbrett gestützt da. „Was zum Teufel war das?“, keuchte er.

Whyte sagte nichts. Er sprang aus dem Wagen und zog mühsam den linken Kotflügel ein paar Zentimeter vom Reifen weg, stieg wieder ein und fuhr langsam bis zur Ortsmitte. An einer Tankstelle blieb er stehen und parkte neben der Waschanlage. Seine Hände lagen auf dem Lenkrad, als er zu Gabriel hinübersah, der die Schwellung an seiner rechten Schläfe befühlte.

„Was?“, fragte Gabriel, als hätte Whyte ihn angegriffen.

„Das war nicht einfach ein rücksichtsloser Fahrer. Er hat versucht, uns da in den Abgrund zu drängen“, sagte Whyte. Er stieg aus und inspizierte den Kotflügel.

Nachdem er sich von dem Schock erholt hatte, ging Gabriel zu ihm. Er sprach zu Whytes Rücken, da der sich hingehockt hatte, um sich den Unterboden anzusehen. „Er ist uns gefolgt?"

„Seit Florenz, nehme ich an", sagte Whyte, richtete sich auf und klopfte sich die Hände ab.

„Als er zum ersten Mal vom Band lief, da nannten sie den BMW 502 ‚Barockengel'. Jetzt ist er ein Engel, dem ein Flügel fehlt. Wo zum Teufel soll ich einen original linken Kotflügel für den 502 herbekommen? Wir fahren weiter. Es sei denn …"

Gabriel sah ihn ein paar Sekunden lang verwundert an. Dann verstand er. „Es sei denn gar nichts", sagte er. „Sie werfen mich nicht am nächsten Bahnhof raus."

Gleich hinter Vipiteno kamen sie wieder auf die vierspurige A22, die nach Norden zur österreichischen Grenze führte. Der Himmel war wolkenlos, die Straßen frei von Schnee und Eis, aber Whyte fuhr konstant 120. Regelmäßig schaute er dabei in den Rückspiegel. Mit ihren jeweiligen Gedanken beschäftigt, schwiegen sie. Es war fast zehn Uhr, als sie südlich an Innsbruck vorbeikamen und in westlicher Richtung auf der Mautstraße auf den Arlberg zufuhren.

„Ich nehme an, der Typ könnte auch Ihnen gefolgt sein", sagte Gabriel, „und nicht mir … Sie konnten ihn nicht sehen, oder?"

Whyte schüttelte den Kopf.

„Der Wagen war schwarz", sagte Gabriel. „Ein SUV, denke ich."

„Ein Mercedes SUV", sagte Whyte, „mit kohlschwarzgetönten Fenstern und einem Frankfurter Kennzeichen."

Sie schlängelten sich durch eine Bilderbuchlandschaft mit kleinen Ortschaften und Zwiebelturmkirchen. Auf einem Schild stand: „St. Anton am Arlberg 100 km". Der linke Kotflügel fing an zu rattern, und Whyte fuhr auf den nächsten Rastplatz. Ein Tankwart half ihnen mit Klebeband aus, um den Kotflügel an seinem Platz zu halten. Gabriel erzählte Whyte, dass er Emily morgens angerufen hatte. Sie hatte ihm erzählt, dass sich die Polizei die Kassette angehört hatte, allerdings war nichts darauf zu hören gewesen.

„Außer Musik", fügte er hinzu und sah Whyte scharf an. „Sie haben doch wohl nichts mit der Kassette angestellt, oder?"

Whyte schwieg.

„Hast du zwanzig Euro?", fragte er schließlich.

„Äh … ja."

„Gib sie dem Mann."

Gabriel wollte seine Frage nach der Kassette wiederholen, aber der Ausdruck in Whytes Gesicht hielt ihn davon ab. Er gab dem Tankwart das Geld, und sie stiegen wieder in den BMW.

„Der Inspector von Interpol, Roark, will mit Ihnen reden."

Whyte sagte nichts, bis sie wieder auf der Straße waren. „Der Kassettenrekorder auf dem Schreibtisch deines Großvaters in München hat eine Weiterleitung. Max könnte sie eingerichtet haben, um die Aufnahme woandershin zu schicken."

Gabriel starrte ihn von der Seite an.

„Es gibt einen Rekorder in Lech", sagte er. „Aus irgendeinem Grund hat Großvater ihn in seinem Schlafzimmerschrank aufbewahrt."

Kapitel 7

Lech – 24. Februar 2003

Die Gegend wurde bergiger und die Bauernhöfe standen immer isolierter. Viele von ihnen saßen gefährlich nah an den Hängen, als könnten sie jeden Moment herunterrutschen. Weiter oben reihten sich Kiefern auf den geschwungenen Brauen der Berge. All das war ihm vertraut. Erinnerungen von vor zwanzig Jahren, als sein Großvater ihn zum ersten Mal in den Osterferien hierher gebracht hatte, wurden geweckt, und seine Laune flog hoch hinauf wie ein Habicht, der sich von einem alpinen Aufwind tragen lässt, als sie den Arlberg passierten. Der BMW schien sich seltsamerweise kaum zu bewegen, und es war, als würde die Landschaft an ihnen vorbeiziehen, während sie stillstanden. Gabriels Gedanken reisten in der Zeit zurück. Er starrte in den Schnee am Straßenrand, aber in seinem Kopf sah er seinen Großvater, wie er an Gabriels Bett saß, die Krawatte gelöst, Gabriel bis zum Kinn zugedeckt. Der Junge hörte mit großen Augen zu, während ihm sein Großvater die „Unter uns“-Geschichten erzählte. Sie fingen immer an mit „Weißt du, Gabriel, es wird dich vielleicht interessieren, was da passiert ist … aber erzähl niemandem davon. Das hier bleibt unter uns …“ Es waren Fantasien, die ihn bei Verstand gehalten hatten. Er lebte in diesem Drecksloch mit Unkraut vor der Tür, ungewaschenen Baumwolltüchern über Sofas, Betten und Lampen, schmutziger Wäsche, dreckigen Tellern. Zum Abendessen musste er sich Cornflakes machen, weil weder Mutter noch Vater in der Lage waren zu kochen. Mit neun brachte er sich selbst bei, wie die Waschmaschine funktionierte … Und wenn er glaubte, es nicht mehr ertragen zu können, tauchte aus dem Nichts Großvater auf. Vor der Tür, oder noch besser, vor der Schule, um ihn nach Hause zu bringen. Und Großvater schaffte es, dass alles verschwand. Er wusch Gabriels ganzes Leben in wenigen Momenten rein. Er brachte diese faszinierende, pulsierende Außenwelt in die seltsame, abgeschottete Atmosphäre seiner Kindheit.

Er sah sich selbst an diesem sonnigen Morgen, vierzehnjährig, wie er barfuß in der Auffahrt stand, während die Leichen seiner

Eltern aus dem Haus gebracht wurden. Diese Polizistin, die ihren Arm um seine Schultern legte. Ihr schlechter Atem und ihr hölzernes Mitleid. Was wusste sie schon, wie es war, aus der Schule zu kommen und beide Eltern vorzufinden, wie sie zombieartig auf die Tapete glotzten. Oder Hausaufgaben zu machen zu plärrend lauter Musik, ‚Sweet Child O' Mine' von Guns N' Roses lief in einer Dauerschleife. Oder hungrig in einen leeren Kühlschrank zu starren. Oder schmutzige Unterwäsche tragen zu müssen, weil niemand gewaschen hatte. Was wusste sie von den höhnischen Bemerkungen auf dem Spielplatz. Oder wie es war, wenn dein bester Freund, dein einziger Freund, sich neue Freunde suchen musste, weil seine Eltern nicht mehr wollten, dass sie miteinander spielten, damit er nicht „was mit Drogen zu tun" bekam?

Und dann war da Großvater in der Auffahrt. Sein Arm ersetzte den der Polizistin. Ohne einen Blick auf den Rettungswagen zu werfen, der mit seinem Sohn und seiner Schwiegertochter davonfuhr, brachte er Gabriel hinein, damit er sich anzog. Er sprach eine Weile von den San Francisco Forty-Niners. Dann sagte er, dass er einen Ort kenne, an dem man die Hamburger mit beiden Händen essen müsse. Großvater fand sie ein bisschen fettig, aber er würde sich sehr über Gabriels Expertenrat freuen …

Nun spürte Gabriel, wie die schneebedeckte, abgeschiedene Landschaft in seine Seele einkehrte und die wenigen, noch verbliebenen Funken erstickte, die das Feuer seiner Niederlagen überlebt hatten. Sein Großvater hatte die glühende Asche am Brennen gehalten … Ein Dunst aus Verlust und Schmerz legte sich über ihn wie der Nebel von San Francisco, den Songwriter stets gepriesen hatten, aber er, Gabriel, hatte immer gefunden, dass er von toten Dingen erzählte. Keine reine Bergluft mehr. Keine Funken mehr. Kein Großvater mehr.

„Ich möchte eine Sache mit Ihnen klären, Mr. Whyte."

„Und das wäre?"

„Wenn ich in Lech etwas finde, Geld oder sonst was, dann geht es an Brandl in München."

Whyte hob die Schultern.

„Sie denken, dass das falsch ist“, sagte Gabriel.

„Du musst dich vor mir nicht rechtfertigen.“

„Ich rechtfert…“, sagte Gabriel langsam, „… doch, genau das hab ich getan.“

„Musst du nicht. Ist mir scheißegal, was du erbst, falls es was gibt. Ich will nur den Kerl mit dem Seil.“

Gabriel wandte sich ab. Seine Kiefer waren angespannt.

„Strappado“, sagte er dann. „Woher wissen Sie davon?“

„Roark. Er hat mich angerufen.”

Kurz nach Mittag kamen sie in Lech an. Als sie die Hügel am Ortsrand hinauffuhren, verspürte Gabriel zugleich Schmerz und Freude. Wenigstens hier war das vergangene Leben seines Großvaters in der Zeit festgehalten. Lech am Arlberg hatte sich kaum verändert, seit Großvater ihn zum ersten Mal hergebracht hatte, als er noch ein Kind gewesen war. Dort auf der linken Seite war „Hûs Nummer 8“, ein kleines Touristenrestaurant, und gegenüber der imposante Fünf-Sterne-Gasthof „Post“. Weiter vorne spannte sich die überdachte Brücke über den Fluss, der parallel zur Hauptstraße verlief. Dahinter war die Skischule, wo dieselben Lehrer dieselben Kurse über so viele Jahre gegeben hatten, dass ihre Namen in das Holz der Klassentafeln geschnitzt worden waren. Am anderen Ende der Hauptstraße befand sich die Kirche, hinter der die Anfängerhügel lagen. Großvater hatte ihn dort hingebracht, damit er erste Erfahrungen auf Skiern sammeln konnte.

Gabriel wies Whyte an, bei der überdachten Brücke links zu fahren. Sie kamen an zwei Kutschen vorbei, die Schlittenfahrten anboten. Gabriel öffnete das Fenster einen Spalt breit, und sofort füllte der Geruch von Pferdedecken den Wagen. Sie fuhren den Hügel hinauf, an Männern und Frauen in Designerskikleidung vorbei, die hinuntergingen, um zur Mittagszeit die Restaurants und Cafés zu füllen. Gabriel öffnete seinen Gurt und wandte sich um, um die bevölkerten Bürgersteige anzuschauen. Er dachte an Frau Köberl, Großvaters langjährige Haushälterin, eine typische Vertreterin der Arlberger – zuverlässig und loyal und liebevoll zu denen, die es für immer in ihr Leben geschafft hatten. Mit einem

Mal überkam ihn Panik. Wusste Frau Köberl es schon? Der Gedanke, ihr die Nachricht vom Mord an seinem Großvater überbringen zu müssen, ließ sein Herz erzittern.

Whyte fuhr langsamer, um einen Skilehrer in einer roten Jacke vorbeizulassen, der ein halbes Dutzend Kinder über die Straße leitete. Zwischen den Gebäuden erhaschte Gabriel einen Blick auf den Bungalow seines Großvaters und den Bauernhof der Familie Haas. Es waren die beiden Bezugspunkte in seiner Kindheit gewesen, ein Yin und Yang, das ihn einst amüsiert hatte: das schwarze, vor sich hin rottende Fachwerkhaus, das diesem Koboldkönig Haas gehörte, und der cremefarbene, stuckierte Bungalow ein Stück den Hügel hinunter, den sein Großvater gebaut hatte. Zwei Bauwerke, abseits von Lech, am Ende einer einsamen Straße. Das schwarze Gebäude lag auf dem Hügel, als würde es über dem weißen lauern und darauf warten, zuzuschlagen, oder als wollte es das andere beschützen. Sie fuhren weiter hinauf. Der Liftwärter, der vor dem Schlepplift zum Trittkopf herumlungerte, warf dem BMW einen neugierigen Blick zu. Haas nahm schon lange keine Gäste mehr auf, und niemand fuhr so weit hinauf. Außer, um umzudrehen.

Whyte fuhr in den Vorhof und schaltete den Motor aus. Das Haus war dunkel, die Vorhänge zugezogen. Der Schnee glitzerte im Sonnenlicht.

„Sie ist noch nicht von der Kirche zurück“, sagte Gabriel.

Whyte war sehr ruhig. Seine Hände lagen in der „Zehn vor zwei“-Position auf dem Lenkrad. „Aber warum sind die Vorhänge zugezogen?“, fragte er.

Als Gabriel nicht antwortete, griff Whyte zum Handschuhfach und nahm die .25er heraus.

Gabriel öffnete umständlich die Tür. Mit schnellen, nervösen Schritten ging er zur Straße vor. Er hoffte, Frau Köberls gebeugte, etwas o-beinige Gestalt zu sehen. Aber die Straße unter ihm war verlassen, so weit er sehen konnte, bevor sie sich um eine Pension schlängelte. Er drehte sich um und ging zurück zu dem Bungalow. Dort holte er seinen Schlüssel heraus, schloss die Tür auf und schaltete das Licht an. Er ging hinein und erstarrte.

„Was zum …“

Der Raum war verwüstet. Die Regale an den Wänden waren leergefegt, Bücher lagen auf dem Boden. Die Gläser der Bilderrahmen waren zerschlagen, wie es aussah von einem Hammer, und die Bilder waren zerrissen oder zerknüllt worden. Hängeordner aus den Schreibtischschubladen waren auseinandergerupft und der Inhalt in lange Streifen gerissen worden. Eine Leinwand mit der Reproduktion eines Temperagemäldes von della Francesca war aus dem Rahmen gerissen und in den Kamin geworfen worden. Das Gehäuse des Computers war geöffnet worden, die Festplatte entfernt.

Whyte entsicherte die .25er und huschte durch den Flur. Einen Moment lang sah sich Gabriel noch mit offenem Mund in dem Raum um. Dann stolperte er denselben Weg entlang bis zum großen Schlafzimmer. Dort ging er zum Schrank und öffnete ihn. Das Aufnahmegerät war eingeschaltet, sein Licht blinkte, aber es gab keine Kassette. Er wollte gerade gehen, als er Whyte aus dem Schlafzimmer der Haushälterin rufen hörte.

Sie lag auf dem Boden neben dem Bett, mit dem Gesicht nach unten. Ihre Hände waren ineinander geklammert und nach vorne gestreckt, als hätte sie das kleine, Öl-auf-Glas-Gemälde der Kreuzigung angebetet, das über der Stelle hing, an der einmal der Nachttisch gestanden hatte. Nun lag er auf der Seite. Die Matratze lehnte an der Wand. Die Schubladen waren aus der Kommode herausgezogen worden, und ihr Inhalt lag verstreut auf dem Boden. Das Telefonkabel war aus der Wand gerissen worden. Hatte sie versucht, Hilfe zu rufen, als er sie fand? Ein Rosenkranz aus Holzperlen war um die Finger ihrer rechten Hand gewunden. Von ihrem Körper stieg stechender Uringestank auf.

Whyte kniete sich neben sie. Er zeigte auf einen entfärbten Kreis am Hals der alten Frau.

„Der Henker?“, flüsterte Gabriel und wagte es nicht, sich von der Tür wegzubewegen.

„Muss wohl.“

Gabriel starrte auf die ausgestreckten Arme und die ineinander geklammerten Hände. Dann hob er langsam den Blick zu dem Gemälde.

„Er hat sie beten lassen“, sagte Whyte, der seinem Blick folgte. „Er hat sie beten lassen, während er sie tötete.“

Gabriel stieg über die Leiche und hob das Kreuzigungsgemälde an. Er fing das schwarze Stück Plastik auf, das hinter dem Rahmen herunterfiel. Es war eine Kassette.

„So hat sie immer auf etwas gedeutet“, sagte er und musste schlucken, als ihn die Erinnerungen überfielen. „Beim Ostereiersuchen. Um mir zu zeigen, wo …“

Er konnte den Satz nicht beenden.

Whyte fuhr schnell in den Ort hinunter und hielt vor der Polizeistation, um Gabriel rauszulassen. „Ich treffe dich nachher da drüben“, sagte er zu Gabriel und zeigte über die Schulter auf eine Bar. „Wenn du mit den Bullen fertig bist.“

„Was machen Sie in der Zeit?“

„Nachforschungen“, sagte Whyte grimmig.

Kapitel 8

München – 24. Februar 2003

Der Interpolhubschrauber erhob sich vom Münchner Flughafen in einen wolkenlosen Himmel und drehte nach Süden in Richtung der schneebedeckten Bergspitzen der Voralpen ab. Hinter diesen erhoben sich die österreichischen Alpen wie Glasscherben. Commandant Georges Savarin ignorierte das beeindruckende Panorama. Er sah in Richtung Westen über die flache, monotone Ebene, die sich bis Paris zog … südlich von Paris. Seine Gedanken sollten bei der ermordeten Haushälterin in Lech sein, wo sie gerade hinflogen. Stattdessen erinnerte er sich an einen anderen Hubschrauberflug, einen, der vor langer Zeit während eines schrecklichen Sturms stattgefunden hatte, nicht an einem strahlend blauen Himmel. Savarin selbst hatte diese Reise nicht unternommen. Jemand anderes, ein Fremder, hatte sie ihm vor fünfzehn Jahren beschrieben. An diese Beschreibung erinnerte sich Savarin jedes Mal, wenn er in einem Hubschrauber saß, und er sah alles so klar und glänzend vor sich wie Bergschnee.

Savarin hatte auf seinem privaten Computer genaue Aufzeichnungen darüber, was er in dieser Nacht gehört hatte. Spät am gestrigen Abend hatte er das Worddokument „Schopenhauer" geöffnet und zu lesen begonnen, um seine Erinnerung aufzufrischen. Nach ein paar Zeilen hatte er sich in seinem Stuhl zurückgelehnt und aus dem Fenster geschaut. Es war nicht nötig. Er konnte alles Wort für Wort auswendig aufsagen, als hätte er es gestern erst geschrieben. Er konnte sogar die eklige Zigarre riechen und den Hundeblick des Rentners, der sie gepafft hatte, vor sich sehen …

„Ein Haufen Geld … aus all den illegalen Verkäufen", lautete die offizielle Linie, die Begründung für die Beteiligung der Abteilung für Kunstdiebstahl an dem Fall Schopenhauer. Das wahre Mordmotiv hielt Savarin zurück. Es war in seinen privaten Aufzeichnungen dokumentiert und in sein Gedächtnis gebrannt. Es war seine, Georges Savarins, Entdeckung gewesen. Es würde allein sein Verdienst sein, wenn er es entdeckte, bewies, der ganzen

Welt verkündete, damit diese ihn bewundern konnte. Und es hatte alles angefangen mit der seltsamen Begegnung in einer Bar. Mit einem jämmerlichen Rentner.

Klatsch nahm Savarin als Kunstraubermittler sehr ernst. Andere Kriminelle hatten ihre *omertà*, ihre Schweigepflicht. Kunstdiebe hatten ihre Klatschkreise. „In diesem Job", erklärte der Commandant neuen Anwärtern, „müssen Sie sich unter die Leute mischen." Und Savarins bedeutendste persönliche Erfahrung, welchen Wert dieses Sich-unter-die-Leute-Mischen tatsächlich hatte, fand vor fünfzehn Jahren in der Bar César des Hôtel de Crillon in Paris statt. Er war gerade damit fertig geworden, eine Flasche von dem 66er Clos de Mouches in die Kehle eines zügellosen Kunsthändlers zu schütten, in dem fruchtlosen Versuch herauszufinden, wer den Dürer, der von einer serbischen Putzfrau aus der Kunsthalle Bremen gestohlen worden war, an das Tong-Syndikat in Macao vertickt hatte. Savarin bekam nichts für seine Anstrengungen, außer pochenden Schläfen. Die Kopfschmerzen kamen allerdings nicht vom Wein, den sein Gast komplett allein getrunken hatte, sondern von dem Zigarrenrauch, den ein alter Mann, der allein an der Bar saß, produzierte. Als der Kunsthändler einsah, dass keine weitere Flasche für ihn herausspringen würde, ging er. Savarin orderte die Rechnung und wollte möglichst schnell an die frische Luft, als sich, zu seiner Verwunderung, der alte Mann zu ihm setzte.

„Ich konnte leider Ihr kleines Tête-à-Tête mit diesem Mann nicht überhören."

Savarin wusste, dass er selbst leise gesprochen hatte. Der Kunsthändler hingegen hatte mit jedem Glas mehr Volumen in der Stimme gehabt.

„Sie sind von der Polizei", sagte der alte Mann. „Richtig?"

„Stimmt."

„Und Sie suchen nach verschwundenen Kunstwerken?"

„Sicher. Haben Sie welche?"

Der alte Mann ignorierte seinen Sarkasmus. Er sah Savarin bewundernd aus seinen trüben Augen an. Savarin fand ihn dreist. Er unterschrieb die Rechnung und stand auf.

Der Rentner hielt ihn am Arm fest. „Ich weiß etwas“, sagte er. „Etwas Wichtiges. Es ist vor langer Zeit passiert, und seitdem beschäftigt es mich. Nicht damals, da nicht. Da war es ein Abenteuer. Aber jetzt, na ja, das Denken ändert sich in meinem Alter. Sie werden sich dafür interessieren.“

Die Ernsthaftigkeit in den Worten des Mannes brachte Savarin dazu, sich wieder hinzusetzen und zuzuhören, wenigstens für ein paar Minuten. Er drehte sich so, dass er so weit wie möglich von der Zigarre weg saß. „Sie haben mit Kunsthandel zu tun?“, soufflierte Savarin und hoffte, es möge schnell gehen.

„Ich bin im Öl- und Gasexplorationsgeschäft. Ich bin Chemieingenieur. Meine Firma fertigte Karten vom Ozeangrund in tausenden Metern Tiefe an.“

Mein Gott, dachte Savarin. „Ähm, Monsieur …?“

„Gossens.“

„Monsieur Gossens, das einzige Öl, mit dem ich zu tun habe, ist Leinöl.“

Der Rentner sah ihn aus feuchten, roten Augen an. Savarin fühlte sich sofort schuldig, so als hätte er gerade den Familienhund getreten, und sagte schnell: „Für welche Ölfirma haben Sie denn gearbeitet?“

„Für Kitchener, zuvor Getty, Statoil, Mobil … ich hatte eine Consultingfirma. Wir arbeiteten nach Auftrag.“

„Und Sie haben ein Gemälde viele hundert Meter tief auf dem Grund der Nordsee entdeckt?“

„Sie sind ein zynisches Arschloch, hab ich recht?“

Savarin hob die Schultern. „Mag sein.“

„So war ich auch. Wegen des Krieges. Ich habe meine Firma nach dem Krieg gegründet. Ich konnte nicht mehr für eine Organisation arbeiten. Das Militär ist nämlich nichts anderes: eine Organisation … Erst war es hart. Es war gleich im ersten Jahr, als es geschah …“

Savarin warf einen Blick auf die Uhr.

„… und als ich es fand. Nicht hunderte von Metern tief. Zwei Meter tief. Nicht in der Nordsee. In einem Fluss …“

„Was haben Sie gefunden?“

„... tausend Kilometer von der Küste weg auf dem Festland, mitten in ...“

„Was haben Sie gefunden?“

„... Frankreich. Während eines höllischen Sturms. Aber ich danke Gott für diesen Sturm. Er hat unser Leben ...“

„Was haben Sie gefunden?“

Die glasigen Augen des Rentners wurden undurchdringlich, und sein Blick schien sich nach innen zu wenden. „Ich weiß es nicht“, sagte er schlicht.

Savarin schnaufte kurz – und meinte damit sich selbst. Er stand wieder auf. „Ich denke, Monsieur“, sagte er gelassen. „Es ist schon spät ...“

„Der Auftraggeber sagte, es sei ein Schatz. Die anderen, die Arbeiter, die Jungs, die mit der Ausrüstung arbeiteten, die das Ding hochzog, die haben ihm das abgekauft. Ich nicht ...“

Savarin rührte sich nicht. Eine Erinnerung klopfte leise an. Savarins enzyklopädisches Wissen über verschwundene Kunstwerke saß, so jedenfalls stellte er es sich vor, in einem bestimmten Teil seines Gehirns. Dieser Teil war gerade stimuliert worden. „Monsieur Gossens, in einem Fluss in Frankreich, sagten Sie. Welcher Fluss?“

„... weil ich es wusste. Ich hatte die Schallaufnahmen gemacht, das Profil von dem Ding. Ich, ganz allein. Der Auftraggeber wollte es so.“

„Entschuldigen Sie, Monsieur, aber wo in Frankreich ist dieser Fluss, bitte?“

Der Rentner schien genervt. „Wo? Ich weiß nicht wo. Mitten in einem Sturm, wir ertranken fast in der großen Flut, wir ...“ Plötzlich lächelte der Rentner und unterbrach sich, um die Zigarre wieder anzuzünden. „Ja, ich erinnere mich. Lustig, wie eine Unterhaltung die Dinge zurückbringt. Das hab ich nie. Darüber gesprochen, meine ich. Außer mit meiner Frau, bevor sie starb. Und sie sagte: ‚Louis, du musst damit zur Polizei gehen, versprich mir das‘. Aber die Polizisten vor Ort, die würden nur gähnen, oder nicht? Sie spielen offensichtlich in einer anderen Liga. Übrigens, haben Sie eigentlich so etwas wie einen Ausweis? Ich meine, es wäre schon gut zu wissen, ob Sie wirklich ein Bulle sind."

Savarin zeigte ihm seine Marke.

„Interpol, was?"

„Monsieur … der Ort in Frankreich?"

„Jetzt sind Sie höflich. Setzen Sie sich wieder hin?"

Savarin blieb stehen und wartete.

„In der Nähe von Paris: Daran habe ich mich gerade erinnert. Unser Auftraggeber hatte einen Hubschrauber in Deutschland entdeckt. In Frankreich konnte er nach dem Krieg keinen finden, aber im besetzten Deutschland, im französischen Sektor, konnte man alles bekommen. Also ging ich nach Deutschland, wo er eine Crew zusammengestellt hatte, alles Deutsche, alles Verzweifelte, die für Geld alles tun würden. Aber in der Nacht zu fliegen, war selbst den Deutschen nicht geheuer. Zu Tode erschrocken hat uns der Flug. Das Wetter, unglaublich. Jeder im Frachtraum bekreuzigte sich und fluchte. Der Pilot und sein Copilot schrien sich gegenseitig an, um den Sturm zu übertönen. Es machte die Sache nur schlimmer, dass wir nicht wussten, wohin wir flogen. Wir durften es nicht wissen. Es war Teil des Deals … Setzen Sie sich jetzt hin?"

„In der Nähe von Paris, sagten Sie, Monsieur. Welche Richtung? Norden? Osten?"

„Der Flug war wie der schlimmste Moment des Krieges, wenn – bumm! – Ihr bester Freund eine Granate abbekommt. Sie berühren seine Brust, und die ist Hackfleisch, und …"

„Monsieur …"

Der Rentner rieb sich mit der Hand übers Gesicht. Er nahm einen langen Zug von seiner Zigarre. „Wir sind nur so herumgeworfen worden. Die Flügel haben versucht, sich durch den Orkan zu hacken, und schließlich rief der Copilot etwas und zeigte nach rechts, wo ein schwaches Glimmen zu sehen war. Paris. Der Pilot drehte nach links ein, als wir gerade ein Luftloch erwischten und wie ein Stein herunterfielen. Dann stabilisierte er das Ding.

Einer der Deutschen kotzte über die Bank. Um von dem Gestank wegzukommen, kroch ich ins Cockpit. Ich hörte, wie der Pilot etwas rief und auf etwas deutete. Es war Ne-irgendwas oder Me-irgendwas. Und dann begann unser Landeanflug …"

Savarin setzte sich abrupt hin. Er beugte sich vor und achtete nicht auf den Rauch der Zigarre, der über sein Gesicht strich.

„Mennecy", sagte er.

Der Rentner sagte, er hätte gern einen Armagnac, einen guten. Savarin ging an die Bar und brachte ihm ein Glas. Der alte Mann wirbelte die bernsteinfarbene Flüssigkeit in dem tulpenförmigen Glas herum und steckte die Nase hinein. Er inhalierte lautstark. „Es ist Ihnen doch nicht zu spät, Monsieur le Capitaine?"

„Nein."

„Vor einem Moment haben Sie noch auf die Uhr gesehen."

„Es war Mennecy, richtig?"

Der Rentner trank einen Schluck, zog dann an seiner Zigarre und dachte über die Frage nach. „Ich kann es nicht beschwören, aber ja, Mennecy … das klingt sehr nach …"

„Mennecy liegt südlich von Paris."

„Süden, ich bin mir mit Süden sicher. Wir haben Paris von Osten aus angeflogen. Als die Piloten Paris sahen, drehten wir nach links ein. Ein paar Minuten später waren wir auf dem Boden. Die deutsche Mannschaft … Ich erinnere mich, dass ich dachte, unser französischer Auftraggeber musste sie aus einem Kloster angeheuert haben. Sie küssten dauernd ihre Kruzifixe. Wir stolperten raus. Ein paar wurden vom Wind umgeweht. Es war wirklich …"

Savarin beugte sich über den Tisch. „Sie haben etwas gefunden, Monsieur, in Mennecy, richtig? Nachdem Sie gelandet sind. Etwas, das ungefähr zwei Meter hoch ist. Es war aus …"

„Holz."

Savarin lehnte sich wieder zurück. „Nicht Holz", sagte er. „Nein. Das kann nicht sein."

„Eine Kiste", antwortete der Rentner. „Ungefähr zwei Meter lang, wie Sie gesagt haben. Sie war tief im Schlamm des Flusses vergraben."

Savarin starrte ihn an. „Eine Kiste."

„Ein Schatz, hatte mir der Auftraggeber gesagt. Rudolf nahm an, es handelte sich um ein teures Service, Tafelsilber, Familiensachen mit einem Wappen drauf, vielleicht ein paar Fotoalben. Für einen Deutschen war Rudolf realitätsfern. Ich meine, Fotoalben in Wasser und Schlamm vergraben für wer weiß wie lange. Toller Ingenieur, der Rudolf, aber ..."

„Aber Sie wussten es, richtig, Monsieur?"

Der Rentner wirkte mit einem Mal gar nicht mehr so jämmerlich, sondern sehr weise.

„Die Kiste raufzuholen hat eine Weile gedauert. Ich hatte die Ausrüstung schon in Aktion gesehen. Sie konnte problemlos eine halbe Tonne Ölrohre heben. Aber jetzt zog sie gegen den Schlamm. Schweren, feinsandigen Schlamm. Es spannte, es spannte ... die Ablagerungen, das Gewicht, wahrscheinlich hundert Jahre, vielleicht mehr. So lange braucht eine Kiste mit diesem Gewicht, um sich so tief in diese Art Flussbett zu setzen. Nur eine Vermutung, natürlich."

„Eine, die auf Sachkenntnis beruht, Monsieur. Zweihundert Jahre, das wäre meine sachkundige Vermutung. Allerdings weiß ich nichts über Geologie."

„Dafür, Monsieur le Capitaine, kennen Sie sich mit Geographie aus."

Savarins Gesicht verriet nichts.

„Mennecy, Monsieur le Capitaine, was war in Mennecy?"

„Das wollten Sie mir gerade erzählen, Monsieur. Sie wissen, was in der Kiste war. Kein Tafelsilber, kein Familiengeschirr, keine Fotoalben, kein Nazigold ..."

Gossens starrte ins Nichts. Seine unteren Augenlider hingen weit genug herab, um die rötliche Schleimhaut zu zeigen. „Ich hätte etwas sagen sollen. Aber ich hatte Angst. Es war acht Jahre nach dem Krieg, aber ich war noch immer verzweifelt ..."

Savarin hob in einer verständnisvollen Geste die Hände.

„... und wollte endlich loslegen. Ich brauchte das Geld. Das taten wir alle. Nicht so wie heute. Wenn heute die Kids Geld brauchen, dann für etwas, das sie sich in die Ohren stecken, um die Welt auszublenden. Damals bedeutete Geld eine Mahlzeit am Tag statt keiner. Es war eine harte, eine wirklich harte Zeit."

„Monsieur", sagte Savarin ruhig, „die Sorte Kunst, die nicht durch Wasser zerstört wird, wie Sie sicherlich ..."

„Außerdem konnte ich nicht zur Polizei. Wie denn auch? Es war die Polizei. Oder das Militär. Oder eine kriminelle Bande. Ich hatte Angst. Der Priester hat mir vergeben. Meine Frau hat mir vergeben. Ich will es jetzt, fünfunddreißig Jahre später, wiedergutmachen. Vielleicht können Sie dieses Verbrechen ja noch aufklären. Ich kann es nicht."

Savarin hatte es aufgegeben, irgendeinen Sinn in diese Freistilerzählung zu bringen. Er lehnte sich mit verschränkten Armen zurück und wartete.

„Rudolf war brillant", fuhr der alte Mann fort. „In diesem Sturm, in dem man nicht mal die Augen offen halten konnte. Als würde jemand mit einem Feuerwehrschlauch direkt in Ihr Gesicht spritzen, so hat einem der Wind den Regen ins Gesicht gepeitscht. Aber Rudolf hatte es geschafft, die Ketten durch den ganzen Matsch da runterzubekommen, damit wir das Ding hochziehen konnten. Gott, wie das gestunken hat! Wie Schwefel, wie faule Eier! Aber das Ding kam direkt hoch. Dafür hatte der Franzose mir zu danken. Rudolf hat das später gesagt. Meine Kartografie war präzise, sagte er. Wenn sie auch nur einen halben Meter daneben gewesen wäre, hätte uns das Ding wegrutschen können, so bedeckt mit glitschigem Matsch, wie es war. Und dann hätte das Tafelsilber Schaden nehmen können. Tafelsilber!"

Mit einem Mal spürte Savarin, wie seine Ungeduld verschwand. Er sagte mit aufrichtiger Neugier: „Wissen Sie, Monsieur, das ist interessant. Interpol hat es nie mit Schallmessgeräten versucht. Wie funktioniert das? Kann man die Geräte, sagen wir mal, auf ein Schloss ausrichten oder einen Banktresor, und die Umrisse von Dingen sehen? Wie bei einer Röntgenaufnahme?"

Der alte Mann zündete seine Zigarre neu an und betrachtete die Flamme.

„Eine Statue", sagte er.

Das Wort schien in der Luft zu hängen und sich mit dem Rauch zu verbinden. Savarin atmete seinen köstlichen Geruch ein. Für einen Moment konnte er es bildlich in den sich kräuselnden Wölkchen, die von der Zigarre aufstiegen, vor sich sehen.

„Zuerst", sagte der Rentner, „dachte ich ja, es sei eine Leiche. Eine Leiche, die auf der Seite liegt, mit einer Kiste zu ihren Füßen. Aber die Werte der Dichte zeigten, dass es Metall sein musste, hohles Metall. Auf einem Steinfundament."

Savarin saß ganz still und starrte auf die Zigarre. Der Alte nahm einen langen Zug und blies den Rauch gegen die Decke. „Dann haben wir es rausgezogen, wie ich gesagt habe, und ans Ufer geholt. Wir haben es aufgestellt, dazu mussten alle zehn von uns mitanpacken, fünf auf jeder Seite. Das Ding drückte uns in die Schultern, unsere Füße rutschten im Gras weg und die Kiste war glitschig vor Matsch. Der Franzose brüllte uns an, wir sollten vorsichtig sein, als würden wir den Sarg seines Sohnes tragen. Wir schafften das Ding in den Hubschrauber. Und es flog weg. Und dann passierte das Schreckliche. Und deshalb danke ich Gott für den Sturm. Wenn der Sturm nicht gewesen wäre, wären wir alle gefangen genommen worden. Sogar getötet."

Der Alte hob sein Glas und leerte es. Er sah Savarin teilnahmslos an, der zurückstarrte und eifrig darauf bedacht war, ihm etwas anzubieten. Er deutete auf das Glas. „Noch einen, Monsieur?"

„Oh ja, gern."

Savarin schnippte herrisch mit den Fingern. „Zwei Armagnac", rief er dem pikierten Kellner zu, dann lächelte er und sagte zu dem Rentner: „Ich denke, ich schließe mich Ihnen an. Noch eine Zigarre?" Wieder schnippte er nach dem Kellner. „Und den Humidor, bitte."

Bis die Drinks kamen und eine Zigarre gewählt war, sprachen sie nicht. „Für später", sagte Gossens und steckte die Zigarre ein.

„Santé, Monsieur", sagte Savarin und hob sein Glas. Sein Gebaren zollte von Respekt und deutete eine Entschuldigung an.

Der alte Mann neigte würdevoll den Kopf und akzeptierte beides. „Santé, Monsieur le Capitaine." Er ließ sich Zeit mit seinem Drink, und Savarin wartete geduldig und still.

„Sie werden wissen wollen, was ich mit der ‚schrecklichen Sache‘ meine“, sagte Gossens endlich. „Es ist einfach nur folgendes passiert: Die Polizei kam. Oder das Militär. Oder Kriminelle. Wie will man das in so einem Sturm sagen? Ich wusste durch die wenigen Worte, die sie über ein Megaphon riefen, dass es Franzosen waren. Dann kamen sie über eine Brücke gerannt, die fünfzig Meter weiter flussaufwärts war. In dem Moment war es wieder wie im Krieg. Mir wurden die Knie weich. Dann rannte ich. Wir alle rannten.

„Außer dem Franzosen, meinem Klienten. Er blieb stehen, ganz ruhig, als hätte er genau damit gerechnet. Er hob eine Pistole. Er zielte auf den Kerl mit dem Megaphon. Peng. Er fegte ihn weg. Und dann ging es erst richtig los. Sie hatten … Maschinengewehre. Ich sprang in den Fluss und versteckte mich hinter einem Büschel Schilf. Zwei von diesen Männern rannten die Böschung hinunter und schwenkten, nur einen Schritt von meinem Kopf entfernt, ihre Maschinengewehre hin und her. Ich dachte, sie würden den Förderbagger überprüfen …“

Der Alte starrte in sein Glas. Ein Schauer überlief ihn, und er nahm einen tiefen Schluck.

„Haben diese Soldaten oder Kriminellen – haben sie gesagt, wonach sie suchten?“, fragte Savarin.

„Alles, was ich gehört habe, waren Kugeln.“

Savarin spürte Enttäuschung, die aufgewogen wurde, sagte er sich, von einer unbezahlbaren Enthüllung: die Kiste und was, wie er wusste, darin gewesen sein musste. Und doch …

„Dann“, sagte Gossens, „hörte ich meinen Auftraggeber.“

Savarin schaute auf. „Den Franzosen?“

„… etwas, das mein Auftraggeber sagte, der Franzose, ja. Aber erwarten Sie nicht zu viel. Es war sehr wenig. Aber wer weiß? Vielleicht hilft es Ihnen ja.“

Savarin stützte das Kinn auf seine Hände und blieb absolut ruhig.

„Ich stand also bis zum Hals im Wasser und betete, dass sie endlich verschwanden, diese beiden bewaffneten Männer, bevor ich erfror. Aber sie gingen nicht. Weil sie auf ein Boot feuerten, ein kleines, das mit voller Geschwindigkeit den Fluss runterfuhr. Und auf diesem Boot war mein Auftraggeber, der Franzose … und noch ein Mann."

Gossens sah zu den hohen Spiegeln hinter der Bar, die die schwirrenden Lichter des Verkehrs reflektierten, der um den Place de la Concorde wogte. „Mennecy, hm?", sagte er nachdenklich.

„Mennecy, Monsieur", sagte Savarin leise. „Nur eine kurze Fahrt nach Süden von hier, wo wir uns gerade befinden."

„Eine Ewigkeit von hier, Monsieur le Capitaine." Er hob das Glas und prostete ihm zu. „Da stand ich, wissen Sie, und wurde langsam zu Eis. Ich hielt mich an dem Schilf fest, der mir die Hände zerschnitt, und versuchte, ruhig zu atmen, obwohl der Sturm ohnehin jedes Geräusch übertönte. Weshalb der Franzose wohl auch dachte, es sei sicher, seinen Namen zu rufen."

„Wessen Namen, Monsieur?"

„Den Namen seines Begleiters."

„Der Franzose war Ihr Auftraggeber, sagen Sie."

„Richtig. Wir kannten ihn nur als ‚Monsieur'."

„Aber es war jemand bei ihm."

„Jung genug, um sein Sohn zu sein. Aber das bezweifle ich."

„Warum?"

„Weil er Deutscher war."

„Deutscher?"

„Oder Österreicher oder aus der deutschen Schweiz. Aber ich glaube deutsch."

„Und das wissen Sie, weil …"

„Als ich in den Fluss gesprungen bin, schlug ich mir fast den Schädel an dem Boot auf – es war im Schilf versteckt. Der Franzose war gleich hinter mir, und er kletterte auf das Boot, als er glaubte, allein zu sein. Dann rief er nach seinem Begleiter, rief seinen Namen. Dann ließ er den Motor an, und ich hörte, wie jemand schwer auf das Boot sprang. Es war der Begleiter. Er muss eine Kugel abbekommen oder sich beim Springen wehgetan haben, weil er fluchte. ‚Scheiße!‘, sagte er, gerade als der Motor voll aufdrehte. Es schoss direkt an mir vorbei. Kugeln prasselten auf das Wasser. Die Angreifer feuerten auf das Boot.“

„Und Sie hörten also den Namen des Deutschen.“

„Nur den Vornamen.“

„Und der wäre?“

„Max.“

Savarin ließ die Hände sinken und lehnte sich zurück.

„Könnten Sie ihn mir beschreiben?“

„Von der Statur her wie Sie, Monsieur le Capitaine: groß, breitschultrig, kräftig. Ungefähr mein Alter zu der Zeit. Ich weiß noch, wie ich dachte, dass es nicht viele Deutsche in meinem Alter gab, die den Krieg überlebt hatten, geschweige denn die mit Franzosen befreundet waren.“

„Befreundet?“, fragte Savarin neckisch.

„Nein, Monsieur le Capitaine, nicht diese Art von Freundschaft. Aber da war eine Intimität. Enge Freunde, vielleicht, oder Verwandte.“

„Der Franzose“, rechnete Savarin laut, „wäre heute um die achtzig. Vielleicht ist er schon tot. Und der Deutsche, Max, müsste so um die sechzig sein, vielleicht älter.“

Jetzt fühlte sich Savarin entmutigt. Es war nicht genug, um damit etwas anzufangen. Es klingelte nichts in seinem geistigen Archiv. Ein Franzose, heute um die achtzig, ein Deutscher namens Max, heute um die sechzig. Er würde bei der Police nationale nachfragen und auch beim Militär. Aber seine Erwartungen, irgendwas in den Akten über jene Nacht vor fünfunddreißig Jahren zu finden, lagen bei null.

Savarin war in dieser Nacht nach Hause gegangen, zu aufgewühlt, um zu schlafen. Der Bericht, den er in den frühen Morgenstunden schrieb, war extrem detailliert und betonte das Fachwissen von Louis Gossens sowie die völlige Abwesenheit irgendeines Motivs, sich eine solche Geschichte auszudenken. Aber als er es im kalten, grauen Bürolicht am nächsten Tag durchlas, wurde ihm klar, dass seine Begeisterung ihm die Urteilskraft verwässert hatte. Louis Gossens' Erinnerung an zwei Männer, ein Franzose und ein Deutscher namens Max, wozu sollte die gut sein? Er dachte darüber nach, Gossens für weitere Befragungen einzubestellen, nahm dann aber davon Abstand. Savarin war überzeugt, dass alles, was Gossens wusste, in der letzten Nacht gesagt worden war. Als Informationsquelle hatte ihm der pensionierte Chemieingenieur gegeben, was er hatte. Savarin konnte seinen Bericht nur noch zu den Akten legen, warten und die Augen offen halten.

Und dann, fünf Jahre später, war er da: Max. Maximilian Schopenhauer, deutsch, groß, breitschultrig, und vor allem: ein Kunsthändler und Berater von Top-Klienten wie Jean Paul Getty und Sidney Kitchener, den zwei Magnaten, die ein Vermögen mit weltweiten Ölgeschäften gemacht hatten. Getty Oil und Kitchener Petroleum besaßen die neueste Hochleistungsförderbaggerausrüstung. Und sie beschäftigten Ingenieure als Berater, die Experten in Sonartechnik waren.

Zu diesem Zeitpunkt stürzte Savarin in sein persönliches Elend.

Weil er davon überzeugt war, dass Maximilian Schopenhauer die Statue hatte oder wenigstens wusste, wo sie war, ordnete Savarin an, dass der deutsche Kunsthändler überwacht wurde, dass seine Telefone abgehört und seine Kreditkarten überprüft wurden, und das alles ohne einen gerichtlichen Beschluss. Es war unvermeidlich, dass Schopenhauer davon Wind bekam. Er engagierte einen Anwalt, zerrte Interpol vor Gericht und verklagte die Behörde und Savarin erfolgreich wegen Belästigung durch die Polizei und Missbrauch der Datenschutzgesetze. Savarin wurde öffentlich von Interpols Generalsekretär gerügt, vor die Kommission gezerrt, die für den Zugang zu und die Verwendung von Interpolakten verantwortlich war, und kurzerhand degradiert, für den Verstoß gegen Artikel sechzehn der Regeln für internationale Polizeizusammenarbeit und die interne Kontrolle der Interpolarchive.

Savarin hätte kündigen können, aber stattdessen entschied er sich für das Fegefeuer, was für jemanden mit seinem Stolz eher die Hölle war. Er saß in der Telefonzentrale des I-24/7 Supportcenters in Lyon. Er organisierte internationale Symposien über Diebstahl und illegalen Kunsthandel. Er leitete das Team, das die

Datenbanken der Interpol mit neuen Einträgen über dreißigtausend gestohlene Kunstwerke fütterte. Einmal sollte er Münzhändler anrufen, um sie vor dem illegalen An- oder Verkauf so genannter „Lavaschätze“, bestehend aus alten römischen Goldmünzen und Goldtafeln, die von Tauchern im Golf von Lava vor der korsischen Küste gefunden worden waren, zu warnen. Näher kam er einem echten Kunstraubfall in dieser Zeit nicht. Als ihn einer der Händler fragte, welches Recht die französische Regierung hatte, die Münzen als „einzigartiges maritimes Kulturerbe und Teil des französischen Staatseigentums“ zu bezeichnen, lachte Savarin nur düster und antwortete: „Die Franzosen machen das seit Jahrhunderten, Monsieur, angefangen mit der Revolution. Der Staat richtet die Eigentümer hin und beansprucht deren Besitz als kulturelles Erbe. C'est la vie.“

„C'est la mort“, murmelte der Händler und legte auf.

Aber die meiste Zeit hielt Savarin den Mund, verhielt sich unauffällig und schließlich, nach Jahren demütigender Schufterei in Interpols Schützengräben, bekam er eine zweite Chance als Leiter der Abteilung für Kunstdiebstahl. Zu verdanken hatte er das seinem angeborenen Ermittlertalent und seiner umfassenden Kenntnis der Kunstraubszene. Aber diese Jahre der Sühne hatten ihre Spuren hinterlassen. Er war zu einem Mann geworden, der nach Rache dürstete, und er hatte nur eine einzige Mission: Zu beweisen, dass er immer schon richtig lag, was Schopenhauer betraf, wurde zu einer dauerhaften Besessenheit.

„Monsieur le Commandant“, rief der Co-Pilot durch den Lärm, den der Hubschrauber machte, und zeigte mit dem Finger auf die Plexiglasscheibe. „Lech“, rief er. Savarin sah hinunter. Mühsam konnte er einen Tennisplatz unter ihnen erkennen, der während des Winters als Landeplatz diente. Der Hubschrauber schwebte ein paar Sekunden in der Luft, dann senkte er sich ab. Der Lärm der Rotorblätter wurde von den sie umgebenden Bergen verstärkt. Der Co-Pilot zeigte wieder auf etwas, diesmal auf einen Streifenwagen, der neben dem Landeplatz wartete.

Die Blätter lösten einen blendenden, grauweißen Schneesturm aus, aber die Landung war sanft. Der Rotor wurde ausgeschaltet, und der hohe Heulton ließ sofort nach. Ein örtlicher Polizist lief geduckt zur Hubschraubertür. Savarin konnte sein Gesicht nicht sehen, aber er wusste, dass der Mann zu jung war, um einer der Beamten zu sein, die beteiligt gewesen waren, als man Schopenhauers Telefon verwanzt hatte.

Der Beamte stellte sich vor und zeigte den Berg hinauf. In einiger Entfernung, da, wo die Straße endete, stand Schopenhauers Bungalow.

Als Savarin hinaufblickte, dachte er, dass es nie eine bessere Chance gegeben hatte, seinen Ruf wiederherzustellen, als jetzt. Schopenhauers Mord konnte nur eines bedeuten: Nicht Geld, sondern die Statue. Jemand oder mehrere waren hinter ihr her. Die Statue war im Spiel. Er dachte an den öffentlichkeitsscheuen EU-Kommissar Martin und seine ‚Kultur für alle'-Gesetzgebung. So viele verschwundene Meisterwerke waren in den vergangenen elf Monaten aufgetaucht. Aber nicht die Statue. Zweihundert Millionen Euro für ein Kunstwerk. Ein Werk, das, falls es noch existierte, der Inbegriff westlicher Kulturgeschichte war.

Auf Augenhöhe mit der *Mona Lisa*.

Savarin nahm auf dem Rücksitz des Streifenwagens Platz. Während sie den Berg hinaufkrochen, versuchte er, seinen Eifer zu dämpfen, indem er sich immer wieder warnend vor Augen hielt, dass derjenige, der nun im Besitz dieser Statue war, sie einfach behalten könnte. Sie musste gut versteckt sein. Sehr gut versteckt. Und doch … Der Commandant hielt seinen Blick fest auf das Wohnhaus gerichtet. Seine Handflächen waren feucht. Sein Atem kurz. Dies würde ihn nun endlich entlasten und zu seinem Triumph werden. Und er würde es diesen heuchlerischen Bürokraten, die ihn vor vielen Jahren im Dreck hatten sitzen lassen, unter die Nase reiben. Aber nur, wenn er fündig wurde, dachte er …

… und meinte damit die Statue. Nicht den Mörder.

Kapitel 9

Lech – 24. Februar 2003

Als Gabriel seine Aussage bei Major Moosmaier gemacht hatte, war der Techniker vom Kriminallabor in Bludenz gerade damit fertig, nach Fingerabdrücken zu suchen – erfolglos. Der Lecher Kriminalbeamte ging mit Gabriel nach draußen in den Hof, und sie beide sahen zu dem Knattern der Rotorblätter hinauf, als der Helikopter in einer sonnenbeschienenen Schneewolke auf den Landeplatz weiter unten hinabsank.

„Interpol?“, fragte Gabriel.

Moosmaier nickte langsam. Seine Kiefermuskeln arbeiteten. Eine verwandte Seele des bayerischen Hauptkommissar Brandl, dachte Gabriel. Einem Gefühl folgend, fragte er den Beamten nach seiner Handynummer. Dann ging er die Straße hinunter und trat in einen Schneehaufen, als ein Wagen auf dem Weg nach oben um die Ecke bog.

„Dieser Uringestank an ihr“, sagte Whyte. Sie standen vor dem Strozzi an der Hauptstraße. Die Bar war voll mit jungen Leuten, deren Gesichter von der Wintersonne und dem Glühwein leuchteten. Von dem Tatort einen guten Kilometer weiter den Berg hinauf ahnten sie nichts. Aber bald würden sich alle darüber die Mäuler zerreißen. Er hatte außerdem einige Anrufe getätigt und Nachrichten bei diversen Kontakten hinterlassen, um wenigstens den Namen dieses „Henkers“ herauszufinden. Mit etwas Glück würden sie auch erfahren, wo er sich herumtrieb. Seinem Gesichtsausdruck nach zu urteilen, hatte Whyte bisher noch kein Glück gehabt.

„Was ist damit?“, fragte Gabriel.

„Das war nicht von ihr. Es war überall auf ihrer Bluse, auf ihrem ganzen Rücken“, sagte Whyte. „Der Kerl hat auf sie gepinkelt, während sie gebetet hat. Der ist schlimmer als ein Sadist.“

„Was ist schlimmer als ein Sadist?“, fragte Gabriel und betrachtete die lärmende Menge vor der Eisbar gegenüber.

„Ein intelligenter Sadist. Diese Bergleute hier sind kräftig, auch die Frauen. Signora Zennetti würde sagen, besonders die Frauen. Statt mit körperlicher Folter erniedrigt er sie seelisch." Whyte rieb sich das Gesicht. „Er hat von Max nicht bekommen, was er wollte. Was er durch das Auffahrmanöver mit uns erreichen wollte, hat er nicht bekommen. Was er in Max' Haus gesucht hat, hat er nicht bekommen. Aber wir haben nicht eine einzige verdammte Spur zu diesem Tier."

Gabriel sah ihn an. „Was er von Frau Köberl wollte, hat er nicht bekommen."

Whyte sah ihm in sein aschgraues Gesicht. „Die Kassette."

„In Ihrem Auto ist ein Kassettenrekorder", sagte Gabriel. Er betete, dass der andere einfach auf der Stelle zu seinem BMW gehen würde, damit er ihm stumpf folgen und sich mitreißen lassen konnte. Aber Whyte bewegte sich nicht, und Gabriel wusste, dass er die Entscheidung treffen musste, ob die letzten Worte, die er je von seinem Großvater hören würde, die seines gewaltsamen Todes waren.

„Entweder wir hören uns das an", sagte Gabriel, „oder geben die Kassette der Polizei. Ich gebe sie nicht der Polizei."

Sie gingen wie auf ein Stichwort zusammen los. Whyte hatte seinen Wagen nicht weit entfernt auf dem Parkplatz des Skilifts abgestellt. Er stand vor einer Garage, auf deren Metalltür geschrieben stand: „Achtung! Parken verboten!" Whyte schloss den BMW auf, öffnete aber nicht die Tür.

„Lass mich", sagte er und streckte seine Hand nach der Kassette aus. Als Gabriel zögerte, fügte er hinzu: „Für Max. Er würde es so wollen."

Gabriel rührte sich nicht.

„Ich habe an der ersten Kassette nicht rumgemacht", sagte Whyte. „Mit der hier werde ich auch nichts anstellen. Irgendwann musst du dich mal dazu durchringen zu kapieren, dass ich auf deiner Seite bin."

Gabriel nickte. Er zog die Kassette aus seiner Tasche und gab sie ihm. Als er wegging, hörte er, wie die Autotür zuknallte. Er stellte sich unter eine Straßenlaterne und versuchte, nicht nachzudenken. Er machte sich auf eine lange Wartezeit gefasst. Aber es dauerte nur ein paar Minuten, bis er hörte, wie sich die Wagentür öffnete. Er drehte sich um.

„Sie müssen den Sender unter Max' Hemd gesehen und ihn abgerissen haben", sagte Whyte, als er auf ihn zukam. Seine Stimme klang gepresst. „Die ganze Aufnahme dauert nur zwanzig Sekunden. Ich hab schnelle Schritte gehört – dasselbe Geräusch, das ich gehört habe, als mich Max auf dem Handy anrief – dann Rufen … Max sagt: ‚Was wollen Sie?' Jemand sagt etwas, das ich nicht verstanden hab' … Ich hab' es wieder und wieder angehört … Dann ein Handgemenge …"

Whyte hielt inne und wischte sich mit zitternder Hand über den Mund. „… und dann ist das Band leer."

„Nichts, was einen Hinweis auf den Henker gibt?", fragte Gabriel.

Whyte antwortete erst nicht und starrte nur ins Leere, dann schüttelte er den Kopf. „Nein", sagte er und atmete tief aus. Er wedelte schwach in Richtung des Autos. „Ich fahr wohl besser mal weg." Aber er blieb stehen und starrte auf den BMW, ohne sich zu rühren.

„Mr. Whyte … Danke."

Whyte nickte. Er gab Gabriel die Kassette und ging zurück zum Wagen.

Gabriel fand eine kleine Frühstückspension, wo es wegen des Lärms, den der angrenzende Gondellift verursachte, immer freie Zimmer gab. Sie stellten ihre Sachen ab und suchten eine Bar auf. Whyte trank zügig eine Maß Bier. Bei der zweiten ließ er sich mehr Zeit. Gabriel knabberte an einer alten Brezen herum. Hin und wieder fiel sein Blick auf den Eingang. Keiner der beiden sagte viel. Sie hingen ihren Gedanken nach. Es war schon spät, als sie in die Pension zurückkehrten. Whyte schien sich beim Treppensteigen am Geländer hochzuziehen. Er schleppte sich in sein Zimmer im dritten Stock. Gabriel war im zweiten untergebracht. Sofort ging er zum Telefon auf seinem Nachttisch und rief Emily an.

Sie nahm beim ersten Klingeln ab. „Wo bist du?“

Er erzählte ihr ohne Umschweife von Frau Köberls Tod und wartete, als eine lange Stille folgte.

„Ich komme sofort und hole dich ab“, sagte sie endlich.

„Nein, bleib bitte zu Hause“, sagte er und versuchte, wie immer zu klingen. „Ich miete mir morgen gleich als erstes ein Auto und komme zurück.“

Wieder Stille. Gabriel war davon überzeugt, dass Emily im Schlafzimmer stand und aus dem Fenster auf die Silhouette sah, die den Dom vom Nachthimmel abhob.

„Um Gottes Willen“, sagte sie. Ihr irischer Akzent kam durch, wie immer, wenn sie leise sprach. „Was hat dein Großvater da nur losgetreten?“ Darauf gab es keine Antwort.

„Die arme, arme Frau“, sagte sie noch, bevor sie auflegte.

Die Heizung war offenbar im ganzen Haus schon vor Stunden abgestellt worden. Das Zimmer war kalt. Gabriel zog die Schuhe aus, stieg vollständig bekleidet ins Bett und legte sich flach auf den Rücken. Er zog die dünne Decke über sich und redete sich ein, dass er erschöpft war, aber als er die Augen schloss, sah er den Rosenkranz um Frau Köberls arthritische Finger gewunden. Er riss die Augen wieder auf, setzte sich auf und zog die Knie an die Brust. Die Uhr auf dem Nachttisch zeigte ein Uhr zwanzig an. Leise nächtliche Geräusche krochen von draußen in sein Zimmer – ein schwaches Scharren auf dem Flur, gedämpftes Lachen von der Straße, das entfernte Klingeln eines Handys. Sein Blick fiel immer wieder auf den schmalen Lichtstreifen unter der Tür. Er warf die Decke zurück, sprang aus dem Bett, zerrte einen schweren Holzstuhl über den Teppich und klemmte ihn unter die Türklinke. Als er wieder im Bett saß, waren seine Zehen taub vor Kälte, die Nebenhöhlen von der Höhe geschwollen. Er hielt sein Gesicht in den Händen. Das einzige Geräusch, das jetzt noch blieb, war das der Uhr. Das Ticken schien immer lauter zu werden. Er dachte an die zerrissenen Familienfotos, an den Urin auf Frau Köberls Bluse, an die schwarzen Schultern seines Großvaters.

Und dann spürte er einen schrecklichen Schmerz in den Rippen. Er griff nach dem Kissen und verbarg darin sein Gesicht. Er wusste jetzt, was sich die ganze Zeit über in ihm aufgebaut und unausgesprochen zwischen ihm und Whyte gestanden hatte, als sie in der Bar gewesen waren:

Schuld.

Sie hatten Frau Köberl nicht angerufen, um sie zu warnen.

Er ließ sich auf den Rücken fallen und starrte auf die geschnitzte Leuchte, die von der Decke hing. Der Wagen, der versucht hatte, sie hinter Vipiteno von der Straße zu drängen – sie hätten verstehen müssen, was es bedeutete: Der Henker wusste, wohin sie unterwegs waren. Und er war entschlossen, vor ihnen dort zu sein. Aber Gabriel war zu sehr in seiner eigenen Suche versunken gewesen und hatte es deshalb versäumt, die Gefahren für andere in Betracht zu ziehen. Nicht nur ein Versäumnis, eine Sünde – der Unterlassung. Und abgesehen von dieser schweren Schuld, die diese Unterlassung mit sich brachte, war da noch die Erkenntnis: Dadurch, dass er sich so leicht hatte austricksen lassen, waren seine Chancen, seinen Großvater und nun auch Frau Köberl zu rächen, gleich null. Nun würde er mit Schmerz und Reue in den Kampf gegen einen Feind ziehen, den nichts davon belastete.

Er warf einen Arm über seine Augen, als könne er den Anblick der Deckenleuchte nicht mehr ertragen, aber in Wirklichkeit waren es seine Gedanken und Erinnerungen, die er verdrängen wollte. Mit geschlossenen Augen schien das Ticken der Uhr seinen Kopf auszufüllen. Er wickelte sich in die Decke und rollte sich mit angezogenen Knien auf die Seite. Nach und nach legten sich die wirren Bilder in seinen Gedanken, und er fühlte, wie er in der Zeit zurückreiste, bis in den Schoß seiner Mutter. Aus dem Ticken wurde der tröstende, mütterliche Herzschlag, der ihn bis zum Morgen trug.

Kapitel 10

Pistoia – 25 Februar 2003

Als Gabriel vor dem Palazzo anhielt, war die Erleichterung so groß, dass er die Nachwirkungen einer schlaflosen Nacht, auf die eine achtstündige Autofahrt gefolgt war, nicht mehr spürte. Er sprang aus dem Mietwagen, den Whyte auf seinen Führerschein ausgeliehen hatte, und eilte durch die Pforte zur Haustür. Vertraute Dinge im Eingangsbereich schienen ihm zuzulächeln: die Fußmatte, der Schirmständer, Emilys dreckige Laufschuhe. Während er durch den Innenhof schritt, rief er zur Galerie hinauf nach Emily, dann hielt er inne, als er sie aus dem Wohnzimmer im Erdgeschoss kommen sah. Hinter ihr stand Detective Inspector Roark von Interpol.

Sie stieß einen kleinen, überraschten Laut aus, sprang vor und warf sich in seine Arme. Ihr Haar war feucht, und Haut und Hals rochen nach Badeöl. Sogleich riss sie sich los, nahm sein Gesicht in ihre Hände und suchte nach möglichen Verletzungen. Dann nickte sie Roark erleichtert zu. „Er ist gerade gekommen, weil er nach dir sucht. Ich muss meine Haare föhnen … Ich hab noch nicht gegessen. Sollen wir irgendwo essen gehen? In unserer Trattoria?“ Nach einer Pause fügte sie hinzu: „Hör auf, so zu grinsen! Ich bin stinksauer auf dich.“

„Schön, wieder hier zu sein.“

Sie sah ihn an wie eine Mutter ihr ungehorsames Kind. Dann wandte sie sich um, und ihre Schultern fielen etwas herunter, als sich ihre Anspannung löste.

„Nette Frau haben Sie da, Mr. Schopenhauer“, sagte Roark und schaute ihr hinterher, als sie die Treppe hinaufging. „Jeder weiß, dass die besten Frauen der Welt aus Irland kommen. Das Problem ist nur, dass sie alle aus Irland weggehen.“

„Und die irischen Männer?“

„Oh, wir sind alle vertrieben. Ausgeliefert, könnte man sagen … Und auch Ihr Haus – faszinierend. Und nur so ein kurzer Fußweg zum berühmten *duomo*.“

„Ja", sagte Gabriel trocken. „Das ist mir auch schon aufgefallen. Was verschafft mir die Ehre, Inspector? Falls es um den Mord an Frau Köberl geht, da habe ich Major Moosmaier schon alles gesagt, was ich weiß."

„Nein. Es geht um Sie. Ich bin hier, um Sie davor zu warnen, weitere eigenmächtige Aktionen wie Ihren Ausflug nach Lech durchzuführen. Besonders in Begleitung von Arthur Whyte. Wir wollen übrigens immer noch mit ihm reden. Wo ist er?"

„Er hat mir nicht gesagt, wo er hin will."

Roark betrachtete ihn genau. „Sie haben wohl nicht sehr viel Achtung vor den Gesetzeshütern dieser Welt, nicht wahr? Das ist mir schon in München aufgefallen, als wir Sie befragt haben. Ein fieses kleines Glitzern in Ihren Augen … Sagen Sie mir nicht, dass Sie nur in Österreich waren, um die persönliche Habe Ihres Großvaters durchzugehen oder die unglückliche Haushälterin zu trösten. Ihre Verbindung zu Arthur Whyte macht diese Geschichte unglaubwürdig. Das Gesetz missbilligt Selbstjustiz. Bleiben Sie in Ihrem Palazzo und lassen Sie uns unsere Arbeit machen."

„Selbstjustiz existiert, weil die Polizei eben nicht ihre Arbeit macht."

Der Inspector schürzte die Lippen. „Wir sind in Europa, Mr. Schopenhauer. Nicht im Wilden Westen."

„Sie haben gesagt, Sie suchen nach einer Menge Geld, die mein Großvater irgendwo versteckt hat – illegal. Was hat das mit ‚Kultur für alle' zu tun?"

Roark blinzelte. „Arthur Whyte wird von Interpol beobachtet. Wussten Sie das? Und Sie fahren mit ihm nach Lech und verlassen einen Tatort, ohne mit Commandant Savarin gesprochen zu haben."

„Ich hab mit Moosmaier gesprochen."

„Moosmaier weiß nichts von dem zweiten Band, oder?" Roarks grüne Augen wurden zu Schlitzen. „Im Kleiderschrank Ihres Großvaters haben wir das Aufnahmegerät gefunden. Es ist identisch mit dem in München, und es war eingeschaltet. Aber dort war keine Kassette. Ist das das zweite Mal, dass Arthur Whyte wichtige Beweise in einer Morduntersuchung unterschlagen hat? Wenn dem so ist, behindern Sie unsere Ermittlungen, und das wird Konsequenzen haben!“

„Welche Ermittlungen?“

Roark warf einen Blick zur Galerie, wo Emily mit einem Fön am Geländer stand. „Sie kotzen mich echt langsam an“, sagte er.

„Sie und Savarin ermitteln gegen meinen Großvater. Wenn Sie glauben, ich versorge Ihren Verein auch noch mit Informationen zu dieser Untersuchung, können Sie mich am Arsch lecken. Brandl versucht, den Mörder zu finden, aber Brandl ist nicht in Lech, oder? Brandl muss in Deutschland bleiben. Koordinieren Sie die Mordermittlungen? Vermitteln Sie zwischen Brandl und Moosmaier? Nein. Sie wühlen nur im Dreck, um etwas gegen meinen Großvater in der Hand zu haben.“

Der Detective Inspector strich mit der Hand über sein gefärbtes Haar. „Sie haben keine Vorstellung davon, wo Sie hineingeraten sind, womit Sie's zu tun haben. Unser Verdächtiger, der Henker – Sie denken, er ist irgendein blöder Schläger, ja? Wir sprechen von der Kunstraubszene, junger Mann, der Krone der Wirtschaftsverbrechen, bei denen die Käufer Kenner sind, und wenn es um Schläger geht, haben sie einen ausgezeichneten Geschmack. Unter welchem Stein sie den Henker gefunden haben, wissen wir nicht. Aber er arbeitet für jemanden von höchstem Rang. Verlorene und gestohlene Kunst, die so selten ist, dass der Wert sich innerhalb von fünfzig Millionen Euro schwer beziffern lässt. Der Henker ist gebildet und klug und ein Psychopath. Er ist der Fünf-Sterne-Schakal der Kunstraubwelt.“

Gabriel wurde unruhig. „Diese ganze Kunstraubwelt interessiert mich nicht. Ich hab meiner Frau versprochen, mit ihr Essen zu gehen …“

Roark fuchtelte mit einem Finger vor seinem Gesicht herum. „Ich sag Ihnen was über die Arbeit des Henkers. Wenn Sie nicht zuhören wollen, erzähl' ich's Ihrer Frau. Wenn sie die Geschichten von Wahlbach-Thun und Sagasta hört, wird sie Sie in einen verdammten Käfig sperren. Wollen Sie das?“

Gabriel zögerte, dann drehte er sich um und winkte Emily aufmunternd zu. Sie hatte die beiden Männer angespannt beobachtet.

Jetzt hob sie zögerlich die Hand, um zurückzuwinken, und verschwand in Richtung Bad.

Roark sah ihn kalt an. „Die alte Frau Wahlbach-Thun", fing er an, „Gräfin Wahlbach-Thun. Ihrer Familie gehören große Ländereien in Bayern, und ihre zwei großen Leidenschaften waren Kunstwerke der Renaissance und andere Frauen. Sie fanden ihre Leiche im Keller ihres Schlosses außerhalb von Bad Aibling in einem Raum, von dessen Existenz niemand wusste – bis es anfing zu stinken. Die Tür war durch ein Weinregal verborgen, und in dem Raum selbst war nichts außer der Leiche und einer rechteckigen, hellen Stelle an der Wand. Todesursache: eine massive Dosis Kaliumchlorid, die ihr in den Hals injiziert wurde, offenbar von jemandem, der sich mit der menschlichen Anatomie sehr gut auskannte. Sofortiger Tod. Zivilisierte Art zu töten, könnten Sie jetzt sagen – abgesehen von dem, was dieser Henker tut, bevor er die Spritze einsetzt. Die alte Frau war mit einem Nachthemd bekleidet. Die Angestellten waren alle in den Ferien. Wir fanden Blutlachen über zwei Stockwerke verteilt, von ihrem Schlafzimmer bis in den Keller. Aber das Blut war zu unterschiedlichen Zeiten getrocknet. Kriminaltechnik und Rechtsmedizin sagen, dass man sie langsam – gründlich, sozusagen – hat verbluten lassen. Vielleicht hat sie so lange durchgehalten, bevor sie dem Henker gesagt hat, wo das Gemälde war."

„Welches Gemälde?"

Roarks Mundwinkel zuckten. „Was ändert das? … Correggios *Jupiter und Io*. Vor langer Zeit verschwunden – niemand weiß wann – aus dem Kunsthistorischen Museum in Wien."

„Und das wissen Sie wegen einer hellen Stelle an der Wand?"

„Savarin wusste, dass Correggio einen bestimmten Rahmenmacher in Modena für all seine Rahmungen bevorzugte. Ein Forscher fand in einer alten Universitätsbibliothek das Auftragsbuch für das Jahr 1530 oder so um den Dreh, glaube ich. Und da stand es drin: das Design, die Abmessungen. Ein Volltreffer."

„*Jupiter und Io*, ist das das Bild, auf dem eine Wolke, die Jupiter darstellt, mit Io …"

„Ich verschwende nicht einen halben Tag meiner Zeit, um herzukommen und über Bilder zu diskutieren, Mr. Schopenhauer. Und Sie interessieren sich nicht für Kunstraub, schon vergessen?“

„Aber Sie haben es nicht gefunden?“

„Nein, wir haben es nicht gefunden. Und wir haben auch nicht das Sagasta-Bild gefunden. Darum geht's aber nicht ...“

„Sagasta“, sagte Gabriel, „erinnert mich an was. Das war in den Nachrichten. Ein spanischer Jetsetter, der vor ein oder zwei Jahren ermordet wurde.“

„Aber die Details des Mordes haben wir aus den Nachrichten rausgehalten. Der Conde de Sagasta war ein alternder Weiberheld, der beschlossen hatte, mit einer letzten guten Tat am Lebensabend noch etwas aus den Trümmern zu retten. Und wir sind ziemlich sicher, dass seine große Buße darin bestehen sollte, seinen Bellini dem Prado zu stiften.“

„Buße?“

„Wenn Savarin richtig lag, und das tut er meistens, hat in den letzten dreihundert Jahren niemand diesen Bellini gesehen außer dem Grafen und vielleicht ein paar seiner Freundinnen. Aber der *beau geste* tauchte nie auf, weil der Henker irgendwie davon gehört hatte. Wieder war es Gift in den Hals, das den alten Mann getötet hat, aber zuvor wurde er zerlegt. Seine Genitalien wurden mit einem Skalpell abgetrennt und ihm in den Mund gestopft. Das Schlafzimmer schwamm in seinem Blut. In der Wand eingelassen war eine geheime Tafel. Sie war aufgeklappt und – leer. Der Bellini war fort.“ Schweiß hatte sich auf der Oberlippe des Inspectors gebildet. „Wenn ich Ihnen die Fotos zeige, also ... dann würden Sie so schnell nicht mehr nach Lech fahren.“

Nachdem Roark gegangen war, ging Gabriel benommen in die Küche. Er lief ziellos herum, bis ihm einfiel, dass er Kaffee suchte. Eine halbvolle Tasse stand auf der Anrichte. Er trank den Kaffee kalt. Der bittere Geschmack und der Bodensatz zogen ihm alles im Mund zusammen. Aber das Blut kam zurück in seine Wangen. Er ging in den Innenhof, die Treppen hinauf, am Geländer entlang zu Emilys Arbeitszimmer.

Das Refugium seiner Frau: ein kleiner Raum, den sie so eingerichtet hatte, dass er ihrem Zimmer im katholischen Internat ähnelte, wo sie nach dem Waisenhaus gelebt hatte – die einzige schöne Zeit in ihrer Kindheit, wie sie Gabriel erzählt hatte. Darin standen ein Holzschreibtisch und ein Stuhl. Auf dem steinernen Fußboden lag ein ausgefranster kleiner Teppich von der Größe eines Handtuchs. Das einzige, was die weiß getünchten Wände schmückte, war die Reproduktion eines Fra Angelico Frescos, *Noli me tangere*, das in einem dünnen Holzrahmen über dem Schreibtisch hing. Das Glas war beschädigt, aber Emily ließ nicht zu, dass Gabriel es neu rahmen ließ. In diesem Zustand hatte man es ihr in der Klosterschule gegeben.

Sie stand auf, als er hereinkam, und er schloss sie in seine Arme. Er spürte, wie sich die Rückenmuskeln unter ihrem Pullover bewegten.

„Was wollte er?", fragte sie.

„Mir eine Lektion in Staatsbürgerkunde erteilen. Ich verhungere. Los, wir gehen zu Seppi." Er sah auf die Uhr. „Jetzt ist es viertel nach eins. Wann musst du an die Uni?"

Er ging zur Tür, aber Emily folgte ihm nicht.

„Heute ist Dienstag … die einzig interessante Vorlesung ist eine um drei. Du siehst eher erschrocken als hungrig aus. In guten wie in schlechten Zeiten, Gabriel. Nicht nur in guten."

„Ich bin dyslektisch, schon vergessen? Ich brauch eine Weile, bis ich Informationen verarbeitet habe. Komm, wir reden beim Essen."

Es hieß, Seppi würde seine Speisekarte in die Luft schreiben. Als Gabriel und Emily in die enge Straße kamen, rochen sie Kalbsbraten und Knoblauch. Drinnen saßen ein paar Mittagsgäste über Kaffee und Schnaps. Gabriel führte sie nach hinten an einen einsamen Tisch. Noch bevor sie richtig saßen, tauchte der Kellner auf und sagte: „Vitello?" Aber es war keine wirkliche Frage. Sie nickten, und der Kellner ging.

„Der alte Haas, weißt du?", fragte Gabriel, als sie es sich bequem gemacht hatten.

„Natürlich. Was ist mit ihm?"

„Er kam nicht zum Kondolieren. Unglaublich. Sein Bauernhof ist zwanzig Meter von dem Bungalow entfernt. Blaulicht, Polizeiabsperrung, überall Bullen, ein verdammter Hubschrauber aus München, auf dem „Interpol" draufsteht – und der ist einfach die ganze Zeit in seinem Haus geblieben, als ich da war. Aber als ich weggefahren bin, hat mir einer der Polizisten, Major Moosmaier, erzählt, dass Haas die Polizei angerufen und angeboten hat, sauberzumachen, wenn sie dort fertig sind."

„Oh, gut", sagte Emily. „Das wollte ich hören. Deshalb lag ich die ganze Nacht wach und hab mir Sorgen gemacht."

„Frau Köberl hat irgendwo einen Bruder. Bludenz, glaube ich. Die Polizei hat sich mit ihm in Verbindung … Was?"

Emily hatte den Arm vorwurfsvoll mit der Handfläche nach oben zu ihm ausgestreckt.

„Gabriel, du weißt verdammt genau, was los ist. Hör auf 'rumzueiern. Sag mir, was los ist."

„Ich wollte nur …"

„Haben die Bullen den Mörder? Einen Hinweis? Eine Spur? Hat er was mitgenommen?"

„Nein."

„Nein was?"

„Viermal nein. Keine Hinweise, keine Spuren – abgesehen von DNS, die sich möglicherweise auf der Kleidung von Frau Köberl findet. Nicht mal Fingerabdrücke. Nichts fehlt … also …"

„Du weißt nicht, ob dieses Ding fehlt", sagte Emily, „weil du nicht weiß, was es ist. Dieser Topf mit Geld oder was auch immer. Aber du willst herausfinden, was es ist. Glaubst du, dass du das vor mir verbergen kannst, Gabriel? Dass ich dich nicht kenne? Das, weswegen dein Urgroßvater sterben musste, weswegen dein Großvater sterben musste und weswegen du sterben sollst. Tommasos Mutter hat es dir erklärt. Ich mag diese Frau. Ich würde gern mit ihr reden. Wenigstens versteht sie's. Sie versteht, was mein Ehemann nicht in seinen Dickschädel bekommt. Dass du, wenn du dich weiter auf diese wahnsinnige Suche nach dem Familienfluch begibst, sterben wirst … oder ich."

„Was? Nein. Du? Emily, warte …“

„Wenn du dich nicht mit diesem Arthur Whyte getroffen hättest, wärst du nie nach Lech gefahren, du hättest dich nie in Gefahr gebracht, nie … wer weiß? Vielleicht würde die arme Frau Köberl noch leben.“

Gabriel wurde bleich. „Das glaubst du nicht wirklich“, sagte er leise.

„Was ich glaube, ist, dass dieser Whyte mit seiner Knarre einen Mörder aufscheucht. Und dich da als seinen Gehilfen mit reinzieht. Vielleicht sogar als Köder.“

„Whyte ist alles, was ich habe, Em. Und wenn ich nicht mitgefahren wäre, hätte ich die Kassette nicht gefunden. Nicht, dass sie viel bringen würde, wie sich herausgestellt hat.“

Er sah den Schmerz in ihrem Gesicht. „Das ist ja nett. Arthur Whyte ist alles, was du hast. Das höre ich wirklich sehr gern.“

Gabriel schloss lange die Augen.

„Ich meinte doch nur …“, fing er an und öffnete sie wieder. „Tut mir leid. Als allerallererstes, ganz, ganz weit vor Arthur Whyte oder sonst jemandem, Em, habe ich dich.“

„Und ich habe dir gesagt, dass die Kassette nutzlos ist, nicht Arthur Whyte.“

„Ich spreche von der zweiten Kassette, aus dem Haus in Lech. Der echten Kassette.“

Horror breitete sich in ihrem Gesicht aus. „Du hast mir nicht gesagt, dass es noch eine andere Kassette gibt“, flüsterte sie. „Und du hast sie dir angehört … Du hast gehört, wie dein Großvater …“

„Whyte. Ich konnte das nicht.“

„Und?“

„Es ist nichts drauf, zum Glück. Ein paar Schreie, Geraschel.“

Das Essen kam. Emily schnitt ein paar Stückchen von dem Fleisch ab und legte dann ihr Besteck zur Seite.

„Verdammte Scheiße“, sagte sie.

„Emily, ich verschweige dir nichts.“

„Nein?“ Sie klang abwesend und sah auf einmal sehr müde aus.

„Oh, Signora Zennetti hat mir ein Foto gegeben. Das hab ich vergessen. Jedenfalls glaube ich, dass es ein Foto … Verdammt. Ich hab den Umschlag in Whytes Auto gelassen …“ Gabriel hielt inne und spießte eine geröstete Kartoffel auf. Ihm war gerade eingefallen, dass genau in dem Moment, als er den Umschlag öffnen wollte, der Henker versucht hatte, sie mit dem Wagen abzudrängen. Um nichts auf der Welt würde er Emily davon erzählen. „Es könnte das Bild vom Mörder meines Urgroßvaters sein. Was über dreißig Jahre her ist. Was heute ziemlich sicher keine Bedeutung mehr hat. Also wieder, nutzlos.“

Emily legte beide Arme auf den Tisch und beugte sich vor. „Dieser ganze Ausflug war nutzlos, es sei denn, du verstehst endlich die Nachricht. Deine Frau wird sie dir nochmal buchstabieren: Halte … dich … da … raus.“

„Emily, ich …“

„Dein Urgroßvater und dann dein Großvater und jetzt du, der letzte der Schopenhauers. Du willst eine Familientradition aufrechterhalten? Du bist der letzte in der Linie. Alles, was noch übrig ist, außer …“

Sie unterbrach sich und lehnte sich zurück. Sie sahen sich an.

„Außer mir“, sagte sie beiläufig.

Gabriel ließ die Gabel fallen und nahm ihre Hand in beide Hände. „Nicht du, Em. Auf keinen Fall. Ich vielleicht, aber …“

Sie sah auf seine Hände. „Sicher“, sagte sie leise.

„Emily, hör mir zu. Was der Mörder wissen will, wonach er sucht, das wusste vielleicht Großvater, aber ich nicht.“

Emily nickte mit gesenktem Kopf.

„Also“, fuhr er fort, „bringt es ihm gar nichts, wenn er hinter mir her ist. Und noch weniger bringst du ihm.“

Sie sah auf und seufzte schwer.

„Du bist ein schlauer Junge, Schatz. Aber in diesem Fall bist du strohdumm“, sagte sie. Sie nahm die Rechnung, die bei Seppi immer zusammen mit dem Essen gebracht wurde, und schien sie auf ihre Richtigkeit zu überprüfen. „Der Henker glaubt, dass du es weißt. Und deshalb auch, dass ich es weiß.“

Nachdem er Emily, die zu ihrem Seminar nach Florenz fuhr, verabschiedet hatte, war Gabriels einziger zusammenhängender Gedanke, sich Detective Inspector Roarks Warnung zu Herzen zunehmen. Die Geschichten von den beiden Morden waren an sich schon schrecklich genug, auch wenn sie nichts Neues über den Henker enthüllt hatten. Ein einziger Blick auf die schwarzen, geschwollenen Schultern seines Großvaters hatte ihm schon ausgereicht. Aber was ihm im Restaurant so richtig ins Bewusstsein gedrungen war und ihn krank vor Sorge machte: Der Henker könnte möglicherweise wirklich seine Frau ins Visier nehmen. Daran zu denken, konnte er nicht ertragen. Früher am Morgen, als sie vor der Autovermietung in Lech gestanden hatten, hatten sich Gabriel und Arthur Whyte zwar ohne genauen Plan verabschiedet, aber es war klar gewesen, dass sie weiter nach dem Mörder suchen würden, sowohl zusammen als auch auf eigene Faust. Jetzt lief Gabriel eilig über den Platz und war entschlossen, Whyte anzurufen, um ihm mitzuteilen, dass er es sich anders überlegt hatte. Dann blieb er erschrocken stehen. Auf den Eingangsstufen saß Arthur Whyte.

„Ich dachte, Sie wären unterwegs nach München."

„War ich auch", sagte Whyte und erhob sich. „Aber dann ist mir was dazwischengekommen. Wir müssen in ein Internetcafé."

„Sie können meinen Laptop benutzen, wenn Sie ins Internet müssen. Kommen Sie, wir gehen in die Bibliothek."

„Das willst du nicht auf deiner Festplatte. Keine Cookies, keine Spuren. Die Polizei könnte das anzapfen – und auch meine Geräte."

„Hören Sie, ich habe keine Ahnung, wovon Sie reden, aber … Ich denke, es wäre besser, wenn wir eine Weile einfach stillhalten und …"

„Hat dir Roark Angst gemacht? … Ich hab ihn gesehen, als er gegangen ist."

Gabriel sah ihn an. „Sie sind nicht verheiratet, hab' ich recht?"

Whyte hob seine Hände. „Ich hab' dir von Anfang an gesagt, dass ich mir diesen Scheißkerl auch allein vornehmen kann. Das steht immer noch. Ehrlich gesagt, wenn es nach mir ginge, wäre ich nicht mal hier. Aber Max hat mir das aufgedrückt … Soll ich seinen letzten Wunsch ignorieren?“

„Wovon reden Sie?“

„Und außerdem geht’s gerade nicht darum, den Mörder zu finden. Also … nicht direkt.“

„Um was geht es dann?“

Whyte holte seinen Blackberry hervor. „Max hat mir eine letzte Nachricht hinterlassen, eine E-Mail. Er hat sie verschlüsselt, deshalb ist sie in meinem Spamordner gelandet. Ich fuhr gerade aus Lech raus, als ich dachte, ich sollte besser mal wieder in meinen Posteingang schauen. Also bin ich rechts rangefahren, und da war sie … Ich glaube, es geht um dein Erbe.“

Kapitel 11

Pistoia – 25. Februar 2003

Pistoias einziges Internetcafé war so hell erleuchtet wie ein Klassenzimmer. Die einzelnen Arbeitsbereiche waren durch Schallschutzplatten getrennt. An den Wänden hingen Werbeposter für Computerspiele, die meisten warben für „Tomb Raider" und präsentierten Lara Croft mit ihren eutergroßen, aber scheinbar schwerelosen Brüsten. Aus einer Eckkabine heraus betrachtete Arthur Whyte eines davon, während er ein Minzbonbon zerkaute. „Die Computer-Geeks haben schon recht", sagte er. „Warum raus ins Leben, wenn man das hier haben kann?"

„Großvater hat Ihnen sein Testament geschickt?", fragte Gabriel.

„Sprich mal leiser", sagte Whyte beinahe lautlos, obwohl er wusste, dass niemand in Hörweite war.

Gabriel rollte einen Drehstuhl von dem benachbarten Computerplatz zu ihm herüber und setzte sich.

Whyte fuhr den Computer hoch, dann drehte er sich davon weg und verschränkte die Arme. „Hast du schon mal die Odyssee gelesen?", fragte er. Er wartete nicht auf eine Antwort. „Nachdem er Troja in Schutt und Asche gelegt und einen Haufen Irrungen und Wirrungen hinter sich gebracht hat, segelt Odysseus endlich nach Hause und ist schon so nah, dass er vom Schiff aus den Rauch der Feuerstellen sehen kann. Er schläft als glücklicher Mann ein. Aber während der Nacht öffnet seine bekloppte Crew den Sack, den Odysseus an einen Mast gebunden hat. Sie denken, dass Gold darin ist. Aber er ist voller böser Winde, die ihm ein netter König oder Gott gegeben hat, ich hab's vergessen. Und diese Winde sind jetzt frei und pusten das Schiff wieder so weit von zu Hause weg, wie's eben nur geht. Er muss also wieder ganz von vorn anfangen."

„Wollen Sie mir Angst machen, um mich davon abzuhalten, mir Großvaters Testament anzusehen?"

„Ich weigere mich nur, der Seemann bei deiner Odyssee zu sein."

„Was soll das heißen?“

„Max hat diesen E-Mail-Account nur für schlechte und gefährliche Nachrichten benutzt. Das weiß ich.“

Gabriel sah auf den Bildschirm. Whyte hatte dort eingetippt: „bargello1969“. Es war eine Hotmailadresse. „Bargello“, sagte Gabriel. „Signora Zennetti hat dort in Florenz gewohnt.“

„Konnte sie nicht. Das Bargello ist ein Museum.“

„Ihr Bargello war ein Wohnhaus. Die Einheimischen haben es so genannt, weil es wie das Museum aussah. Das hat Tommaso mir mal erzählt. Und 1969 war das Jahr, in dem mein Urgroßvater ermordet wurde.“

Whyte sah von dem Bildschirm zu Gabriel und wieder zurück. Er schürzte die Lippen.

Gabriel sagte: „Warum glauben Sie, dass es darin um meine Erbschaft geht?“

„Geraten. Die verschlüsselte Mail hat mir Max an dem Tag geschickt, als er starb, und im Wesentlichen ging's darum, dir diesen E-Mail-Account zu zeigen, weil er eine spezielle Mail dorthin geschickt hat.“ Whyte starrte düster auf den Bildschirm. „Er macht mich zu seinem Boten. Das gibt mir eine gewisse Verantwortung. Ich will sie nicht. Ich will damit nichts zu tun haben. Ich will bei Max meine Schulden begleichen, und raus.“

„Bei allem Respekt, Mr. Whyte, Sie übertreiben. In diesem Moment ist mein Leben so sehr in Gefahr, wie es nur sein kann. Sich eine E-Mail anzusehen, kann diese wohl kaum erhöhen.“

Whyte machte ein ploppendes Geräusch. „Weißt du, du tust etwas, das mich echt nervt. Du stellst dich dumm. Max hat mir gesagt, du wärst ein cleverer Junge, und clevere Jungs denken an die nächste Runde, und dann wieder an die nächste. Aber du hüpfst nur von einer Seerose zur nächsten, und du kapierst gar nicht, wie tief das Wasser um dich herum ist.“ Er zeigte mit dem Daumen über die Schulter auf den Bildschirm. „Logg dich ein. Das Passwort lautet a-r-a-c-o-e-l-i. Dir muss aber eins klar sein: So wie ich Max kenne, wird das, was du dort liest, dich dazu bringen, Dinge zu tun, die ein ganz neues Ausmaß an Ärger heraufbeschwören. Wie, das weiß ich nicht. Aber ich weiß eins: Ich kann mit den

Henkern auf dieser Welt klarkommen. Aber die Lampe, an der du jetzt reiben wirst, wird einen Dschinn freilassen, neben dem der Henker wie ein Spielplatzrabauke aussieht."

„Aracoeli? Das ist eine Kirche in Rom."

„Hast du mir zugehört?"

„Das ist die Kirche, in der ich mal mit Großvater war. In seiner Wohnung in München gab es ein Foto mit uns beiden, wie wir davor standen."

„Und was soll uns das sagen, verdammt?"

„Ich weiß es nicht. Vielleicht ist es wichtig."

Whyte sah ihn schief an und lehnte sich zurück. Seine Lippen waren zu einer dünnen Linie zusammengepresst.

Gabriel zog seinen Stuhl vor und tippte das Passwort ein.

Zwanzig Minuten später verließen Gabriel und Whyte das Internetcafé. Schweigend standen sie auf dem Bürgersteig. Gabriel hatte eine Hand in die Jackentasche gesteckt. Seine Finger schlossen sich um die Computerausdrucke. Auf der anderen Straßenseite saßen drei Teenager und lasen eine rosafarbene *Gazzetta dello Sport*. Ein Schwarm Schulmädchen schob sich an ihnen vorbei. Sie schnatterten fröhlich miteinander oder in ihre Handys. Ein Lieferwagen brummte vorbei und hinterließ eine Dieselwolke.

„Irgendwelche Vorschläge?", fragte Gabriel.

„Vorschläge", sagte Whyte. „Wie Harakiri?"

Er ging über die Straße voran zu einer schäbigen Bar, wo sie sich Espresso bestellten. Whyte kippte seinen in einem Schluck runter und legte beide Hände mit ausgestreckten Fingern auf die Theke. „Erste Option", sagte er. „Die Ausdrucke zu dem freundlichen Bullen in München bringen. Problem ist nur, dass er sie an Interpol weitergeben muss, egal, wie sehr er Savarin hasst. Oder an die Kunstraubabteilung in Mailand oder Rom, was wiederum bedeutet, dass Interpol eingeschaltet wird. Die Option ist also schon mal geschenkt. Zweite Option wäre, sie zu zerstören und die Dateien zu löschen. Das hieße dann, aufzugeben. Nummer drei ist: nichts tun und warten."

Whyte strich mit einer Hand über seine Stirn, als wollte er dort einen Gedanken auslöschen. Dann grunzte er.

„Was?“, fragte Gabriel.

„Ich hab nur gerade deinen Großvater vor mir gesehen. Mit seinem strengen Lächeln. Und wie er sich vorstellt, was ich für ein Gesicht mache, wenn ich diese Fotos sehe.“

„Sehr lustig, klar.“

Whyte sah ihn an.

„Was?“, fragte er leise.

„Die gute alte Dick-und-Doof-Eimer-Wasser-ins-Gesicht-Reaktion. Hätte ich mal eine Krawatte umgehabt. Dann hätten Sie dran ziehen können.“ Gabriel verzog den Mund, als er die zusammengefalteten Ausdrucke aus seiner Jackentasche holte. „Was ist daran so besonders?“, fragte er und wollte sie auffalten.

„Nicht“, sagte Whyte mit leiser, unheilschwangerer Stimme, „diese Ausdrucke in der Öffentlichkeit ausbreiten.“

„Okay. Okay. Entspannen Sie sich.“

Der andere sah ihn an.

„Gib sie mir“, sagte Whyte. Als Gabriel sie ihm gegeben hatte, drehte sich Whyte scharf um, stürmte durch die Tür und eilte den Gehweg hinunter. Gabriel folgte ihm rasch in eine Seitenstraße, die dunkel und einsam lag und nach Küchenfett roch. Dort blieb Whyte stehen und glättete die Papiere. Er schien immer noch genauso ungläubig wie vor zwanzig Minuten, als er die Dateien zum ersten Mal auf dem Computerbildschirm gesehen hatte.

Auf dem Ausdruck waren drei Fotos von Gemälden zu sehen. Über jedem Foto standen ein Name und ein Ort.

Gabriel hatte ihn eingeholt. „Ich nehme an, die sind wertvoll“, sagte er und sah Whyte über die Schulter. Als er den Ausdruck im Gesicht des anderen sah, fügte er rasch hinzu: „Sehr wertvoll.“

„Nein“, sagte Whyte leichthin. „Nein, ich würde sie nicht wertvoll nennen. Unschätzbar, das ist das Wort. Und weißt du auch warum, Kleiner?“

„Nennen Sie mich nicht Kleiner.“

„Weil der Markt keine Preise für etwas aufruft, das nicht existiert.“

Gabriel versuchte, Whytes Gesicht zu lesen. „Das ist totaler Scheiß, und das wissen Sie auch. Wenn es diese Dinger nicht gäbe, hätten Sie vorhin im Internetcafé nicht angefangen zu hyperventilieren. Und es wäre Ihnen egal, ob Brandl oder Savarin oder sonst wer diese Dateien zu Gesicht bekommt. Darf ich mal?“

Whyte reichte ihm die Blätter, und Gabriel sah sie durch. Insgesamt waren es vier Seiten, eine für jeden Dateianhang der E-Mail. Jede der ersten drei Seiten zeigte drei Fotos, auf denen eindeutig Gemälde alter Meister zu sehen waren. Gabriel las nicht die handgeschriebenen Namen und Orte, die über jedem Bild standen, aber er erkannte die Schrift seines Großvaters. Auf der vierten Seite war nur ein einziges Foto – von einer Statue.

„Ich nehme mal an“, sagte Gabriel, „dass Sie bis vor einer halben Stunde noch gesagt hätten, diese Werke seien vom Erdboden verschwunden. Aber seit Sie die Fotos gesehen haben, sind Sie anderer Meinung. Warum?”

„Wann wurde die Kamera erfunden?“

Gabriel sah ihn an. „So lang sind die schon verschwunden?“

„Eine sehr lange Zeit“, sagte Whyte. „Jahrhunderte. Fünf ganz bestimmt. Ich müsste da nochmal nachhorchen.“

„Verstehe … Und wenn der Herr Kunstmarkt wüsste, dass sie existierten, wären sie Millionen wert. Vielleicht im zweistelligen Millionenbereich.“

„Nein, du verstehst es nicht“, sagte Whyte, und seine Stimme wurde grimmig. „Fünfzig bis hundert Millionen. Für jedes Einzelne. Und ich sehe nicht, dass …“

„Sie vergessen die Statue.“

„Von der Statue weiß ich nichts.“

„Dann vergessen Sie die Statue. Warum bittet Großvater Sie, mir das zu zeigen?“ Er dachte für einen Moment darüber nach. „Mein Großvater sagte mir mal, dass ich Dinge sehe, die anderen verschlossen bleiben.“

Die beiden Männer sahen sich an.

„Das hat er also gesagt, was?“, sagte Whyte.

„Oft sogar. Ich dachte immer, er will nur, dass ich mich besser fühle, wegen meiner Lernbehinderung.“

„Das würde ich auch so sehen“, sagte Whyte.

„Ja.“

„Das sind Kunstwerke. Du erkennst da etwas, das ich nicht sehe? Mach mal halblang.“

„Nur, wissen Sie was? Großvater hatte recht. Ich sehe wirklich Sachen, die anderen entgehen.“

„Röntgenblick“, sagte Whyte. „Wenn das eine Behinderung ist, hätte ich gern was davon.“ Er sah auf die Uhr. „Ich gehe jetzt in meine Wohnung in Lucca und schlaf 'ne Runde. Vielleicht hat Max dort auf meinem Telefon eine Nachricht hinterlassen. Ich würde sagen, wir nehmen die dritte Option. Wir warten auf ein weiteres Teil von diesem verfickten Puzzle.

„Und wenn Roark die Polizei in Lucca angewiesen hat, Sie im Auge zu behalten?“

„Niemand kennt das Haus. Max wusste davon. Jetzt weißt du's … Kommst du?“

Gabriel hatte die Ausdrucke weiter durchgeblättert. „Klar“, sagte er und folgte Whyte, während er sich die Seiten immer noch ansah. Die Fotos von den Gemälden waren professionell. Aber die Aufnahme der Statue war verwackelt, von hinten gemacht worden und noch dazu aus großer Entfernung. Alles, was man erkennen konnte, war ein stehender, männlicher Akt. Ein Wort stand in der oberen linken Ecke: „Bambino“. Mehr nicht.

Gabriel blieb stehen, um sich die erste Seite ganz nah vor die Augen zu halten. Mit dem Zeigefinger folgte er den Buchstabenreihen am oberen und unteren Seitenrand. Seine Lippen bewegten sich, während er jeden Buchstaben und jede Ziffer durchging: die E-Mail-Adresse, bargello1969; Zeit und Datum des Ausdrucks; die Dateinamen und der übliche Werbekram von Microsoft samt der Copyrighthinweise. Als er fertig war, sah er auf. Er war allein.

„Hey!“ Er lief vor zur Straße und sah Whyte an einer Ampel stehen, beide Hände in den Taschen vergraben.

Als Gabriel zu ihm joggte, wurde es grün, und Whyte überquerte die Straße.

„Übrigens", sagte Whyte, „du hast den Umschlag der guten alten Lady Zennetti in meinem Auto vergessen. Und was hast du eigentlich mit der Kassette gemacht?"

„Die Dateinamen", sagte Gabriel und keuchte leicht. Er hielt Whyte die Ausdrucke ins Gesicht. „Sehen Sie mal hin."

„Hör auf", sagte Whyte gereizt und schob Gabriels Arm mit den Blättern zur Seite.

„C wie Charlie", sagte Gabriel, „dann die Nummer eins, dann ein Bindestrich, und schließlich die Nummer drei. Das ist der Name der ersten Datei."

„Unglaublich", sagte Whyte, ohne stehenzubleiben. „Großartig. Super. Komm jetzt, ich höre, wie eine Flasche Barolo aus Lucca nach mir ruft. Ich bring dich zu deinem Schlösschen, und vergiss nicht, Signora Zennettis Talisman, oder was es auch immer sein mag, mitzunehmen."

Gabriel packte ihn am Arm und hielt ihn fest. „Die zweite Datei", sagte er, „mit den Gemälden vier, fünf und sechs ist Charlie Nummer vier Bindestrich Nummer sechs. Und so weiter. Aber das Foto der Statue in der vierten Datei, das ganz allein steht, heißt G eins. G wie Golf, Nummer eins."

Whyte zog die Augenbrauen zusammen. „C wie Charlie, meinst du", sagte er. Gabriel schüttelte den Kopf.

Als Whyte die Hand hinhielt, um sich die Ausdrucke geben zu lassen, hupte der Fahrer eines sich nähernden Lamborghinis. Sie zuckten zusammen und beeilten sich, auf den Bürgersteig zu kommen. Whyte nahm die Zettel und sah sich den mit der Statue an. „G wie Golf", sagte er. Er blätterte die Seiten durch. „C", sagte er. „alles Cs." Er faltete die Papiere mit einer Art nachdenklicher Präzision zusammen und gab sie zurück. „Und?"

„G steht für Gabriel", sagte Gabriel. „Die Statue gehört mir. Die Gemälde sind für C. Wer ist C?"

Whytes Gesicht wurde eine Maske.

„C steht für Cosimo", sagte er.

Kapitel 12

London – 25. Februar 2003

Manchmal störte es Derek Pevsner, dass der Schein mittlerweile allzu oft trog. Dieser Tage konnten die unrasierten jungen Männer, die ihm in der Londoner U-Bahn gegenüber saßen, Internetmillionäre sein. Die Frau mittleren Alters, die die Sydney Street entlangradelte, konnte die Chefkardiologin des Royal Brompton Hospitals sein. Derek Pevsner machte dieser Mangel an Wahrheit in der Erscheinung zu schaffen, und er beunruhigte ihn etwas. Er hatte sich immer Mühe gegeben, wie ein Gentleman aus der City auszusehen, so dass andere davon ausgingen, dass er genau das war, und sonst nichts. Er trug Nadelstreifenanzüge und schwarze Schuhe mit Ledersohlen. Er trug – bei jedem Wetter – einen zusammengerollten Regenschirm mit sich. Und als Chefzeichner eines erfolgreichen Lloyds-Syndikats trug er, natürlich, immer Manschetten. Er hielt diese äußere Schale aufrecht, sogar nachdem er in den Ruhestand gegangen war, in der Hoffnung und Erwartung, dass niemand sich die andere Seite, die sein Leben noch hatte, vorstellen könnte. Nicht einmal seine Familie – seine Frau, verstorben, und seine Tochter, erwachsen und im Ausland – hätten jemals davon erfahren dürfen.

Derek Pevsner hatte nämlich eine geheime Karriere. In den vergangenen zwanzig Jahren war er der Kopf einer kleinen, ausgewählten Gruppe von Frauen und Männern, die sich selbst als ‚Die Doktoren' bezeichneten. Seit ihrer Gründung während der Französischen Revolution sprachen die Mitglieder der ‚Doktoren' ihren Anführer – Derek Pevsner war seither der elfte – mit Cosimo an.

‚Die Doktoren' hatten ihren Namen von den Medici. Nun, eine Woche nach dem Mord an Max Schopenhauer, saß Pevsner in seinem Haus am Montpelier Square, sah aus dem Fenster der Bibliothek und fragte sich, ob es das düstere Schicksal der ‚Doktoren' war, den Sturz dieser beeindruckenden Familie nachzuahmen. Benannt nach dem ersten der Medici, Cosimo il Vecchio, hatte Pevsner jeden Grund zu befürchten, dass er der letzte sein würde.

Die Allgemeinheit hatte keine Ahnung von der Existenz der ‚Doktoren', ebenso wenig wie die meisten Polizeiorganisationen dieser Welt. Tatsächlich schien den Leuten allein schon die Vorstellung einer solchen Organisation absurd vorzukommen – ausgenommen waren ein paar vereinzelte Mitarbeiter von Interpols Abteilung für Kunstdiebstahl. Doch sogar im Lyoner Hauptquartier von Interpol hatten einige so ihre Zweifel. In der Kantine gab es immer mal wieder hämische Anspielungen auf Commandant Savarins „medizinische Probleme". Und für einen derart faktenorientierten Untersuchungskörper war eine solche Skepsis unbedingt gerechtfertigt. ‚Die Doktoren' hatten sich als derart unzugänglich erwiesen, dass die offizielle Position der Interpol – nicht, dass sie jemals hätte öffentlich gemacht werden müssen – besagte, eine solche Gruppe oder ein solches Netzwerk wie ‚Die Doktoren' hätte es nie gegeben.

Aber Commandant Georges Savarin wusste es besser. Er trug die Fackel seiner Überzeugung vor sich her, und es war ihm ziemlich egal, ob irgendjemand bei Interpol oder sonst wo seiner Meinung war. Die Gerüchte und Zeugenaussagen, die der Commandant in seinen drei Jahrzehnten in der Kunstraubszene zusammengetragen hatte, waren zu hartnäckig und zu geballt, um reine Einbildung zu sein.

Savarin kannte die Welt des Kunstraubs. Selbst seine erbittertsten Kritiker, von denen es viele gab, gestanden Savarin zu, der größte Experte auf seinem Gebiet zu sein. Es war eine Welt, über die Georges Savarin liebend gern sprach, und das möglichst farbenfroh. „Denken Sie sich Kunstraub", sagte er dann, „als ein Korallenriff, ein Unterwasserkönigreich, das von Haien und Barrakudas regiert wird." Aber die wirklichen Könige in diesem Dschungel waren die kleinen, unsichtbaren – und tödlichen – Quallen. In den Nachrichten war von den Haifischattacken des Kunstraubs die Rede: der plastische Chirurg aus Los Angeles, der spielsüchtig war und aus dessen Haus in Los Feliz ein paar Mondrians und Rothkos „geraubt" worden waren, was dem Chirurgen einen satten fünfzehn Millionen-Anspruch bei seiner Versicherung verschaffte. Oder der schlichte Museumsraub: die *Mona Lisa*, *Der Schrei*, der Vermeer. Die Presse deutete gern an, dass hinter all diesen Verbrechen ein mysteriöser Dr. No stecken könnte. Oder sie spekulierte, dass die Kunstbeute als Sicherheit auf dem geschlossenen Schwarzmarkt internationaler Drogen diente. Aber im Großen und Ganzen wurden diese öffentlich gemachten Kunstdiebstähle von Idioten und Windhunden durchgeführt.

Die Quallen kamen nicht in die Presse. Ihr Gift hatte schon vor Jahrhunderten angefangen zu wirken. Das war der Teil des Riffs, der von den ‚Doktoren' kontrolliert wurde, argumentierte Savarin: illegaler Handel mit Meisterwerken, deren ursprünglicher Diebstahl sich längst im Nebel der Zeit verloren hatte. Durch diesen unterirdischen Handelsstrom, über den Cosimo wachte – wie der Bootsmann des Styx – flossen achtzig Prozent der wertvollsten verschwundenen Meisterwerke der Welt.

Es war ein echtes Mysterium, das wusste Savarin: die unsichtbaren, nachgezogenen Tentakel des Kunstraubs. ‚Die Doktoren' waren der exklusivste Club der Welt, eine ausgewählte Gruppe bestehend aus Eigentümern mit Kunstsammlungen, die mindestens ein Meisterwerk beinhalteten, das unter größter Geheimhaltung verschlossen bleiben musste. Wenn ein Mitglied der ‚Doktoren' beschloss, ein solches Werk zu verkaufen, dann tat er dies exklusiv innerhalb des Netzwerks. Wenn ein Mitglied der ‚Doktoren' Wind bekam von einer polizeilichen Untersuchung – oder, was öfter vorkam, von einem geplanten Einbruch durch das organisierte Verbrechen – würde er Cosimo alarmieren. Und die Augen und Ohren der ‚Doktoren' waren so allgegenwärtig, dass die Zielperson stets in der Lage war, das Gemälde oder die Skulptur an einen sicheren Ort zu bringen. Oder noch direkter, sich um den Möchtegerntäter zu „kümmern".

Aber was Savarin am meisten an den ‚Doktoren' verbitterte, war nicht ihre Geheimhaltung, sondern die Überzeugung, dass die Mitglieder ganz in seiner Nähe waren. Als zwanghafter Netzwerker war er vollkommen überzeugt, dass er die Mitglieder der ‚Doktoren' bereits getroffen und ihnen die Hände geschüttelt hatte, mit ihnen bei geschlossenen Gesellschaften auf Wohltätigkeitsveranstaltungen gelacht, bei eleganten Dinners im Louvre oder der Gemäldegalerie neben ihnen gesessen hatte. Wenn er wenigstens nur ein Mitglied outen könnte, dachte Savarin manchmal … Aber welchen Nutzen hätte das? Cosimo, davon war er überzeugt, war der einzige Doktor, der wusste, wer die anderen Mitglieder waren. Cosimo war der, dem man vertraute. Ihm ging es nicht um Geld oder Gewinne, er glaubte daran, dass die Ziele der ‚Doktoren' nobel und gerecht waren. Cosimo war wirklich von der Sache überzeugt.

So sah es Savarin. Seine Kollegen fanden ihn überspannt. In Wahrheit hatte er recht.

‚Die Doktoren' gab es wirklich. Und wenn sie für ihre Mitglieder auch eine Art Bruderschaft waren, gab es für Cosimo eine höhere Bestimmung. Es war die letzte Bastion gegen die Vermögensumverteilung der 1920er, deren leere Slogans bis heute noch in ganz Europa vorherrschten. Ein solches Denken wurde jeden Tag in den Medien hochgewürgt und widergekäut, in politischen Reden, bei Wohltätigkeitskampagnen, im Alltag. Es erinnerte Cosimo an die Mantras, die Hare Krishna in den Straßen von London gesungen hatte, als er in den Sechzigern zum ersten Mal dort angekommen war: Töne, die keinen Sinn ergaben, die aber trotzdem denjenigen, die sie erzeugten, ein gutes Gefühl gaben.

Cosimo füllten sie mit Verachtung. Für ihn bedeutete Gerechtigkeit nicht: jeder nach seinem Bedürfnis und Neid, sondern jeder nach seinem Verdienst, seiner Ausdauer … und seinem Glück. Und das beinhaltete, *inter alia*, wenn Federico Scallacci beschloss, einen Veronese, den er im Speicher seines Großonkels in Neapel gefunden hatte, an H. Buford Beasley III., den Lebensmittelhandelsmagnaten von Austin, Texas, zu verkaufen, dann sollte er das auch tun dürfen, ohne dass ihm Interpol oder das Kulturministerium von Italien oder die Accademia in Venedig reinzureden hatten. ‚Die Doktoren' ermöglichten diesen einfachen, freien Austausch von kulturellen Gütern. Das taten sie nun schon seit zwei Jahrhunderten.

Es war in den zweihundert Jahren immer schwierig gewesen. Heute allerdings hatte sich die Lage von schwierig zu lebensgefährlich entwickelt. Europas ‚Kultur für alle'-Gesetzgebung bedeutete ein krasses Dilemma für ‚Die Doktoren'. Das Problem war nicht die Gesetzgebung an sich. Das Problem waren die Nachbeben.

Das erste war ein gesteigertes öffentliches Interesse an vermissten Kunstwerken, das die Medien noch anfachten. ‚Kultur für alle' hatte eine beträchtliche Anzahl an Meisterwerken zum Vorschein gebracht, von denen niemand geglaubt hatte, dass sie noch existierten. Die Annahme, dass diese durch Krieg, Vandalismus und natürliche Katastrophen zerstört worden waren, war schlicht falsch. Die Zeitungen hatten endlich einmal Neuigkeiten, und sie hielten sich daran fest. In ganz Europa tauchten Artikel von Journalisten auf, deren Fähigkeit, einen Giotto von einem Watteau unterscheiden zu können, Cosimo anzweifelte. Sie berichteten über ein gestohlenes Bild, eine verlorene Zeichnung, ein konfisziertes Altarbild – begleitet von dubiosen Spekulationen darüber, wo jedes dieser Werke sein könnte und wie es dorthin gelangt war.

Dann kamen die Politiker. Letzte Woche in England während der institutionalisierten Fragestunde des Unterhauses, der ‚Prime Minister's Questions', verwendete der Premierminister ganze drei Minuten darauf, dem Unterhaus zu versichern, dass der Geheimdienst MI6 aktiv mit Interpols Abteilung für Kunstdiebstahl zusammenarbeitete, um solche Schätze aufzuspüren – zum „Wohle der Menschheit über die selbstsüchtigen Interessen einiger weniger Wirtschaftskrimineller", wie es die Regierungspartei ausdrückte.

Dieser Scheinwerfer, der sich nun auf ein zuvor eher spezielles und vernachlässigtes Gebiet des Wohlstands richtete, hatte nun im Gegenzug die „Würmer aus dem Schlamm kriechen lassen", wie es einer von Cosimos ‚Doktoren' ausgedrückt hatte. Für die Kriminellen war ‚Kultur für alle' Manna, das vom Himmel fiel: Erst stiehlst du ein Kunstwerk von jemandem, der nicht zugeben will, dass er es besitzt. Dann präsentierst du es den Behörden als etwas, das du im Keller gefunden hast, erhältst den vollen Marktwert und hast gleichzeitig volle Immunität gegen Anklagen, die mit sämtlichen vorangegangenen Besitzrechten in Verbindung stehen. In den letzten elf Monaten hatten die Mitglieder der ‚Doktoren' den Druck gespürt. Bei drei von ihnen wurden die Häuser durchsucht. Ein anderer, dessen Raphael in einem Schweizer Banktresor eingeschlossen war, verschwand im Januar. Seine Familie bezweifelte mittlerweile, ihn je wiederzusehen – denn auch der Raphael war aus dem Tresor verschwunden.

Weder die Presse noch die Politiker schienen zu verstehen, dass ihr neuester Kreuzzug für die erzwungene Vermögensumverteilung in Gewalt ausgeartet war. In Deutschland ging man davon aus, dass Schopenhauers Mörder ein ausgewachsener Psychopath war. Aber für Cosimo, ebenso wie für Commandant Savarin, war die Verbindung eindeutig: Schopenhauer war wegen der Statue ermordet worden.

Die Statue. Verzweifelt wandte sich Cosimo vom Fenster in seiner Bibliothek ab: Es lag nicht an dem Kunstwerk, auch nicht an dem Umstand, dass er es nie gesehen hatte. Er wusste nichts über die Statue, abgesehen von ihrem seltsamen, kindischen Namen und ihren angeblichen kultischen Eigenschaften. Was ihn jedes Mal ärgerte, wenn er an die Statue dachte, war Max Schopenhauers Manie, sie zu verstecken. ‚Die Doktoren' waren eine Organisation, für die Geheimhaltung ein Synonym war, aber Max Schopenhauer hatte die Vorsicht in Bezug auf seine Statue auf ein neues Level gebracht. Normalerweise wusste Cosimo von den Mitgliedern, wo ihre wertvollen Kunstwerke versteckt waren, für den Fall, dass einer von ihnen unerwartet starb. Aber Maximilian Schopenhauer hatte ihm nichts gesagt. Nun würde sein Enkel aufbrechen und die Statue ganz allein finden müssen. Aber das war nicht Cosimos drängendstes Anliegen. Was er tun musste, und zwar schnell, war eine Entscheidung treffen, wann das Projekt, an dem Max und er seit der Verabschiedung der Gesetze von ‚Kultur für alle' gearbeitet hatten, durchgezogen werden sollte.

Er nahm einen vergilbten Zeitungsausschnitt von seiner Schreibunterlage. Es war ein Artikel über die Entlassung von Nathan Flintoff aus dem Gefängnis. Der Mann wurde von denen, die Ahnung hatten, als der größte lebende Kunstfälscher angesehen. Flintoff war manisch-depressiv und hing dauerhaft in einer manischen Phase. Normalerweise setzte sich der Standartenträger der ‚Doktoren' mit einem solchen Mann über einen Mittelsmann in Verbindung. Da Max nun tot war, würde sich Cosimo allerdings persönlich mit ihm treffen müssen. Regelbruch war die neue Regel.

Genau genommen hatte Cosimo kürzlich eine andere Regel der ‚Doktoren‘ gebrochen. Als er erfahren hatte, dass Max gestorben war, hatte er mit dem Telefon, das ausschließlich benutzt wurde, um mit den Mitgliedern der ‚Doktoren‘ zu reden, einen Mann angerufen, den er nur dem Namen nach kannte: Max Schopenhauers getreuen Kollegen Arthur Whyte.

Pistoia – 26. Februar 2003

Tommaso Zennetti wartete vor der Bibliothekstür des Palazzos. Um diesen Raum hatte er immer einen Bogen gemacht. Hier war Gabriels „Arbeitszimmer". Da er selbst ein erfolgreicher Ingenieur mit einem internationalen Büro war, wand sich Zennetti bei dem Gedanken, sich von dem jungen Mann Zeichnungen und Modelle zeigen zu lassen und nach seiner ehrlichen Meinung darüber gefragt zu werden. Er wusste, wie diese ausfallen würde.

Nun aber zögerte Maximilian Schopenhauers einziger Patensohn aus einem anderen Grund. Er musste eine schmerzhafte Aufgabe erledigen. Er war es Max schuldig, und Gabriel ebenfalls, mit dem jungen Mann über das grauenhafte Ableben seines Großvaters zu reden. Und wie Tommasos Mutter es ihm nachdrücklich in einem langen Telefonat letzte Nacht verdeutlicht hatte: Diese Aufgabe ging weit über die üblichen Mitleids- und Sympathiebekundungen hinaus. Es lag nun an ihm, Tommaso, Gabriel davor zu bewahren, das dritte Opfer des Schopenhauerfluchs zu werden.

„Er hat nicht auf mich gehört", hatte seine Mutter gesagt. „Ich glaube auch nicht, dass er auf seine Frau hört. Aber auf dich wird er hören, Tommaso. Du bist alles, was er immer sein wollte."

Zennetti straffte die Schultern, klopfte an die Bibliothekstür und ging hinein.

„Gabri…"

Er starrte stumm in den leeren Raum. Seine Mutter hatte ihm versichert, dass Gabriel mittlerweile wieder in Pistoia sein würde. Und Gabriel in Pistoia bedeutete Gabriel in seiner Bibliothek. Er verbrachte die Tage dort und sogar die Nächte, soweit Zennetti das beurteilen konnte. Der Ingenieur war ein regelmäßiger Besucher im Palazzo – er hatte auf Max' Bitte hin die mehrjährige Sanierung des Gebäudes überwacht – und er kannte es. Während er unentschlossen dort stand und sich fragte, wo er ihn finden würde, ließ Zennetti seine Augen über das Wirrwarr aus Brückenmodellen, Papieren und Nachschlagewerken auf dem Schreibtisch wandern. Für einen Moment vergaß er die eigentliche Katastrophe: dass das Leben des jungen Mannes bedroht war. Hier, dachte er mit einer Mischung aus Traurigkeit und Scham, lag Gabriels eigentliches Problem. Er träumte immer noch davon, Brücken zu bauen.

Vor Jahren hatte ihm ein aufgeregter Max von Gabriels Interesse am Konstruktionswesen erzählt und später stolz verkündet, dass sein Enkel am California Institute of Technology einen Platz bekommen hatte. Anderthalb Jahre später hatte er besorgt etwas davon gemurmelt, dass es nicht funktionierte. Zennetti hatte nicht weiter nachgefragt. Seine Philosophie lautete, im Leben nicht zurückzuschauen – entstanden aus dem Trauma des Tages, der seine Mutter mit Gabriel verband. Und hier war der physische Beweis für einen Mann Ende zwanzig, der nur zurückblickte und sich weigerte, seine Niederlage zu akzeptieren, weiterzumachen und seinem Leben eine neue Richtung zu geben. Zennetti wandte sich um und wollte gehen.

Aber dann fiel sein Blick auf ein Buch und seine Miene hellte sich auf. Er ging zu dem Tisch und nahm es in die Hand.

Brücken der Welt war vor fünfzehn Jahren veröffentlicht worden, als Zennetti sich gerade einen Namen als innovativer Brückendesigner machte. In diesem Buch war seine erste schriftliche Erwähnung: zwei Fotos seiner Doppelbogenkonstruktion, die sich über einen breiten, flachen Ausläufer des westlichen Arno spannten. Gabriels Ausgabe war zerfleddert und am Rücken zusammengeklebt. Zennetti öffnete sie vorsichtig. Auf der ersten Seite war eine handschriftliche Widmung:

Für Gabriel
Von Lego zu wer weiß? Alles ist möglich. Tu's einfach.
Dein dich liebender Großvater

Zennetti schloss das Buch und legte es vorsichtig auf den Tisch zurück. Wieder kam er sich vor, als wäre er in die privaten Sorgen eines Freundes eingedrungen, die noch vor dem Horror des Mordes an seinem Großvater entstanden waren. Von Gabriels Teenagerträumen zu diesem hier: ein junger Mann ohne Abschluss, der nichts zu tun hatte, abgesehen davon, ein altes Gebäude zu restaurieren und … nun wieder mit Lego zu spielen. Mit einem Mal war er deprimiert. Er betrachtete die ausufernde Menge an fantastischen Brückenkonstruktionen aus Seil, Balsaholz, Draht und sogar etwas, das nach Zweigen aussah. Inmitten davon lag eine Ledermappe, aus der eine Zeichnung hervorlugte. Wenigstens, dachte er, versuchte der Junge, die Sachen zu Papier zu bringen. Einem Impuls folgend, zog er die Zeichnung hervor.

Es war die Ansicht einer Brücke, die eine imaginäre Schlucht oder einen Fluss überspannte. Das Design war ungewöhnlich, extrem reduziert, und eines, das Zennetti zuvor noch nie gesehen hatte. Als er es genauer betrachtete, verstärkte sich seine düstere Stimmung. Vom Äußeren betrachtet, war sie sehr schön: hauchdünn und zart. Aber sie würde niemals halten. Sein geübtes Auge erkannte, dass die stützenden Senkkästen ausreichend erschienen, aber die Spannseile längs der Konstruktion waren so dünn, dass die Brücke in der Mitte einbrechen würde. Eine disneyartige Idee. Er wollte gerade das Blatt zurücklegen, als er einige handgeschriebenen Formeln und Notizen am unteren Bildrand bemerkte. Sie ließen sich nicht leicht lesen, weil sie ausradiert und mit winziger Schrift überschrieben worden waren. Zennetti erinnerte sich daran, dass Max gesagt hatte, Gabriel sei dyslektisch. Es schien, als müsse der junge Mann seine Arbeit – soweit vorhanden – dreimal oder öfter erledigen.

Na dann, dachte er, schauen wir mal. Er beugte sich über das Blatt und ging die Gleichungen durch, und während er das tat, legte sich Zennettis Melancholie etwas. Gabriel kannte sich mit Physik und Materialien aus. Aber dann kamen die Angaben zu den Spannseilen, und als er sie las, schnaubte der Ingenieur verächtlich: Teflon-Ummantelung, na gut, aber um einen Kern aus Segeltuch? Er schüttelte den Kopf ob dieser Idee, als er eine Reihe Belastungsberechnungen neben der Materialbeschreibung sah: nicht irgendein normales Leinensegeltuch, sondern ein von der NASA entwickeltes, leichtes Segeltuchgemisch. Er hielt inne, dann öffnete er den Mund vor Staunen und sah wieder auf die Zeichnung. Das war also die Idee: Weltraumsegeltuch für stärkeren Halt, im Resultat fünfundfünfzig Prozent weniger Spannseilmasse.

Ich will verdammt sein … Es könnte funktionieren … Wenn es das tat, davon war Zennetti überzeugt, wäre es das erste Mal. Ein solches Material war nie zuvor bei einer Brücke verwendet worden – nirgendwo.

Mit erhöhtem Puls ging er noch einmal die Formeln durch, und diesmal erschloss sich ihm die Machbarkeit der Konstruktion. Er richtete sich auf und blickte auf die Zeichnung, die Hände in die Hüften gestemmt. Ein Lächeln breitete sich auf seinem Gesicht aus, dasselbe Lächeln, das Max Schopenhauer gehabt hätte, wenn er einen Giorgione in einem Auktionskatalog als „Bellinis Schule" aufgeführt gesehen hätte. Ein solcher Fund trat selten in das Leben eines Ingenieurs, und Tommaso Zennetti war so etwas bis zum heutigen Tag noch nie passiert.

Mehr Leichtigkeit und Zartheit bei einer Brücke dieser Länge war nirgendwo anders auf der Welt zu finden, dachte Tommaso glücklich. Wenn man sie hellblau streicht, Gabriel, würden nicht mal die Vögel sie aus der Ferne erkennen …

Er war so vertieft in die Zeichnung, dass er nicht hörte, wie Emily Schopenhauer hereinkam.

„Ah, Caravaggio", sagte sie mit schleppender Stimme.

Zennetti fuhr herum.

Emily lehnte am Türrahmen und hielt ein Glas Wein in der Hand. „Dachte, es wäre vielleicht unser Mörder. Wobei, wenn ich so drüber nachdenke, Caravaggio war ja ein Mörder, oder nicht?"

Zennetti trat einen Schritt vom Tisch zurück. „Signora", er lachte nervös, dann wurde sein Gesicht ernst. „Ich habe Ihren Ehemann gesucht. Ich dachte, vielleicht würde er gern … über seinen Großvater reden."

„Wissen Sie, warum ich Sie Caravaggio nenne?", fragte sie. „Sie sehen aus wie er. Und sind genauso zuverlässig. Was zu trinken?"

Zennetti sah sie fest mit leeren schwarzen Augen an. „No, grazie."

Emily streckte einen Arm aus, um sich am Türrahmen festzuhalten. „Mein Ehemann war hier und ist wieder weg. Sucht nach vergrabenen Schätzen … und läuft weg von … hier, diesem Ort. Er kann nichts dafür. Wissen Sie, was an diesem Loch so faszinierend ist? An diesem Palazzo-Loch, Signore Architetto? Das Wasser, das ist es. Es wird braun, wenn es geregnet hat. Und die fehlende Wärme. Es ist scheißkalt in diesem Ding. Manchmal denke ich, dass mein Ehemann einen dreistöckigen Keller geerbt hat. Und das nach, was, sieben Jahren Sanierung?" Emily hob ihr Glas, als wolle sie darauf anstoßen.

„Ich habe es schon zuvor erklärt, Signora", sagte Zennetti mit ruhiger Stimme. „Restaurierungen brauchen ihre Zeit, wenn es sich um einen Palazzo aus dem fünfzehnten Jahrhundert in der Toskana handelt. Um an der Rückwand diese verrosteten Fenstergitter auszutauschen, brauchten wir die Erlaubnis von drei unterschiedlichen Baubehörden. Und sie spionieren uns aus, wissen Sie."

„Ach, das ist neu. Das ist eine Ausrede, die ich noch gar nicht gehört habe. Ein Spion in Pistoia."

„Einer der Bürokraten, nicht aus Pistoia oder Florenz, die kenne ich alle. Vielleicht ist er aus Rom. Er war gestern draußen und hat Fotos von dem Palazzo gemacht. Vorne und an den Seiten. Ich glaube, er ist sogar in den Garten gegangen."

Emily schwenkte ihr Glas und verschüttete dabei etwas Wein. „Sie können mir nicht erzählen, dass Wasserrohre, die vor fünfhundert Jahren nicht mal existiert …" Ihre Stimme verlor sich. Langsam ließ sie das Weinglas sinken, und Zennetti sah, dass sie blass geworden war.

„Sind Sie sicher, dass er von der Baubehörde war?", fragte sie.

„Oder ein Tourist", räumte Tommaso ein. „Aber, Signora", fügte er mit leuchtenden Augen hinzu. „Ich will mit Gabriel auch darüber reden." Er zeigte auf die Zeichnung, doch dann erstarrte er, wandte sich wieder zu ihr, die Zeichnung war vergessen.

„Oh", sagte er.

Sie sahen sich an.

„Wie genau haben Sie ihn gesehen?", fragte sie.

Zennetti schüttelte den Kopf. „Jung, dunkle Haare … Ich geh raus und sehe mich mal um. Entschuldigen Sie mich, Signora." Emily trat zur Seite, um ihn vorbeizulassen, aber auf dem Flur blieb er stehen. „Bevor ich rausgehe, überprüfe ich alle Fenster und die Tür zum Garten. Hier drin sind Sie sicher. Die haben damals sicher und fest gebaut. Niemand kommt einfach so in einen toskanischen Palazzo, außer durch die Haustür … Gute Nacht, Signora."

Emily blieb, wo sie war. Sie lauschte Zennettis Schritten, wie er die Treppe runter und durch den Hof ging. Dann stellte sie sich dorthin, wo er gestanden hatte, und betrachtete prüfend den Tisch, mit einem besitzergreifenden Ausdruck in ihren Augen. Sie faltete die Zeichnung zusammen und legte sie zurück in die Mappe. Sie wandte sich zu dem billigen Bücherregal, das an der langen Wand stand, gefüllt mit Büchern, Modellen und Bildern: ein signiertes Foto von einem Spieler von A.C. Mailand, ein Paolo Madrini; ein Schnappschuss von Gabriel auf einem Tennisplatz mit einem anderen jungen Mann; ein an ein Regalbrett gehefteter Brief von einem Physiklehrer eines englischen Internats; Lehrbücher mit Titeln wie *Maschinenbau*, *Belastungen und Brüche*, *Mechatronik*; ein einziger Gedichtband, die Dichter vom Lake District. Zufrieden wandte sie sich wieder dem Tisch zu, hob verärgert *Brücken der Welt* auf und legte es an seinen Platz.

Das war die Welt ihres Ehemanns: ein mutterschoßartiger Zufluchtsort, an den er sich zurückgezogen hatte, nachdem er von der Universität in Amerika ausgeschlossen worden war, und dieser Ort musste intakt und unverändert bleiben. Sie nahm ihr Weinglas und ging zur Tür. Einem Impuls folgend drehte sie sich noch einmal um und hob ihr Glas, um dem Raum stumm zuzuprosten. Das Licht von der Galerie warf rote Glanzlichter auf den Wein, die zu denen in ihrem Haar passten. Intakt und unverändert, dachte sie. Besonders jetzt.

Kapitel 13

London – 26. Februar 2003

Gabriel stieg an der U-Bahn-Station Covent Garden aus, bog rechts ab und ging auf den Covent Garden Square zu. Es war früh am Nachmittag, aber es wurde bereits dunkel. Eine Fahne über dem Marktplatz flatterte im Wind, und feiner Regen bedeckte das Kopfsteinpflaster mit nassem Glanz. Gabriel hatte den Kopf gesenkt, eine Hand steckte in der Manteltasche und umklammerte die Ausdrucke aus dem Internetcafé. Er machte kleine Schritte. Eine junge Frau in einer Oxfam-Jacke und mit einem Klemmbrett in der Hand kam auf ihn zu. Ihr strahlendes Lächeln verschwand, als sie sein Gesicht sah. Er bog links ab und ging unter den Arkaden, die zum Hintereingang des Royal Opera House führten, entlang.

Arthur Whyte hatte das Meeting per Telefon organisiert. Cosimo würde ihm erklären, was die Fotos bedeuteten, hatte Whyte ihm versichert. Ob alle oder nur einige davon zum Vermächtnis seines Großvaters gehörten. Gabriel fragte sich, ob Cosimo ihm auch erklären würde, wie sein Großvater gelebt hatte. Ob er ermordet worden war, weil er sich in seinem eigenen Spinnennetz verfangen hatte?

„Wer ist Cosimo?“, hatte er Whyte gefragt.

„Willst du einen guten Rat?“, fragte Whyte zurück.

„Ich hasse es, wenn Sie das sagen.“

„Frag ihn einfach nicht.“

Das Café befand sich über dem Royal Opera House am Ende der längsten Rolltreppe, mit der Gabriel jemals gefahren war. Die Glaswände des Cafés boten einen schönen Blick über Covent Garden und, weiter im Westen, Green Park und den Buckingham Palace. An einem abseits stehenden Tisch saß ein weißhaariger Mann, der einen marineblauen Nadelstreifenanzug und schwarze Budapester trug. Er war über sein Handy gebeugt und schrieb eine SMS. Als er den Kopf hob und Gabriel sah, lächelte er. Beim Anblick dieses Lächeln wurden Gabriels Hände ganz kalt.

„Es freut mich, dass Sie mit diesem kurzfristigen Treffen einverstanden waren, Sir. Ich hoffe, ich störe nicht“, sagte Gabriel.

„Es ist mir eine Freude, den Enkel von Maximilian Schopenhauer kennenzulernen, und nein, Sie stören mich gar nicht.“ Cosimo steckte sein Handy ein. „Ich habe meiner Tochter geschrieben. Wir haben lange nichts mehr voneinander gehört. Bitte, setzen Sie sich.“

Eine Stempelkanne und zwei weiße Tassen mit Untertassen standen auf dem Tisch aus gebürstetem Aluminium. Gabriel legte die zusammengefalteten Ausdrucke vor sich auf den Tisch, zog den Mantel aus, hängte ihn über die Rückenlehne des Stuhls und setzte sich. Cosimo schob die Ausdrucke zur Seite, um die Tassen zu verteilen. „Ich weiß, warum Sie hier sind“, sagte er.

„Da bin ich mir sicher“, sagte Gabriel.

„Sie möchten wissen, ob Ihnen zehn Kunstwerke gehören.“

„Tun sie das?“

„Nein, Ihnen gehört nur eins. Ich habe es mir zur Gewohnheit gemacht, in wichtigen Dingen immer sehr klar zu sein.“

„Ich weiß das zu schätzen. Wie … darf ich Sie nennen?“

„Cosimo, denn so lautet mein Name.“ Sein breites, gerötetes Gesicht glänzte in dem Licht, das die metallene Oberfläche des Tisches reflektierte, als er die Kaffeekanne nahm und ihnen einschenkte. „Milch und Zucker?“

„Nein, danke“, sagte Gabriel. Die dicken, gelblichen Fingernägel, die eher wie Zehennägel aussahen, standen in Kontrast zu den glatten, leuchtenden Wangen des Mannes. Die Nägel an Daumen, Zeige- und Mittelfinger seiner rechten Hand waren lang und zu einer Spitze gefeilt.

„Ich spiele Gitarre, in meiner Freizeit“, sagte Cosimo. „Klassische Gitarre. Spielen Sie ein Instrument, Mr. Schopenhauer?“

„Ich hab’ mal Klavier gespielt, aber ich hab wieder aufgehört.“

„Verstehe.“ Er schob seine Tasse weg und legte den Teelöffel, dessen Griff in Gabriels Richtung zeigte, auf die Untertasse.

„Ich hab' sehr gerne gespielt", sagte Gabriel. „Besonders, wenn ich wütend war, aber meine Eltern haben den Lärm gehasst und das Klavier verkauft."

„Verstehe", sagte Cosimo wieder.

„Ich fand es nicht schlimm. Ehrlich gesagt hatte ich sogar gehofft, mit dem Klavier würde auch meine Wut verschwinden. Ich fand es auch falsch, etwas aus einem schlechten Grund zu tun. Jetzt bin ich mir da nicht mehr so sicher."

„Wie kommt das?"

„Weil Gefühle wie Wut, Angst und Hass die mächtigsten auf der Welt sind."

„Sie sind ein intelligenter junger Mann, Mr. Schopenhauer. Sie sind auch ein sehr glücklicher, in vielerlei Hinsicht. Ihre Frau ist, soweit ich weiß, eine liebenswerte und kultivierte Dame. Sie leben in einem historisch bedeutsamen Renaissancepalazzo. Sie haben genügend Geld, um so zu leben, wie Sie es wünschen. Das alles ist ein Segen."

„Danke, Cosimo. Ja, das ist es. Übrigens frage ich mich, ob Sie Licht in eine Sache bringen könnten. Die Polizei sagte mir, dass mein Großvater in illegale Kunstverkäufe verwickelt war. Haben Sie davon etwas gewusst?"

„Nein, Sir, mir war nicht klar, dass die Polizei so etwas zu Ihnen gesagt hat."

„Und ich würde mich gern versichern, dass mein Großvater ein gesetzestreuer Bürger war. Können Sie mir dies versichern?"

„Wenn ich das könnte, Mr. Schopenhauer, würde das denn nicht bedeuten, dass ich eine gewisse Kenntnis über illegale Aktivitäten in der Kunstwelt besitze? Und wäre diese Andeutung nicht tatsächlich eine Art Selbstbezichtigung?"

Cosimos Lächeln schien wie ein Halbmond in sein Gesicht gemeißelt zu sein.

„Das könnte sein, ja."

„Können Sie sich vorstellen, warum ich mich selbst einer Sache bezichtigen sollte?"

„Absolut nicht."

„Dann lassen Sie mich Ihnen sagen, dass ich Ihren Großvater immer als aufrechten Menschen empfunden habe, und ich möchte nicht, dass Sie sich wegen seiner moralischen Integrität sorgen. Nein, Sir. Das wäre nicht richtig."

„Ihre Mitglieder benutzten also Mittelsmänner und gefälschte Papiere, damit mein Großvater dachte, er hätte es mit den legitimen Besitzern zu tun?"

Cosimo lehnte sich zurück und faltete die Hände über seinem Bauch. „Ich verstehe, was Sie mit der Kraft negativer Emotionen meinen. Bei Ihnen scheinen sie recht beleidigende Bemerkungen zu produzieren." Seine Augen glitten über Gabriels Oberkörper. „Tragen Sie einen Sender, Mr. Schopenhauer?"

Gabriel zog seinen Pullover hoch und knöpfte sein Hemd auf. „Die Polizei hätte mich darum gebeten, einen zu tragen, da bin ich mir sicher. Wenn ich ihnen etwas von diesem Treffen erzählt hätte. Aber ich traue den Bullen nicht mehr als ich … irgendwem traue."

„Wenn Sie mit der Polizei zu irgendeinem Zeitpunkt zwischen Mr. Whytes Anruf gestern und diesem Treffen heute gesprochen hätten, würde ich davon wissen. Dieses Meeting hätte dann nicht stattgefunden."

Gabriel spürte, wie sich Wut in seiner Brust sammelte. Er faltete die Blätter auseinander und drehte sie um, damit Cosimo sie sehen konnte. Gleichzeitig zog er ein weiteres Blatt aus der Tasche, auf dem er sich etwas notiert hatte.

„Arthur Whyte hat mich über diese hier aufgeklärt", sagte er und deutete mit dem Finger auf das erste Bild, während er in seine Notizen sah. „Ludovico Carraccis *Geburt des Heiligen Johannes dem Täufer*, das im 19. Jahrhundert verschwand." Sein Finger fuhr über das Papier. „Tizians *Süleyman der Prächtige* soll 1627 von Charles I. gekauft worden sein, aber es kam nie in England an. *Alof de Wignacourt, Großmeister des Malteserordens* von Caravaggio. Es verschwand irgendwann zwischen 1622, als das Modell starb, und 1798, als Napoleon sich durch Italien plünderte." Er hielt inne, aber Cosimo sagte nichts. Er blätterte genervt zur zweiten Seite. „Bellinis *Altargemälde des Gattamelata*, Teil eines Triptychons. Davon bekam Mr. Whyte Kopfschmerzen, weil die Kunstwelt offensichtlich seit mehr als drei Jahrhunderten nur über den fehlenden Teil spekulieren konnte, und hier ist er: eine Wiederauferstehung. 1650 wurde das Triptychon von jemandem namens d'Este aus der Kapelle der Basilica del Santo in Padua entfernt, während die Kapelle umgebaut wurde. Dann muss es auseinandergebrochen sein, und heute befindet sich die linke Seite in einer privaten Sammlung in New York …" Noch ein Blick zu Cosimo sagte ihm, dass er seinen Atem verschwendete. Der alte Mann hörte nicht zu, er zeigte sich nicht einmal im Entferntesten beeindruckt und hatte nur kurz mit der Aufmerksamkeit eines Kassierers, der eine Unterschrift prüft, den Blick gehoben.

„Der Carracci", sagte Gabriel und zeigte wieder auf das erste Bild. „Arthur Whyte glaubt, dass der Name hier, Furst, einen Sheldon Furst bezeichnet, ein durchgeknallter Junkie mit einer kaputten Nasenscheidewand, der den größten Teil seines Erwachsenenlebens in Entzugskliniken verbracht hat …"

„Ach ja?", sagte Cosimo und sah mit milder Neugier auf.

„Und Whyte sagt, dass mein Großvater niemals mit einem Mann wie ihm Geschäfte gemacht hätte. Der Bellini? Laut Whyte hat ihn d'Este aus der Kirche in Padua entfernt. Der Name Sagasta, der hier steht – ist das das Gemälde, das ihm der Henker gestohlen hat?"

Cosimo ignorierte die Frage. „Und die anderen sind vermutlich hier."

„Die anderen?"

Cosimo zog das dritte Blatt hervor. „Es müssten insgesamt neun sein." Er betrachtete es kurz, dann faltete er die drei Blätter zusammen und legte seine Hand darauf. Den Ausdruck mit der Statue schob er wieder zu Gabriel. „Ich habe ein paar Fragen, Mr. Schopenhauer, wenn es Ihnen recht ist."

„Das ist mir gleich. Ich habe noch ein oder zwei Fragen an Sie."

„Sind das die einzigen Ausdrucke, die Sie gemacht haben?"

„Ja."

„Und die Dateien?"

„Immer noch in dem Mailaccount."

Cosimo tippte auf die Blätter. „Und Arthur Whyte war bei Ihnen, als Sie sich die Dateien angesehen haben, und sonst niemand?"

„Korrekt."

Cosimo steckte sich die Papiere in die Brusttasche seines Anzugs und sah auf das Foto der Statue, das auf dem Tisch lag. „Das ist also der *Bambino*", sagte er nachdenklich. „Es sieht nicht sehr wie ein Bambino aus. Eher wie ein Erwachsener, eine stehende Version von Rodins *Denker*, von hinten gesehen."

Er lehnte sich mit beiden Armen auf dem Tisch vor.

„Mr. Schopenhauer, ich schlage vor, Sie knöpfen Ihr Hemd wieder zu und hören sich meine Geschichte an. Zum Wohle Ihrer Familie oder was davon übrig ist. Ich bin davon überzeugt, dass es so nicht weitergehen wird."

Gabriels Augenbrauen zogen sich zusammen. „Bei allem Respekt, Sir, ich bin nicht hergekommen, um mir eine Geschichte anzuhören. Was ich wissen will …"

„Bei allem Respekt, Mr. Schopenhauer, was Sie wissen wollen und was Sie wissen müssen, das sind unterschiedliche Dinge. Hören Sie mir zu!"

Seine Augen glitten über Gabriels Gesicht.

„Sie müssen von einem Klienten Ihres Großvaters wissen: einem Menschen mit vielen Fehlern, der vor langer Zeit, vermutlich bevor Sie geboren wurden, anfing, Kunst zu sammeln. Dieser Mensch war extrem wohlhabend, und über die Jahre baute er eine respektable Sammlung auf, die heute in einem Museum ausgestellt ist, das er später in Kalifornien gegründet hatte. Während das vor den Augen der Öffentlichkeit geschah, erstand er über andere, private Kanäle diese neun Gemälde." Cosimo tippte auf die Brusttasche. „Ihr Großvater war der Agent des Mannes für diese Transaktionen. Nebenbei bemerkt sind diese neun Gemälde mehr wert als das Museum mit seinem gesamten Bestand. Ich erwähne dies am Rande, weil der monetäre Wert nicht die treibende Kraft, positiv oder negativ, hinter den Aktionen meiner … Bekannten ist."

„Warum muss ich das wissen?"

„Weil Sie die Hintergründe verstehen müssen, wenn wir uns gegenseitig helfen sollen."

„Wer sagt, dass ich Sie um Hilfe bitte?"

„Dazu kommen wir noch. Erlauben Sie mir fortzufahren … Die neun Gemälde waren in einem unterirdischen Tresor der Villa, die dieser Sammler in Malibu gemietet hatte. Ich fand es immer ironisch, dass diese Villa Jean Paul Getty gehörte, dem anderen großen Öl-Plutokraten und Kunstsammler dieser Zeit. Ironisch, weil sich die beiden Männer hassten. Wie auch immer, dort waren diese neun Gemälde. Aber zum Ende seines Lebens hin fing der Sammler an, sich wegen seiner Kunstwerke Sorgen zu machen, weil er – ganz richtig – glaubte, dass deren Besitz seiner Reputation schaden würde, wenn die Sache herauskam. Also verkaufte er sie. Er verkaufte sie nicht Ihrem Großvater oder über Ihren Großvater, aber er schaffte es, sozusagen, sie aus seinem Tresor und von seinem Gewissen zu bekommen."

„Er verkaufte sie an Ihre Bekannten", sagte Gabriel und betonte das letzte Wort ganz deutlich, „die sie zuerst gestohlen haben?"

Cosimo schob seinen Stuhl um den Tisch herum, um näher bei Gabriel sitzen zu können. Ihre Knie berührten sich fast. „Ich habe mein Leben lang für mich selbst gearbeitet, durch mich, und habe nie um Almosen gebeten. Im alten Sparta durften die helotischen Sklaven ihr Land so lange behalten, wie sie die Hälfte ihrer Erträge dem Staat gaben. Ungefähr so viel bin ich auch heute gezwungen, dem Staat zu geben. Nur heute heißt es, ich sei ein freier Mann. Wenn ich oder meine Bekannten etwas von diesem Sklavengeld auslassen, nennt es der Staat Diebstahl. Ich allerdings nicht."

Gabriel sah ein feines Netz geplatzter Kapillaren auf dem Nasenrücken des Mannes. Er rutschte herum, um seitlich auf dem Stuhl zu sitzen, und lehnte sich zurück.

„Ihr Großvater hat die Fotos dieser neun Gemälde zu Erpressungszwecken behalten."

Gabriel blinzelte.

„Erpressung?“

„Oder nennen Sie es Drohung, eine schützende Drohung. Max brauchte diese Drohung, einen starken, überzeugenden Grund, um diesen Mann auf Abstand zu halten. Wir berühren nun ganz langsam den Grund, warum ich sagte, dieser Mann hätte viele Fehler. Trotz seines großen Reichtums, oder vielleicht auch deswegen, hätte er alles getan“, Cosimo tippte mit einem gelben Fingernagel auf das Foto der Statue, „um diese zu besitzen.“

Gabriel zögerte. „Was ist so besonders an dieser Statue?“, sagte er leise. „Von wem ist sie?“

„Ich weiß nicht, wer sie gemacht hat. Ich weiß nichts darüber, außer …“

„Moment“, sagte Gabriel. „Sie sagten, dieser Mann hätte alles getan, um diese Statue zu bekommen. Gehört auch Mord dazu?“

Cosimo antwortete zunächst nicht. „Der Mann ist tot. Er starb vor einiger Zeit. Aber es ist natürlich möglich, dass er seinerzeit auch an Mord gedacht hatte. Er hätte diese Idee jedoch wieder verworfen. Aus praktischen Gründen.“

„Und die wären?“

„Er wusste, dass die Statue nach dem Tod Ihres Großvaters an Sie fallen würde.“

„Wer war er?“

„Sidney Kitchener. Nach Getty war Kitchener der reichste Mann der Welt. Ich lernte ihn einmal kennen, kurz vor seinem Tod, und so, wie er es betonte, war es ganz klar: *Bambino*. Er ließ sich das Wort auf der Zunge zergehen wie einen alten Portwein. Ja, Sir, Kitchener wollte den *Bambino*, ganz unbedingt … Und Kitchener wusste, es stand außer Frage. Weil Ihr Großvater die Statue hatte.“

„Warum sollten ihn Fotos von Gemälden davon abhalten, ihn sich zu holen? Sie sagten doch gerade, er hatte die Gemälde nicht mehr. Er war sie losgeworden.“

„Aber wenn Max diese Fotos der Polizei gegeben hätte, wären sie in der Lage gewesen nachzuvollziehen, wer die Gemälde den aktuellen Besitzern verkauft hatte. Dass es sich insgesamt um neun illegale Transaktionen handelte, alle von Kitchener initiiert. Die Sorte Anwälte, die sich Kitchener leisten konnte, hätte ihn ohne Zweifel für den Rest seines Lebens vor dem Gefängnis bewahrt, aber wie ich schon sagte, hatte Kitchener große Angst um seine Reputation."

„Kitchener besaß Milliarden", sagte Gabriel. „Er konnte sich jedes Kunstwerk auf diesem Planeten leisten. Warum wegen so einer Statue Theater machen?"

„Er kannte die Legende. Ich wollte Ihnen gerade davon erzählen, als Sie mich unterbrachen. Die eine Sache, die ich über die Statue weiß, ist, dass sie über Kräfte verfügen soll, die über die der ästhetischen Belohnung hinausgehen, die die meisten Menschen empfinden, wenn sie großen Kunstwerken gegenübertreten. Um welche Kräfte es sich im Besonderen handelt, weiß ich nicht. Als ich Kitchener traf, hatte er Parkinson, und ich vermute, er dachte, dass die Statue ihn heilen könnte."

Gabriel sah ihn skeptisch an. „Verstehe. Gut. Kitchener hat Lourdes und die Schwarze Madonna von Sonst wo ausprobiert, und als das alles nicht wirklich klappte, dachte er sich, er versucht's mal mit der Statue."

Der Blick, den Cosimo ihm zuwarf, ließ Gabriel betreten zu Boden schauen.

„Das ist interessant. Ihr Großvater macht den Krieg durch und sieht und erlebt schreckliche Dinge, aber trotzdem entwickelt er die Fähigkeit, an etwas zu glauben. Sein Enkel macht, wie ich vermuten darf, vergleichsweise wenig in seinem kurzen Leben durch, und doch wird er so früh schon zu einem Zyniker."

Gabriel erwiderte mit einiger Anstrengung seinen Blick. „Mein Großvater war ein besserer Mensch als ich es bin, aber ich brauche verdammt noch mal niemanden wie Sie, der mir das sagt."

Einen Moment lang verblasste Cosimos Lächeln. „Ich versuche nur, Ihnen zu verdeutlichen, wie viel Ihrem Großvater der *Bambino* wert war. Wenn Sie unsere Hilfe wünschen, um ihn zu finden, werden Sie uns im Gegenzug helfen müssen. Aus diesem Grund habe ich eingewilligt, mich mit Ihnen zu treffen."

„Ich bitte niemanden um Hilfe."

„Was ist mit der Hilfe von einem Kunstwerk?"

„Von der Statue? Ich soll die Statue um Hilfe bitten? Nein", sagte Gabriel erschöpft. „Nein, danke."

„Kitchener sagte mir einmal, er würde seine Seele verkaufen, nur um die Statue für einen kurzen Moment zu besitzen. Nur sollte er nie diese Gelegenheit bekommen." Cosimo beugte sich weiter vor; sein Lächeln war zurück. „Max Schopenhauer rief einen höheren Preis für den *Bambino* auf, als es die menschliche Seele tat."

Gabriel spürte, wie seine Hände anfingen zu zittern, und er ballte sie zu Fäusten. Er murmelte etwas davon, den Flieger nicht verpassen zu dürfen, und erhob sich ungeschickt, wobei er fast seinen Stuhl umwarf. Er fummelte sich in seinen Mantel und hielt das Gesicht abgewandt.

Cosimo lehnte sich zurück und faltete die Hände über seinem Bauch. „Sie werden Ihren Kaffee nicht trinken, Mr. Schopenhauer?"

„Nein, danke", antwortete er steif und steckte das Foto der Statue ein.

„Noch eine andere Sache", sagte Cosimo. „Ihr Großvater sollte mir sein Testament schicken. Das ist ein Service, den wir anbieten. Unglücklicherweise tat er es nicht ... Wir werden uns wiedersehen, Mr. Schopenhauer, und unser Gespräch beenden. In der Zwischenzeit muss ich Sie dringlich bitten, sich nicht in Schwierigkeiten zu begeben."

Gabriel sah ihn an. Das Lächeln des Mannes hatte sich in etwas Räuberisches und Unerbittliches verwandelt.

„Damit meine ich selbstverständlich diesen Menschen, den die Polizei den ‚Henker' nennt", sagte Cosimo.

Auf der Rolltreppe nach unten schien Cosimos Gesicht vor ihm in der Luft zu schweben und ihm die Sicht zu vernebeln. Er sah sich um, und der Mann stand im Durchgang zum Café. Das Licht, das von hinten kam, ließ sein weißes Haar verschwinden und sein Gesicht grau aussehen, aber sein Lächeln war eingemeißelt, und seine Zähne funkelten. Gabriel machte sich auf den Weg zur U-Bahn-Station. Sein Blick flog über die Menschen, an denen er vorüberging. Die Hände hatte er in den Taschen vergraben, das Foto hielt er zwischen seinen klammen Fingern.

Pistoia – 27. Februar 2003

Am nächsten Tag, als er wieder in Pistoia war, ging Gabriel zur Chiesa Sant'Andrea. Es würde keine Beerdigung geben, hatte er entschieden, als Emily ihn danach fragte. Sein Großvater war nicht religiös gewesen, hatte er ihr gesagt. Doch jetzt ließ ihn ein Gedanke nicht los, der ihn schon seit Tagen begleitete und durch einen Nebensatz von Cosimo in den Mittelpunkt gerückt war: Großvater glaubte an den Glauben. Gabriel musste das berücksichtigen und er musste trauern, aber er würde es allein tun. Und dafür hatte er Kraftreserven aufbieten müssen. Denn er wusste, dass es in der Chiesa Sant'Andrea sein musste, vor Pisanos Kanzel.

Großvater hatte den kleinen Gabriel hier einmal mit hingenommen, wie er ihm auch so viele andere besondere Kirchen gezeigt hatte. Aber nur hier, in der Chiesa Sant'Andrea, hatte Gabriel seinen Großvater weinen sehen. Der alte Mann hatte seinen Kopf zu den fünf Reliefs am Kanzelkasten gehoben und die Hände hinter seinem Rücken gefaltet. Gabriel war zur Seite gegangen, um sich in den Schatten zu stellen. Er wusste, ohne zu fragen, dass Großvaters Wehklage seiner Frau Marie galt, der Großmutter, die Gabriel nie kennengelernt hatte. Vielleicht hatte sie kein Grab oder vielleicht lag es daran, dass keine Darstellung der Trauer bewegender und wahrer war, wie sein Großvater ihm einmal gesagt hatte, als die in Giovanni Pisanos Relief des *Massakers der Unschuldigen*.

Als er nun hineinging, war Gabriel froh, die Kirche leer vorzufinden, abgesehen von einer alten Frau mit einem Kopftuch, die mit einem Priester vor dem Altar sprach. Durch einen langen, hohen, vertikalen Spalt im Kirchenschiff am anderen Ende drang ein glänzender Lichtstrahl, der die gesamte Kirche erhellte. Gabriel ging den linken Gang entlang bis zur Kanzel. Das Bild seines hoch gewachsenen Großvaters erschien so klar und deutlich vor ihm wie Sonnenlicht durch Glas. Er stellte sich dorthin, wo sein

Großvater gestanden hatte, und faltete die Hände hinter seinem Rücken, wie dieser es getan hatte. Dann hob er den Blick.

Eine schreckliche Welt war dort dargestellt. Barbarei und Leid wuchsen auf Pisanos Tafeln so dicht wie Gestrüpp, und es gab keinen Ausweg, kein Entkommen. Wohin das Auge auch fiel, es sah die hilflosen Qualen der Mütter und ihrer Kinder, die vor ihren Augen abgeschlachtet wurden. Es war kein Werk, das man gern lange betrachtete, aber Gabriel schaute weiter. Mehrere Minuten, vielleicht eine Stunde, stand er dort. Er hörte die alte Frau den Gang entlangschlurfen und hinausgehen. Der Priester tauchte an Gabriels Seite auf und verschwand wieder, mit einem leisen Rascheln seiner Robe. Und Gabriel sah immer noch hinauf. Seine Augen brannten und tränten, aber er wusste, dass er, so lange er hier stand und hinaufsah, nicht wirklich weinen, nicht schluchzen würde, so versteinert war er mittlerweile innerlich.

Die Mütter weinten für ihn.

Kapitel 14

Pistoia – 27. Februar 2003

Gabriel verbrachte den Rest der Woche im und um den Palazzo, weil er, wie Emily es nannte, „Hausarrest" hatte. Sie war damit einverstanden, dass er rausging, wenn er in der Gegend von Pistoia und Florenz blieb.

„Du kannst dich da mit der Polizei treffen", hatte sie Gabriel gesagt, „und die Brücken anschauen, wenn du magst. Aber ich will, dass du vor Einbruch der Dunkelheit zu Hause bist. Ich mein das ernst, Baby."

Er konnte bis zu einem bestimmten Punkt den Sinn darin verstehen. Der Anblick seines Großvaters auf der Bahre hatte sich in sein Gedächtnis eingebrannt. Hinzu kam Inspector Roarks sehr bildhafte Beschreibung von den Morden an Sagasta und Wahlbach-Thun, und natürlich würde sich nur ein Idiot dem Henker ausliefern. Aber die Deutsche und der Spanier waren in ihren Häusern ermordet worden. Außerdem hatte ihm Emily von dem Mann erzählt, den Tommaso beim Fotografieren des Palazzos beobachtet hatte … Nein, abgesehen von einer 24-Stunden-Überwachung durch Sicherheitskräfte oder einer neuen Identität in einem anderen Land – Emily hatte sogar vorgeschlagen, Roark danach zu fragen – fühlte sich zu Hause bleiben gar nicht sicher an. Ganz im Gegenteil. In dem Palazzo war er die reinste Zielscheibe. Draußen wäre er wenigstens ein bewegliches Ziel. Wenn er doch nur dem Henker auf die Spur kommen könnte. Aber wie jagte man ein Irrlicht ohne Namen, Adresse, Beschreibung oder Fingerabdruck? Gabriel stellte Whyte diese Frage kurz nach Mitternacht am Telefon. Whyte war zurück nach München gefahren, um nach dem Hotel zu suchen, in dem der Mörder in der Nacht des Attentats übernachtet hatte. Da er keine Beschreibung des Mannes hatte, konnte er nur nach dem schwarzen Mercedes fragen.

„Wer war der Typ mit dem Angelpunkt?", nuschelte Whyte in den Hörer.

„Was?"

„Archimedes, so heißt der Kerl. ‚Gebt mir einen Hebel, der lang genug, und einen Angelpunkt, der stark genug ist, und ich kann die Welt mit einer Hand bewegen.‘ Schau, heutzutage …“

„Mr. Whyte … Schlafen Sie sich aus, ja? Wir reden morgen.“

„… würde Archi-wieheißterdochgleich sagen: ‚Gebt mir nur ein kleines Detail und einen geilen Computer, und ich finde jeden.‘ … Du magst meine griechischen Geschichten nicht so, oder?“

Gabriel verbrachte, über seinen Laptop gebeugt, Stunden in der Bibliothek. Er tippte alle möglichen Wörter und Sätze ein, die ihm einfielen und die zu einem Namen führen könnten. Aber er bekam nur tausende bedeutungslose Treffer. Es war, als würde man ein Krabbennetz über einen Heuhaufen werfen, um eine Nadel zu finden. Zwei Tage nach seinem späten Telefonat mit Whyte hatte er keine Ideen mehr. Gabriel schritt den Innenhof ab, aber er gab auf, als er sich beim Zählen der Bodenfliesen ertappte.

Emily missverstand die Ursache für seinen Frust. „Zeit“, sagte sie. „Es ist ein Klischee, mein Liebster, aber es ist tatsächlich wahr. Du musst da jetzt durch, das ist alles, was du tun kannst, und mit der Zeit wird es besser. Ich weiß es.“ Dann fuhr sie zu der Vorlesung in den Uffizien.

Eine Stunde später klingelte Gabriels Handy. „Hallo.“

„Ich bin in einer Bar in Florenz“, sagte Whyte. „Letzte Nacht hergeflogen.“

„Irgendwelche Neuigkeiten?“, fragte Gabriel.

„Das ist eine Freileitung.“

Es war kurz nach drei Uhr am Nachmittag, als Gabriel Whyte fand. Er saß vor einem Café auf der Piazza Signoria in seiner Barbourjacke und wirkte heiter. Auf dem Tisch stand eine Flasche San Pellegrino.

„Hatten Sie Glück mit den Hotels?“, fragte Gabriel.

„Ich glaube, sie nannten mich ‚verrückt‘ oder sagten nur ‚Quatsch‘.“ Er sagte die Worte auf Deutsch, und Gabriel hob nur die Schultern. Whyte übersetzte. „Sprachen sind nicht deine Stärke, was?“

„Auf eine direkte Frage eine einfache Antwort zu geben, ist nicht Ihre", sagte Gabriel.

„Du provozierst mich. Du bist einer von diesen Klugscheißern, die Fragen stellen, auf die sie schon die Antwort wissen. Was glaubst du denn, was passiert, wenn du einen Portier fragst, ob er sich an einen Mercedes SUV mit getönten Scheiben und Frankfurter Kennzeichen erinnert?"

„Mein Freund im Internat war besessen von Mercedes", sagte Gabriel nachdenklich. „Er hat die gesamten Sommerferien damit verbracht, sie zu fotografieren, zu den Händlern zu gehen, über Parkplätze zu schlendern. Er klebte sie in ein Album. Ich musste letzte Nacht an ihn denken."

„Warum? Wurde aus ihm ein Portier in München? Erzähl mir von deinem Plausch mit Cosimo."

„Ich dachte, Sie interessierten sich nicht für mein Erbe."

„Ich hab's mir anders überlegt. Wir müssen das Ding, das dir Max hinterlassen hat, lokalisieren. Das ist die einzige Möglichkeit, den Henker aus seinem Sumpf zu scheuchen. Wenn wir es gefunden haben, binden wir es an einen Baum und verstecken uns mit einem Jagdgewehr in den Ästen. Der Henker kommt angekrochen. Bumm. Das war's dann mit dem Hen…" Whytes Stimme verlor sich. Er sah nachdenklich in die Ferne.

„Was?", fragte Gabriel. Whyte blieb stumm. „Stimmt was nicht?"

Whyte stand von seinem Stuhl auf und zog sein Blackberry aus der Hosentasche. „Kindermund tut Wahrheit kund", sagte er.

„Meinen Sie mich? Ich werde wohl jünger."

Whyte klickte sich durch sein Adressbuch. Dann tippte er eine E-Mail, drückte auf Senden und setzte sich wieder mit geschürzten Lippen hin. Er schaute auf den kleinen Bildschirm.

„Hoffentlich ist er da", sagte er. „Normalerweise ist er es."

„Wer?"

„Bestell dir einen Kaffee." Das Blackberry piepte. „Nein, warte", sagte Whyte. Er hielt das Gerät hoch und las. „Die Tankstelle in der Nähe der Piazza Donatello", sagte er. „Kennst du die?"

„Ich tanke nie in Florenz. Zu teuer."

„Dann überprüfen wir mal deine Reifen. Das kostet nichts."

Gabriel fuhr auf die Tankstelle, steuerte an den Zapfsäulen vorbei und parkte neben der Servicewerkstatt. Die Türen standen offen, um das Sonnenlicht von Westen reinzulassen. Innen stand ein Fiat auf der Hebebühne mit einem verdrehten Auspufftopf, der herabhing wie eine Nabelschnur, die darauf wartete, durchtrennt zu werden. Ein Mechaniker in einem verschmierten gelben Overall saß auf einem Plastikstuhl im Schatten des Unterbodens, rauchte und blätterte in einem Magazin. Neben der Werkstatt befand sich ein Shop mit einem Zeitungsregal neben der Tür und einem Schild, auf dem „Ciao Bar" stand.

Whyte wies Gabriel an, im Auto zu warten, stieg aus und ging in den Shop. Durch das Fenster sah Gabriel, wie er mit dem Kassierer redete und sich dann umdrehte, um in dem hinteren Bereich des Shops zu verschwinden, zu dem der Kassierer gezeigt hatte. Fünfzehn Minuten später kam Whyte wieder in sein Blickfeld und hatte einen Mann mit rotem Haar und rotem Schnurrbart dabei. Er trug den gleichen gelben Overall wie der Mechaniker, nur war seiner sauberer. Whyte und der Rothaarige tauschten ein paar Worte aus, und dann kam Whyte heraus und setzte sich wieder auf den Beifahrersitz.

„Also", sagte Gabriel und sah ihm zu, wie er den Gurt anlegte. „Das hat mir natürlich die Augen geöffnet, einen Profi bei der Arbeit zu sehen. Haben Sie mir einen Lolli mitgebracht?"

„Fahr los."

Eine Stunde später schlenderten sie durch die Menge auf der Ponte Vecchio. Whyte blieb vor einem der Stände stehen und betrachtete eine Auslage mit goldenen Ohrringen. „Ich vermute mal nicht, dass du weißt, ob uns gerade jemand verfolgt, oder?", sagte er zu Gabriel.

„Nein", sagte Gabriel und sah sich prüfend um. „Aber ich weiß, wann mich jemand im Dunkeln tappen lässt."

„Ich dachte, ich probiere es mal", sagte Whyte, beugte sich näher zu Gabriel und senkte die Stimme. „Weil wir langsam nichts mehr haben, was wir noch ausprobieren können. Der Mann an der Tankstelle ist ein Freund. Er arbeitet freiberuflich für Interpol."

„Der Mechaniker?"

„Er hat einen Nebenjob mit Sicherheitskameras. Sie sind jetzt überall, und die Anti-Terrorleute machen sie sich zunutze. Sie haben so eine Software, mit der sie eine unscharfe Suche vornehmen können, kopieren Fotos von bekannten Terroristen auf Siliconchips und bringen die großen Überwachungskamerahersteller dazu, die Chips in ihre handelsüblichen Kameras zu stecken. Die Käufer wissen nicht mal, dass die Chips da drin sind. Aber wenn es eine Übereinstimmung gibt, bekommen die Hersteller ein Signal und leiten es an Interpol weiter."

„Großartig. Faszinierend, falls es stimmt. Was ich bezweifle. Aber vielleicht ist Ihnen aufgefallen, dass wir nicht nach einem Terroristen suchen. Und abgesehen davon haben wir kein Foto von dem Kerl."

Whyte lächelte die Verkäuferin an, schüttelte den Kopf und ging zum nächsten Schmuckstand.

„Ein Mercedes ML 350 hat mit einem vollen Tank eine Reichweite von ungefähr 500 Kilometern. Von Florenz bis nach Lech sind es 600 Kilometer. Auf jeder Tankstelle an der A22 bis Brentano und dann entlang an den gebührenpflichtigen Straßen in Österreich sind Überwachungskameras, die die Außenbereiche rund um die Uhr aufnehmen."

Gabriel sah ihn durchdringend an. „Der Rotschopf will also eine unscharfe Suche nach dem Wagen vornehmen."

„Wenn du ein deutliches Bild von dem Nummernschild eines Mercedes SUV willst, der gerade an einem bestimmten Tag, an einer bestimmten Tankstelle, auf einer bestimmten Strecke nachtankt, dann können das die Interpol-Computer runterladen. Könnte uns zu dem Mann führen, auf den der Wagen zugelassen ist."

„Oder der Henker hat in einem Provinznest getankt. Soviel zum Thema Schuss ins Blaue."

„Ja, nun, wenigstens bist du für einen Nachmittag aus deinem Schloss gekrochen. Kauf dir eine von diesen silbernen Ponte Vecchios. Kannst du dir aufs Armaturenbrett kleben."

„Haben Sie diesen Mann über Großvater kennengelernt?"

„Ich hab diesen Typen über niemanden kennengelernt. Und du hast mich nicht mit ihm gesehen. Genau genommen hast du ihn nicht gesehen. Punkt."

Whyte sah auf. Der rothaarige Mann stand am südlichen Ende der Brücke.

Sie saßen in einer Trattoria und tranken Espressi. Gabriel sah durch das Fenster über die Straße auf ein heruntergekommenes Mietshaus aus den 1960er Jahren. Whyte las laut von einem Blatt Papier vor.

„… Bücher von Amazon: *Mittelalterliche Foltermethoden, Die Geschichte der Schusswaffen, Der Fürst*." Er sah auf. „Macchiavelli", erklärte er.

„Das weiß ich."

„Außerdem *Das Art-Loss-Register*. Das ist eine CD-Rom von Interpol. Für dreißig Euro schickt dir Interpol eine CD mit dreißigtausend verlorenen oder gestohlenen Kunstwerken drauf."

„Hat der Typ auch einen Namen?"

Whyte sah auf das zweite Blatt. „Das ist alles durcheinander … Nicholas Joseph Murphy … Medizinstudent in Irland und in den Neunzigern ein Schläger der Ultras … davor von der Uni geflogen … später verhaftet wegen Mordes an seiner drogenabhängigen Freundin … verurteilt zu Psychiatrieaufenthalt … vorzeitige Entlassung …" Er reichte Gabriel die beiden Seiten.

„Und er lebt dort drin?", fragte Gabriel und nickte in Richtung des Mietshauses. „Woher wissen die den ganzen Scheiß?"

„Computerdaten. Interpol kann auf sie zugreifen", sagte Whyte und sah auf das Gebäude.

„Und warum haben sie nicht darauf zugegriffen?"

„Weil ihn nichts mit dem Mord an Max verbindet. Sie wissen nichts über das Auto von dem Kerl. Aber das werden sie bald."

Gabriel sah ihn an. „Dein rothaariger Freund wird es Roark sagen."

Whyte hob die Schultern. „Er tätigt einen anonymen Anruf. Interpol buttert ihm sein Brot. Aber er wird die Quelle nicht verraten."

„Weil er dann seine Butter und sein Brot verlieren würde", sagte Gabriel. „Was für ein Freund!"

„Er gibt uns vierundzwanzig Stunden."

„Um was zu tun?"

„Weiß nicht. Mit Murphy reden. Mal sehen, wie er drauf ist."

„Klar. ‚Entschuldigen Sie bitte, aber wir fragen uns, warum Sie Bücher über mittelalterliche Foltermethoden mögen. Was uns das angeht? Wir führen eine Marktanalyse durch. Für Amazon.'"

Whyte sah dem Verkehr zu, der durch die Straße kroch. Wegen der Wagen, die an beiden Seiten geparkt waren, gab es nur eine Spur, die man benutzen konnte. Gabriel beugte sich über die Ausdrucke.

„Er ist ein Kampfsportexperte", sagte er. „Kein Foto. Wo ist das Polizeifoto?" Als Whyte nicht antwortete, sah er auf.

Whyte war aufgestanden und zum Fenster gegangen. Er spähte nach rechts hinaus. „Der Typ mit der Strickmütze", sagte er. Gabriel sah die obere Hälfte eines Mannes, der sich auf der gegenüberliegenden Straßenseite von ihnen wegbewegte. Er trug eine Wollmütze, und sein Gesicht war von ihnen abgewandt. Eine Umhängetasche oder Aktenmappe baumelte in seiner rechten Hand.

„Das ist er?"

„Er kam gerade aus dem Gebäude", sagte Whyte und ging zur Tür.

„Was beweist das?"

„Er hat die Straße rauf und runter geschaut."

„Versucht, sich zu erinnern, wo er geparkt hat. Hören Sie, sollten wir nicht einfach …"

Whyte öffnete die Tür.

„Ich hab' bei dem Typen so ein Gefühl."

Der sonnige Winterhimmel verblasste am späten Nachmittag zu einem tristen Grau, aber die Straßenlaternen waren noch nicht an. Der Bürgersteig war voll mit Wochenendeinkäufern, für die die Lebensmittelhändler ihre Stände nach draußen geräumt hatten, was die Gehwege blockierte. Als Gabriel über die Straße sah, um den Mann mit der Strickmütze im Blick zu behalten, rannte er gegen einen Obststand. Orangen fielen auf den Boden. Der Mann, dem sie folgten, war etwas kleiner als der Durchschnitt. Er bewegte sich durch den Fußgängerverkehr, ohne dass er in Eile zu sein schien. Als er stehenblieb, um in das Schaufenster eines Juweliers zu sehen, rannte Gabriel eine Frau um. Sie fluchte, und Whyte sah ihn böse an.

„Reiß dich zusammen“, sagte er aus dem Mundwinkel. „Und hör um Himmels Willen auf, die ganze Zeit über die Straße zu starren.“

An der Ecke bog die Strickmütze nach links ab und ging an einer kleinen Kirche, vor der ein schwarzes Gitter befestigt war, vorbei. Whyte und Gabriel folgten ihm und fanden sich am Fuß einer steil gewundenen Seitenstraße, die zu eng war, um Gehsteige zu haben. Auf der linken Seite lag hinter einer niedrigen Steinmauer ein Friedhof. Zur Rechten standen zwei- und dreigeschossige Häuser, die hinter gepflegten Hecken ein Stück von der Straße zurückstanden.

Der Mann, dem sie nachjagten, war etwa dreißig Meter vor ihnen. Whyte und Gabriel gingen durch das hohe Gras zwischen dem Friedhof und den Autos, die mit schräg gestellten Vorderreifen gegen die Steigung geparkt hatten. Whyte blieb immer wieder stehen wie ein Hund, der die Fährte suchte.

„Schwarzer SUV da oben“, flüsterte er. Gabriel verdrehte den Kopf und sah den Geländewagen etwas weiter den Hügel hinauf, mehrere Wagenlängen entfernt stehen. Es war unmöglich, Fabrikat oder Nummernschild zu erkennen. Es war auch unmöglich, die Strickmütze noch zu sehen. Der Mann war einfach verschwunden.

Whyte stand ganz still. Gabriel dachte, er wäre nun soweit einzusehen, dass dies hier reine Zeitverschwendung war. Doch dann leuchteten weiter oben die Rücklichter zweimal auf, und die Silhouette des Strickmützenträgers erschien hinter dem SUV. Er öffnete den Kofferraum und schloss ihn schnell wieder. Er verschwand außer Sichtweite. Whyte sprang zwischen zwei geparkten Wagen auf die Straße und trabte die Steigung hinauf, schob in einer einzigen Bewegung sein Jackett im Rücken zur Seite und zog die .25er aus dem Holster. Bis Gabriel begriffen hatte, was geschah, und ihm folgte, hatte Whyte bereits zehn Meter Vorsprung. Dann blieb er drei Autolängen vor dem SUV stehen. Whyte und Gabriel sahen sich in alle Richtungen um, aber die Straße schien so verlassen wie der Friedhof, an dem sie verlief. Die Stille war unheimlich. Whyte setzte sich in Bewegung, um sich den SUV näher anzusehen. Doch etwas schoss zwischen zwei Autos hervor, und Gabriel sah einen grauen Blitz durch die Luft zucken. Ein Montierhebel sauste auf Whytes Nacken nieder, und er stürzte zu Boden. Das Werkzeug rollte lautstark die Straße hinunter wie ein metallenes Wagenrad. Gabriel rannte zu Whyte, der vornübergebeugt auf dem Boden kniete und sich nicht mehr rührte. Sein Kopf hing herab wie der eines zum Tode verurteilten Mannes, der auf die Klinge des Vollstreckers wartet. Gabriel kniete sich neben ihn, hatte aber Angst, ihn zu berühren.

„Alles okay?“, keuchte er.

„Ja … Warte.“

Das Fenster eines Hauses auf der anderen Straßenseite flog auf, und ein Anwohner schrie herum. Gleichzeitig war ein Rascheln am anderen Ende des Wagens zu hören. Gabriel hob ruckartig den Kopf. Strickmütze rannte wie ein Weltmeister den Hügel hinauf.

Gabriel griff nach der .25er in Whytes rechter Hand. Seine Finger berührten Narbengewebe, das so hart wie Horn war.

„Nein“, sagte Whyte leise, als ihm Gabriel die Finger von der Waffe löste. „Lass ihn.“

Aber Gabriel sprintete ihm schon hinterher. Strickmütze hatte einen Vorsprung von gut dreißig Metern und bewegte sich schnell. Gabriel sah, wie er die Kuppe des Hügels erreichte und dann links durch einen Steinbogen verschwand. Gabriel kam wenige Sekunden später an und schoss hindurch, ohne sich umzusehen. Doch dann blieb er abrupt auf dem Schotter stehen und keuchte heftig. Er war auf dem Friedhof. Hoch aufragende Bäume ließen das abnehmende Tageslicht nicht durchscheinen. Es waren gerade so ein paar Pfade, die in unterschiedliche Richtungen führten, und die Reihen alter, mit Flechten überzogener Grabsteine zu erkennen. Viele von ihnen standen schräg, als hätte sie jemand umgetreten. Sie boten sich nicht als Versteck an, aber der Friedhof schien sich weit über den Hügel zu erstrecken, und der Typ konnte überall sein.

Gabriel entschied sich für den linken Pfad. Er hielt die .25er fest in beiden Händen und schwenkte sie über die Grabsteine. Das einzige Geräusch war das Knirschen des Kiesels unter seinen Sohlen. Die Luft wurde kühl. Direkt vor ihm, am Ende des Pfads, stand ein Marmorgrab. Es hatte die Form einer Badewanne, die auf vier Löwenfüßen stand. Auf dem Deckel des Sarkophags stand eine leere Plastikflasche.

Eine zusammengekauerte Gestalt sprang aus der Hecke und flitzte von links nach rechts am Grab vorbei. Erschrocken sprang Gabriel zurück. Er rief „Stehenbleiben!“ und wollte einen Warnschuss abgeben. Aber der Abzug bewegte sich nicht. Als er die Waffe endlich entsichert hatte, war die Gestalt verschwunden.

Gabriel fluchte und rannte über die Gräber, umrundete im Zickzack die Grabsteine, blieb mit den Schuhen an Plastikvasen mit verwelkten Blumensträußen hängen. Er kam zu einem weiteren Pfad, der ebenfalls von einer Hecke begrenzt war.

Er verlangsamte auf Schritttempo. Doch dann: ein Rascheln, ein schwarzer Schatten, ein Bein, das ihm aus dem Gebüsch heraus in den Magen trat. Er knallte mit dem Gesicht zu Boden. Die gesamte Luft schien aus seinem Körper gewichen zu sein. Er rang nach Atem. Verzweifelt versuchte er, sich wieder aufzurichten, hielt aber inne, als er genähte Lederschuhe nur wenige Zentimeter vor seinem Gesicht sah. Eine Hand griff nach der .25er, und Gabriel sah zu, wie sich der Ärmel zurückschob, um ein breites ledernes Uhrenarmband mit einer silbernen Schließe zu enthüllen. Gabriel nahm eine Hand von seinem Bauch, um sich vom Boden abzustoßen, aber in dem Moment drückte sich die Mündung der Waffe an seine Schläfe und zwang seinen Kopf auf den Boden. Er erstarrte, als das kalte Metall langsam von seiner Schläfe herabwanderte und in sein Ohr gesteckt wurde. Das Geräusch, als die .25er entsichert wurde, war ohrenbetäubend.

Gabriel zitterte am ganzen Körper. Er versuchte, sich wegzuschlängeln, aber der metallische Lauf der Waffe wurde nur noch tiefer in sein Ohr gestoßen und schien ihn aufzuspießen. Er schloss ganz fest die Augen und konzentrierte sich darauf, nicht zu weinen oder um Gnade zu winseln. Nach einem endlosen Moment wurde der Lauf mit einem Ploppen zurückgezogen. Gabriels Magen krampfte sich zusammen, während er sich fragte, wo ihn der Schuss wohl treffen würde. Dann hörte er von oben ein klirrendes Geräusch, etwas traf ihn an der Wange und fiel zu Boden. Er zwang sich, die Augen zu öffnen. Neben ihm lag eine Patrone. Während er atemlos liegenblieb, fielen von oben fünf weitere auf sein Gesicht und in sein Haar. Dann hörte er, wie jemand wegrannte. Er hob den Kopf, um nachzusehen. Strickmütze verschwand in den Tiefen des Friedhofs. Die .25er glänzte silbern auf, als er sie in die Hecke schleuderte, und dann verschluckte ihn die Dunkelheit.

Gabriel war noch ganz benommen. Er ließ seinen Kopf auf die feuchte Erde sinken und atmete tief und gleichmäßig.

Als Whyte ihn fand, war er immerhin schon auf allen Vieren.

„Was ist passiert?“

„Kung Fu-Vorführung.“

Whyte bot ihm die rechte Hand an und half ihm auf die Füße. Sein linker Unterarm hing in seinem offenen Hemd, das als provisorische Schlinge diente. Er beugte sich herab, um die Patronen zu betrachten, dann sah er Gabriel an. „Wo ist die Waffe?“

„Da unten“, sagte Gabriel und zeigte mit seinem Kinn in die Richtung.

„Er hätte dich töten können.“

„Er braucht mich lebend.“

Gabriel tapste zurück zum Eingang des Friedhofs. Er hörte, wie Whyte hinter ihm den Pfad entlanghastete, um die Pistole zu suchen.

„Warte mal“, sagte Whyte, als er ihn auf der Straße einholte. Von weiter unten hörten sie einen starken Motor starten, gefolgt von einem kurzen Reifenquietschen.

„Scheißkerl“, sagte Gabriel.

„Du hast jetzt nicht wirklich damit gerechnet, dass er hier auf uns wartet, um uns mitzunehmen, oder?“

Und dann hörten sie die Sirenen.

„Wir gehen“, sagte Whyte.

„Wir bleiben“, sagte Gabriel und lehnte sich gegen die Motorhaube eines Mazdas. „Er hat uns angegriffen. Wir sind die Opfer. Wir geben der Polizei das Nummernschild, sie schreiben ihn zur Fahndung aus oder was sie auch machen und schnappen ihn sich.“

Whyte packte Gabriel am Kragen. „Bist du wahnsinnig? Erinnere dich mal dran, wie wir hierhergekommen sind.“ Er zog die Papiere aus seiner Tasche und hielt sie ihm unter die Nase. „Die Bullen werden wissen wollen, woher wir von ihm wissen, und das können wir ihnen ja wohl schlecht sagen.“

„Es ist wichtiger, dass der Rotschopf seinen Job behält, als diesen Wahnsinnigen zu fangen? Das glaub ich aber nicht. … Was tun Sie da?“

Whyte war zu der Friedhofsmauer gehuscht. Er beugte sich vor, steckte seine rechte Hand in das hohe Gras, dann richtete er sich wieder auf und hielt eine ausgebeulte Ledermappe in der Hand.

„Murphys Kram. Willst du reinschauen oder lieber mit den Bullen reden?“

„Diese Frankfurter Nummernschilder liegen im Fluss“, sagte Whyte. „Er hat sie längst ausgetauscht. Jetzt ist es ein schwarzer Mercedes SUV mit getönten Scheiben und italienischem Nummernschild. Die Bullen werden ihn nicht finden, und Rotköpfchen würde seinen Job wegen nichts verlieren.“

Sie gingen am Südufer des Arno entlang durch die historische Altstadt zur Santa Maria del Carmine-Kirche, in deren Nähe Whyte seinen BMW abgestellt hatte. Whyte rollte alle paar Sekunden vorsichtig seine linke Schulter. Er hatte sich instinktiv abgewandt und die Schulter im Moment des Schlags hochgerissen, erzählte er Gabriel, so dass er anstelle eines eingeschlagenen Schädels lediglich mit einem vorübergehend gelähmten linken Arm zu tun hatte. Gabriel versuchte, sein Hemd nicht die schmerzende Schwellung seiner Rippen berühren zu lassen. Ansonsten war er unverletzt. Als dies gesagt war, schien zwischen ihnen die geteilte Erkenntnis in der Luft zu hängen, dass sie gerade von einem Mann mit einem Montierhebel, der gegen zwei Männer mit einer Pistole angetreten war, furchtbar gedemütigt worden waren.

„Die Bullen müssen nur nach einem Wagen ohne Heckfenster suchen", sagte Gabriel. „Das müssen Sie doch mit dem Montierhebel zertrümmert haben, um an die Tasche zu kommen."

„Er hat den Mercedes nicht wieder verschlossen. Nur einfach auf der Straße stehenlassen. Ich hab die Heckklappe aufgemacht, und da war sie."

Der BMW parkte unter einer Laterne. Sie stiegen ein, und Whyte öffnete die schwere Aktentasche. Er räumte sie aus und reichte die Sachen weiter an Gabriel. Whyte blätterte durch die Seiten eines A5-Skizzenblocks, in dem sich Tuschezeichnungen fanden, die sehr detailliert ausgeführt waren, besonders bei den Gesichtern. Aber was ihm zuerst auffiel, waren die grellen Farben.

„Ich glaube nicht, dass dieser Mann jemals eine Kunsthochschule von innen gesehen hat", sagte er.

Gabriel ging die Visitenkarten durch. Er hielt eine unter das Licht. „‚Mistress Camilla, Dominatrix'", las er vor. „Sie hat eine Schweizer Nummer. Was sagt uns das?"

„Er ist viel unterwegs. Auto aus Deutschland, Wohnung in Italien, Spaß in der Schweiz … Oh, du meinst das mit der Dominatrix? Jeder Sadist ist auch ein Masochist."

Gabriel sah ihn an.

„Wir brauchen jetzt kein psychologisches Profil von dem Kerl", sagte Whyte. „Wir müssen ihn nur finden."

„Und warum machen Sie dann den Rorschach-Test mit seinem Gekritzel?"

Whyte nickte, ließ den Skizzenblick in seinen Schoß fallen und zog Bücher aus der Tasche. Er warf einen Blick auf den Rücken, während er sie an Gabriel weiterreichte. „Bibel … Geschichte der Schusswaffen … Bronsons Medizinisches Wörterbuch."

Gabriel prüfte die Deckblätter, schüttelte die Seiten aus, ob etwas hineingelegt worden war, und warf sie auf den Rücksitz.

„Was noch?"

„Entspann dich", sagte Whyte. „Wir haben keine Eile." Er zog eine Blechschachtel mit Buntstiften hervor.

„Ach ja? Ich bin dyslektisch, deshalb gibt mir der Mörder ein bisschen mehr Zeit?"

„Hör mal, Kleiner, du magst ja denken, dass die ganze Welt gegen dich ist, weil du dieses Dyslexie-Ding hast. Aber in Wirklichkeit bist du der Einzige, der ein Problem hat. Wer so einen Riesenkomplex mit sich rumschleppt, kriegt irgendwann nichts anderes mehr mit. Vielleicht hörst du mal damit auf, dich selbst zu hassen."

Gabriel wollte gerade wütend antworten, doch dann sah er, wie Whyte das Gesicht verzog, als er mit seiner zitternden linken Hand die Tasche festhielt und unter Schmerzen mit den verkrümmten Fingern der rechten den Reißverschluss eines Seitenfachs aufzog. Er holte eine Handvoll Ausdrucke, Zeitungsausschnitte und Fotos hervor. Die Hälfte davon ließ er in Gabriels Schoß fallen. Gabriel sah seinen Stapel durch, dann hielt er inne.

„Whyte …"

Er bekam keine Antwort. Whyte las mit geöffneten Lippen einen Zeitungsausschnitt. Gabriel sah schnell die anderen Fotos durch. Seine Finger zuckten, als wäre das Papier heiß.

„Großer Gott", sagte Whyte, der immer noch las.

„Whyte, schauen Sie!"

Der Angesprochene schien aus seiner Trance zu erwachen. Er nahm die Fotos, die Gabriel ihm hinhielt. Das oberste war eines von Max Schopenhauer, der seine Münchner Wohnung verließ. Das zweite eine entfernte Aufnahme von Gabriel und Emily, wie sie vor einem Café saßen. Whyte sah auf.

„Und das", sagte er und hielt ihm einen vergilbten Zeitungsausschnitt hin. „Das ist ein Artikel aus einem Kunstmagazin über das Gattamelata-Altarbild von Bellini, das berühmte verschollene Stück, das angeblich Sagasta gestohlen wurde."

„Er ist es", sagte Gabriel.

Whyte zog die Tasche auseinander und sah hinein. Seine Augenbrauen zogen sich zusammen. „Was zum …" Er schob seine Hand hinein.

„Ich hatte eine Waffe", sagte Gabriel, „und ich habe trotzdem zugelassen, dass er mich … Verdammt!"

Whyte hielt eine Versandtasche hoch. Durch das Plastik sah Gabriel getrocknetes Blut und ein eindeutig menschliches Ohr.

Sie blieben einen Moment lang stumm.

„Sagasta", sagte Whyte dann und betrachtete es.

Gabriel starrte ihn an.

„Sagastas Villa lag etwas außerhalb von Sevilla", sagte Whyte. „In Sevilla sind Stierkämpfe sehr beliebt. Sie geben dem Torero das Ohr des Bullen, nachdem er ihn schön brav getötet hat … Murphys kleiner Scherz."

„Zeigen Sie mir mal diese Zeichnungen", sagte Gabriel.

Whyte gab ihm den Skizzenblock und lehnte sich nachdenklich zurück.

„Es bringt gar nichts, wenn wir das den Bullen anonym zuschicken", sagte er. „Illegal beschaffte Beweise können nicht benutzt werden, um einen Durchsuchungsbeschluss zu bekommen. Vor Gericht gelten sie schon gar nicht. Ich denke mal, das ist Sagastas Ohr, und es gibt diese DNS-Tests, aber vielleicht wurde er eingeäschert, und überhaupt, so was dauert Wochen, und in der Zeit hat Murphy wahrscheinlich schon …"

Gabriel unterbrach ihn.

„Das sind alles biblische Figuren", sagte er und hielt das Skizzenbuch hoch. „Ist der vielleicht ein religiöser Spinner?"

„Schau mal genauer hin."

„Was?", blaffte Gabriel.

Whyte sah ihn an. „Er hat zwei Typen von Frauen gezeichnet“, sagte Whyte geduldig, „immer und immer wieder: reumütig auf den Knien, in Rot. Und wilde, gorgonenartige Frauen in dunkleren Tönen – scharlachrot und purpur. Sagt dir das was?“

„Reumütig … wie Maria Magdalena? So in der Art?“

„Ich meinte die anderen.“

Gabriel ging noch einmal die Zeichnungen durch. Er schüttelte den Kopf.

„Scharlachrot und purpur waren die Farben der Hure Babylon.“

Sie schwiegen. Dann sagte Gabriel: „Vielleicht brauchen wir doch ein psychologisches Profil von ihm.“

Whyte sah aus dem Fenster. Seine Augen waren zusammengezogen, als versuchte er, ein entferntes Straßenschild bei schlechtem Licht zu lesen.

„Ich habe das dumpfe Gefühl, dass seine Morde ein höheres Ziel haben.“

Kapitel 15

Florenz – 3. März 2003

Am Montagmorgen sandte Inspector Roark einen Streifenwagen nach Pistoia, um Gabriel abholen und nach Florenz auf die Polizeistation bringen zu lassen. Roark saß in einem der Vernehmungsräume im Erdgeschoss am Tisch neben dem glatzköpfigen Mann, der einen Diamantstecker im Ohr trug und den Gabriel schon bei seinem ersten Besuch auf dieser Polizeistation gesehen hatte. Roark stellte ihn als Lucio Bardi vor, einen Commissario, der erst kürzlich aus dem Quirinalspalast in Rom nach Florenz versetzt worden war. Bardi stand auf und verließ den Raum, ohne Gabriel anzusehen.

„Er ist ziemlich angepisst", sagte Roark, als die Tür geschlossen war.

Gabriel rutschte auf seinem Stuhl herum. „Warum?"

„Er hat sich in den Kopf gesetzt, dass Sie und Ihr Freund in eine Auseinandersetzung im Pittigliosoviertel verwickelt waren."

„Pitti-was? Ach, Sie meinen den Palast?"

„Ein Anwohner hat einen Mann, dessen Beschreibung auf Sie passt, mit einer Waffe einen anderen Mann in Richtung Friedhof jagen sehen."

„Eine Waffe? Wir sind doch nicht im Wilden Westen, Inspector."

Roark sah ihn kühl an.

„Bardi", sagte er, „hat nicht genug, um Sie anzuklagen, und Interpol hat keine Zuständigkeit, deshalb ist das hier keine protokollierte Vernehmung. Bei diesem Treffen gehen wir nur ein paar Formalitäten durch. Wir erinnern Sie daran, dass es illegal ist, die Polizei bei der Ausübung ihrer Pflichten zu behindern … Sie sehen müde aus, Mr. Schopenhauer. Hatten Sie eine lange Nacht?"

„Sie haben mich wegen irgendwelcher Formalitäten herbringen lassen?"

„Einige Mörder ziehen sich zurück, wenn man sie aufscheucht. Aber nicht, wenn Sie wie ein Tier gejagt werden. Dann schlagen sie zurück, als hätten sie nichts mehr zu verlieren."

„Ich hab' auch nichts …", fing Gabriel an, dann hielt er inne.

Roark lächelte. „Oh doch, das haben Sie. Bei Ihnen steht alles auf dem Spiel, alles, was Sie in Ihrem Leben noch haben."

Zehn Minuten später stand Gabriel vor der Polizeistation und überlegte, was er nun tun sollte, als sein Handy klingelte. Es war Arthur Whyte.

„Er ist hier. In Lech."

„Sie sind in Lech?"

„Ich hatte so ein Gefühl, dass er wieder zurück in seine Wohnung gehen würde, also hab ich ihm dort aufgelauert, und siehe da, gegen drei Uhr morgens kam er rein und ging nach zehn Minuten wieder. Ich bin ihm den ganzen langen Weg hier rauf gefolgt. Ich hab ihn kurz vor Lech verloren. Aber er ist irgendwo in diesem verdammten Dorf. Er muss hier sein."

„Warum sollte Murphy wieder nach Lech fahren?"

„In Pistoia kommt er nicht an dich ran. Da ist deine Frau, die sich um dich sorgt und dich im Haus behält. Er geht davon aus, dass du weniger auf der Hut bist, wenn du weg von zu Hause bist."

„Das ist lächerlich. Warum denkt er, dass ich wieder nach Lech fahre?"

„Der Bastard hat mich auf die Autobahn gezwungen. Ich weiß das. Wahrscheinlich ist er sogar zurück zu seiner Wohnung gegangen, weil er gehofft hat, dass ich sie überwache. Aber er hat sicher gewusst, dass ich ihm folge, und er hat keinen Versuch gemacht, mich abzuschütteln, bis wir in Lech angekommen waren. Aber ihm geht's nicht um mich. Sondern um dich."

„Um mich, was?"

„Wie du gesagt hast. Er braucht dich lebend. Aber er braucht dich auch. Punkt."

Das Telefon in Gabriels Hand fühlte sich klebrig an.

„Er fordert mich heraus?“

„Und er glaubt“, fügte Whyte hinzu, „dass du hitzköpfig und dumm genug bist, dich dem Duell zu stellen.“

Gabriel hörte ein langes, ausgiebiges Gähnen. „Sie müssen schlafen“, sagte er.

„Das ist ehrlich gesagt der zweite Grund, warum ich anrufe“, sagte Whyte. „Dein Kumpel, Major Moosscheißer, muss mich auf eine schwarze Liste gesetzt haben. Ich war in jedem Drecksloch in diesem Dorf mit einem „Zimmer frei“-Schild, aber das scheint Österreichisch für „Verpiss dich, Whyte“ zu sein. Hast du hier irgendwelche Freunde, bei denen ich übernachten kann?“

„Haas“, sagte Gabriel, ohne nachzudenken.

„Wie das Tier, nur ohne e?“

„Großvaters alter Saufkumpel. Ihm gehört der Bauernhof über unserem Haus. Aber damit Sie dort reinkommen, muss ich dabei sein.“

Sie schwiegen.

„Ich dachte“, sagte Whyte endlich mit einem gewissen Unbehagen, „dass du sowas wie Hausarrest hast.“

„Mir fällt schon irgendwas ein. Wo finde ich Sie?“

„In einer Schneewehe“, sagte Whyte müde. „Lass dein Handy an.“

Der Streifenwagen brachte ihn um halb zwölf zurück nach Pistoia. Emily machte auf dem Steinfußboden im Innenhof barfuß ihre Pilatesübungen. „Was gibt's Neues?“, fragte sie.

„Roark hatte nichts Neues. Dafür aber Arthur Whyte.“

Sie legte sich ein Handtuch um den Hals. Die Enden hielt sie in den Händen.

„Erzähl mir nichts“, sagte sie. „Interpol hätte dich nicht ohne Grund bis nach Florenz gefahren. Und da ist was in deinem Blick, Gabriel. Was passiert hier?“

„Whyte hat einen Hinweis auf eine potentiell tatverdächtige Person.“

„So spricht ein Polizist. Du bist kein Polizist. Und Arthur Whyte ist definitiv auch keiner."

„Emily, ich muss das tun."

Auf ihrer Stirn glitzerte feiner Schweiß. Sie hob die Handtuchenden und bedeckte ihr Gesicht.

„Em …"

Sie ließ das Handtuch sinken. Ihr Blick war glasig. Sie starrte vor sich hin. „Meine Mutter hat immer versucht, meinen Vater von dem abzuhalten, was er tun musste. Hier wiederholt sich die Geschichte. Also hat er angefangen zu lügen. Darüber, wohin er ging und was er vorhatte." Sie seufzte resigniert. „Ich will das nicht. Wo fährst du hin?"

„Nach Lech."

Sie erschauerte und starrte für einen Moment auf ihre Füße. Dann sah sie mit dem Versuch eines mutigen Lächelns zu ihm auf.

„Ich ruf' dich an, Emily. Oder ich schicke dir eine SMS. Versprochen!"

„Ich zieh' mich um. Dann bring' ich dich zum Flughafen."

Gabriel sah ihr nach, als sie mit ihren katzengleichen Bewegungen die Treppe hinaufging. Er rief ihr nach.

„Emily … Danke."

Sie drehte sich nicht um und wurde auch nicht langsamer. Aber er sah, dass sie zustimmend nickte.

Der Flug um sechs Uhr zehn von Florenz landete trotz des heftigen Schneefalls pünktlich in Zürich. Als sie zum Gate gebracht wurden, sah Gabriel zu, wie die Enteisungsmaschinen die rote Brühe über die startenden Flugzeuge sprühten. Er entschied sich dagegen, ein Auto zu mieten, und kaufte ein Ticket für den Arlberger Skibus. Um zehn Uhr stieg er auf der Hauptstraße in Lech aus. Dicker Schnee fiel, die Flocken wirbelten im Licht der Straßenlampen wie Geistermotten. Er ging zu dem Teil des Ortes, in dem das Nachtleben stattfand. Wegen des Sturms waren die Bars schon seit Mittag knallvoll, und auf dem Gehweg standen Bänke und Stühle, um die Überfüllung in den Griff zu bekommen. Gabriel ging an Männern und Frauen in fluoreszierenden Skioutfits vorbei, die bis zum Anschlag voll waren und aussahen, als hätte man sie beim Casting für das Michelin-Männchen aussortiert.

Er fand Arthur Whyte in einer Kneipe in einer Seitenstraße. Whytes Barbourmantel war noch vom Schnee stellenweise feucht, und seine Schuhe hatten Salzkrusten. Sein Gesicht glühte von dem Bier und den Schnäpsen. Eine Brünette in einem ärmellosen Pullover, tief sitzenden Jeans und spitzen Stiefeln trank mit ihm. Ihre Hand lag auf seinem Oberschenkel. Im Nacken hatte sie einen doppelköpfigen Adler tätowiert.

„Hey, Kleiner", sagte Whyte. „Hast du im Flieger gegessen? Hier gibt's acht verschiedene Salamisorten."

„Es ist schon spät, Mr. Whyte."

Whyte trank seinen Bierkrug aus und knallte ihn auf die Theke. Er grinste. Auf seiner Oberlippe klebte Bierschaum wie ein Schnurrbart. Das Mädchen tupfte ihn mit einer Serviette ab. Whyte sprang von dem Barhocker, hängte sich bei Gabriel ein und ging zur Tür. „Es ist nie zu spät, junger Mann. Wo wir gerade von ‚jung' sprechen, sie heißt Nicole. Sie ist Therapeutin. Sie hilft mir."

„Sie sind betrunken."

„Du hast wirklich ein Auge für Details. Max hat das doch gesagt, oder?"

„Können Sie laufen? Es sind anderthalb Kilometer bis zu Haas."

Whyte strahlte ihn an. „Fortuna bescheint uns mit ihrem Glanz. Sollen sie doch alle in der Hölle schmoren, diese Scheißkerle und Politiker und Bullen mit ihren Hintergedanken. Wir haben was, von dem die bösen Jungs nichts wissen."

Von seinen dauerbedröhnten Eltern wusste Gabriel, wie sinnlos jeder Versuch war, die Berauschten zu verstehen oder gar mit ihnen zu argumentieren.

„Schreiben Sie mir eine SMS, wenn Sie fertig sind", sagte er.

Whyte schwankte etwas. „Mann, bin ich blau. Wie spät ist es? Nicole will mir ihre Wohnung zeigen. Hab' ich dir gesagt, dass sie Therapeutin ist?"

„Dieses Mädchen ist keine Therapeutin, es sei denn, die Therapie besteht aus Penizillinspritzen.“

Whyte begleitete Gabriel zur Tür. „Jeder muss sich irgendwie sein Geld verdienen.“

„Ich weiß nicht, was Großvater an Ihnen gefunden hat.“

Gabriel sah Schmerz in seinen Augen aufflackern. Whyte ließ Gabriels Arm los und ging nach draußen. Es hatte aufgehört zu schneien, und Wolken schoben sich durch die Bergpässe wie Rauch, der von einem gelöschten Feuer aufsteigt. Gebäude und Felder sahen aus, als wären sie mit grauer Asche überzogen. Eine Frau in einem Lammfellmantel und einem Deerstalker-Hut führte einen gut gelaunten Dackel an der Leine am Fluss entlang. Es herrschte kein Verkehr auf der Straße. Alles war ruhig, bis auf das Gurgeln des Wassers, das über die Steine im Flussbett rauschte. Es war merkwürdig beruhigend und tröstend, als würde die Landschaft auf ein neues, harmonisches Leben irgendwo da draußen hinter den Bergen verweisen.

„Es tut mir leid, Mr. Whyte. Ich hab’s nicht so gemeint“, sagte Gabriel.

Whyte nickte und sah die Straße hinauf. „Nicole bessert ihr Einkommen als Physiotherapeutin auf, indem sie Teilzeit bei der Touristeninformation arbeitet. Sie hat die Hotels gecheckt und herausgefunden, dass ein J. Murphy heute angekommen ist und im Gasthof Post wohnt.“

Gabriel folgte der letzten Kurve und hielt im Schatten des ausladenden Hausdachs der Pension inne. Zwanzig Meter den Hügel hinauf stand der Bungalow seines Großvaters. Er war mit Absperrband gesichert, die Fenster waren verdunkelt. Das Gebäude sah aus, als hätte es die Baubehörde als unbewohnbar verdammt und zum Abriss freigegeben. Sein Großvater hatte es einst gebaut, jetzt gehörte es ihm. Aber für immer und ewig würde es vom Tod vergiftet sein. Wenn die Polizei das Absperrband entfernte, wenn die Fensterläden offen waren und das Sonnenlicht hereinflutete, wäre es immer noch der Schauplatz eines Mordes und die dauernde Erinnerung an einen anderen.

Sein Großvater war mit diesem Ort verwoben wie die Bücherregale, die vom Boden bis zur Decke gingen. Sie waren gefüllt mit Büchern, die bis in Großvaters Kindheit zurückreichten. Viele von ihnen waren noch in Frakturschrift. Ihre Titel, Bilder und Farben ergaben eine maßgeschneiderte Tapete. Der Sessel am Kamin, in dem Großvater gesessen und bis tief in die Nacht hinein mit Haas getrunken hatte. Die Zigarrenlöcher im Teppich, die Großvater in eine „Unter uns“-Geschichte eingebaut hatte, als Gabriel – wie alt gewesen war? Sieben, acht? Wie könnte er, Gabriel, auch nur eine Nacht mit diesen Heimsuchungen verbringen?

Sein Blick wanderte die Steigung hinauf zu Haas' schwarzem Fachwerkhaus. Durch die Wohnzimmergardine war noch das Licht einer Deckenlampe zu sehen. Gabriel stapfte die u-förmige Auffahrt hinauf und klopfte.

Haas brauchte eine Weile, bis er öffnete, und dann stand er dort, mit seiner Hand an der Tür, und sah Gabriel stumm an. Haas war ein kleiner, o-beiniger Mann mit krummem Rücken. Er trug einen gemusterten Wollpulli mit Löchern und Flanellhosen, die an den Knien schon blankgescheuert waren. Sein braunes Gesicht war zerfurcht wie eine Walnuss und umrahmt von dickem, grauem Haar, das wie Stahlwolle aussah. Er sah unter zusammengezogenen Brauen zu Gabriel hoch. Sein Gesicht lag im Schatten.

Als der Bungalow gebaut wurde, war Gabriel noch ein Junge und er hatte mit seinem Großvater als zahlende Gäste in dem Bauernhof gewohnt. Im ersten Stock gab es vier Schlafzimmer mit eigenen Duschen und einer Toilette am Ende des Flurs. Haas' Frau kümmerte sich damals um die Gäste. Nach ihrem Tod nahm Haas keine Gäste mehr auf. Mit ihm sprach man nur, wenn er das Gespräch anfing. Gabriel gegenüber geschah dies selten.

„Herr Haas“, sagte er. Er konnte Alkohol in der warmen Luft riechen, die aus dem Flur kam.

„Dein Großvater“, sagte Haas und stand stramm, als würde er salutieren. „Er ging durch den Todesschlaf zu Gott ein als Soldat und brav.“

Goethe, dachte Gabriel und nickte. Er erwartete nicht, hineingebeten zu werden, also blieb er auf der Türschwelle stehen und erklärte, dass er und ein Freund seines Großvaters Zimmer für die Nacht brauchten. Haas sah den Hügel hinunter zu dem Bungalow mit der Polizeiabsperrung und trat zur Seite. Gabriel ging in den Flur, dessen Wärme nach Holzfeuer roch. Der alte Mann starrte ihn einen Moment lang an, als überlegte er, ob er etwas sagen sollte. Gabriel sah zu den Haken neben der Tür, an denen noch immer die Schlüssel für die Gästezimmer hingen. Sie waren von einer leichten Staubschicht überzogen. Haas winkte zur Treppe hinüber und schlurfte davon.

Gabriel nahm zwei Stufen auf einmal und öffnete die Tür zu dem ersten Zimmer auf der rechten Seite. Sie war nicht abgeschlossen. Großvater und er hatten dort viele Osterferien verbracht und sich das große Doppelbett geteilt, bis Gabriel alt genug gewesen war, um ein eigenes Zimmer zu bekommen. Es war ein quadratischer Raum mit einer niedrigen Decke, einem frei stehenden Kleiderschrank, einem Sofa und einem Intarsien-Holztisch mit zwei Stühlen. Kleine Fenster an zwei Wänden gaben bei Tageslicht einen atemberaubenden Blick über den Ort auf der rechten Seite und zu den Bergen auf der linken Seite frei. Gabriel warf sich auf das Sofa und betrachtete das kleine Öl-auf-Glas-Gemälde von einer Madonna, das über dem Bett hing. Er hatte ihr jede Nacht, bevor das Licht ausging, einen Kuss zugeworfen.

Er hatte es sich noch nicht lange gemütlich gemacht, als es unten an der Haustür klopfte. Ein paar Minuten später hörte er Schritte auf der Treppe, und Whyte kam herein. Er schien tief in Gedanken versunken.

„Ich habe vergessen, bei Nicole zu essen“, sagte er und sah sich in dem Zimmer um. Wie auf ein Stichwort öffnete sich die Tür, und Haas brachte Brot, Käse, Salami und Bierflaschen auf einem Tablett. Er stellte es auf dem Tisch ab und ging ohne ein Wort und ohne die beiden anzusehen.

„Wer ist dieser Trappistenmönch?“, fragte Whyte, als die Tür wieder geschlossen war.

Gabriel sah hungrig auf das Tablett. „Er und Großvater haben nächtelang bei einer Flasche Schnaps gequatscht. Über den Krieg.“

„Max war im Krieg? Ich hatte immer angenommen, dass er damals noch zu jung war."

„Ich denke nicht, dass es bei Hitler ein ‚zu jung' gab. Nicht zum Ende hin. Er und Haas waren als Jugendliche in der Wehrmacht, sie haben sich in der russischen Gefangenschaft kennengelernt. Großvater hat erzählt, sie hielten sich gegenseitig am Leben, indem sie sich abwechselnd Goethes *Faust* aus dem Gedächtnis aufsagten. ‚Gedankenessen' hat Großvater es genannt." Gabriel zog einen Stuhl zum Tisch. „Sollen wir?"

Whyte setzte sich ihm gegenüber.

„Davor", fuhr Gabriel fort, schnitt sich eine Scheibe Brot ab und spießte einige Scheiben Salami auf, „war Großvater in Frankreich. Da hat er meine Großmutter kennengelernt. Wissen Sie, was mit ihr passiert ist, nach dem Krieg? Die Franzosen haben ihr den Kopf rasiert. Weil sie sich … wie nannte man das?"

„Fraternisierung."

„Weil sie mit dem Feind fraternisiert hatte. Sie jagten sie durch die Straßen wie eine Kriegsverbrecherin. Als Großvater sie nach dem Krieg fand, hatte sie fast eine Glatze, und auf ihren Armen waren überall Brandwunden, weil die Leute dort ihre Zigaretten ausgedrückt hatten. Großvater war ein Skelett. Sie erkannten sich erst nicht." Er kaute eine Weile sein Brot. „Aber Haas, das ist eine andere Geschichte." Er sah auf Whytes krallenartige rechte Hand, die auf dem Tisch lag. „Soll ich Ihnen ein Brot machen?"

Whyte legte die rechte Hand auf den Brotlaib und schnitt mit der linken.

Gabriel biss ein Stück Käse ab. Der unverwechselbare scharfe Geschmack brachte ihn zurück zu den Skiferien seiner Kindheit. „Haas war immer ein Einzelgänger. Hat nie viel gesprochen … Wollen Sie ein Bier?"

Whyte schüttelte den Kopf.

„Aber Großvater und er standen sich nahe", sagte Gabriel.

„Der Krieg."

„Mehr als das. Großvater hat ihm geholfen. Die Nazijäger, das Wiesenthal Center, beschuldigten Haas, ein Kriegsverbrecher zu sein. Wächter in einem Konzentrationslager, glaube ich. Es war eine große Sache, wie Sie sich vorstellen können. Großvater zahlte ihm den Anwalt, und ich glaube, er sagte auch für ihn aus."

„Was ist passiert?"

„Haas musste nicht ins Gefängnis, das weiß ich. Ich war noch ein Kind, deshalb hab' ich nicht alles mitbekommen, aber er musste nicht sitzen. Ob das nun eine Formsache war oder nicht …"

„Rauch und Feuer?"

„… aber Großvater stellte sich vor ihn. Also bin ich bereit, wenigstens zu zweifeln … Großvater hatte ein paar seltsame Freunde. Wie diesen Cosimo." Gabriel machte sich noch eine Scheibe Brot. Er fühlte Whytes Blick auf sich.

„Cosimo war kein Freund von Max", sagte Whyte. „Das willst du doch hören, oder? Aber Max und er standen auf derselben Seite, wie es so schön heißt. Wie lief's eigentlich mit dem?"

Gabriel spürte, wie sich das Brot in seinem Mund zu einem klebrigen Brei verwandelte. „Es war wie durch Nesseln zu laufen. Aber Sie hatten recht mit den Gemälden. Sie gehören nicht mir. Die Statue gehört mir. Die Statue ist irgendwo. Der Ölmagnat, Sidney Kitchener, war irgendwann mal hinter ihr her, aber offenbar wollte Großvater sie nicht verkaufen. Großvater sollte sein Testament an Cosimo schicken, hat es aber nicht getan."

„Sidney Kitchener", sagte Whyte beeindruckt. „Das ist 'ne Weile her … Das, was da auf dem Foto stand, ‚Bambino' – hat Cosimo das erklärt?"

Gabriel schüttelte den Kopf. „Ich hatte den Eindruck, dass er nichts darüber weiß, außer …"

„Ja?"

„Die Statue hat angeblich gewisse Kräfte", sagte Gabriel widerwillig und wandte den Blick ab. „Heilende Kräfte oder …"

„Spirituelle?"

„Sind Sie religiös?"

Zuerst antwortete Whyte nicht. „Das erinnert mich an was", sagte er dann, eine Spur zu beiläufig. „Ich wollte dir das die ganze Zeit schon erzählen. Dieses Foto von deiner Statue, dem *Bambino* oder wie auch immer. Das hat mich an was Komisches erinnert. An eine andere Statue."

„Reden wir über Murphy."

Whyte war damit beschäftigt, kleine Stückchen Brot vom Laib zu zupfen. „Nein, das ist eine spannende Geschichte", sagte er. „Vor Jahren war ich mal im Nationalarchiv in Paris, um die Herkunft eines Gemäldes für einen unserer Käufer zu prüfen. Mir fiel ein Reisetagebuch aus dem achtzehnten Jahrhundert in die Finger. Ein Deutscher hatte es geschrieben. Die große Tour, aber mit wenig Geld. Er musste auf seine Pfennige achten, oder was die damals auch immer für eine Währung hatten. Er schrieb davon, dass er irgendwo auf einem Château außerhalb von Paris gelandet war – ich hab den Namen vergessen –, wo es eine berühmte Kunstsammlung gab."

Gabriel öffnete seine Bierflasche und trank einen Schluck. „Ich weiß wirklich nicht, was …"

„Der Deutsche schloss sich einer Gruppe an, die von der Haushälterin herumgeführt wurde. Sie zeigte ihnen Gemälde, die in der Halle hingen, und dann führte sie alle nach draußen, und da, mitten im Garten, stand eine Statue. Eine Bronzestatue von einem jungen Mann, einem Soldaten, hat er, glaube ich, geschrieben, und das war das Ende der Schlossführung, und die Gruppe ging wieder. Ende der Geschichte … Aber nicht für unseren Reisenden. In derselben Nacht dachte der Deutsche darüber nach. Er saß allein in seinem Gaststübchen und bekam die Statue nicht aus seinem Kopf. Je länger er dort saß, desto stärker wurde der Wunsch, sie wiederzusehen. Bis zum nächsten Tag wollte er nicht warten. Es musste sofort sein, noch in dieser Nacht. Wenn er es nicht tat, würde er es sein Leben lang bereuen."

Whyte erhob sich und ging ans Fenster. Er sah über die dunklen Hügel zu den Liftseilen, die sich vom Himmel abhoben, der vom Sternenglanz, der sich im Schnee spiegelte, dunkelviolett gefärbt war. Die metallenen Maste der Seilbahn folgten dem Anstieg mit ausgebreiteten Querstangen wie neumodische Kruzifixe.

„Der Deutsche verließ den Gasthof und ging im Mondlicht zurück zu dem Château, kletterte über die Mauer, durchquerte ein wild bewachsenes Gebiet und fand den Garten. Es war absolut ruhig. Er ging zu der Statue. Sie sah größer aus, als er sie in Erinnerung hatte, aber ansonsten, na ja, eine Statue eben. Er kam sich blöd vor. Was zum Teufel machte er hier? Dann fiel es ihm ein: Er hatte das Gesicht noch nicht gesehen. Deshalb hatte er zurückkommen müssen: um das Gesicht zu sehen. Die Statue sah nach unten, wie Donatellos *David*, den der Deutsche in Florenz gesehen hatte. Aber diese hier war anders. Um das Gesicht wirklich zu sehen, musste man ganz nah an sie herangehen. Im Grunde musste man sich direkt davor stellen und steil raufschauen. Der Reisende tat es: Er ging hin, hob den Kopf und schaute.

Dann geschah etwas mit ihm.

Er starrte ihr eine Weile ins Gesicht, als sich mit einem Mal alles umdrehte. Jetzt sah die Statue ihn an. Die Augen von dem Ding, die hatten ihn fest im Griff. Er fühlte sich irgendwie davon gefangen – ‚die Masken waren von mir genommen', so beschrieb er es, und ihm wurde sein wahres Ich gezeigt. Es war, als würde man in einen Spiegel schauen, der ‚veritas' eingraviert hatte, berichtete er. Und dann spürte er, wie Energie durch seinen Körper strömte. Eine körperliche Wahrnehmung, so nannte er es. Nicht seelisch. Physisch. Er stand dort, er wusste selbst nicht wie lange, starrte hinauf und konnte den Blick nicht losreißen. Das nächste, woran er sich erinnerte, war, dass er mit ausgebreiteten Armen durch ein Feld lief und mit den Handflächen das hohe Gras berührte, das so weich war wie Taubenbrüste. Er ging zurück in den Gasthof, trank einen Wein und schlief ein. Am nächsten Morgen fühlte er sich verändert. Und da wusste er es."

Whyte schwieg.

„Was wusste er?", flüsterte Gabriel.

„Dass er, der Reisende, in der Nacht, als er vor der Statue stand, die ihren Blick in seine Augen gebohrt hatte, eine Verpflichtung eingegangen war, eine Zusage gemacht hatte." Whyte fuhr mit den Nägeln seiner verkrüppelten rechten Hand über die Fensterscheibe und hinterließ Spuren auf dem beschlagenen Glas. „Er brach seine Reise ab. Er hatte sowieso kein Geld mehr. Er ging zurück nach Hause zu seinem Kontrollfreak von Vater, einem Förster in

Böhmen, und erklärte ihm, dass er auf gar keinen Fall die Tochter des Bürgermeisters heiraten würde, und auf gar keinen Fall würde er Förster werden. Er würde nach Mailand gehen, um dort zu tun, was er liebte: Musik komponieren. Sein Vater warf ihn buchstäblich raus. Er schaffte es nach Mailand, aber dort war es hart."

„Wer war der Typ?"

„Christoph Gluck. Der Komponist. Mozart bewunderte ihn."

Gabriel spürte den Hauch eines Nachklangs. Für einen kurzen Moment sah er sich selbst in seinem Zimmer in San Francisco. Großvater saß neben ihm und beendete gerade eine seiner „Unter uns"-Geschichten. Er schüttelte sich, nahm seine Bierflasche und trank davon. Er vermied es, Whyte dabei anzusehen.

„Interessantes Stückchen Seemannsgarn. Hier auf der Etage gibt es noch drei weitere Zimmer. Ich empfehle Ihnen das am anderen Ende des Flurs auf der linken Seite. Da ist es am wärmsten."

Whyte ging zur Tür.

„Sie interessieren sich einen Scheiß für mein Erbe, erinnern Sie sich?", sagte Gabriel. „Ich suche nicht nach meiner Statue, und Sie suchen nicht nach meiner Statue. Sie bleibt in dem Sack am Mast, wo Odysseus ihn festgebunden hat. Ich bin schlau, und Sie sind schlau, und wir denken beide schon an die nächste Runde."

Gabriel lag auf dem Rücken in seinem Bett. Es hing in der Mitte durch, wie ein Ackergaul mit Senkrücken. Es war tröstlich und umfing ihn wie ein Kokon, auch wenn er wusste, dass er am nächsten Morgen Rückenschmerzen haben würde. Das muffige Zigarrenaroma des Raumes brachte ihn in seine Kindheit zurück, aber diese Gedanken wurden von einer nagenden Erinnerung durchkreuzt. Sie hatte etwas mit dieser Kirche in Rom zu tun, der Santa Maria in Aracoeli. Etwas an ihr ließ sich weder in klare Gedanken fassen, noch ließ es ihn in Ruhe. Ein Bild lief immer wieder wie eine hirnlose Fernsehwerbung durch seinen Kopf: Es war der Boden in der Aracoeli, im mittleren Kirchenschiff. Uneben und mit Gräbern übersät. Der grausige Schauer, über die Menschen zu laufen, die darunter begraben waren.

Er rollte sich auf die Seite. Durch das Fenster konnte er die Sterne sehen. Irgendwo weiter unten schlug eine Uhr. Eine Tür öffnete sich im Flur, und er hörte, wie Whytes Schritte zum Badezimmer tappten. Gabriel stellte sich den Reisenden vor, der im Mondlicht über das Feld lief und von der Erinnerung an eine Bronzestatue getrieben wurde, angezogen wurde, als sei sie ein Magnet. Aber Bronze war nicht magnetisch, dachte er schläfrig. Nur bestimmte Materialien waren es, manche so gewöhnlich wie Eisen, Nickel, Kobalt – doch auch seltene und kostbare Legierungen, Substanzen so einzigartig und unwiederbringlich wie ein menschliches Leben, …

… die, wenn sie mit einem Magnet in Berührung kamen, für immer verändert wurden.

Kapitel 16

Lech – 4. März 2003

Am nächsten Morgen klopfte Whyte an Gabriels Tür und öffnete sie.

„Ich hab gerade versucht, für heute Abend einen Tisch im Gasthof Post zu reservieren – unter dem Namen Murphy“, sagte er, während er im Türrahmen stand. „Sie haben mir gesagt, sie hätten meine Reservierung schon. In der Post sollen sie hervorragende Schnitzel haben, heißt es.“

„Da gibt's nur eine Möglichkeit: das nachzuprüfen. Wir sollten besser unter ‚Schmidt‘ oder ‚Müller‘ reservieren.“

Whyte wollte gerade die Tür schließen, als er hinzufügte: „Seine Reservierung ist für zwei Personen. Vielleicht Fräulein Peitschenhieb aus der Schweiz.“

„Das ist nicht wirklich lustig“, sagte Gabriel.

„Nicht für Murphy. Ich habe das Gefühl, dass er ein Kandidat für eine kleine Magenverstimmung ist.“

Gabriel schickte Emily eine SMS, um ihr mitzuteilen, dass er gut angekommen war. Aber er vermied jede Anspielung auf Murphy. Seine Instinkte sagten ihm, dass es besser war, je weniger er sagte. Er wusste, dass sie wiederum wusste, dass er etwas zurückhielt. Er vermutete auch, dass sie es akzeptierte, auch wenn es ihr nicht gefiel. Aber dies war die beste Möglichkeit, in dieser höllischen Zeit, die sie gerade durchmachten, klarzukommen.

Es dauerte eine Stunde, bis Gabriel das Internetcafé am Ortsrand fand, und eine weitere, bis einer der vier Plätze frei wurde. Er erwartete nicht wirklich, etwas über die Stichwortsuche zu finden, und er fand tatsächlich nichts. Als er fertig war, schickte er Emily eine E-Mail, dass er gerade einen halben Tag sinnlos im Internet herumgesucht hatte. Ihre Antwort war neutral, aber zwischen den Zeilen las Gabriel heraus, dass sie eher erfreut darüber war. Ihr war es deutlich lieber, dass er nichts herausfand, was ihn in Gefahr bringen könnte.

Er kehrte zurück zur Ortsmitte, kaufte ein belegtes Brötchen im Supermarkt Pfefferkorn und aß es im Stehen auf dem Bürgersteig. Ein lavendelfarbener Bus mit Tagesgästen fuhr vorbei, die Schneeketten rasselten auf dem Teer, und die Hinterseite platzte fast vor lauter Skiern und Snowboards. Gabriel ging die Hauptstraße entlang zurück und sah dabei einen Skilehrer am Anfängerhügel hinter der Kirche. Seine Schläfen pochten, weil er Kopfschmerzen vom Höhenunterschied hatte. Als sein Handy piepte, blieb er stehen, um die SMS zu lesen.

„Ich hab' von dem Eis gekauft, das du so magst. Pass auf dich auf! XXX Em." Er musste lächeln, verließ den Bürgersteig und kletterte den Hügel hinauf. Seine Füße versanken tief im Schnee. Sein Blick war auf die Kinder gerichtet. Ihr fröhliches Geschnatter klang wie eine Serenade von Mozart.

Der Gasthof Post lag am östlichen Ende von Lechs einziger Durchfahrtsstraße. Ursprünglich war der Gasthof ein Bauernhof gewesen, gelegentlich hatte er als königlicher Zwischenhalt gedient, und nun war er eine der drei Fünf-Sterne-Unterkünfte in dem Ort – der einzige, dessen Gemütlichkeit authentisch daherkam. Jagdtrophäen schmückten die Holzvertäfelung. Die Möbel waren mit Bauernmalerei von Hand verziert. Das Klientel bestand aus leisem, europäischem Geld, und es gab einen diskreten, separaten Flügel für den Adel. Die weiblichen Angestellten trugen Dirndl in zartem Rosa, die Männer dunkelgrüne Janker mit Hornknöpfen. Während der Osterferien lag am Arlberg noch Schnee, aber es war bereits warm. Gabriel und sein Großvater hatten gegen drei mit dem Skifahren aufgehört und sich auf die Sonnenterrasse der Post gesetzt, um Eiskaffee zu trinken und Coup Dänemark oder Heiße Liebe zu essen, mit Sahne von einer Kuh, die nur wenige hundert Meter vom Hintereingang des Gasthofs entfernt gemolken worden war.

Das Restaurant der Post hatte einen Michelin-Stern bekommen, ohne sich darum bemüht zu haben. In dem Hauptraum gab es gepolsterte Bänke mit schlauchförmigen Kissen an runden Tischen. Über den einzelnen Tischen hingen kegelförmige Lampen, die ein heimeliges Licht spendeten. In einem kleineren Raum standen nur vier Tische und ein Keramikofen in Delftblau.

Arthur Whyte stand auf dem gegenüberliegenden Gehweg und lehnte sich an einen Skiständer. Er kaute Kaugummi und hielt eine Wasserflasche aus Plastik am Verschluss fest.

„Ist er hier?“, fragte Gabriel.

„An der Bar. Du wirst nicht glauben, was er für eine Braut dabei hat.“ Whyte schraubte die Flasche auf und trank daraus.

„Sind Sie sicher, dass er es ist?“

„Ich bin sicher, dass da ein Mercedes ML 350 mit getönten Scheiben auf dem Parkplatz steht, mit italienischen Nummernschildern und Lackspuren von meinem BMW an der rechten Seite. Ich bin nicht sicher, ob er der Mörder ist.“

„Was trinken Sie da?“

„Wasser. Wonach sieht’s denn aus?“

„Und wie lautet der Plan?“

„Wir schauen ihn uns an. Sehen, wie er reagiert.“

„Worauf?“

Whyte nahm einen weiteren Schluck aus der Flasche, schraubte sie zu und warf sie in einen Mülleimer. Er sah zu dem Hotel hinüber. Seine Kiefer arbeiteten.

„Weißt du, es gab da mal diesen Hund. Ein Mischling. Der Besitzer nannte ihn Heinzi, wie das Heinz-Ketchup. Der Hund liebte seinen Besitzer, und der Besitzer liebte seinen Hund. Heinzi bellte ihn nie an, hörte aufs Wort, saß zu den Füßen seines Besitzers und sah ihn an, als wäre er Gott. Eines Tages nahm Heinzi im Park die Fährte einer läufigen Hündin auf und folgte ihr. Die Frau mit der Hündin schrie und versuchte, den Liebhaber zu verscheuchen, aber Heinzi kratzte sie am Arm, so dass es blutete. Der Besitzer schrie den Hund an, schnappte ihn sich, und Heinzi biss ihn bis auf die Knochen.“

„Verglichen mit den griechischen Mythen“, sagte Gabriel, „schmiert diese Geschichte echt ab.“

„Es war mein Hund.“

Sie überquerten die Straße, betraten die Lobby und gingen an der Rezeption vorbei, die mit frischen, jungen Gesichtern besetzt war – Servicepersonal von europäischen Hotelmanagement-Eliteschulen, das hier Praktika absolvierte. Ein steinerner Bogengang zur Linken führte in das Restaurant. Kleine Tische an den Fenstern waren für zwei Personen gedeckt. Sie waren von frühen Gästen besetzt, die in der Mehrzahl ihre Begleitung ignorierten und die Leute an den Nebentischen anstarrten.

Der Oberkellner brachte eine Vierergruppe an ihren Tisch. Sein Blick ruhte einen Moment lang auf Gabriels Gesicht. Whyte ging durch zu dem kleineren Raum, und Gabriel folgte ihm. Whyte nickte in die Richtung eines Mannes und einer Frau mit rabenschwarzem Haar und milchkaffeebrauner Haut, die an einem Ecktisch saßen. Nicholas Joseph Murphy war ein kleiner Mann mit guter Körperhaltung. Er trug schwarze, modisch ausgefranste Jeans und hatte langes, schwarzes Haar mit dünnen Koteletten, die die Wangen hinab und unters Kinn reichten wie Kinnbänder eines Helms. Der Kellner reichte der Frau die Speisekarte und lächelte. Das Lächeln verschwand, als er Murphys Blick traf. Gabriel wurde vage bewusst, dass jemand seinen Namen sagte.

„Mr. Schopenhauer?“ Es war der Oberkellner. „Ich dachte mir doch, dass ich Sie erkannt habe. Ich … ich wollte Ihnen nur sagen, dass wir alle sehr betroffen waren, als wir von Dr. Schopenhauer gehört haben. Und nun auch noch die arme Frau Köberl. Mein herzliches Beileid.“

Gabriel sah von Murphy weg. „Danke, Christoph … Ich habe einen Tisch reserviert. Können wir hier sitzen?“

„Natürlich, natürlich“, sagte Christoph schnell, fegte das Reservierungsschildchen vom Tisch und zog einen Stuhl raus.

Whyte blieb stehen. „Sehen Sie den Kerl da drüben mit der Sir Lancelot-Frisur?“

„Mit der was?“, fragte Christoph.

„Der Poser mit den Koteletten. Dessen Kreditkarte würde ich mir mal genauer ansehen. Könnte gestohlen sein“, sagte Whyte.

„Er ist Gast unseres Hotels und bezahlt in bar.“

„Wenn er Ihnen große Scheine gibt, passen Sie auf, dass die nicht nass werden.“

Der Oberkellner sah Gabriel an, der nur die Schultern hob.

„Danke für die Warnung“, sagte der Oberkellner und versuchte, aus Whytes Gesicht schlau zu werden.

„Kein Problem“, sagte Whyte und setzte sich. Er lehnte sich in seinem Stuhl zurück und trommelte mit den Fingern auf dem Tischtuch. Dann stand er auf und ging zu Murphys Tisch.

„Nun, nun“, sagte Whyte mit leiser Stimme. „Klasse, Sie hier zu treffen.“ Die Starre seiner Haltung und wie er ganz offen Murphy prüfend betrachtete, zog die Aufmerksamkeit der Leute am Nebentisch auf sich.

Murphy sah auf. Sein Blick war ruhig und unverwandt. Und er schien ihn eindeutig nicht zu erkennen.

„Wie bitte?“

Whyte schürzte die Lippen.

„Wir sind uns vor Vipiteno begegnet, erinnern Sie sich? Sie haben mir dabei geholfen, meinen Kotflügel auszubeulen. Aber Sie sind nicht ganz damit fertig geworden.“

„Ich war noch nie in Vipiteno. Sie müssen mich mit jemandem verwechseln.“

Whyte wandte sich an Murphys Begleiterin. Seine Augen wanderten unverschämt und grenzwertig lüstern über ihr Gesicht und ihren Körper. „Wissen Sie, ich hab ihn erkannt“, sagte er und grinste, „von Mistress Camillas Webseite. Er sieht hinreißend aus mit diesem stacheligen Hodenbeutel. Aber nicht ganz so cool, wenn er sein Haar in eine Strickmütze stopft. Hat was von einer Rastafari-Hutschachtel.“ Die Frau starrte ihn mit offenem Mund an. Whyte zwinkerte ihr zu. „An Ihrer Stelle würde ich erstmal unter der Matratze schauen, ob da Seile und Ketten rumliegen, Schätzchen. Der gute, alte, verrückte Joe mag's ein bisschen härter.“

Murphy saß dort, ohne sich zu bewegen, wie eine Schlange, die ihre Beute abschätzt. Whyte ignorierte ihn und schlenderte zurück an seinen Tisch.

Seit er den Raum betreten hatte, war Gabriels Aufmerksamkeit mit einem Tunnelblick auf Murphy gerichtet. Aber als Whyte zurückkam, warf Gabriel einen Blick in den großen Speisesaal, wo

Christoph eine angestrengte Diskussion mit dem Sicherheitschef des Hotels hatte. Whyte setzte sich wieder, und Murphy schob seinen Stuhl zurück und erhob sich. Er schien im Kopf seine Möglichkeiten abzuwägen, als der Sicherheitschef hereinkam und auf Whyte zuging.

„Falls ich Ihnen irgendwie helfen kann, Sir …“, sagte er salbungsvoll wie ein Mann, der vorwiegend mit alkoholgetränkten Schnöseln zu tun hatte.

„Das ist wahnsinnig nett von Ihnen“, sagte Whyte und sah auf. „Sie könnten auch denen Ihre Hilfe anbieten.“ Er winkte mit einem schlaffen Handgelenk in Richtung Murphy und dessen Begleitung.

„Sir?“

„Rücksichtsloser Fahrer. Passen Sie besser auf, wie viel er trinkt. Die Post wäre sonst verantwortlich, oder nicht, wenn er jemanden zusammenfährt mit einer Menge Riesling im Bauch?“

Der Sicherheitschef beugte sich herunter und sprach mit leiser Stimme, als hätte er ein ungezogenes Kind vor sich.

„Das ist ein Restaurant, Sir. Die Leute kommen her für ein ruhiges …“

„Meine untertänigste Entschuldigung“, antwortete Whyte mit gespielter Demut. Dann hob er seine Stimme. „Aber Sie sollten sicherstellen, dass Sie Ihre Gäste vor Leuten bewahren, die betrunken fahren.“ Er lächelte. „Ich versuche nur zu helfen.“

Der Mann erstarrte. Dann sagte er: „Sie kommen jetzt mit, Sir. Bitte.“

Gabriel stand auf und legte eine Hand auf Whytes Schulter. „Wir gehen beide“, sagte er zu dem Sicherheitschef. „Eine rauchen.“

Der Mann schien wenig überzeugt, trat aber zur Seite.

Whyte folgte Gabriel durch die Eingangstür nach draußen auf die geflieste Treppe, wo er sich eine Panatela anzündete.

„Mr. Whyte …“

„Bleib hier, Kleiner“, sagte Whyte. „Der Mann ist absolut ein Killer.“

„Wir wissen das nicht sicher.“

„Ich kenne den Blick. Mann, wie ich den Blick kenne ...“ Whyte nahm einen langen Zug von der Zigarre und blies den grauen Rauch aus.

„Wir schnappen uns den Kerl schon. Wir müssen nur noch weiter an der Schraube drehen.“

Whyte nahm einen zweiten tiefen Zug und schnippte dann die Panatela in den Schnee. „Kommen wir zur Fortsetzung“, sagte er.

Er ging zurück ins Restaurant und setzte sich, diesmal so, dass er direkt auf Murphys Tisch sah. Eine Flasche Wein war für Murphy und seine Begleitung entkorkt und ausgeschenkt worden, aber keiner von beiden trank. Murphy hatte sich vorgebeugt und sprach mit leiser, eindringlicher Stimme. Die dunkelhaarige Frau hatte sich halb abgewandt und zog einen Schmollmund. Sie nahm ein Puderdöschen aus ihrer Tasche, öffnete es und warf einen prüfenden Blick in den kleinen Spiegel, während Murphy auf sie einredete. Dann klappte sie es wieder zu, warf Murphy ein falsches, abweisendes Lächeln zu und stand auf. Sie trug ein gehäkeltes schulterfreies Oberteil über hautfarbenem Lycra und eine blaue Seidenhose. Sie bewegte sich durch die Tische mit katzengleicher Geschmeidigkeit, was die Augen beider Geschlechter anzog wie ein Magnet kleine Eisenspäne. Gabriel war sich sicher, dass alles an ihrem Körper echt war.

Murphy sah ihr nicht hinterher. Er starrte auf das Etikett der Weinflasche. Dann wandte er sich um, und seine und Whytes Blicke trafen sich. Lange sah es so aus, als würden sich zwei Tiere gegenseitig niederstarren. Schließlich zeigten sich Lachfalten in Whytes Augenwinkeln. „Zu dumm, Nick“, sagte er mit einem Grinsen. „Hoffe, du musstest nicht schon vorher bezahlen.“ Er fing an zu kichern, sein Bauch plusterte das Hemd auf. Dann tupfte er sich die Augen mit der Serviette, stand auf und ging hinaus.

Die Leute am Nachbartisch sahen ihm nach, aber Murphy nicht. Er schob seinen Stuhl vom Tisch zurück und starrte geradeaus. Die Hände lagen auf den Knien. Gabriel dachte an Whytes Hund Heinzi, der von der läufigen Hündin weggezerrt worden war. Dann legte Murphy Geld auf das Tischtuch, und als er es tat, erstarrte Gabriel. Murphys Ärmel rutschte ein paar Zentimeter zurück, und an seinem Handgelenk war ein breites, ledernes Uhrenarmband mit einer silbernen Schließe. Er hatte dieses Uhrenarmband am Handgelenk des Mannes gesehen, der Whytes Pistole auf dem Friedhof in Florenz aufgehoben hatte.

Murphy stand auf und ging an Gabriel vorbei, ohne ihn anzusehen. Gabriel stellte fest, wie bemerkenswert durchtrainiert Murphy war, und sein Herz setzte einen Schlag aus. Dann stand er auf und folgte ihm auf den Parkplatz, wo Whyte ihn erwartete.

„Hast du einen Namen, Engländer?“, fragte Murphy Whyte.

Gabriel schob Whyte zur Seite und sah Murphy an.

„Gabriel Schopenhauer. Ich bin der Enkel des Mannes, den Sie gefoltert und ermordet haben.“

„Wenn du mit dem Briten unterwegs bist, dann bist du der dumme August. Und der kriegt immer auf die Fresse.“

„Ich habe Ihre Fotos gesehen, Ihr Vorstrafenregister …“, begann Gabriel, aber weiter kam er nicht.

Murphy wirbelte mit dem linken Fuß auf der vereisten Fläche herum und traf Gabriel mit seinem Stiefel im Gesicht. Gabriels Kopf schnellte zurück. Es folgte ein Tritt in den Magen, der ihn umwarf. Eine Frau, die aus einem Range Rover stieg, schrie, und ihr grauhaariger Begleiter im Lodenmantel beeilte sich, um sich schützend vor sie zu stellen und sie zum Hotel zu geleiten. Murphy stieß Gabriel den linken Fuß in den Rücken, und als dieser sich zusammengerollt hatte, trat Murphy ihm auf die Hand. Dann hob er den rechten Fuß, um auf Gabriels Kopf zu treten.

Aber die kleine Verzögerung, die es dauerte, beim Anziehen des Beins Kraft zu sammeln, gab Gabriel die nötige Zeit, sich wegzudrehen und seine Schulter unter Murphys Knie zu rammen. Gabriel kam auf die Beine, und Murphy wurde zurückgeworfen. Dabei stieß er mit dem Kopf gegen den Kotflügel eines Wagens. Bilder von seinem Großvater und Frau Köberl schossen wie ein Feuerwerk durch Gabriels Kopf, als er Murphy am Kragen packte und auf die Füße zog, um ihm sein Knie ins Brustbein zu stoßen. Dann klammerte er beide Hände zusammen und landete einen knallharten, doppelfäustigen Schwinger auf Murphys Wange.

Murphy knallte gegen den Rover, und Gabriel traf ihn ein weiteres Mal, als er von dem Wagen abprallte, diesmal mit einem zweihändigen Kinnhaken. Blut spritzte aus Murphys geplatzten Lippen. Gabriel packte seinen Kopf mit beiden Händen und rammte ihn gegen den Kühlergrill. Er hob ein Bein und trat ihm ins Gesicht. Murphy fiel zwischen zwei geparkte Wagen.

Whyte packte Gabriel an den Schultern und versuchte, ihn wegzuziehen. Gabriel wirbelte herum und stieß ihn weg. Whyte stolperte zurück.

„Verzieh dich!“, krächzte er.

Er trat Murphy wieder und wieder, hielt sich dabei an den beiden Autos fest, um das Gleichgewicht nicht zu verlieren. Keuchend stieß er seinen Atem in riesigen Dampfwolken aus. Dann wurde er von den Beinen gerissen. Der Sicherheitschef der Post und ein uniformierter Beamter zogen ihn weg. Major Moosmaier tauchte auf, inspizierte Murphy, der auf dem Rücken lag, und dann Gabriel.

„Scheiße“, murmelte er.

Major Moosmaier hielt lange genug alle Maßnahmen zurück, bis der grauhaarige Mann im Lodenmantel gefunden war und aussagte, dass Murphy angefangen hatte. Gabriel wurde deshalb nicht beschuldigt. Whyte bekam im Gasthof Post Hausverbot. Murphy wurde ins Krankenhaus gebracht.

Am nächsten Morgen, als Gabriel aus Haas’ Haustür trat, saß Whyte neben dem Gebäude auf einer Bank. Er sah zu, wie zwanzig Meter die Straße runter ein junger Polizist das Absperrband vom Bungalow entfernte.

„Wir könnten jetzt dort wohnen“, sagte Whyte mit Blick auf den Bungalow. „Sie können uns für dein eigenes Haus nicht auf die schwarze Liste setzen.“

„Aber für Lech.“

Whyte sah auf.

„Ich bin einbestellt worden“, sagte Gabriel. „Inspector Roark ist wieder da. Er und Savarin wollen mit mir reden.“

Whyte stand auf. Er betrachtete Gabriels geschwollenen Kiefer und die riesigen Prellungen auf seinem Handrücken.

„Tut mir leid mit gestern Abend“, sagte er.

„Murphy wird's leid tun.“

Whyte schüttelte den Kopf. „Ich hab nicht richtig nachgedacht. Wir hätten den Scheißkerl an einen ruhigen Ort …“, er zeigte auf den Bungalow, „… zum Beispiel dorthin bringen sollen, ihn an einen Stuhl fesseln und seine Eier in einen Schraubstock klemmen sollen. Stattdessen hab ich ihn provoziert. Und jetzt lassen sie ihn laufen.“

Gabriel sah auf seine geschwollene Hand und bewegte vorsichtig die Finger. „Während ich unten im Ort bin und mit den Leuchten von der Abteilung für Kunstdiebstahl spreche, könnten Sie ja mal herumfragen, in welchem Krankenhaus Murphy ist.“

Whyte sah ihn an.

„Du fängst an, wie ich zu denken“, sagte er. „Signora Zennetti wäre das aber nicht recht.“

„Sie könnten ihm Rosen schicken.“

„Oder in der Nähe Stellung beziehen und sehen, wo er hingeht.“

Whyte hob eine Hand zum Abschied und schlenderte die u-förmige Auffahrt hinunter. Gabriel sah dem Mann nach wie einer Waffe, die ständig daneben schoss, aber wenigstens auf einen gemeinsamen Feind gerichtet war.

Commandant Savarin beendete gerade ein Telefonat, als Roark Gabriel in das Büro brachte, das sie in Lech benutzten. Gabriel nahm sich einen Stuhl, der dem Tisch, an dem der Commandant saß, gegenüber stand. Savarin musterte Gabriels Prellungen ohne Mitgefühl. Roark lehnte sich an die Wand. Auf dem Tisch lag Moosmaiers Bericht über den Vorfall der vergangenen Nacht im Gasthof Post.

Savarin legte seine fleischigen Hände flach auf den Tisch. „Ich werde das Szenario einmal im Detail wiedergeben, Mr. Schopenhauer“, sagte er. „Damit Sie verstehen, in welche unglaublichen

Schwierigkeiten Sie uns gebracht haben. Vor einer Weile erhielt die Polizei in Lech einen anonymen Anruf: Die Haushälterin Ihres Großvaters sei von einem Mann ermordet worden, der einen Mercedes mit deutschem Nummernschild fährt. Der Wagen hätte illegal vor der Pension direkt unter dem Bungalow Ihres Großvaters geparkt und wäre kurz nach der geschätzten Tatzeit verschwunden. Die Polizei in Lech nahm die Beschreibung des Wagens auf, und wir durchforsteten die Aufnahmen von Überwachungskameras im Umkreis von hundert Kilometern von Lech. Heraus kam das Bild eines Mercedes ML 350, der an der einzigen Tankstelle in Lech am Tag des Mordes tankte. Durch das Nummernschild kamen wir an den Namen eines Mannes, der in Irland eine Polizeiakte hat, ein gewisser Nicholas Murphy. Eine Sache in seinem Vorstrafenregister lässt vermuten, dass Murphy genau der Henker ist, nach dem wir schon so lange suchen."

„Welche Sache?"

„Vor zwölf Jahren hat Murphy seiner Freundin, einer Heroinabhängigen, Kaliumchlorid in den Hals injiziert. Bei der Verhandlung sagte er aus, sie hätte ihn darum gebeten. Er nannte es ‚Tod einer Büßerin'."

„Verstehe", sagte Gabriel.

„Wir haben für ganz Europa die höchste Dringlichkeitsstufe ausgegeben, hatten aber wenig Hoffnung, seinen Wagen zu finden. Dann hören wir hiervon." Savarin wedelte mit der Hand über den Bericht, ohne ihn zu berühren. Seine Lippen verzogen sich vor Abscheu. „Ein Mann namens Murphy. Ein Mercedes SUV, allerdings mit italienischem Kennzeichen …"

„Und damit ist er wohl raus, oder?", fragte Gabriel.

„… das wir überprüfen", fuhr Savarin fort, und seine Augen schienen für einen Moment rote Funken zu sprühen.

Gabriel sah Inspector Roark an, der unbehaglich im Hintergrund von einem Bein aufs andere trat. „Die italienische Fahrzeugbehörde reagiert nur langsam, vermute ich. Mehr so die domani-Mentalität."

„Wir werden Mr. Murphy vernehmen", sagte Savarin kalt, „sobald er sich von seinen Verletzungen erholt hat. Allerdings ist es unwahrscheinlich, dass wir einen Grund haben, ihn festzuhalten oder ihm eine Verbindung zu den Morden an Ihrem Großvater und der Haushälterin nachzuweisen und einen Haftbefehl auszustellen. Diese unglückliche Situation resultiert daraus, dass Sie und Arthur Whyte den Mann in einen Streit verwickelt haben. Wie Sie Murphy gefunden haben, weiß ich nicht. Aber was ich weiß ist, dass Sie polizeiliche Ermittlungen behindern."

„Wollen Sie mir damit sagen, dass Sie gegen Murphy, außer dem Diebstahl von italienischen Nummernschildern, nichts in der Hand haben?", fragte Gabriel.

Savarin sah auf den Bericht. „Ich sagte, dass wir Nicholas Murphy nicht festnehmen können. Dasselbe gilt nicht für Arthur Whyte. Wo ist er?"

„Keine Ahnung", sagte Gabriel.

„Bisschen unreif, finden Sie nicht, das Theater gestern in der Post? War das Ihre Idee oder die von Whyte?"

„Hören Sie", sagte Gabriel. „Ich bin froh, dass ich den Scheißkerl vermöbelt habe. Ich glaube nicht, dass die Polizei etwas mit einer Festnahme erreicht hätte. Sie haben nicht mal herausgefunden, dass er letzte Woche mit seinem Mercedes versucht hat, uns von der Straße zu drängen, bevor wir die österreichische Grenze erreicht hatten. Und ich will, dass Sie mir mitteilen, wann Murphy aus dem Krankenhaus entlassen wird."

Savarin sah zu Roark und dann wieder zu Gabriel. „Sagen Sie, haben Sie schon mal gepokert?"

„Nein."

„Dachte ich mir."

„Mein Großvater wurde gar nicht wegen Geld ermordet. Sie haben mich angelogen."

Savarin versuchte, in Gabriels Gesicht zu lesen, als würde er den Patienten einer psychiatrischen Anstalt in Zwangsjacke beobachten.

Gabriel zeigte mit einem Finger auf ihn. „Wenn Murphy hinter mir oder meiner Frau her ist, werde ich die Sache beenden."

Es entstand eine Pause.

„Was bedeutet das genau?“, fragte Savarin.

„Ich werde ihn töten.“

Savarin nahm seine Hände vom Schreibtisch und lehnte sich im Stuhl zurück. Sein Gesicht hatte den leeren Ausdruck eines Bürokraten. Diesen Blick kannte Gabriel von den Verwaltungsangestellten der Hochschule in Kalifornien, die seinen letzten Antrag auf Wiederaufnahme seines Examens abgelehnt hatten.

„Roark, sorgen Sie dafür, dass Mr. Schopenhauer zurück nach Pistoia gebracht wird“, sagte er.

Als Gabriel den Mund öffnete, hielt der Commandant eine Hand hoch.

„Sie stehen schon mit dem Rücken zur Wand, Mr. Schopenhauer“, sagte Savarin. „Machen Sie's nicht noch schlimmer.“

Kapitel 17

Pistoia – 5. März 2003

Am frühen Abend wurde Gabriel von Interpol mit dem Auto nach Pistoia gebracht. Emily saß am Küchentisch vor aufgeschlagenen Lehrbüchern und einem Spiralbrock. Er küsste ihr Haar, schlang die Arme um sie und presste dabei seine Wange an ihre.

„Wie kommst du voran?“, fragte er.

Sie schob ihn von sich und sah ihn an. Ihre Augen weiteten sich, als sie seinen geschwollenen Kiefer und seine Hand sah.

„Was ist passiert?“, fragte sie.

„Ich hatte eine kleine Auseinandersetzung.“

„Mit deiner ‚potentiell tatverdächtigen Person‘?“

„Ja.“

„Und?“

„Er hat die Schlacht verloren. Aber das heißt nicht, dass wir den Krieg gewonnen haben.“

„Was zur Hölle bedeutet das?“

„Ich hab ihn ins Krankenhaus befördert. Jemand von der Mordkommission in Bludenz wird ihn zu Frau Köberls Tod befragen. Es besteht eine kleine Chance auf einen DNS-Abgleich. Aber dafür brauchen sie anscheinend einen Abstrich, und dazu wiederum benötigen sie eine richterliche Anordnung, die sie nicht haben. Man wird ihn also vermutlich laufen lassen.“

Er sah, wie sie sich bemühte, ruhig zu bleiben. Als sie sprach, konnte sie nicht verhindern, dass ihre Stimme bebte. „Ich habe dir und mir gesagt, dass du nach diesem Mann suchen musst. Die Alternative wäre nämlich, dass ich es dir verbiete und du es trotzdem tust und mich anlügst. Aber eine Sache musst du verstehen, Gabriel. Dass du nach Lech fährst und dich dort umschaust und im Internet recherchierst, das ist eine Sache. Dich mit dieser ‚tatverdächtigen Person‘ zu prügeln, eine andere. Das macht mich … Du denkst, dass mir physische Gewalt nichts ausmacht, weil meine

Eltern vor meinen Augen umgebracht wurden, und dass ich mehr davon ertrage. Aber so funktioniert das nicht. Mut ist eine Größe, die sich durch häufiges Anwenden verringert. Und ich habe das meiste davon in meinem Leben schon verbraucht."

Er zog seinen Stuhl nah an sie heran, setzte sich und nahm ihre Hände in seine.

„Ich weiß, Em. Der Druck, der auf dir lastet, die Sorgen … Ich habe in den letzten sechs Stunden auf dem Weg hierher an nichts anderes gedacht. Aber jetzt denke ich, dass ich loslassen kann. Wenigstens für den Moment. Okay?"

Sie sah ihn fast schon schüchtern an. „Ehrlich?", fragte sie.

Er nickte.

„Woher der Sinneswandel?"

„Arthur Whyte observiert die Klinik, in die Mu…", er lächelte frostig, „… die ‚tatverdächtige Person' gebracht wurde. Whyte wird ihn im Auge behalten, wenn die Polizei es schon nicht kann."

„Seit wann genau traust du eigentlich diesem Whyte?"

„Ich denke … seit er sich die Kassette in seinem Auto auf dem Parkplatz in Lech angehört hat. Vielleicht hat er mir was vorgemacht. Aber das glaube ich nicht. Großvater war ihm wichtig. Es war mehr als eine Geschäftsbeziehung. Die beiden haben eine gemeinsame Vergangenheit."

„Vergangenheit?"

„Ich hab' nicht gefragt."

Emily schaute einen Moment lang über seine Schulter ins Nichts. „Es sind erst zwölf Tage vergangen, seit Großvater gestorben ist", sagte sie. „Aber es kommt mir vor wie eine Ewigkeit … Meinst du, wir werden jemals wieder ein normales Leben haben?"

Gabriel drückte sanft ihre Hände, ließ sie dann los und lehnte sich zurück. Er wusste, dass es richtig war, sie über die Details im Unklaren zu lassen: die entsetzlichen Tode von Wahlbach-Thun und Sagasta, der Vorfall auf dem Friedhof, der Inhalt von Murphys Aktentasche.

„Morgen“, sagte er, „rufe ich gleich als erstes Major Moosmaier an. Ich sage ihm alles, was ich weiß. Er wird sich mit der Polizei in Bludenz und mit Brandl in München absprechen. Vielleicht hilft es.“

„Meinst du das ernst?“

„Ja. Absolut.“

Sie betrachtete sein Gesicht. „Na, das ist ein Schritt in die richtige Richtung. Du erzählst ihm alles. Auch von dem Talisman.“

„Talis…? Verdammt.“ Gabriel schlug sich vor die Stirn. „Das hab ich total vergessen … Wo hab ich … Warte.“ Er stand auf und ging zur Tür, aber dann hielt er inne und sah sich zu ihr um.

„Alles“, sagte sie.

Er nickte und ging aus der Küche, durchschritt eilig den Innenhof, ging die Treppen hinauf auf die Galerie und weiter in die Bibliothek. Dort stellte er sich vor das Bücherregal, griff hinter ein paar Technikmagazine und holte die Kassette hervor. Dann durchwühlte er die Stapel mit Ausdrucken und Zeichnungen auf dem Tisch, bis er den Umschlag von Signora Zennetti fand und erleichtert aufatmete. Er ging zurück in die Küche und legte beide Gegenstände auf den Tisch.

Emilys Augen weiteten sich, als sie die Kassette sah. Sie wich davor zurück. „Als ich sagte alles …“ Sie unterbrach sich, als Gabriel den Umschlag öffnete, ein 9x13-Foto herauszog und es ins Licht hielt.

Es war ein altmodischer, glänzender Abzug, der sich schon an den Ecken auflöste und vergilbte. Aber das Gesicht des Mannes war deutlich zu sehen. Er starrte konzentriert aus der Entfernung hinauf. Das Gesicht war jung und von dichtem blondem Haar umrahmt. Das Weiße in den Augen um die Iris herum war zu sehen. Der Mund war ein schwarzes Loch.

Gabriel fühlte einen eiskalten Schauer in der Magengrube.

Emily stand auf und stellte sich neben ihn, um sich das Foto anzusehen. Sie lehnte sich mit ihrer Hüfte an seine Schulter und legte ihre Hand in seinen Nacken. „Das ist also der Mörder deines Urgroßvaters? Er sieht aus wie einer. Er sieht auch jung aus.

Wenn das also – was hat Signora Zennetti gesagt? 1969? – wenn das also 1969 war, wäre er heute über fünfzig. Er könnte also der Henker sein, nicht wahr? Du solltest das Foto auf jeden Fall der Polizei geben.“

Gabriel starrte das Bild an. Seine Gedanken überschlugen sich.

„Hingegen die Kassette“, fuhr sie fort. „Die beunruhigt mich. Okay, Whyte hat gesagt, es ist nichts drauf. Vielleicht vertraust du ihm ja, aber ich zum Teufel tu’ das ganz sicher nicht. Und selbst wenn das Band leer ist, hast du Beweise zurückgehalten. Ich sage, behalte die Kassette, bis wir uns rechtlich haben beraten lassen. Ich kann jemanden von der juristischen Fakultät fragen. Sie sind gleich neben den Kunstwissenschaftlern.“ Als er still blieb, strich sie ihm übers Haar. „Hey.“ Dann beugte sie sich herunter, um in sein Gesicht zu sehen. „Was ist?“, flüsterte sie.

„Ich hab ihn gesehen.“

Sie sah auf das Foto in seiner Hand, dann wieder in sein Gesicht. „Wo?“

„Auf einem anderen Foto. Einem, das erst vor kurzem gemacht wurde. In einem Zeitungsbericht, der auf der Polizeistation in Florenz hängt. In dem Artikel ging es um ‚Kultur für alle‘, und es war ein Foto von zwei Männern. Der eine war Commandant Savarin, und der andere war er.“ Er zeigte auf das Foto.

Emily richtete sich auf. Sie ging um den Tisch herum, klappte ihre Bücher zu und legte sie ordentlich auf einen Stapel. Dann schloss sie ihren Notizblock und legte ihn zusammen mit ihrem Stift auf die Bücher. Gabriel dachte, sie würde sie nach oben in ihr Arbeitszimmer tragen. Stattdessen legte sie ihre Hände flach auf den Tisch und stützte sich schwer auf ihren Armen ab. Ihr schwarzes Haar fiel wie ein Vorhang vor ihr Gesicht.

„Kein Wunder“, sagte er, „dass Großvater das Foto vor vierunddreißig Jahren nicht der Polizei gegeben hat. Sie … steckten mit drin?“

Sie sah hoch. Ihr Gesicht war leer und müde, die Wangen etwas eingesunken.

„Du redest in der Vergangenheitsform?“, fragte sie.

Gabriel fand in dieser Nacht keinen Schlaf. Er dachte an die geschwollenen und ausgekugelten Schultern seines toten Großvaters. Er dachte an Commandant Savarin in dem Münchner Vernehmungsraum, an seinen Atem, der nach Grab stank. Er dachte an das abgeschnittene Ohr in Murphys Tasche und an Murphy, der im Restaurant des Gasthofs Post Arthur Whyte mit Blicken wie Bleikugeln beschossen hatte. Er dachte an Cosimo und sein feuchtes Grinsen, als er andeutete, sein Großvater habe mit dem Werkzeug des Teufels in einer selbst erschaffenen Unterwelt gekämpft. Er dachte an Frau Köberls gekrümmten Körper mit seinen arthritischen, vorgestreckten Händen, um die ihr Rosenkranz gewunden war. Er dachte an zwei Fotos desselben Mannes, zwischen denen vierunddreißig Jahre lagen. Er fragte sich, ob dieser Mann sowohl Armande Montmorency, seinen Urgroßvater, als auch Maximilian Schopenhauer, seinen Großvater, umgebracht hatte – und jetzt dabei war, sein Werk an dem letzten der Schopenhauerlinie zu vollenden.

Er stand auf und ging durch die Dunkelheit in sein Arbeitszimmer, fuhr den Laptop hoch und suchte nach dem Zeitungsartikel, den er in der Polizeistation in Florenz gesehen hatte, aber er konnte online nichts finden. Schließlich ging er in die Küche. Dort machte er sich einen Tee und trank ihn im Stehen. Die Bäume auf der anderen Seite des Platzes waren im Mondlicht grünschwarz, und der Regen hatte sich in Sprühregen verwandelt, der sich an den Steinbrunnen und das Straßenpflaster zu klammern schien. Er versuchte, den Bruchstücken in seinem Kopf einen Sinn zu geben, sie miteinander zu verbinden und zu ordnen. Aber nur eines erschloss sich ihm mit Sicherheit und blieb bei ihm hängen: Vor langer Zeit hatte sich Großvater gegen die legalen Wege entschieden. Großvater hatte das Foto vom Mörder seines Schwiegervaters nicht zur Polizei gebracht. Über dreißig Jahre später: ein grobkörniges Foto in dem Zeitungsausschnitt, das an der Wand der Polizei in Florenz hing. Wer konnte der Mann, der neben Savarin stand, sein? Ein italienischer Politiker? Ein hohes Tier bei Interpol? Ein Museumskurator? Savarins Vater? Die Antwort war in der Bildunterschrift, die er nicht gelesen hatte. Vor vielen Jahrzehnten schon hatte Großvater – und Großvaters Schwiegervater? – das gesellschaftliche Bezugssystem verlassen. Vielleicht hatte man sie dazu getrieben. Vielleicht lag es an skrupellosen Polizisten, die darauf aus waren, etwas zu entwenden, auf das nicht einmal der bekanntermaßen habgierige Plutokrat Sidney Kitchener Zugriff hatte. Gabriel starrte aus dem Fenster auf die roten Wolken im Osten. Die Antworten schienen so trügerisch und schwer fassbar wie Geister, die in einem verwunschenen Wald hinter den Bäumen vorbeihuschten. Aber bis er sie bekam, würde sein Schlaf von demselben Kreuz des Zweifels und der Niederlage erschwert werden, das er bereits seit acht Jahren mit sich herumtrug.

Er stieg die Treppen hoch, zog sich in der Dunkelheit an und saß zehn Minuten später in seinem Wagen auf dem Weg nach Florenz. Orangene Knospen der Morgendämmerung zogen sich über die Autobahn und verbannten den Bodennebel. Er öffnete ein Fenster. Ein Luftzug von den gepflügten Feldern ließ ihn an den Frühling und das Versprechen der Erneuerung denken. Aber die frostige Landschaft trug noch immer die Zeichen des Winterschlafs. Noch immer herrschte die Jahreszeit des Todes.

Gabriel kam um kurz nach acht in Florenz an und parkte in der Nähe der Piazza die Ciompi. Im Gran Caffè Mozart kaufte er sich Brötchen und aß sie, während er die Polizeistation mit ihrem blauweißen „Polizia"-Schild über dem Eingang beobachtete. Ein Dutzend oder mehr Beamte erschienen zur Tagschicht. Er wartete bis neun und ging dann hinein. Die Frau am Empfang mit den dicken schwarzen Augenbrauen erkannte ihn.

„Inspector Roark nicht hier", sagte sie.

Gabriel sprach langsam und benutzte Handzeichen, als er fragte, ob er hinaufgehen könne. Er wolle dort im Büro eine Nachricht für Interpol hinterlassen.

„Nicht hier", wiederholte sie und hatte die Augenbrauen nun zu einer durchgehenden Linie zusammengezogen. „Ah, Nachricht." Ihr Gesicht leuchtete auf. „Hier lassen. Kein Problem." Sie lächelte und zeigte auf ihren Computer.

„Sie sind sehr schön, Signorina, aber tut mir leid, ich bin verheiratet." Er lächelte zurück.

„Che?"

Er nahm zwei Stufen auf einmal, und ihre Rufe schallten hinter ihm die Treppe hinauf. Er öffnete die Tür und schlängelte sich schnell durch das halbe Dutzend Arbeitsplätze. Ein paar Carabinieri standen in kleinen Gruppen herum und sprachen miteinander. Andere saßen hemdsärmelig vor ihren Bildschirmen und lehnten sich in den Stühlen zurück. Das Büro war am anderen Ende. Durch die Glastrennwand sah er die Pinnwand. Gabriel ging darauf zu.

Hinter ihm riefen sie „Ecco! Che cosa?" Er trabte los und stürmte in das leere Büro, als ein Alarm losging, begleitet von lauten Rufen und dem Lärm von Stühlen, die über den Boden scharrten. Gabriel stand vor der Pinnwand und starrte stumm darauf, als er von hinten angegriffen und dagegen geknallt wurde. Seine Arme wurden auf den Rücken gedreht, und Hände suchten seinen Mantel und die Hose nach Waffen ab. Er spürte, wie ihm Handschellen angelegt wurden. Blut quoll aus seiner Nase. Dann wurde er herumgewirbelt.

Er war von Polizisten umstellt. Jeder Bizeps wurde mit schraubstockartigem Griff festgehalten. Ein Mann mit rasiertem Kopf kam herein. Ihm wurde Gabriels Brieftasche ausgehändigt. Es war Commissario Bardi. Er hielt einen europäischen Pass hoch und las laut vor: „Gabriel Schopenhauer." Dann sagte er etwas auf Italienisch, und Gabriels Arme wurden losgelassen, die Handschellen abgenommen.

„Seit dem 11. September", sagte Bardi, „gilt für jede Polizeiwache in Italien die Alarmstufe Orange. Sie passen nicht wirklich in das Al Qaida-Profil. Trotzdem ist es dämlich, einfach so in eine gesicherte Zone einzudringen."

Die Rezeptionistin erschien in der Tür und ließ ein leidenschaftliches Feuerwerk auf Italienisch hören. Bardi neigte den Kopf in ihre Richtung, hatte aber die Augen weiterhin auf Gabriel geheftet. Dann winkte er die anderen aus dem Büro und ließ sich auf der Ecke des Schreibtisches nieder, während der Rest sich aus dem Staub machte.

Gabriel wischte sich mit der Hand über den Mund und sah auf das Blut. „Der Mann, der meinen Großvater umgebracht hat, könnte in der Nähe meines Hauses in Pistoia sein. Meine Frau und ich fühlen uns ziemlich unsicher im Moment. Ich wollte mit jemandem von Interpol reden", sagte er.

„Sie wollten sich etwas auf dieser Pinnwand ansehen", sagte Bardi.

„Wollen Sie mich verhaften?"

Bardi stand auf und ging zur Pinnwand. Er stand davor und studierte sie, die Hände in die hinteren Hosentaschen gesteckt. „Die Leute von Interpol haben Ihnen doch sicher ihre Kontaktdaten gegeben", sagte er über die Schulter. Er sah ihn an. „Die Polizei von Florenz hat nichts mit der Mordermittlung zu tun. Kommen Sie nicht mehr hierher ohne einen Termin."

Gabriel nahm seine Brieftasche vom Schreibtisch. An der Tür wandte er sich um. „Da war ein Zeitungsausschnitt, letzte Woche. Etwas über ‚Kultur für alle'." Er wartete, aber Bardi sah ihn nur an. „Was ist damit passiert?"

Bardi hob eine Augenbraue und zuckte mit den Schultern.

Gabriel blinzelte, dann zeigte er mit dem Finger auf ihn. „Als ich zum ersten Mal herkam, waren Sie hier und haben mich in dieses Büro gebracht." Er warf einen Blick durch die Glastrennwand. Ein paar der Beamten beobachteten ihn. Ihre Gesichter waren ebenso unlesbar wie das von Bardi. Gabriel räusperte sich etwas, als hätte er eine Gräte verschluckt. „Sie haben den Zeitungsausschnitt weggenommen."

„Das ist das Interpolbüro. Vorübergehend. Auf Wiedersehen, Mr. Schopenhauer."

Als Gabriel mit steifen Bewegungen auf die Treppe zuging, fühlte er die Blicke in seinem Rücken, und seine Nackenhaare stellten sich auf.

Draußen starrte er leer über die Straße. So fühlt man sich also, dachte er, wenn man ganz auf sich allein gestellt ist. Ein Fremder in einem fremden Land.

Emily war bereits zu einem der Seminare nach Florenz gefahren, denen sie als Gasthörerin beiwohnte, als Gabriel zurück zum Palazzo kam. Er ging die Treppen hinauf in den Flur des obersten Stockwerks und zog den Riemen der Leiter herunter, die in die Decke geklappt war. Dann stieg er auf den Dachboden. Die .22er Ruger Halbautomatik war in Fensterleder gewickelt und lag in einer Truhe zusammen mit den gebatikten Kaftanen seiner Mutter und ihren Tagebüchern, die sie mit purpurfarbener Tinte geschrieben hatte. Tagebücher, die er weder je lesen noch wegwerfen könnte. Die Waffe war ein Geschenk seines Vaters an Gabriels zwölftem Geburtstag gewesen, und es war das beste Geschenk, das er je von ihm erhalten hatte. Sein Vater hatte den größten Teil seines materiellen Besitzes weggegeben, „aus spirituellen Gründen". Dad, der Pazifist, der Anti-Kriegs-Aktivist. Aber die Ruger hatte er zu schätzen gewusst.

Er hatte Gabriel zu einem Schießplatz mitgenommen. Er hatte ihm gezeigt, wie man die einzelnen Patronen in das Magazin steckte und wie man die Kugeln in die Kammer brachte. Er zeigte ihm, wie die Sicherung betätigt wurde und wie man das Magazin aus dem Griff herausnahm und das Verschlussstück nach hinten zog, um sicherzustellen, dass die Kammer leer war. Dann hatte er Gabriel Ohrenschützer aufgesetzt und ihm gezeigt, wie man eine Schussposition einnahm: mit ausgestreckten Armen und einem Auge geschlossen. Gabriel schoss auf die Papierzielscheiben mit den konzentrischen Kreisen. Er konnte sich immer noch an den Gesichtsausdruck seines Vaters erinnern, wie er voller Bewunderung auf die Zielscheibe geschaut hatte.

Auf dem Speicher war es warm und stickig. Eine Birne, die von der Decke herabhing, spendete gelbes Licht. Er saß auf dem Boden, wickelte die Ruger aus und überprüfte die Sicherung. Er schob die einzelnen Patronen aus einer Munitionsschachtel in das Magazin. Er lud durch und bewunderte die gut geölte Gleichmäßigkeit, mit der die Kugel ordentlich in den Lauf geladen wurde.

Er stieg die Klappleiter hinab, ging nach unten und stellte sich an das Fenster des Wohnzimmers. Die Zypressen und die Lebenseichen bewegten sich nicht vor dem blauweißen Himmel. Die Piazza und der Brunnen lagen im Schatten, aber Sonnenlicht glänzte auf den Dächern der Autos, die um den Platz herum geparkt waren. Der geriffelte Griff der Ruger wurde warm in seiner Hand.

Es war nicht mehr länger das Bedürfnis nach Gerechtigkeit oder gar Rache. Es war eine schlichte Tatsache geworden, unumstößlich: Er wollte Murphy nur tot sehen. So auch Murphys Partner, jeden, der etwas mit den Morden zu tun hatte, jeden, der sie auch nur geplant oder vorgeschlagen hatte. Er wollte den Lauf der .22er auf ihre Brust setzen und das Magazin in sie leeren. Er wollte Kordit riechen und den Rückschlag in Arm und Handgelenk spüren und die Hülsen auf den Boden aufschlagen hören. Er wollte sie vernichten und begraben, ohne dass der kleinste Hinweis auf sie blieb.

Er wusste nicht, wie er Murphy finden konnte oder gar Murphys Mitverschworene. Er bezweifelte, dass er seine Gedanken vor Emily geheim halten konnte. Aber von einer Sache war er überzeugt: Heute Nacht würde er ruhig schlafen können.

Teil II

Kapitel 18

Brüssel – 6. März 2003

Um zehn Uhr morgens saß Daniel Robert Martin, Kommissar für Bildung und Kultur bei der Europäischen Kommission, in seinem Büro und versuchte, seine Selbstgefälligkeit herunterzukochen. Er hatte gerade eine außerplanmäßige Ladung ins Büro des Generaldirektors erhalten, was eine beachtliche Ehre war, und Martin wusste, worum es ging: ‚Kultur für alle'. Der Generaldirektor war ebenso erstaunt wie seine Kommissionskollegen über den überwältigenden PR-Erfolg von ‚Kultur für alle', der sich an diesem Morgen bestätigt hatte, als die Medienauswertung vom Februar auf den EU-Schreibtischen landete. ‚Kultur für alle' nahm den vierten Platz bei den weltweiten Erwähnungen insgesamt ein und belegte Platz eins des entscheidenden Positiv-zu-negativ-Kommentar-Verhältnisses. Der Generaldirektor verfolgte diese Auswertung so genau wie ein Geschäftsführer den Aktienkurs seines Unternehmens. Martin befand sich sozusagen in der Position des Top-Produktmanagers, der die Aktien in neue Höhen schießen ließ.

Pünktlich um elf Uhr stolzierte Martin durch die Glastür in das Vorzimmer der heiligen Hallen des Generaldirektors und wurde sofort in dessen Büro geleitet. Seine beschwingte Laune bekam einen Dämpfer, als sich die Tür sanft hinter ihm schloss. Auf der anderen Seite des Schreibtisches saß nicht der Generaldirektor, sondern sein Stabschef. Martin war sofort in höchster Alarmbereitschaft. Es würde keinen netten Plausch geben, bei dem ‚Kultur für alle' mit Lob überhäuft wurde. Der Stabschef war der Vollstrecker des Generaldirektors. Er plauschte nicht.

„Danke, dass Sie so kurzfristig kommen konnten, Martin. Bitte." Er zeigte auf einen Stuhl.

Martin setzte sich. Der Stabschef betrachtete ihn über den Rand seiner Brille hinweg. „Sie wurden hergebeten", begann er ohne Umschweife, „um über die Beziehungen der Kommission für Bildung und Kultur zu der Abteilung für Kunstdiebstahl bei Interpol zu sprechen."

Martin sah ihn verwirrt an.

Der Stabschef fuhr fort: „Es gibt Berichte über häufige Treffen von Ihnen mit dem Leiter der Abteilung für Kunstdiebstahl, einem Commandant", er sah auf einem Blatt Papier nach, „Georges Savarin. Manch einer könnte diese Treffen als den Versuch der Europäischen Union werten, ihre politische Agenda einer unabhängigen Polizeieinheit aufzuzwingen ... Kein Grund zur Sorge, sollte man meinen", sagte der Stabschef, dem Martins wachsende Verunsicherung nicht entging, „aber ..." Er nahm ein anderes Blatt auf und schnippte mit dem Finger dagegen. „... offensichtlich wird gerade eine Story bei der britischen Klatschpresse vorbereitet."

„Eine Story, Monsieur?"

„Ein Artikel, der Parallelen zwischen heute und 1942 zieht, als die Deutschen Frankreich besetzten, Interpol erfolgreich von den Nazis gekapert und der Hauptsitz nach Berlin verlegt wurde", sagte der Stabschef verächtlich. „Viele Länder zogen sich aus Protest von Interpol zurück. Heute, so heißt es in der Story, läuft Interpol Gefahr, von der EU gekapert zu werden."

Martin schnaubte kurz, wie über einen albernen Witz. Aber als er das Gesicht des Stabschefs sah, riss er sich zusammen. „Das ist lächerlich", sagte er.

Der Stabschef schürzte die Lippen und wartete ab. Martin breitete die Arme aus. „Sie können doch diesen Sensationsjournalismus nicht ernstnehmen. Natürlich treffe ich mich mit dem Commandant von Interpols Abteilung für Kunstdiebstahl. Das ist schon unter normalen Umständen vollkommen legitim. Es bestand immer kommunikativer Austausch zwischen meiner Abteilung und Interpol. Aber jetzt, mit ‚Kultur für alle', ist diese Abstimmung nicht nur angebracht, sondern notwendig. Allein letzte Woche erhielten wir zweiunddreißig Anträge auf Entschädigung im Rahmen der Amnestieregelung. Jedes dieser Kunstwerke muss von Experten begutachtet, mit der Datenbank für verschollene Kunstwerke von Interpol abgeglichen, auf seinen Marktwert geschätzt werden ..."

„Ja, ja“, sagte der Stabschef gereizt.

„… und es stellte sich heraus, dass eins dieser zweiunddreißig Kunstwerke drei Tage zuvor aus dem Keller einer Aufsichtsbehörde in Modena gestohlen worden war.“

Der andere schaute ihn verwundert an. „Ich dachte, ‚Kultur für alle‘ verspricht Immunität vor einer Anklage. Keine Fragen werden gestellt – so in der Art.“

Martin räusperte sich. „Dieser Bestandteil ließe sich für kriminelle Zwecke ausschlachten. Entsprechend haben wir unser Prüfverfahren angepasst. Seit Januar wird Straffreiheit verwehrt, wenn bewiesen werden kann, dass ein Kunstwerk gestohlen wurde, nachdem ‚Kultur für alle‘ in Kraft trat. Sie sehen also, dass es absolut unumgänglich ist, so eng mit Interpol zusammenzuarbeiten. Aber dies dann ‚kapern‘ zu nennen – c'est incroyable. Es ist wirklich erstaunlich, dass der Generaldirektor seine wertvolle Zeit …“

Der Stabschef hob die Hand, um ihn zu unterbrechen. „Es ist nicht Ihre Aufgabe zu hinterfragen, womit sich der Generaldirektor befasst und was er ignoriert.“

„Natürlich“, sagte Martin hastig. „Natürlich. Pardon. Ich wollte nicht …“

„Aber es ist die Aufgabe eines EU-Kommissars, dafür zu sorgen, dass der Job des Generaldirektors nicht erschwert wird.“

„Ich fürchte, Monsieur“, sagte er vorsichtig, „dass ich nicht ganz folgen kann …“

„In Frankreich ist dieses Jahr Wahl, Martin“, sagte der andere. „Der amtierende Präsident stellt sich zur Wiederwahl. Der Präsident ist ein enger Freund des Generaldirektors. Schlechte Presse …“

Martins Verwunderung verschwand. Er wusste jetzt Bescheid.

„Ah“, sagte er.

Der Stabschef fuhr fort: „Ein öffentliches Statement war für den Fall vorbereitet worden, dass die Story in der britischen Presse tatsächlich erscheint – und von den Medien in Frankreich aufgenommen wird … ein Statement, das mehr oder weniger dem entspricht, was Sie gerade gesagt haben, Martin.“ Er sah ihn ernst über den Rand seiner Brille an. „Die Botschaft des Generaldirektors lautet: dafür sorgen, dass dieses Statement nicht notwendig sein wird." Der Stabschef warf einen Blick auf seine Uhr und erhob sich. Er sah Martin neugierig an. „Jemandem mit Ihrem Hintergrund wäre es besonders unangenehm, mit dem Mann verglichen zu werden, der unter den Nazis Interpol leitete."

„Wer war das?"

„Reinhard Heydrich. Blondes Haar und blaue Augen, wie Sie. Einer der wenigen hochrangigen Nazis, der arisch aussah. Später wurde er natürlich als der ‚Henker von Prag' bekannt. Zusammen mit Himmler war er der Architekt der ‚Endlösung'."

Seine kommunistischen Eltern hatten ihn Danton Robespierre getauft. Martin war ein brillanter Schüler gewesen und hatte ein Universitätsstipendium bekommen. Zum Glück für Eltern und Sohn war die Universität in Nanterre. Dort hatten nämlich die radikalen Studentengruppen der Sechzigerjahre ihren Ursprung. Zunächst hatten sie sich aus Protest gegen den Vietnamkrieg gegründet, aber dann weiteten diese Gruppen – zusammen mit dem Sozialistischen Deutschen Studentenbund und den tiefroten „Angry young men" in Großbritannien – ihre Proteste aus. Im Mai 1968 explodierten sie vor revolutionärer Leidenschaft unter einer Vielzahl ideologischer Flaggen – Maoisten, Trotzkisten und Anarchisten –, die unter der Führung von Daniel Cohn-Bendit, den man den ‚Roten Dany' nannte, gehisst worden waren, einem Soziologiestudenten von Nanterre, der den Boykott des Lehrbetriebs zu dieser Zeit organisierte. Als die Regierung Nanterre wegen der Aufrührer schloss, begannen Citroën und Renault einen Generalstreik, der die Regierung stürzte. Einige Tage lang sah es tatsächlich so aus, als wäre eine gänzlich neue Weltordnung dabei hervorzutreten. Wenigstens schien es der blauäugigen Minderheit so, die genau das wollte.

Danton Robespierre Martin war einer von ihnen. Der ‚Rote Dany' beherrschte die Schlagzeilen. Der ‚Blonde Martin', wie ihn seine Freunde nannten, fuhr ruhig damit fort, „Action Directe" zu gründen. Diese Gruppierung verachtete die Flugblätter schreibenden „Soziologen-Sozialisten". Wie auch der Roten Armee Fraktion in Deutschland und den „Brigate Rosse" in Italien ging es „Action

Directe“ um Taten. Und das besondere Augenmerk richtete sich auf Kunst, die sich in Privatbesitz befand. Martin war der Theoretiker der Gruppe, der Gebieter des „Geschmacks“. Er legte eine Liste der Sammlungen an, die, falls es zur Revolution kommen sollte, dort hinkämen, wo sie hingehörten: in Museen, die für die Öffentlichkeit frei zugänglich waren. Es hieß, seine Kameraden begannen mit dem ersten Namen auf der Liste und arbeiteten sie der Reihe nach ab.

„Action Directe“ wurde nicht so berüchtigt wie die RAF oder „Brigate Rosse“, weil ihre frühen Heldentaten von niemandem ernst genommen wurden. Die erste Aktion bestand darin, das Schloss von Jérôme LaMontagne zu stürmen, einem neureichen Kosmetikkönig, der bekanntermaßen sein Vermögen für den Fußballverein von Marseille und vier Meisterwerke der Renaissance, darunter ein Giorgione, ausgegeben hatte. Die Mitstreiter von „Action Directe“ verschafften sich auf direktestem Weg Zugang zu LaMontagnes Schloss: Sie betätigten den Türgriff und gingen hinein. Im Esszimmer fanden sie LaMontagne und seine Gäste und überzeugten sie mit Waffengewalt davon, das Mahl zu unterbrechen. Sie fesselten sie an Händen und Füßen. Dann nahmen sie die Gemälde von den Wänden und beschädigten dabei zwei der seltenen Renaissancerahmen beträchtlich. Am nächsten Morgen lehnten die vier Bilder an der Eingangstür des Louvre. Sie waren mit Tau und Taubendreck bedeckt. Auf einem der Rahmen klebte eine Verlautbarung von „Action Directe“. Die Gemälde, hieß es dort, sollten in eine Galerie mit dem Namen „Kunst des Volkes“ gehängt werden, für die kein Eintritt verlangt wurde. Der Louvre gab die Bilder, nachdem sie gereinigt und die Rahmen repariert worden waren, an LaMontagne zurück. Eine führende französische Zeitung bezeichnete diese Manifestation von revolutionärem Geist als etwas, das mit den Barrikaden von Paris 1796 ungefähr genauso viel zu tun hatte wie der neueste Dean Martin/Jerry Lewis-Film, der gerade in Frankreich angelaufen war, mit Victor Hugos *Les Misérables*.

Tragischerweise resultierte aus diesem Spott, dass „Action Directe“ – tief gekränkt, standhaft in ihrem Entschluss und wild entschlossen, ernstgenommen zu werden – anfing zu töten. Wieder wurden die Besitzer wertvoller Kunst ins Visier genommen. Wie die Mitglieder der Gruppe in einem ausführlichen Statement erklärten, das auf den ersten Anschlag folgte, gehörten diese Besitzer niedergemacht, weil sie es erstens verdienten zu sterben und zweitens ihr Tod zu einem Massenansturm verängstigter „Kunsthamsterer" führen würde, die ihre Sammlungen dem Staat spenden würden, um ähnlichen Bestrafungen zu entgehen.

Aber so funktionierte es nicht. „Action Directe" kam im August 1969 in Italien unter Umständen, die nie ganz geklärt wurden, zu einem abrupten Ende. So war es häufig mit Verbrechen im terroristischen Umfeld, besonders in Italien.

Nun, nach über dreißig Jahren, waren „Action Directe" und Martins Rolle dabei weitgehend in Vergessenheit geraten, abgesehen davon, dass D. R. Martin vage von etwas Ungestümem und Robin-Hood-artigem umgeben schien. Er hatte die Wandlung vom gewalttätigen Revolutionär zum gesetzestreuen, etablierten Funktionär geschafft. Letzterer sprach die europäische Sehnsucht nach einem gesetzten, vorherbestimmten Leben an. Ersterer half die besonders für Frankreich wichtige Illusion aufrechtzuerhalten, dass die europäische Kultur die Kapazität zur Erneuerung beibehielt.

Zwei von Martins Kameraden aus der „Action Directe"-Zeit wanderten ins Gefängnis. Fünf Jahre später fand man sie erhängt in ihren Zellen. Französische Sozialisten vergötterten sie als idealistische Märtyrer, die heroisch einen gemeinsamen Selbstmordpakt ausgeführt hatten. Andere widersprachen dem mit der Begründung, dass ihre Gefängnisse tausende Kilometer weit voneinander entfernt gewesen waren und keine Möglichkeit zur Kommunikation zwischen ihnen bestanden hätte. Die wahrscheinlichere Erklärung war, dass sie von den Sicherheitskräften erhängt worden waren – vielleicht auf Anweisung einer sehr einflussreichen Person.

Danton Robespierre Martin wurde wegen seiner Beteiligung an „Action Directe" nie angeklagt und schon gar nicht verurteilt.

Nachdem sich die von ihm gegründete Gruppierung im August 1969 aufgelöst hatte, hatte er als erstes seinen Namen zu Daniel Robert Martin geändert. Davon wussten nur wenige.

Einer dieser wenigen war Savarin.

Kapitel 19

Pistoia – 6. März 2003

Kaum war Emily am Donnerstagmorgen zu einem Seminar aufgebrochen, rief Gabriel bei Whyte in Lech an.

„Wie geht's unserem Patienten? … Hallo? Mr. Whyte?"

„Er ist weg."

„Was?"

„Er hat ganz früh am Morgen die Klinik verlassen. Der Scheißkerl ist an den Sicherheitsleuten vorbei und aus der gottverdammten Tür raus."

„Aber … sein Wagen …"

„Die Polizei in Lech hat ihn auf dem Parkplatz der Klinik abgestellt, ihm die Schlüssel wahrscheinlich noch auf den Nachttisch gelegt und ihm gesagt, wo das Ding steht. Ich hab mich im Hintergrund gehalten, damit sie mich nicht bemerken. Deshalb konnte ich nicht nah genug dranbleiben … Ich fahre gerade los", sagte Whyte hohl, „und werde versuchen, ihn auf der Autobahn einzuholen. Er wird nicht zurück in seine Wohnung in Florenz fahren, soviel ist sicher."

„Machen Sie sich keine Vorwürfe."

Gabriel hörte, wie er ins Telefon atmete.

„Das meinen Sie nicht so, aber …", sagte Whyte.

„Wir hören uns."

Gabriel beendete das Gespräch und starrte auf das Telefon. Was nun? Sie waren wieder am verschissenen Anfang angelangt, mit einem zu Kräften kommenden Mörder, der sich in der Dunkelheit versteckt hielt und seinen nächsten Schritt plante. Wenn ich nur wüsste, wo die Statue ist, oder … Er richtete sich abrupt auf. Oder wenn Murphy nicht nur vermutet, sondern davon überzeugt ist, dass ich weiß, wo sie ist … Das könnte den Bastard dazu bringen, sein Versteck zu verlassen und sich zu zeigen. Vielleicht fordere ich diesmal ihn heraus.

Gabriel nahm einen Notizblock und sein Handy mit in die Bibliothek und machte eine Liste mit allen Freunden und Kollegen seines Großvaters, die er kannte. Den gesamten Morgen brachte er damit zu, so viele von ihnen anzurufen, wie er Telefonnummern aufgeschrieben hatte. Er sagte jedem, mit dem er sprach, dass er versuchte, alles aufzuspüren, was Großvater ihnen zur Aufbewahrung hätte geben können. Vielleicht gab es einen Brief oder einen Ordner oder sogar eine Postkarte. Die Antworten waren alle verneinend. Gabriel blieb beharrlich und hoffte, einige Steine ins Rollen zu bringen. Aber die Antwort, die er von Tommaso Zennetti bekam, warf seinen eng gesteckten Plan über den Haufen.

„Ich will mit dir über deinen Entwurf reden", sagte Tommaso. „Komm morgen in mein Büro."

Gabriels Blick flatterte zu der Mappe auf dem Tisch. Er nickte ins Telefon, riss sich dann zusammen. „Okay", sagte er, und seine Stimme bebte wie die eines Teenagers.

Über seinen Computer loggte er sich in den bargello1969-Hotmail-Account seines Großvaters ein. Er sah sich die gesendeten Dateien an, die alten E-Mails und das Adressbuch. Sie waren leer. Er sah auf seinen Notizblock. Nur Haas stand noch aus, und Gabriel bezweifelte, dass Haas überhaupt ein Telefon besaß. Und falls der alte Trinkkumpan seines Großvaters irgendetwas hatte, das er Gabriel von ihm geben sollte, hätte er es vor drei Nächten in Lech getan. Frau Köberl, dachte er, hatte ihm letztlich die Kassette vermacht, die Aufnahme von Großvaters Mord, aber die hatte sich als wertlos herausgestellt. Er sah zum Bücherregal, wo er die Kassette hinter ein paar Technikmagazinen versteckt hatte, und war höllisch dankbar, dass darauf nichts Brauchbares war. Denn sonst hätte auch er sie sich anhören müssen.

Blind starrte er auf seine Brückenmodelle, als er draußen Emilys Wagen hörte. Er ging die Treppe hinunter, um sie zu begrüßen, und sah, wie sie einem dünnen, älteren Herrn die Haustür aufhielt.

„Gabriel, das ist Herr …", sie unterbrauch sich und streckte ihm einen Arm entgegen. „Stimmt was nicht?"

„Später", sagte er und wandte sich dem Besucher zu.

„Heuschmidt“, sagte der Mann und streckte die Hand aus. Gabriel schüttelte sie und betrachtete ihn. Heuschmidt war oben kahl und hatte an den Seiten kurzgeschnittenes Haar. Er trug eine Brille mit Drahtgestell, einen schwarzen Regenmantel und weiße Turnschuhe, die neu aussahen.

„Großvaters Anwalt?“, fragte Gabriel.

Heuschmidt beugte ernst den Kopf und hielt die Hände vorm Körper ineinander verschlungen. Nach einem Moment sagte er: „Meine Frau und ich hatten schon länger den Urlaub in Florenz gebucht … Ich dachte, ich bringe Ihnen das Testament Ihres Großvaters persönlich vorbei. Das würde Ihnen die Reise nach München ersparen. Ich hatte diese Adresse in meinen Unterlagen, aber nicht Ihre Telefonnummer, deshalb konnte ich nicht vorher anrufen. Wenn es jetzt allerdings nicht passen sollte …“

Sie setzten sich an den Küchentisch. Heuschmidt zog aus der Innentasche seines Mantels ein dreiseitiges Dokument hervor, das nach deutschem Gesetz von der Person, die das Testament machte, handgeschrieben sein musste. Er überreichte Gabriel die Blätter, doch er schob sie zur Seite.

„Mein Deutsch ist nicht besonders gut. Könnten Sie mir den Inhalt zusammenfassen?“

Heuschmidt hustete kurz und trocken und fing an: Gabriel war Maximilian Schopenhauers einziger Vermächtnisnehmer und erbte den Palazzo in Pistoia, den Bungalow in Lech, Hausrat und Mobiliar der beiden Wohnsitze sowie alles, was sich in dem gemieteten Apartment in München befand. Hinzu kamen Bankkonten und ein paar Aktien, im Wert von insgesamt rund zwanzigtausend Euro. Und einen weiteren Brief mit einer nicht bindenden Bitte, die Frau Köberl betraf. Der Anwalt deutete schweigend darauf.

Gabriel schob auch diesen Brief beiseite. Heuschmidt sah ihn an, als wartete er auf die Erlaubnis fortzufahren.

„Danke“, sagte Gabriel.

Der Anwalt faltete seine Hände auf dem Tisch zusammen und betrachtete sie eine Weile. „Ich weiß nicht, ob Sie sich darüber im Klaren sind, Mr. Schopenhauer …“ Heuschmidt streckte die Finger aus und starrte sie nachdenklich an, „… aber Ihr Großvater und ich waren mehr als nur Anwalt und Klient. Wir waren Freunde. Und ich möchte Ihnen sagen …"

Er sah auf. Gabriel nickte eifrig.

Der Anwalt entspannte sich und ließ die Hände in den Schoß fallen. „Max und ich haben uns nach dem Krieg in München kennengelernt. Auf einem Backsteinhaufen, könnte man sagen." Er lächelte freudlos. „Backsteine säubern, das war damals die große Arbeit. Es gab keine Gerätschaft, um neue zu machen, also säuberten wir die alten … ein Pfennig pro Backstein, zehn Stunden am Tag. Es gab endlos Nachschub. München bestand damals nur aus Steinhaufen. Man verdiente genug Geld, um etwas zu essen, auch wenn man oft genug zu müde zum Essen war. Oder man hatte keinen Appetit, weil man an dem Tag einen Backstein aufgehoben und darunter einen Kinderschuh gefunden hatte – mit einem Fuß darin … Jedenfalls, eines Sonntags machten Max, seine Frau, meine Freundin und ich einen Tag frei, um südlich von München wandern zu gehen. Wir bestiegen einen Berg, setzten uns ins Gras, betrachteten die Natur und tranken Wasser. Wir machten kein Picknick, weil wir … also, wir wollten auch einen Tag frei haben von dem üblichen Brot mit Wurst und Käse. Und während wir dort lagen, machte Max etwas ganz Wunderbares. Heutzutage mag es banal klingen, aber damals … Es war, als würde ein Zauberer ein Kaninchen aus dem Hut ziehen. Er holte etwas aus seiner Tasche und hielt es hoch: eine Orange. Er hatte sie mit seinem Tageslohn jemandem abgekauft, der sie in einem CARE-Paket von den Amerikanern erhalten hatte. Einen Moment lang starrten wir sie nur an. Dann sahen wir drei zu, wie er das Ding vorsichtig schälte und verteilte. Stück für Stück. Es war das Wundervollste, was ich jemals gegessen habe, damals wie heute."

Heuschmidt warf Gabriel einen amüsierten Blick zu. „Ganz egal, wie oft ich diese Anekdote erzähle, sie klingt sogar in meinen Ohren, als sei sie völlig belanglos. Aber …"

Gabriel schüttelte den Kopf.

„… ich wollte Sie Ihnen erzählen."

Der Anwalt nahm seine Brille ab und polierte mit einem Taschentuch die Gläser. „Und ich wollte Ihnen von einer Angelegenheit erzählen, die sich erst kürzlich zugetragen hat. Letzte Woche suchte mich ein Mann namens Roark auf, ein Detective Inspector von Interpol. Er stellte mir Fragen über Ihren Großvater, obwohl er wusste, dass ich sie nicht beantworten würde, selbst wenn ich es könnte. Die Verschwiegenheitspflicht des Anwalts, wissen Sie."

Er sah Gabriel vage an.

„Bei Interpol hat man mir gesagt, mein Großvater hätte eine große Summe beiseite geschafft", sagte Gabriel.

Der Anwalt setzte seine Brille wieder auf und schob sie langsam mit dem Zeigefinger auf der Nase hoch. „Ach ja?", fragte er interessiert. „Dann sind deren Informationen gute zwanzig Jahre alt, fürchte ich: Damals hatte Ihr Großvater tatsächlich eine große Summe beisammen. Aktien und Anteile im Wert von ungefähr zwei Millionen Dollar."

„Zwei Millionen?", fragte Emily mit großen Augen.

„Er war ein sehr erfolgreicher Kunsthändler", sagte Heuschmidt.

„Davon hat er dieses Haus und das in Lech bezahlt", sagte Gabriel. Er sah den Anwalt an, der abwesend seine Fingernägel betrachtete. „Nehme ich an."

„Nein, diese Käufe kamen einige Jahre später", sagte Heuschmidt.

„Und wie kommen wir dann von zwei Millionen auf zwanzigtausend?", fragte Emily.

Als der Anwalt antwortete, sah er Gabriel an. „Vor zweiundzwanzig Jahren verkaufte Ihr Großvater seine Aktien und steckte sein ganzes Geld in einen Immobilienfonds in Gibraltar. Davon erfuhr ich erst später, als er mich bat, dorthin zu fahren. Ich sollte als sein Bevollmächtigter die entsprechenden Dokumente unterzeichnen, um seine Anteile an eine dritte Partei zu überschreiben. Er gab keine weiteren Erklärungen ab. Trotzdem ging ich dorthin, auch wenn es mir nicht gefiel. Besonders missfiel es mir, als ich auf die dritte Partei traf. Die Empfängerin war eine katholische Stiftung. Der Zeichnungsberechtigte für diese Stiftung war ein Mann, der sich Father Kevin Doyle nannte."

„Großvater hat der katholischen Kirche zwei Millionen gegeben?“, fragte Gabriel ungläubig.

Heuschmidt schnaubte. „Wenn dieser Mann ein Priester war, dann bin ich ein Eskimo.“

„Also …“

„Ich war so wütend“, sagte der Anwalt. „Als ich zurückkam, nahm ich mir Ihren Großvater vor. Schließlich sagte er mir, dass er mit dem Geld für zwei Leben bezahlt hatte. Er sagte wörtlich: ‚… zwei Leben, die ich gekauft habe‘ …“

Gabriel zuckte zusammen. „Gekauft, haben Sie gesagt? Zwei Leben? Wie meinen Sie das?“

„Eines davon“, sagte Heuschmidt, „war Ihres.“

Einen Moment herrschte Stille.

„Diese Stiftung in Gibraltar war, wie ich später herausfand, eine Geldwäscheoperation der IRA.“

„Oh mein Gott“, sagte Emily leise.

Gabriel schluckte. Etwas regte sich in seinem Gedächtnis. Etwas, das noch nicht lange her war. „Wessen Leben war das andere?“, fragte er.

Heuschmidt starrte vor sich hin. Einen Moment lang dachte Gabriel, er würde nicht antworten. Aber dann sagte er leise: „Max hat nie viel davon gehalten, sich zu erklären. Ich vermute, Sie beide wissen das.“ Er zog eine Visitenkarte aus seinem Mantel und legte sie auf den Tisch. Benommen stand Gabriel auf und brachte ihn zur Tür.

„Würde es Ihnen etwas ausmachen“, fragte Heuschmidt, „mir den Weg zur Chiesa Sant’Andrea zu zeigen? Ich treffe mich dort mit meiner Frau. Max hat uns die Skulptur von Pisano ans Herz gelegt.“

Etwas in seinem Blick brachte Gabriel dazu, ihm anzubieten, ihn ein Stück zu begleiten. Heuschmidt verbeugte sich leicht in Emilys Richtung. Dann gingen die beiden Männer durch den Torbogen und überquerten den Platz. Als sie außer Sichtweite des Palazzos waren, blieb der alte Mann stehen. Er räusperte sich wieder und streckte seine Hand aus. Auf ihr lag ein kleiner, dicker Schlüssel.

„Ihr Großvater wollte, dass ich Ihnen dies persönlich und unter vier Augen übergebe.“

Gabriel nahm den Schlüssel und betrachtete ihn. „Ein Bankschließfach?“

„Ein Wandsafe, glaube ich. Max sagte, ich solle ‚Ikea‘ erwähnen.“ Er sah Gabriel einige Sekunden lang genau an. „Ich werde niemals diese Orange vergessen“, sagte er schließlich und ging.

Am nächsten Morgen stand Gabriel vor der einen unbestreitbaren Scheußlichkeit des Palazzos: dem unlackierten Bücherregal aus Kiefernholz in der Bibliothek.

„Warum nur, Großvater?“, hatte Gabriel einst als erstes gefragt, als er es sah. Das Bücherregal war drei Meter hoch und überragte den dunkelfleckigen, antiken Tisch, der mitten im Raum stand. Schwedisch-funktional traf auf barock-ornamental.

„Ein Impulskauf“, hatte er geantwortet. „Zwei lange Tage hab’ ich gebraucht, um das verdammte Ding aufzubauen. Tu mir also den Gefallen, lass es dort stehen und benutze es, auch wenn du es hasst!“

Gabriel hatte es maximal bestückt, in erster Linie, um die roh gezimmerten Bretter und Balken so gut es ging zu verbergen. Seine Bücher nahmen die Hälfte des Regals ein. Die Lücken füllte er mit Brückenmodellen, Bürobedarf und persönlichen Dingen.

Jetzt, da Emily in Florenz war, hatte er genügend Zeit, aber nicht ausreichend Geduld, alle acht Regalbretter auszuräumen, um die Monstrosität von der Wand wegzuziehen. Nachdem er die obersten drei Reihen geleert hatte, konnte er ein Ende Zentimeter für Zentimeter bewegen, bis er mit rasendem Herzschlag – mehr von der Aufregung als von der Anstrengung – eine viereckige Metalltür entdeckte, die ins Mauerwerk eingelassen war. Er schob seinen Arm in die Lücke, steckte den Schlüssel hinein und öffnete die Tür. Dahinter befand sich ein dicker Umschlag. Vorsichtig zog er ihn durch die halboffene Tür und hielt ihn gegen das Licht. „Gabriel“ stand mit verblasster Tinte darauf.

Flach atmend ging er zum Schreibtisch und schaffte eilig Platz. Der Umschlag enthielt eine Postkarte und eine Plastiktüte. Durch das Plastik, das mit der Zeit trüb geworden war, sah er etwas, das ein Brief sein könnte. Die Handschrift war gedrungen und spitz. Die Wörter waren italienisch, also legte er ihn beiseite. Er nahm die Postkarte. Sie zeigte das Foto eines Kircheninneren. Auf der Rückseite stand in Großvaters vertrauter Handschrift: „Erinnerst du dich? Das war nur unter uns."

Und in dem Moment kam alles zu ihm zurück.

Die Kirche Santa Maria in Aracoeli in Rom. Und dort war das Kirchengestühl, in dem er und Großvater gesessen hatten. Gabriel sah auf das silbergerahmte Foto, das er aus dem Apartment in der Prinz-Ludwig-Straße gerettet hatte. Darauf standen er und sein Großvater vor einer Steintreppe, die zur Aracoeli führte … Großvater, der a-r-a-c-o-e-l-i als Passwort für seine E-Mails benutzt hatte … Sein Großvater hatte Hinweise wie Brotkrumen im Wald verstreut und lockte in seinem Enkel eine Erinnerung hervor, die endlich in seinem Bewusstsein wieder aufgetaucht war. Großvaters „Unter uns"-Geschichte, die er Gabriel in der Kirche erzählt hatte. Eine bizarre, untypische Erinnerung. Vielleicht war das der Grund, dass sie während der turbulenten Tage, die auf den Mord gefolgt waren, nicht zurückgekehrt war.

Eine Gute-Nacht-Geschichte, die ihm in einer Kirche erzählt wurde. Großvater und er saßen in einer Bankreihe vor dem barocken Altar der Santa Maria in Aracoeli. Das Sonnenlicht fiel schräg durch die hohen Fenster zur Rechten. Es war ein friedlicher Moment ungetrübter Stille. Nach einer Weile sah sich sein Großvater prüfend um, ob sie allein waren.

„Du erinnerst dich an die „Unter uns"-Geschichten?", fragte er.

Gabriel war überrascht. Er war jetzt ein Teenager und hatte seit Jahren keine Gute-Nacht-Geschichten mehr gehört. „Natürlich, Großvater."

„Dafür bist du jetzt zu alt."

„Ja, denk' schon." Gabriel warf ihm von der Seite einen Blick zu. Er hätte nie gedacht, dass sein Großvater sentimental sein könnte. Aber man wusste ja nie. Wenn die Menschen älter wurden … „Trotzdem, Großvater, das war das Beste …"

„Ich erzähl' dir noch eine."

„Oh … äh, klar. Toll."

Einen Moment lang blieb Großvater ruhig. Dann wandte er den Blick zur Kapelle des *Santo Bambino*. Mit einem Mal dachte Gabriel, es würde eine Geschichte werden, die mit dem beliebtesten Weihnachtsritual Roms zu tun hatte. Weihnachten in Santa Maria in Aracoeli. Er erinnerte sich daran, wie Großvater ihn hergebracht hatte, um es ihm zu zeigen. Pifferari in Ledersandalen spielten vor der Kirchentür traditionelle Musik auf Dudelsäcken, während drinnen im Glanz der Kronleuchter und Kerzen die römische Menge auf das geheiligte Geschehen wartete. Gabriel konnte sich noch immer an den eiskalten Schauer erinnern, der ihm den Rücken heruntergelaufen war, als der größte Schatz von Aracoeli – eine Holzstatue des Jesuskinds, dem *Bambino* – aus der Privatkapelle zur Sakristei getragen wurde. Das Gloria schallte aus den hundert Kehlen des Knabenchors. Der Schleier wurde weggenommen, und dort war der *Bambino*, der auf seiner kurzen Prozession zur Weihnachtskrippe im Kirchenschiff über allem schwebte. Mütter schickten ihre Kinder zu der kleinen Holzkanzel. Gebete, Gedichte und Bittgesuche wurden vor dem bemalten, puppengleichen Antlitz gesprochen. Der Heilige *Bambino*, mit Juwelen von seiner Krone bis zu seinem bestickten kleinen Höschen bedeckt, der zu alldem mit gütiger Freude hinaufblickte.

Gabriel wusste, dass an jedem Weihnachten der *Bambino* an diesem Ehrenplatz bis zum Dreikönigstag blieb. Dann folgte eine kurze Prozession nach draußen an das obere Ende der Aracoeli-Treppe, um die Stadt und ihre Bewohner zu segnen. Anschließend wurde der *Bambino* in seine Privatkapelle im hinteren Teil der Kirche gebracht.

Ja, Gabriel der Teenager hatte damals, als er auf der Kirchenbank saß und Großvaters nachdenkliches Profil betrachtete, gedacht, es ginge um den *Bambino* …

„Das ist jetzt nur unter uns", fing Großvater an, und Gabriel suchte nach einem ironischen Lächeln in seinem Gesicht. Aber der alte Mann blickte ernst, sogar etwas schmerzlich. „Damals, als

Michelangelo in Rom arbeitete, kam er manchmal von seiner Werkstätte, die sich unter dem Campanile befand, hierher. Der große Bildhauer kam her, um zu dem *Bambino* zu beten. Er betete darum, von seinen körperlichen Lüsten befreit zu werden, auf dass seine spirituelle Seite sie besiege. Und wie so viele andere vor und nach ihm, schrieb Michelangelo einen Bittbrief an den *Bambino*. Dieser Brief war ein offenes und schmerzliches Geständnis dessen, was Michelangelo quälte. Der Brief wurde zu all den anderen Briefen der Bittsteller dem *Bambino* zu Füßen gelegt. In Michelangelos Fall wurde dieser Akt jedoch von einem Franziskanerbruder, der ihn erkannt hatte, beobachtet. Als es an der Zeit war, die Bittbriefe zu verbrennen, pickte dieser Diener Gottes Michelangelos Brief heraus, steckte ihn ein und öffnete ihn in der Einsamkeit seiner Mönchszelle, um ihn zu lesen. Er bewahrte ihn heimlich auf."

Großvater hielt inne und sah zu den Engeln auf dem Altargemälde.

„Michelangelos Gebete wurden nicht erhört", sagte er.

Als wäre ein Schalter umgelegt worden, verschwand das Sonnenlicht. Im Hauptschiff wurde es dunkel. Durch die Seitentür, die zur Campanile führte, war Donnergrollen zu hören. Der mehrfarbige Steinfußboden unter Gabriels Füßen wurde kalt, und die Luft schien feucht und muffig. Auf Großvaters Gesicht lag ein Ausdruck heiterer Gelassenheit, und Gabriel wusste, was dieser bedeutete: Egal, wie viel schon gesagt worden war, eine Menge blieb unausgesprochen.

„Großvater?"

„Ja?"

„Das hat sich … nicht wie eine Geschichte angehört. Du hast dir das nicht ausgedacht, glaube ich."

„Ich habe den Brief", sagte sein Großvater.

Gabriels Blick glitt jetzt zu dem Stück Papier mit der verblassten Handschrift in der Plastikhülle. Er wusste, dass ihm die historische Bedeutung des Papiers – wer es geschrieben hatte und was drin stand – den Atem nehmen sollte. Aber er fühlte bloß eine

Welle der Enttäuschung, begleitet von einem einzigen Gedanken: Wie soll mir das helfen, Murphy zu finden? Gleichzeitig wusste er, dass mehr an dem Besuch der Aracoeli dran war. Er schloss die Augen und versuchte, sich zu konzentrieren. Etwas, das gesagt … oder getan worden war … Aber er konnte es nicht hervorkramen. Seine Gedanken machten einen dyslektischen Schwenk, wie ein spitzbübisches Teufelchen, das von der Wahrheit wegtanzte. So oft schon war ihm das passiert.

Eine schwere Müdigkeit breitete sich in ihm aus. Er verschränkte die Unterarme auf dem Tisch, legte seinen Kopf darauf und schloss die Augen. Vor sich sah er Bilder vom Prüfungssaal in Pasadena. Das Teufelchen in meinem Kopf hat mich dort immer verspottet, dachte er. Mein Gehirn vernebelt, den Pfad blockiert. Gabriel fühlte sich kraftlos. Innerhalb von Sekunden glitt er in einen Halbschlaf. Dann ließ ihn ein Bild die Augen aufreißen: das von Murphy, der auf einem blutroten Sofa herumlungerte und breit und herablassend grinste. Mühsam hob Gabriel den Kopf. Er zwang sich, aufrecht zu sitzen, und stützte sich auf seine Arme, die vor Anstrengung zitterten. Sein Blick glitt suchend durch den Raum, bis er das gerahmte Foto von sich und seinem Großvater vor der Aracoeli gefunden hatte. Er starrte es an. Seine Lippen bewegten sich im wortlosen Gebet, einem halberinnerten Katechismus von einer Kindermesse in San Francisco. Er erinnerte sich an den verrunzelten kleinen Priester, der zusammen mit einer Menge Achtjähriger im Halbkreis auf dem Boden im Schneidersitz gesessen hatte. Ihm fiel ein, wie der Priester gesagt hatte, dass die Kraft eines Gebets nicht aus den Worten, sondern dem Akt des Flehens bestand.

Und deshalb betete Gabriel zu dem *Bambino von Aracoeli*, auch wenn er nicht genau wusste was. Und in dem Moment spürte er einen eiskalten Finger seinen Rücken hinunterstreichen. Mit einem Mal war er absolut und fürchterlich davon überzeugt, dass sein Gebet erhört worden war.

Kapitel 20

Pistoia – 8. März 2003

Von all den Nachrichten, die Gabriel tags zuvor hinterlassen hatte, brachte die, die ihm am schwersten gefallen war, die erste Antwort:

„Wenn Sie mich treffen wollen, benutzen Sie diese Nummer nicht mehr. Sie haben Sie vermutlich von Arthur Whyte“, sagte Cosimo.

„Erstens: Schlagen Sie einen anderen Ton an. Zweitens: Ich will Sie nicht treffen. Was ich …“

„San Miniato al Monte. Das ist fünfundvierzig Minuten von Pistoia entfernt. Kommen Sie in der nächsten Stunde. Wenn ich jemanden bei Ihnen sehe, findet das Treffen nicht statt.“

Eineinviertel Stunden später ging Gabriel die Stufen zu einer romanischen Kirche hinauf. Sie hatte eine völlig unpassende Renaissancefront aus grünweißem Marmor, der aus den südlichen Hügeln des Arno kam. Oben auf der Treppe materialisierte sich Cosimo direkt neben ihm. Er trug einen beigefarbenen Trenchcoat und einen Tweedhut mit heruntergeschlagener Krempe. Er führte Gabriel den Kieselweg entlang, der an der Seite der Kirche hinaufführte, wo sich die Klostergebäude aus dem 10. Jahrhundert drängten. Dort blieb er neben einer Eiche stehen, die Hände in den Manteltaschen, ein Lächeln fest auf den Lippen.

„Sie wollen Murphy finden“, sagte Cosimo. „Das wird nicht funktionieren.“

„Herrgott“, sagte Gabriel und versuchte nicht, seinen Abscheu zu verbergen. „Deshalb bin ich hier runtergefahren?“

„Murphy hat eine Bekannte von mir getötet, Gräfin Wahlbach-Thun, wegen ihres wertvollen Besitzes. Zwei Jahre später brachte er einen anderen Bekannten in Sevilla um, einen Mann namens Sagasta, und verschwand mit einem Kunstwerk, das dreihundert Jahre lang als verschollen galt. Ich nenne Ihnen diese Namen, weil die Morde der Öffentlichkeit bekannt sind. Wir haben vier

Jahre lang versucht, Murphy zu finden. Unsere Methoden sind besser als die von Interpol, weil wir uns nicht an Gesetze und hinderliche Vorschriften halten müssen. Murphy ist ein Profi. Sie werden ihn nicht finden. Er muss Sie finden."

„Das war's schon? Sie sind fertig? Danke, dass Sie meine Zeit verplempert haben." Gabriel wirbelte herum und stelzte davon. Seine Schritte knirschten im Kies.

„Er ist immer noch Teil Ihres Lebens, richtig?"

Gabriel blieb stehen und drehte sich um. Einen Moment lang war er sich nicht sicher, wen Cosimo meinte.

Das Gesicht des alten Mannes entspannte sich, das Lächeln war verschwunden. „Ich rede von Ihrem Großvater."

Gabriel zögerte, dann nickte er knapp.

„Wir können dafür sorgen, dass Murphy Sie findet", sagte Cosimo.

„Sie meinen, wenn ich die Statue habe?"

„Ich meine, wenn er glaubt, dass Sie sie haben."

„Sie sorgen dafür, dass Ihre Bekannten es herumerzählen?"

„Nein, Sie werden dafür sorgen, dass die Polizei es herumerzählt", sagte Cosimo. Er ging auf Gabriel zu. „Wir glauben, dass Murphy einen Informanten bei der Polizei hat oder jemanden, der dorthin Beziehungen hat. Durch diese Person wird Murphy davon erfahren."

Gabriel suchte die Andeutung eines Witzes im Gesicht des Mannes. „Das ist verrückt. Die Bullen werden fragen, wo sie ist. Dreißig Minuten, nachdem ich ihnen einen fiktiven Ort genannt habe, werden sie wissen, dass sie nicht dort ist."

Cosimo zog ein Stück Papier aus seinem Trenchcoat. Er warf einen Blick darauf. Sein Gesicht lag im Schatten. Als er wieder aufsah, war das kalte Lächeln zurück. „Das ist die Nummer eines Prepaid-Handys. Rufen Sie mich dort in drei Tagen an. Benutzen Sie eine öffentliche Telefonzelle." Er gab ihm das Papier. „Ihnen fällt sicherlich etwas ein, wie Sie Interpol sehr viel länger beschäftigen können, denke ich." Er sah Gabriel lange abschätzig an. „So wie Ihr Großvater."

Zennetti und Partner belegte das gesamte obere Stockwerk des kleinen Bürogebäudes unweit von San Miniato al Monte. Seine Glaswände boten eine herrliche Aussicht auf den Palazzo Pitti und die Piazza della Signoria. Die meisten Besucher blieben, sobald sie hereingekommen waren, stehen und bewunderten sie staunend. Nicht so Gabriel. Als er durch die Eingangstür trat, sah er nur die Artefakte eines Ingenieurbüros. CAD/CAM-Bildschirme, Strukturmodelle aus Plastilin, Balsaholz und Draht, Zeichenpapier, Drehbleistifte, Reißschienen, Materialproben, Kompasse und Gerätehandbücher. Er riss seinen Blick davon los und sah Tommaso, der ihm vom anderen Ende des Büros aus ein Zeichen gab. Gabriel ging auf ihn zu, eine Kartonrolle umständlich unter den Arm geklemmt.

„Gabriel … Endlich sehen wir uns, und ich kann es dir persönlich sagen. Es tut mir so leid." Tommaso stand vor einem langen Tisch, der ihm als Schreibtisch diente.

Sie hatten zwar telefoniert, sich aber tatsächlich seit Großvaters Tod nicht gesehen. Gabriel nickte und wandte den Blick ab.

„Die Polizei, haben sie …", begann Tommaso.

„Sie haben einen Verdächtigen. Und ich habe ihn gesehen."

Tommaso betrachtete ihn nachdenklich. „Das Leben geht weiter, Gabriel", sagte er sanft.

Gabriel nickte wieder. Ihm war unwohl, als er sah, wie die Gesichtszüge des anderen Mannes weicher wurden. Er räusperte sich und hielt seine Kartonrolle hoch. „Ich habe meine Zeichnung mitgebracht, die du in der Bibliothek …"

Tommaso warf einen kurzen Blick auf die Rolle. Dann machte er eine wegwerfende Geste und ging um den Tisch herum, um sich zu setzen. „Nicht nötig", sagte er.

Gabriel spürte, wie sich die altbekannte Leere in seiner Brust wieder ausbreitete.

„Es ist ein ungewöhnliches Design, das weiß ich. Aber wenn ich es dir erklären darf …"

Tommaso unterbrach ihn. „Ich sagte gerade: Es ist nicht nötig."

Gabriel stellte die Rolle auf dem Boden ab und lehnte sie an den Tisch. „Ich dachte, du meintest … Na ja …“, fügte er gezwungen munter hinzu. „Also, worüber wolltest du mit mir reden?“

Tommaso zeigte auf die Rolle. „Es ist nicht nötig, dass du mir deinen Entwurf erklärst, weil ich ihn mir lange in deiner Bibliothek angesehen habe. Damals schien er mir okay zu sein. Aber nur um sicher zu gehen, habe ich mir deine Belastungsberechnungen für geflochtenes Mischsegeltuch gemerkt und dann einem unserer Jungs gegeben, damit er sie durch die Diagnosesoftware jagt. Segeltuch – was für eine Idee!“

„Und?“, fragte Gabriel atemlos.

„Es funktioniert.“

Gabriel hörte ein leises Klicken in seinem Kopf, das Geräusch, das ein Wäschetrockner macht, wenn sich das Einstellrad ein letztes Mal dreht. „Es funktioniert“ … Vor seinem geistigen Auge sah er eine Brücke. Eine echte, dreidimensionale, lebensgroße Struktur, nicht nur Linien auf dem Papier. Vielleicht würde Tommaso sie für einen seiner Aufträge benutzen … und mich irgendwie daran teilhaben lassen. Ich könnte vielleicht mit dem Team arbeiten. Langsam wurde ihm bewusst, dass Tommaso mit ihm redete.

„Entschuldigung?“

„Ich sagte, weißt du, wie viel du noch lernen musst?“

„Worüber? … Über die Fertigung, meinst du? Die Teflonbeschichtung der Kabel? Ich war mir nicht ganz sicher, wie man die Teflonschicht um den Kern des Segeltuchs bekommt. Man könnte …“

„Ich meine im Allgemeinen. Nicht nur im Zusammenhang mit diesem Entwurf“, sagte Tommaso.

„Im Allgemeinen? Klar, es gibt immer noch mehr, was man lernen muss. Neue Materialien im Besonderen. Es ist nicht so leicht. Ich habe ein paar hilfreiche Webseiten gefunden. Das MIT hat eine …“

„Gabriel, ist das gerade Absicht, dass du dich so – wie sagt man dazu – zierst? Zierst du dich gerade?“

„Ich verstehe nicht ganz …“

„Weißt du, wie viel du noch lernen musst", sagte Tommaso und zog die Worte in die Länge, „um ein Ingenieur zu werden? Um Qualifikation zu erlangen. Um zu arbeiten – für mich in meinem Büro, wenn du willst oder selbständig. Oder für egal welches Büro, wo immer du möchtest. Um Entwürfe zu machen, um Brücken zu bauen. Echte Brücken, keine Modelle."

Gabriels Augen wurden groß. Dann schüttelte er den Kopf. „Das geht nicht, Tommaso. Ich bin von der Uni geflogen …"

„… und du gehst wieder dorthin zurück, um den Abschluss zu machen. Ich nehme das", er zeigte auf die Kartonrolle, „mit zu Professor Albitini an der Politecnico di Milano. Er wird sich dafür einsetzen, dass du dort im September mit dem Laurea Specialistica anfangen kannst. Das entspricht dem Masterstudiengang."

„Politecnico di Milano?"

„So etwas wie die Cal Tech von Italien. Ich habe dort studiert."

Gabriel trat einen Schritt zurück. „Ich spreche kein Italienisch."

„Sie haben englischsprachigen Unterricht bei Albitini. Und du wirst Italienisch lernen."

„Ich kann die Prüfungen nicht mitschreiben. Ich bin dyslektisch."

„Sie werden dir mehr Zeit geben."

„Ich will nicht mehr Zeit. Schau, Tommaso, es ist wirklich sehr nett von dir, und ich weiß das auch zu schätzen, aber …"

„Was haben sie mit dir gemacht, Gabriel? Warum bist du so?"

Gabriel spürte, wie etwas in ihm zerbrach. „Warum?", brüllte er. „Warum? Ich sag' dir warum." Dann erstarrte er verwirrt. Seine Stimme sank zu einem Flüstern. „Weil ich acht Jahre meines Lebens …" Er brach ab und breitete seine Arme aus. „So hab ich diese Jahre zugebracht: Ich hab mich an die Vorstellung gewöhnt, dass Tests mehr zählen als Ideen, zeitlich festgelegte Prüfungen mehr als Kreativität. Ich bin behindert, wusstest du das? Wenn du dyslektisch bist, weißt du, zu wem sie dich an der Uni schicken? Er nennt sich Schwerbehindertenbeauftragter. Ich brauche etwas länger, um zu lesen und zu schreiben. Aber nicht, um zu denken und … Aber es heißt, ich sei behindert. Ich mach' das nicht noch mal mit. Arbeiten, lernen, wirklich alles lernen, ganz egal, wie lange es dauert, es mir zu eigen machen, es mit meinen Seminararbeiten beweisen. Und dann bei einer Prüfung in die Luft fliegen und gesagt bekommen, dass ich leider gemäß Artikel vier von Wasauchimmer die Uni verlassen muss."

Eine Vene auf Tommasos Schläfe pochte. „Diesmal nicht", sagte er leise. „Diesmal wirst du erfolgreich sein. Du wirst es ihnen zeigen. Und ein großer Ingenieur werden. Einer, der Brücken baut."

Gabriel blieb steif stehen. Er presste die Lippen in einem verzweifelten Versuch der Selbstkontrolle zusammen. Aber es half nichts. Als die Tränen über sein Gesicht liefen, ließ er den Kopf hängen und wischte sich verärgert die Augen. Wenigstens schaffte er es, nicht zu schluchzen. Aber seine Fäuste waren geballt, und die Knöchel traten unter der Anspannung weiß hervor. Tommaso konnte den Blick nicht von ihm wenden, obwohl der Anblick nur schwer zu ertragen war.

Schließlich hörten die Tränen auf. Mit gesenktem Kopf stieß Gabriel ein kurzes Lachen aus. „Tut mir leid, Tommaso. Ich hab es nie … Ich wollte nicht, dass Großvater mitbekam … wie weh es tut."

„Gabriel, er wusste es …"

Gabriel hob den Kopf. Er stieß einen langen, bebenden Seufzer aus. Er fühlte sich ausgelaugt und leer. Er lehnte sich zurück, um auf der Tischkante sitzen zu können, drehte den Kopf, um durch das Büro zu sehen. Durch die Fenster, die nach Norden gingen, sah er nicht den Palazzo Pitti oder die Piazza di Signoria oder gar den entfernten, übergroßen *duomo*. Er sah die Brücken über dem Arno. Sie sahen wie elegante riesige Manschettenknöpfe aus, welche die beiden Seiten von Florenz zusammenhielten – bis über seinen Blickwinkel hinaus zum Horizont.

Durch die beschlagenen Scheiben des Restaurants sah man auf das träge, graubraune Wasser des Arno. Ein warmer Geruch von Vongole und Peperoni füllte den Raum.

„Es ist wieder soweit“, sagte Tommaso, gab dem Kellner ein Zeichen und zeigte auf einen Eintrag auf der Weinliste, „dass meine Seele sich nach einem Hauch in Flaschen abgefülltem Sommer sehnt. Und wir müssen deinen sehr verzögerten nächsten Schritt auf dem Weg zum Ingenieur feiern … Du trinkst nicht viel, oder?“

„Wenn ich trinke, schlafe ich nicht gut.“

„Du siehst aus, als hättest du getrunken … Verständlich.“

Der Kellner brachte den Wein, dekantierte ihn und füllte beide Gläser zur Hälfte.

„Solaia 1982“, sagte Tommaso feierlich. „Ein zehn Hektar großes Weingut, ungefähr hundert Kilometer südwestlich von hier.“ Er nahm einen Schluck. Ernst sah er in das Weinglas. „Gewaltig.“

Gabriel probierte und musste blinzeln. „Whoa.“

„Übrigens, Gabriel“, sagte Tommaso und schob sein Glas zur Seite. Er lehnte sich vor, die Unterarme auf dem Tisch. „Ich hatte letztens, als ich mir deinen Entwurf angesehen habe, eine Unterhaltung mit deiner Frau … Weißt du, vielleicht sollten wir euch einen vernünftigen Architekten für den Palazzo suchen.“

Gabriels Blick schoss zu Tommasos Gesicht.

„Deine Frau hat recht, wenn sie … enttäuscht ist. Der Fortschritt ist nicht sehr groß. Ich mache mal eine Stunde hier etwas und eine Stunde dort. Das reicht nicht.“

„Was hat sie gesagt?“

„Sie nannte mich Caravaggio.“ Er lehnte sich zurück. In seinen schwarzen Augen lag ein unlesbarer Ausdruck. „Ich beschwere mich nicht, weißt du? Deine Frau ist eine nette, liebenswerte Lady.“

„Ich …“

„Du musst dich nicht entschuldigen, Gabriel. In Italien entschuldigt sich ein Mann nie für seine Frau.“

Der Kellner näherte sich. Tommaso wedelte ihn mit der Hand weg. Er nahm sich ein Grissino aus dem Brotkorb. „Du und ich, wir bleiben wegen dieser Sache in Kontakt.“ Er deutete mit dem

Grissino auf die Kartonrolle, die auf dem leeren Stuhl lag. „Deine Entwürfe, deine Zukunft. Für den Palazzo suche ich dir einen guten Architekten.“ Wie jemand, der gerade eine unangenehme Sache hinter sich gebracht hatte, winkte er nun den Kellner herbei und gab die Bestellung auf.

Hinter den beschlagenen Fenstern bot sich Gabriel der dunstige, impressionistische Anblick des mit Zinnen versehenen Turms der Signoria. Entschlossen hob er sein Glas und nahm einen tiefen Schluck. „Tommaso“, sagte er. „Schau mich doch mal an: ein Typ. Nichts Besonderes, kein griechischer Gott. Ich hab ein paar Aktienfonds, klar, aber keine großen Reichtümer. Keinen Job, einen großen, zugigen Palazzo – was übrigens nicht deine Schuld ist. Was passiert also mit einem Typen, wenn eine Emily in sein Leben stolpert? … Vor vier Jahren war das. Sie forschte über Renaissancearchitektur. Mein Haus stand auf ihrer Liste … Sie will ein Buch darüber schreiben.“

„Bei welchem Verlag?“

„Es gibt jemanden, der interessiert ist“, sagte Gabriel, leerte sein Glas und betrachtete Tommaso, als der es wieder auffüllte. „In England. Jetzt ist sie Gasthörerin bei verschiedenen Vorlesungen und Seminaren in Florenz. Ich ließ sie nach Belieben über den Palazzo verfügen, während ich … Also, du weißt, ich verbringe die meiste Zeit in der Bibliothek. Und sie wurde eine fast tägliche Besucherin, maß die Räume aus, machte Fotos und alles Mögliche. Das ging eine Zeitlang so weiter, und eines Tages … ist es einfach passiert. Wir wurden ein Paar. Sie zog ein und nach einer Weile … Eines Morgens wachte ich auf und wusste, wenn sie mich verlassen würde, würde ein Teil von mir sterben. An diesem Morgen machte ich ihr einen Heiratsantrag. Sie sagte sofort Ja. Als hätte sie auch schon darüber nachgedacht. Ich bin gleich zwei Meter gewachsen.“

„Der andere Schopenhauer“, sagte Tommaso tief in Gedanken. Dann sah er weg. „Scusa. Ich vergesse mich.“

Gabriel wollte wissen, was er meinte.

Tommaso war für einen Moment still. „Der Philosoph Schopenhauer“, sagte er schließlich. „‚Der Wille-zum-Leben-Mann‘.“

„Ob wir verwandt sind?“, fragte Gabriel, grinste und griff nach seinem Glas.

„Genau das, was ich deinen Großvater mal gefragt habe, als ich noch ein Klugscheißer von der Politecnico war. Hat ihn nicht wirklich gefreut.“

Gabriel sagte, er dachte, Großvater wäre stolz gewesen, einen Philosophen in der Familie zu haben.

„Nicht diesen. Ein elender Sauertopf, dieser Arthur Schopenhauer.“

Gabriel spielte an einem Grissino herum. „Großvater hatte auf jeden Fall den Willen zum Leben.“ Er sah zu Tommaso, der versuchte, die Aufmerksamkeit des Kellners auf sich zu ziehen. „Darum geht's, oder? Die Lust zu leben?“

„Vergiss es. Es ist mir nur gerade so eingefallen“, sagte Tommaso. Mimisch und gestisch fragte er den Kellner quer durch den Raum, wo das Essen blieb.

„Was bedeutet es denn?“

„Wille zum Leben?“ Der Ingenieur nestelte an dem Besteck herum und legte es gerade hin. „Für den Philosophen Schopenhauer jedenfalls bedeutete es etwas von wegen Männer und Frauen, die dazu neigen, sich in ihr Gegenteil zu verlieben. Mit … mit gewissen Konsequenzen.“

Gabriel nahm einen weiteren Schluck vom Wein. „Negativen Konsequenzen?“

Tommaso sah nachdenklich den Löffel an. „Gegensätze ziehen sich an. Und dann“, regungslos hob er den Blick über den Tisch, „zerstören sie sich gegenseitig.“

„Blödsinn“, sagte Gabriel zu laut und zog den verwunderten Blick des Kellners auf sich, der gerade mit dem Essen erschien.

„Si“, sagte Tommaso nachdrücklich. „Philosophen“, fügte er verächtlich hinzu und betrachtete Gabriel, der auf seinen Teller starrte. Seine Gabel schwebte einen Moment lang über der Pasta. Dann legte er sie weg. Er sagte zu Gabriels gesenktem Kopf: „Gabriel, du bist nicht einfach so ein Typ. Du hast eine Gabe. Dieser Entwurf, ich wünschte, ich hätte ihn in deinem Alter gemacht.“

Gabriel schaute auf. Tommaso deutete mit dem Finger auf ihn. „Und du bist auch nicht einfach nur ein Geek mit einem Talent zum Brückenbauen. Du bist ein Mann."

Gabriel machte den Mund auf, um etwas zu sagen. Tommaso runzelte die Stirn und machte eine Schneidegeste. „Iss!"

Während sie aßen, sprachen sie über das Essen, den Wein, das Wetter und den Zustand des Palazzos. Ebenso verhielten sie sich beim zweiten Gang und der zweiten Flasche, diesmal war es Wasser.

„Themawechsel", sagte Tommaso, als der Kellner die Teller abräumte. „Ich nehme deinen Entwurf mit zu Albitini. Darauf freue ich mich schon sehr. Er wird erst die Nase rümpfen, so wie ich. Aber dann wird es klick machen, und er wird es sehr aufregend finden. Carlo ist der kreativste Kopf an der Politecnico. Ich habe ihm schon ein paar Mal gesagt, er wäre besser in Amerika geboren, wo Erfindungsreichtum belohnt wird, nicht in dem Museum Europa."

„Was hat er dazu gesagt?"

„Etwas ziemlich obszönes auf Lombardisch." Tommaso bestellte eine Auswahl an Käse. Dann fuhr er fort: „Aber lass uns mal annehmen, dass es drei oder vier Wochen dauert, bis deine Bewerbung durch ist. Dann hast du vier Monate bis zum Herbstsemester. Die Zeit brauchst du, um Italienisch zu lernen."

„Klar."

„Dann hättest du für sonst nichts Zeit."

Gabriel nahm sich von dem Käse. Nachdenklich biss er hinein. „Tommaso, das Mietshaus, in dem du mit deiner Mutter gewohnt hast. Das, was Bargello genannt wird."

„Was ist damit?", fragte der andere vorsichtig.

„Ich bin nur neugierig. Ich habe den echten Bargello, das Museum, natürlich gesehen. Aber wie könnte ein Mietshaus so aussehen?"

„Indem es plump und hässlich ist. Und sich wie ein Gefängnis anfühlt, dem man niemals entkommen kann. Du weißt ja, dass der echte Bargello ursprünglich ein Gefängnis war."

„Wo genau ist es? Also, das Mietshaus."

Tommaso strich sich über die Nase und beugte sich vor. „Wo? In einem Drecksloch, von der Via de Bardi abgehend. Es ist der Slum von Florenz. Im Mittelalter nannten sie es Borgo Pittiglioso. Pittiglioso bedeutet heute ‚elend'. Damals hieß es auch ‚flohzerfressen', was dasselbe ist. Von dort ging die Pest aus … Als wir in dem Bargello lebten, war nebenan ein Schlachthof. Nicht ein Metzger – ein echtes Schlachthaus. Wenn ich von der Schule kam, lag der Gestank von Blut in der Luft. Man hörte die Tiere schreien."

Gabriel fragte, ob er jemals zurückgegangen sei, um es sich anzusehen.

„Ich muss da nicht wieder hin. Es kommt zu mir, in meinen Albträumen … Gabriel, ich baue Brücken. Sie führen in eine Richtung. Ich überquere sie und gehe weiter zur nächsten. Und das wirst du auch tun. Vergiss diesen längst vergangenen Mord! Ja, ich weiß, dass dir Mama davon erzählt hat. Und versuch zu vergessen … nein, versuch, den Mörder deines Großvaters in Ruhe zu lassen! Das ist Aufgabe der Polizei. Als ich zehn war, habe ich einen Mord gesehen. Ich hörte, wie die Mörder auf unsere Tür schossen, um uns zu erwischen. Ich war mit Mama in der Küche, und mein Patenonkel, Max, draußen an der Tür, nur mit einem Messer bewaffnet … Vergiss alles über Heldentaten und die Schießerei am O.K. Corral! Wenn du dich einmischst, machen sie dich nieder. Es wird ihnen nicht mehr ausmachen, als wenn sie einen Hasen umlegen. Dein Großvater wollte, dass du baust. Ich hab die Widmung in deinem Buch gesehen. Du kannst es nicht, wenn du ins Gefängnis gehst oder tot bist. Ich werde dir nicht helfen, wenn du es nicht sein lässt."

Gabriel wollte etwas sagen, aber dann traf er Tommasos Blick und besann sich eines Besseren. Der Ingenieur ließ sich die Rechnung bringen und bezahlte. Als sie ihre Mäntel holten, kam der Manager. Er fragte sie, ob ihnen der Solaia geschmeckt hätte. „Wir hatten den Winzer von Antinori vor kurzem hier", sagte er. „Er hat behauptet, dass sich das Sprichwort ‚in vino veritas' auf den Solaia bezieht. Natürlich glaube ich ihm das nicht. Es ist ein alter römischer Ausdruck."

„Glauben Sie's ihm, Signore", sagte Tommaso. „Die Römer haben all ihre Weisheiten von uns Etruskern. Und der Solaia hat uns mehr als genug *veritas* an diesem Nachmittag gebracht."

Vor der Tür machten sie ihre Mäntel zu, um sich vor der Feuchte des Nebels zu schützen. Gabriel merkte, dass Tommaso etwas sagen wollte. Mit beiden Händen drückte er die seine.

„Danke für das Mittagessen … und alles", sagte er. Ohne eine Antwort abzuwarten, ging er mit gesenktem Kopf, die Hände in den Manteltaschen vergraben, eilig davon. Seine Finger berührten den Zettel mit Cosimos Handynummer für Notfälle. Schuldbewusst schreckten sie davor zurück.

Kapitel 21

London – 9. März 2003

Nachdem er aus der U-Bahnstation Shadwell getreten war, hielt Cosimo inne. Im Londoner East End kannte er sich nicht aus. Er musste sich erst orientieren. Neue Apartmenthäuser standen neben altersschwachen Nachkriegsmietskasernen. Er brauchte eine halbe Stunde, um zu der umgebauten Lagerhalle zu gelangen, aber er genoss den Spaziergang. Die Frühlingssonne wärmte ihm Rücken und Schultern. Die Luft hielt ein falsches Versprechen dieser Jahreszeit: belebend, aber vergänglich. Als er sich dem Eisentor näherte, sah er zu seiner Überraschung zwei schwarze Limousinen, die auf dem Hof parkten. Er klingelte. Ihm wurde auf der Stelle von einem kahl rasierten Mann geöffnet. Hinter ihm standen zwei Männer, die ebenfalls wie Bodyguards aussahen.

„Ich möchte zu Nathan Flintoff", sagte Cosimo. „Er erwartet mich."

Sie winkten ihn herein. Cosimo hörte die Tür hinter sich schließen. Sie wurde verriegelt, als er die Metalltreppe hinaufging.

Im oberen Stockwerk saß Nathan Flintoff neben einem jungen Mädchen vor einer Leinwand, die auf einer Staffelei stand. An der Wand lehnte ein Mann, der der Klon der Bodyguards unten hätte sein können, nur dass dieser einen Zentimeter Haare auf dem Kopf hatte. Flintoff wandte sich um und stieß einen überraschten Schrei aus.

„Doctor!", sagte er und schaute auf die Uhr. „Ich habe die Zeit vergessen! Das ist …"

Der Bodyguard schoss nach vorn und machte eine Geste, die besagte, er solle still sein.

„Sorry, ich hab nicht dran gedacht", sagte Flintoff. Schmallippig wartete er, bis der Bodyguard das Mädchen zur Treppe geleitet hatte. Bevor sie ging, wandte sie sich Flintoff mit feierlichem Gesicht zu, lächelte kurz und winkte.

„Auf Wiedersehen", sagte Flintoff. „Bis nächste Woche."

Als sie hörten, wie sich die Eingangstür schloss, drehte sich Flintoff, der die Leinwand kritisch beäugt hatte, mit einer entschuldigenden Geste um. „Sie ist Russin“, erklärte er. „Ihr Vater hat eins meiner Gemälde gekauft und den Preis für das Original bezahlt. Der Händler, der es ihm verkauft hat, ist spurlos verschwunden. Dann tauchte der Russe eines Tages mit diesen Typen auf, und ich dachte: Okay, Flintoff, jetzt wirst du spurlos verschwinden. Aber nein. Es stellte sich heraus, dass er mich für einen großen Künstler hielt und dass seine Tochter ebenfalls eine sein möchte. Flintoff ist also wieder mal davongekommen … bis zum nächsten Mal.“

Cosimo betrachtete das Gesicht des Mannes. Er hatte Nathan Flintoff fünfzehn Jahre lang nicht mehr gesehen. Hätte er ihn in den vergangenen fünf Jahren sehen wollen, er hätte ihn im Pentonville-Gefängnis besuchen müssen, wo Flintoff eine Strafe wegen Betrugs abgesessen hatte. Aber weder die Zeit noch der Strafvollzug hatten ihre Spuren hinterlassen. Seine Haut strahlte, und aus seinen weit auseinanderliegenden Augen leuchtete die jugendliche Begierde, alles verschlingen zu wollen, was die visuelle Welt anzubieten hatte. Cosimo erinnerte sich an die Beschreibung Nathans durch einen Arztkollegen: ein Manisch-Depressiver, der dauerhaft im manischen Zustand hängt. Ein Quäntchen manische Überdrehtheit war für die anstehende Sache sehr praktisch.

Flintoff sah ihn erwartungsvoll an. Er wusste, worum es im Allgemeinen gehen würde, aber er kannte den speziellen Anlass des Besuchs nicht. Ohne Vorrede erklärte ihm Cosimo, dass das „Projekt“, an dem er und Max Schopenhauer gearbeitet hatten, zu Ende gebracht werden musste.

Flintoff streckte jubelnd die Arme in die Luft. „Ich mache solche Fortschritte, Doctor. Der Turban ist großartig gealtert …“

Cosimo unterbrach ihn mit einem steifen Lächeln. „Drei Tage. Ich muss es am Mittwochmorgen haben.“

Flintoff sah ihn entgeistert an.

„Wenn das zusätzliche Kosten bedeutet“, sagte Cosimo, „werde ich dafür aufkommen.“

„Es geht nicht um die Kosten, Doctor. Es geht um die Zeit. Das Gemälde ist fertig. Aber das Craquelé, das Netz aus Rissen und Sprüngen auf der Lasur, wenn sie altert und schrumpft. Dazu sind Kreisläufe von Hitze und Kälte nötig, um die natürlichen Schwankungen in der Umgebungstemperatur nachzuahmen. Und dann ist da noch das Problem mit dem Rahmen."

„Morgen haben Sie den Rahmen."

„Ah … gut."

„Er ist exakt wie von Ihnen bestimmt. Aus dem frühen sechzehnten Jahrhundert."

„Italienische Pappel, Doctor? Das ist sehr wichtig."

„Italienische Pappel."

„Und links ziemlich rau auf der Rückseite?"

„Ich weiß nicht, wie rau die Rückseite ist. Aber ich weiß, dass der Rahmen original aus der Zeit und von dem Ort stammt. Er wurde sogar erst kürzlich von einem Werk desselben Künstlers genommen."

Flintoff blinzelte. „Zusammen mit dem Bild dieses Künstlers?"

„Nein, das Bild blieb, wo es war."

„Ha! Das ist dann wohl das erste Mal. Nicht das Bild, sondern den Rahmen stehlen von …"

Cosimo schnitt ihm mit einer Geste das Wort ab, ähnlich wie der Bodyguard zuvor.

Flintoff starrte ihn einen Moment lang mit großen Augen an. Dann rief er unvermittelt: „Für Sie, Doctor, mach' ich's … Drei Tage", fuhr er begeistert fort, „das bedeutet auch drei Nächte. Kein Schlaf für Flintoff. Ja, ich mach's für Sie. Aber vor allem …"

Flintoffs Gesicht verdüsterte sich, als wäre ein Vorhang gefallen.

„… mach' ich's für Maximilian Schopenhauer."

Cosimo lächelte.

Pistoia – 11. März 2003

Gabriel war in der Bibliothek, als das Telefon klingelte.

„Ich habe gerade einen Anruf von Cosimo bekommen", sagte Arthur Whyte. „Du ziehst das durch, oder?"

„Wo sind Sie?"

„Tu nichts, bis ich da bin."

Am folgenden Nachmittag fuhr Gabriel mit Whytes BMW zum Flughafen von Pisa, um ihn abzuholen. Sie sprachen nicht, bis sie auf der Autobahn waren und nach Pistoia zurückfuhren.

„Cosimo denkt also", sagte Whyte, „dass der Henker einen Maulwurf bei der Polizei hat … Du sagst Interpol, dass du weißt, wo er ist, dieser *Bambino*, und Murphy wird davon erfahren. Das ist der Plan."

„Darüber sind Cosimo und ich uns einig", sagte Gabriel. „Es muss einen Insider geben, jemanden, der mit Murphy zusammenarbeitet."

„Murphy soll außerdem glauben, dass du Interpol gesagt hast, wo der *Bambino* ist, damit du die Belohnung von ‚Kultur für alle' kassieren kannst … Ja, das sollte ihn dazu bringen, überstürzt zu handeln."

Gabriel nickte zerstreut. „Ich habe darüber nachgedacht – über den *Bambino*, meine ich. Wissen Sie, die Bambinostatue in der Santa Maria in Aracoeli in Rom, die kleine hölzerne Statue vom Jesuskind … Na ja, es ist eine Statue. Und sie wird *Bambino* genannt …"

„Ich dachte, dich interessiert die Statue nicht, außer als Köder."

„Tut sie auch nicht. Also, außer … Warum grinsen Sie so?"

„Nichts."

„Der Original-*Bambino*", sagte Gabriel mit fester Stimme, „wurde, wenn ich mich recht entsinne, aus der Aracoeli gestohlen."

Whyte warf ihm einen Blick zu. „Du willst jetzt aber nicht sagen, dass dein Großvater …"

„Natürlich nicht. Großvater wäre sicherlich nicht am Diebstahl beteiligt gewesen. Aber … zurückbringen? In die Kirche?“

„Diese Statue in Max’ E-Mail-Anhang ist so weit von dem *Aracoeli-Bambino* entfernt, wie sie nur sein kann.“

„Hören Sie mir zu“, sagte Gabriel. Er erzählte Whyte vom Anwalt Heuschmidt und dem Wandsafe sowie dessen Inhalt und von der Unter-uns-Geschichte seines Großvaters in der Aracoeli, soweit er sich erinnern konnte.

Whyte staunte so sehr, dass er fast die Ausfahrt nach Pistoia verpasste.

„Noch mal von vorn“, sagte er, nachdem sie abgebogen waren.

Gabriel wiederholte alles.

Whyte stieß einen leisen Pfiff aus. „Gott im Himmel.“

„Also“, sagte Gabriel. „Hier taucht die Aracoeli schon wieder auf. Weshalb ich mich frage, ob die Statue in Großvaters E-Mail eine falsche Fährte ist. Vielleicht hat er herausgefunden, wer den *Bambino* …“

„Ein Brief von Michelangelo … an den *Bambino von Aracoeli* … Hast du ihn gelesen?“

„Haben Sie mir zugehört? Ich spreche nicht von dem Brief. Außerdem ist das gar kein Brief. Es ist ein Geständnis. Privat und persönlich zwischen einem Mann und seinem Gott. Es hätte vor fünfhundert Jahren zerstört werden sollen.“

Whyte schoss in seinem Sicherheitsgurt vor und sah ihn an. „Was hast du damit gemacht?“

„Es ist wieder im Safe. Vorerst.“

Whyte atmete tief aus.

Sie schlängelten sich durch die karge Landschaft mit vereinzelten knorrigen, kahlen Bäumen, die wie geplatzte Adern auf der bleichen Haut des Himmels hervorstachen. Hier und da konnte man die Bahnschienen weiter entfernt zur Rechten erkennen, zwei dünne, dunkle Striche, die den frostigen Boden durchschnitten. Es herrschte wenig Verkehr. Aber sie hingen hinter einem langsamen LKW mit bulgarischem Kennzeichen fest. Whyte ging vom Gas und dachte noch immer darüber nach, was Gabriel ihm erzählt hatte.

„Der Anwalt hat mir außerdem gesagt, dass Großvater vor langer Zeit Geld bezahlen musste, damit ich nicht von der IRA umgebracht wurde“, sagte Gabriel.

Whyte scherte etwas nach links, um den entgegenkommenden Verkehr zu prüfen.

„Mein Leben und ein anderes“, sagte Gabriel.

Whyte beschleunigte auf die Gegenfahrbahn. Als am Horizont ein entgegenkommendes Auto auftauchte, drückte er das Gas durch.

„Das waren Sie, richtig?“, fragte Gabriel.

„Das ist weder der richtige Zeitpunkt, noch der richtige Ort“, sagte Whyte und fädelte sich wieder auf der rechten Spur ein.

„Sie haben es mehr als einmal gesagt. Etwas von einer Schuld, die Sie zu bezahlen haben. Sie denken, dass Sie Großvater eine Riesenmenge Geld schulden, eine Million Dollar oder so, weil er für Ihr Leben bezahlt hat. Ich weiß nicht, ob Sie mit ihm darüber gesprochen haben, und ich will es auch gar nicht wissen. Es geht mich nichts an.“

„Du wirst mir nicht zweiundzwanzig Jahre meines Lebens verleugnen“, sagte Whyte fest.

„Großvater würde das nicht wollen.“

Whyte starrte stur geradeaus und murmelte etwas vor sich hin. Im weiteren Verlauf der Straße erschien rechterhand etwas, das nach einem verlassenen Landbahnhof aussah. Als sie ihn erreichten, trat Whyte unvermittelt auf die Bremsen und lenkte den Wagen auf den Parkplatz. Das Auto schleuderte in einer Staubwolke herum und blieb stehen. Er schaltete den Motor aus und starrte durch die Windschutzscheibe.

„Ja“, sagte er und sah der Staubwolke nach, die über die Bahnschienen wehte. „Vielleicht ist es doch die richtige Zeit und der richtige Ort. Bringen wir's hinter uns … Kennst du das Geräusch, das ein Cricketschläger macht, wenn er auf einen menschlichen Körper trifft?“

„Was?“

„Erst ist es ein harter Schlag, wie wenn man einen Cricketball schlägt. Dann, wenn genug Knochen gebrochen sind, ist es ein weiches, schmatzendes Geräusch wie von einem nassen Sandsack. Ein wahnsinniger Ire, den man Mad Dog nannte, hat mir das angetan. Dein Großvater hat mich vor ihm gerettet. Glaubst du, ich kann das einfach so wegpusten?“ Er hielt inne und betrachtete Gabriels erstauntes Gesicht. „Ich dachte, der Anwalt hätte dir die Geschichte erzählt.“

Gabriel schüttelte den Kopf.

„Dann bekommst du die lange Version – damit es keine Missverständnisse gibt. Eine Schuld ist eine Schuld. Sie ist nicht bezahlt, wenn jemand stirbt.“ Whytes Blick wurde unscharf und schweifte in die Ferne. „Vor zweiundzwanzig Jahren fasste ich den Entschluss, das Militär zu verlassen und in meinem Studienfach Karriere zu machen – Malerei. Ich war damals noch bei der SAS in Londonderry. Ein Tintoretto-Gemälde wurde in einem Landhaus ausgestellt. Also holte ich mir den Passierschein für das Wochenende, um es mir anzusehen. Es gehörte einem Mann namens Flynn, den die SAS verdächtigte, Waffenhändler zu sein. Der Tintoretto war eine Tuschestudie für seine berühmte Kreuzigungsszene, die sich in der Scuola di San Rocco in Venedig befindet. Flynn spielte den Gutsherrn in Tweed und Wellingtons und begrüßte seine Gäste mit großer Geste. Ich hatte einen vulgären Typen erwartet, aber er war ein Charmeur. Wir kamen ins Gespräch, und er erfuhr, dass ich malte. Er sagte, ich könne abends zurückkommen und mir in Ruhe den Tintoretto ansehen, vielleicht sogar einen Zeichenblock mitbringen. Das tat ich. Am selben Abend kam die IRA.

Es lief immer gleich ab: Wertvolle Dinge wie Rennpferde oder Kunstwerke wurden gestohlen und dann gegen ein Lösegeld an den Besitzer oder die Versicherung zurückgegeben. Flynn ließ sich recht leicht überwältigen. Als sie in die Galerie kamen, erkannten sie, dass ich Engländer und vom Militär war, was bedeutete: Ich war ein toter Mann. Also kämpfte ich. Ich bekam ein paar Schläge mit, bevor sie mir etwas auf den Kopf schlugen, und das war’s dann. Sie steckten mich in einen Kofferraum, fuhren ein paar Stunden herum, parkten den Wagen und ließen mich die ganze Nacht liegen. Morgens zerrten sie mich hinter ein Haus, banden mich an eine Stange, und ein Typ, den sie Mad Dog nannten, fing an, mich mit einem Cricketschläger zu bearbeiten. Er war sehr geschickt. Er machte kleine Pausen zwischen den Schlägen, um mich genau zu betrachten, wie ein Künstler, der einen Schritt zurückgeht, um die Leinwand zu begutachten. Wenn er eine unberührte Stelle ausfindig gemacht hatte, schlug er wieder zu. Er achtete darauf, fest zuzuschlagen, aber nicht zu fest, ich sollte das Bewusstsein nicht verlieren. Nach einer Weile spürte ich gar nichts mehr. Mad Dog verlor die Lust und ließ von mir ab. Ich weiß noch, dass ich ein Auto hörte, das vor dem Haus stehenblieb. Dann wurde ich bewusstlos.

Das nächste, woran ich mich erinnere, war, dass ich ins Haus gezerrt und auf den Boden geworfen wurde. Ich konnte nichts sehen, weil meine Augen zugeschwollen waren. Aber ich hörte, dass ein Streit im Gange war. Eine Stimme hob sich ab. Ein Mann mit einem deutschen Akzent. Dann ging es so richtig los. Mad Dog fing an, fürchterlich zu kreischen. Es gab einen Tumult. Mad Dog wurde fortgejagt. Er fluchte am laufenden Band. Ich wurde über den Boden zu ihrem Anführer geschleift. Ich brauchte eine Weile, aber schließlich verstand ich, was er sagte. Mein Leben war gekauft worden. Die IRA hatte mich an diesen unsichtbaren Mann mit dem deutschen Akzent ‚verkauft'. Ich sollte versprechen, nicht zur Polizei zu gehen. Dann würde man mich mit diesem Mann wegfahren und in ein Krankenhaus bringen. Wenn ich nicht zustimmte, würde man mich zu Mad Dog in den Hinterhof bringen. Ich versuchte, etwas zu sagen, aber mein Kiefer war gebrochen und hing herab. Der Anführer sah, was los war, und befahl mir, mit dem Kopf zu nicken. Das muss mir gelungen sein, mir wurden nämlich die Augen verbunden, man schaffte mich nach draußen und warf mich in ein Auto. Mein Wohltäter war neben mir. Er flüsterte meinen Namen, also wusste er, wer ich war. Später erfuhr ich, dass er einige meiner studentischen Arbeiten an der Slade gesehen hatte.

Bevor ich wieder ohnmächtig wurde, sagte der IRA-Mann, der Anführer mit der schönen Stimme, etwas zu dem Deutschen. Da hörte ich die Zahl, zwei Millionen Dollar. Die vereinbarte Summe, um mein Leben zu kaufen … und ein weiteres.

Der Deutsche war natürlich Max. Man hatte ihn mit verbundenen Augen dorthin gebracht. Zuvor war ein Deal zwischen der IRA und einem privaten Käufer, einem von Max' Klienten, vereinbart worden. Dein Großvater hatte keine Skrupel, den Kauf eines Kunstwerks zu verhandeln, wenn es von einem Waffenhändler gestohlen worden war. Unglücklicherweise war der Tintoretto eine Kopie. Sie war von sehr hoher Qualität und vermutlich von einem Schüler Tintorettos angefertigt worden. Aber es handelte sich eben nicht um das Original. Natürlich wollte die IRA nichts davon hören. Sie wussten, dass Max' Klient keine Kopie kaufen würde. Und die Versicherung würde sich nicht auf Lösegeldforderungen einlassen, wenn sie davon erfuhr. Also drohten sie Max mit dem Tod. Nicht mit seinem, allerdings. Mit deinem.

Die IRA wusste, wo du wohntest, und sie hatten Leute in den USA. Der Anführer stellte Max ein Ultimatum. Lüge deinen Klienten an, oder wir murksen deinen Enkel Gabriel ab. ‚Es ist eine Kopie', wiederholte Max. Und das war's dann. Max war sich in dem Moment voll darüber im Klaren, dass er dein Todesurteil gesprochen hatte. Später erzählte er es mir. Er gab zu, dass er in dieser Sekunde seinen Enkel geopfert hatte. Aber wofür? Seine Integrität? Max … Weißt du, was mich an ihm am meisten angepisst hat? Dass er nie was erklärt hat … Ja, du weißt, wovon ich spreche. Gerade, wenn's um die großen Themen ging. Die wichtigen Warums. Da hat er einfach zugemacht. Ich hab das gehasst … Jahrelang hab ich ihn damit bedrängt: Warum hast du das deinem Enkel angetan? Alles, was er schließlich gesagt hat, war, dass es was mit einem Versprechen zu tun hatte. Er hätte vor ganz langer Zeit ein Versprechen gegeben, sagte er. An dem Tag seiner Wiedergeburt, sagte er. Ich dachte: Was? Max Schopenhauer – ein wiedergeborener Christ?

Jedenfalls, als er mich zusammengekauert am Boden des IRA-Hauses liegen sah, hatte er offenbar die Idee. Sie brachten ihn vor die Tür, um ihn wegzubringen, er blieb stehen und sagte dem Anführer: ‚Zwei Millionen.' Er bot zwei Millionen Dollar, seine gesamten Spareinlagen. Sie könnten das Gemälde behalten. Max würde seinem Klienten den Kauf unter einem Vorwand ausreden. Er versprach, nichts der Versicherungsgesellschaft zu sagen. Der Anführer stimmte zu. Eine Win-Win-Situation für die IRA. Sie hätten zwei Millionen und könnten immer noch aus Flynns Versicherung eine vermutlich sechsstellige Summe rausholen. Und sie würden uns alle drei umbringen, wenn dieses Versprechen gebrochen wurde.

Ich brauchte neun Monate, um mich zu erholen. Ich wurde wieder, abgesehen von meiner Hand. Dann fing ich an, für deinen Großvater zu arbeiten. Die Verletzung an meiner Hand hatte immerhin den Vorteil, dass ich niemandem erklären musste, warum ich mit dem Malen aufgehört hatte.

Aber das ist nicht der wahre Grund. Es tut weh, aber ich kann einen Pinsel halten …

Max hat das Geld nie erwähnt und dachte wahrscheinlich, dass ich es nicht gehört hatte. Aber zweiundzwanzig Jahre lang habe ich gespart, um es ihm zurückzuzahlen. Eine Million Dollar dafür, dass er mein Leben gekauft hatte. Ich nahm an, dass die andere Million für dich war. Und ein paar Tage, bevor Max ermordet wurde, hatte ich die Summe endlich zusammen. Dachte ich jedenfalls."

Das Geräusch des herannahenden Zugs zerriss die Stille, die im Wagen herrschte. Whyte startete den Motor und legte den Gang ein. Er sah aus wie ein Mann, der eine unangenehme Pflicht erfüllt hatte. Er verließ den Parkplatz und fuhr eine kleine Steigung hinauf, vorbei an einem Schild, auf dem stand: „Pistoia 15 km". Gabriel warf einen Blick zur Seite, als der Zug vorbeiratterte und die Dampfpfeife heulen ließ, als gäbe es etwas zu bereuen. Der Zug verschwand abrupt aus seinem Blickfeld, als sie in einen von hohen, sich im Wind biegenden Pappeln flankierten Straßenabschnitt gelangten. Ein zweites, entferntes Pfeifen des Zugs klang hinter ihnen wie ein trauriger Abschied. Als wollte er dem entkommen, drückte Whyte das Gaspedal durch.

Zwanzig Minuten später verlangsamte er das Tempo, als sie die Vororte von Pistoia erreichten.

„Kommen wir wieder zum eigentlichen Punkt", sagte er. „Wann sprichst du mit der Polizei?"

„Savarin und Roark kommen um drei zum Palazzo", sagte Gabriel.

„Ab heute Abend bist du der Köder am Haken. Ich werde den Wagen außer Sichtweite parken und mich dort am Platz herumtreiben. Gibt es eine Pension in der Nähe des Palazzos?"

Gabriel nannte ihm eine. „Murphy wird nicht in den Palazzo kommen. Ich muss unterwegs sein", sagte er.

Whyte näherte sich der Piazza di duomo und sah dabei regelmäßig in den Rückspiegel. Er hielt in einer Seitenstraße um die Ecke. „Immer, wenn du das Haus verlässt, schickst du mir fünf Minuten vorher eine SMS, wo du hingehst. Ich bleibe bei dir."

„Funktioniert das?"

Whytes Handgelenk lag auf dem Lenkrad. Er hatte die Hand zur Faust geballt. „Kommt drauf an, ob Murphy Befehle von dem Maulwurf entgegennimmt. Murphy selbst ist jedenfalls ein Soziopath. Soziopathen denken, dass sie schlauer sind als wir Normalsterblichen und fühlen sich genötigt, das auch zu beweisen. Der Maulwurf könnte die Lunte riechen. Aber Murphy wird denken, dass er schlau genug ist, der Sache nachzugehen, ohne dass ihm was passiert."

Gabriel öffnete die Tür und stieg aus. Die beiden Männer sahen sich an.

„Manchmal muss man etwas zu Ende bringen, bevor man weitermachen kann. Vielleicht weißt du das schon", sagte Whyte.

Gabriel wandte sich ab. Aber er wusste, dass Whyte bemerkt hatte, wie sein Mundwinkel gezuckt hatte, so als wäre eine Fliege darauf gelandet.

Florenz – 11. März 2003

„Mrs. Schopenhauer", sagte Inspector Roark. Sein frisch gefärbtes Haar schimmerte gelblich vor den tristen Bürowänden der Florenzer Polizeistation. „Danke, dass Sie gekommen sind. Also … Sie sind auf dem Weg nach Siena? Ein Kursausflug? Sie studieren Kunstgeschichte, richtig? Bitte.“ Er deutete auf einen Stuhl vor seinem Schreibtisch.

„Architektur der Renaissance“, sagte Emily und schüttelte den Kopf, als Roark ihr einen Kaffee anbot. Sie setzte sich und schlug die Beine übereinander. „Ich bin keine Studentin. Die Universität lässt mich als Gasthörerin an den Vorlesungen und Seminaren teilnehmen.“ Ihr Blick blieb einen Moment auf Roarks Haar ruhen. „Sieht gut aus“, sagte sie mit schalkhaftem Grinsen.

Roark grinste ebenfalls und lehnte sich zurück. „Also, ich will Sie nicht lang aufhalten. Ich habe Sie hergebeten, weil wir auf etwas gestoßen sind. Vielleicht bedeutet es nichts, aber …“ Er räusperte sich. „Wir haben in der Münchner Wohnung des Großvaters Ihres Mannes ein Foto gefunden. Es wurde vor längerer Zeit aufgenommen, wahrscheinlich bei einem Umtrunk. Eine Art Paparazzi-Aufnahme mit ein paar Schnöseln im Hintergrund. Wirklich interessant daran ist, dass Sie auch drauf sind. Und Sie stehen neben Sydney Kitchener.“ Er zögerte, aber Emily sagte nichts. „Sie kannten Sydney Kitchener, Mrs. Schopenhauer? Ich frage Sie natürlich, weil Kitchener vor Jahren einer von Maximilian Schopenhauers Klienten war. Wahrscheinlich um die Zeit herum, als das Foto gemacht wurde.“

Emily sah ihn einen Moment lang fest an. „Ich war Sydney Kitcheners …“

„Begleitung?“

„Wo haben Sie das Foto her?“

„Wie gesagt, aus Schopenhauers Apartment in der Prinz-Ludwig-Straße. Es war in einem Ordner mit lauter alten Zeitungsausschnitten, der auf dem Schreibtisch lag. Schopenhauer muss ihn kurz vor seinem Tod durchgesehen haben.“

Emily nickte und sah an Roark vorbei zum Fenster. Dann hob sie die Schultern. „Begleitung, ja, so kann man es auch nennen. Ein paar Monate lang, als ich ein Teenager war und der alte Perversling um die siebzig. Ich war Kitcheners Begleitung.“ Sie richtete sich auf. „Aber was hat das zu tun mit …“

„Wir haben auch Maximilian Schopenhauers Verbindungsnachweise geprüft. Eine Woche vor seinem Tod hat er Sie auf Ihrem Handy angerufen."

„Ach, Sie versuchen also, da einen Zusammenhang herzustellen?"

„Zwischen was, Mrs. Schopenhauer?"

„Zwischen Kitchener und mir und Großvater, natürlich", sagte sie scharf.

„Wir wissen nur nicht, was wir davon halten sollen. Ob überhaupt irgendwas dran ist. Warum hat Max Schopenhauer Sie angerufen?"

Emily sah argwöhnisch über den Schreibtisch zu ihm hinüber. „Darum. Wegen Kitchener … Wenn Sie es genau wissen wollen: Erst hab' ich mir darüber keine Gedanken gemacht, als es mit Gabriel ernst wurde. Meine Vergangenheit, meine ich. Gabriel wusste, dass er keine Jungfrau heiraten würde. Und es war alles so lange her. Wie sollte er es jemals erfahren?" Sie sah Roark herausfordernd an.

„Sie waren ein Escort", sagte Roark.

„Ich hab' Geld gebraucht", sagte sie nüchtern. „Aber als ich erfuhr, wer Gabriels Großvater war, machte ich mir doch Sorgen. Würde Großvater sich daran erinnern, dass er mich bei einer dieser Auktionen gesehen hatte? Aber offenbar tat er das nicht. Nicht, bis er dieses Foto fand – und mich anrief." Ihr Gesicht wurde sanft. „Er war süß, verständnisvoll. Hat nicht den Moralapostel gespielt. Ich vermute, er hat eine Menge solcher ‚Verbindungen' unter seinen Klienten gesehen. Alte Männer mit viel Geld und junge Mädchen wie mich, die etwas davon gebrauchen konnten."

„Schopenhauer wollte nicht, dass sein Enkel davon erfuhr", sagte Roark.

„Genau."

„Also hat er versprochen, Ihren früheren … Beruf für sich zu behalten. Und nicht seinen Enkel zu unterrichten?"

„Das hätte er wohl getan."

Roark blinzelte. „Entschuldigung?"

Emily sah ihn missbilligend an. „Es wird Sie schrecklich enttäuschen, Inspector, aber Großvater musste mir gar nichts versprechen. Ich hatte Gabriel schon von meinem früheren Beruf erzählt, kurz bevor wir heirateten. Es war ihm egal … Großvater war erleichtert, als ich es ihm erzählte."

„Ah", sagte Roark. Er schob ein paar Papiere auf seiner Schreibtischablage herum.

Emily sah ihn belustigt an. „Mir scheint, ich habe Sie etwas aus dem Konzept gebracht, Inspector."

Roark sah auf. „Haben Sie", gab er freimütig zu.

„Lassen Sie mich Ihnen ein wenig helfen. Da war mehr."

„Mehr, Mrs. Schopenhauer?"

„Mehr dran an dem Anruf als mein … dreckiges Geheimnis."

Roark seufzte. „Jede Hilfe ist hier willkommen, Ma'am. Der Fall hat sie nötig."

Emily machte eine warnende Geste. „Vielleicht ist es nichts. Ehrlich gesagt kam es mir zu der Zeit fast … schlüpfrig vor. Jetzt …"

„Schlüpfrig?"

„Großvater hat mich über Kitchener ausgefragt." Sie wurde ein wenig rot. „Persönliche Sachen."

„Zum Beispiel?"

Emily rutschte auf dem Stuhl herum. „Ob ich im selben Bett wie Kitchener geschlafen hätte. Ob er im Schlaf gesprochen hätte. Ob ich in seiner Villa in Malibu gewohnt hätte. Solche Sachen. Ich konnte ihm nicht viel sagen. Schließlich war ich nicht Teil von Sydneys Alltag gewesen. Es war rein geschäftlich, könnte man sagen. Sydney schätzte das sehr an mir."

„Was?"

„Dass ich nicht versucht habe, ihn auszunehmen. Sich in das Leben eines alten Mannes schleichen, ihn wenn möglich heiraten. Er hat mir mal erzählt, dass er in den ganzen Jahren, in denen er Sex gekauft hat, nie jemanden getroffen hat, der weniger verlangte als ich. Ich hatte eine Wohnung in Brüssel, ein Spesenkonto und ein monatliches Honorar. Dafür war ich mehr oder weniger auf Abruf. Ein paar Mal bedeutete das auch, für eine Woche oder so nach Malibu zu fliegen. Wir haben oft auch einfach nur geredet. Er hatte gern einen jungen Menschen um sich."

„Mrs. Schopenhauer …", sagte Roark skeptisch.

Sie zuckte die Schultern. „Ob Sie's glauben oder nicht, macht keinen …"

„Sie waren in Kitcheners Leben wichtig genug, um mit zu gesellschaftlichen Anlässen zu gehen. Das Foto, Sie erinnern sich?"

„Eine Ausnahme, Inspector – die Ausnahme waren Kunstveranstaltungen. Sydney war in dieser Hinsicht sehr nett und aufmerksam. Wir interessierten uns beide für Kunstgeschichte. Also lud er mich zu diesen Anlässen ein. Das Foto wurde bei einem Empfang von Sotheby's in Genf gemacht, wenn ich mich recht erinnere."

„Was wollte Max Schopenhauer noch über Kitchener wissen?"

Sie runzelte nachdenklich die Stirn. „Er fragte noch etwas wegen Kitchener und seinen Doktoren."

Roark setzte sich auf. „Seinen Doktoren oder den ‚Doktoren'?"

„Bitte?"

„Entschuldigung … schon gut … fahren Sie fort."

„Ob Kitchener jemals mit mir über ‚die Doktoren' gesprochen hätte", fuhr sie verwirrt fort. „Ja, wenn ich so drüber nachdenke, hat Großvater ‚die' gesagt. Hat das … Warum ist das wichtig?"

Roark kritzelte auf einen Block und antwortete nicht.

„Ich konnte Großvater nicht weiterhelfen. Sydney hatte medizinische Probleme. Aber er hat nicht mit einem Mädchen darüber gesprochen, das fünfzig Jahre jünger war als er."

„Sonst noch was?"

„Das war's. Nein, er wollte noch wissen, ob Kitchener einen Freund mit weißblondem Haar hatte."

„Weißblondes Haar?"

„Er versuchte, einen Mann zu finden, den er über Kitchener kennengelernt hatte. Er hatte den Namen vergessen."

Roark tippte mit seinem Stift auf der Schreibtischunterlage herum. „Was glauben Sie steckte hinter all diesen Fragen?"

Emily hob die Schultern. „Ich habe Ihnen doch schon gesagt, ich …"

Roark ließ den Stift fallen und beugte sich vor. „Mrs. Schopenhauer, wir sollten erst gar nicht mit so einem komplizierten Hin und Her anfangen." Mit einem Mal wurde seine Stimme sanft und verbindlich. „Seit dem Mord hatten Sie genug Zeit, sich an Ihre letzte Unterhaltung mit dem Großvater Ihres Mannes zu erinnern. Sie sind eine kluge Frau. Ein paar Schlussfolgerungen werden Sie mittlerweile schon gezogen haben. Ich will sie hören."

Emily musterte ihn abschätzig. Dann lehnte auch sie sich vor, ihr Kinn nur wenige Zentimeter über seinem Computer.

„Inspector, ich habe Angst gehört. Und Großvater war mutig. Diesen bestimmten Charakterzug hat er kaum gezeigt. Aber er war da, in seinem Unterton, hinter den Fragen über Kitchener. Die Stimme eines gehetzten, gezeichneten Mannes. Ich kenne diese Stimme …" Ihr Blick schweifte ab. „Seit seinem Mord versuche ich mich daran zu erinnern, dahin zurückzugehen, an den Punkt, an dem sie am deutlichsten war. Alles, was ich sagen kann, ist, dass ihn etwas zu Tode geängstigt hat, das mit seinem alten Klienten Kitchener zu tun hat. Dieser blonde Typ vielleicht. Oder Kitcheners Doktoren – auch wenn das lächerlich klingt. Oder eine Organisation. Jemand war hinter ihm her." Sie lehnte sich wieder zurück.

„Warum haben Sie das nicht schon früher erwähnt?"

„Ich habe auch Angst."

Roarks Augen wanderten über ihr Gesicht. „Ihr Ehemann."

„Mein Mann verwandelt sich in Wyatt Earp. Jedes Mal, wenn ich glaube, ihn davon überzeugt zu haben, dass er zu Hause bleibt, passiert etwas anderes, und er zieht los … Sie müssen das verstehen. Gabriels Eltern waren Loser, Junkies. Etwas, das einfach bei einer Familie wie den Schopenhauers nicht vorkommt. Stellen Sie sich vor, wie das für Gabriel gewesen sein muss. Sein

Großvater, der distinguierte, weltgewandte Mann. Sein Vater, ein Aussteiger in San Francisco, der von Gras zu den harten Drogen abgerutscht war. Vater und Großvater hatten gewaltige politische Auseinandersetzungen. Die Schopenhauers entschuldigen sich nie. Und der Graben wurde über die Jahre immer breiter. Gabriel redet nicht gern darüber, aber mir war klar, was passiert sein musste. Der Junge hatte sich zwischen Vater und Großvater entscheiden müssen. Keine schwierige Wahl. Er hatte sie noch vor der Überdosis seines Vaters getroffen. Großvater und Gabriel hatten diese extrem starke Verbindung … Vielleicht hat Großvater viele Fehler bei seinem Sohn gemacht. Vielleicht wollte er bei Gabriel diese Fehler wiedergutmachen … Für Gabriel war er Großvater und Vater in einem." Emily schüttelte langsam den Kopf. „Jede Neuigkeit über Großvater heizt meinen Mann um zehn Grad auf. Ich will ihn dann wieder runterkühlen. Ich will, dass er in unserem kalten, feuchten Palazzo sitzt und trauert. Und versucht weiterzumachen."

Roark betrachtete die offene Bitte in ihrem Gesicht. „Wir werden diese kleine Unterhaltung für uns behalten. Ihr Mann muss nichts davon erfahren."

Emilys Augen strahlten. „Danke", sagte sie.

Roark erhob sich. Emily tat es ihm nach. Sie sahen sich einen Moment lang an. Dann streckte sie ihm die Hand entgegen.

Roark blieb noch lange hinter seinem Schreibtisch stehen, nachdem sie gegangen war. Er dachte darüber nach, dass er noch nie eine Frau mit ausdrucksvolleren Augen getroffen hatte … oder einem festeren Händedruck.

Kapitel 22

Pistoia – 11. März 2003

Emily öffnete die Tür zur Bibliothek. „Klopf, klopf."

Gabriel drehte sich grinsend um. „Wer ist da?"

„Beschäftigt?"

„Du siehst großartig aus, Em."

Sie ging zum Tischende, nahm ein Brückenmodell hoch und hielt es gegen das Licht. „Ich bin doch nicht mit nach Siena gefahren", sagte sie und betrachtete es. „Der ‚Weiche Stil' langweilt mich zu Tode." Sie stellte das Modell zurück und betrachtete ein anderes, eine Kombination aus Schnur und getrocknetem Lehm. „Wie war's bei Tommaso?", fragte sie. Er erzählte es ihr, und ihre Augen leuchteten. „Fantastisch", sagte sie und wandte sich zum Bücherregal, um sich das Foto des AC Mailand-Spielers Maldini anzusehen. „Gibt's Neuigkeiten von den Ermittlungen?" Sie warf ihm einen Blick zu. „Hat Inspector Roark angerufen?"

„Nein … Fass das nicht an", sagte Gabriel, als sie nach einem weiteren Modell griff. „Zerbrechlich."

Sie ging um den Tisch herum zu Gabriel. „Schatz … diese Kassette. Schau", sie fuhr eilig fort, „du verschweigst mir etwas, das weiß ich. Damit ich mir keine Sorgen mache, und um mich zu schützen. Ich weiß das zu schätzen, wirklich. Aber diese Kassette beunruhigt mich wirklich." Ihre Augen flammten kurz auf. „Da ist nichts drauf auf dem Scheißding", sagte sie etwas lauter, „also verbrenn sie, verdammt noch mal!" Mit zitternden Fingern fuhr sie sich über die Stirn. „Tut mir leid."

Gabriel nahm ihre andere Hand und drückte sie. „Die Polizei", sagte er, „wird die Kassette nicht in die Finger bekommen."

„Was, wenn sie hier eine Durchsuchung machen?"

„Hast du schon mal die Geschichte *Der entwendete Brief* gelesen?"

„Von Edgar Allan Poe?"

Er nickte.

Ihr Blick schoss durch den Raum und registrierte die beeindruckende Ansammlung von Durcheinander auf Tisch und Regalen. Sie schnaubte kurz. „Wenn man etwas direkt vor den Augen anderer verstecken will, dann ja wohl hier. Schlau“, sagte sie und entspannte sich. „Hoffen wir, dass es schlau genug ist.“ Sie legte ihre Hände auf seine Schultern. „Ich will heute Abend ausgehen“, sagte sie ernst. „Irgendwohin, wo es laut und voll ist.“

„Klar“, sagte er, schob seine Finger in ihren Hosenbund und zog daran.

„Was war das?“ Emily drehte sich bei dem Geräusch eines vorfahrenden Wagens um.

Gabriel sah auf die Uhr. „Interpol“, sagte er.

Sie wich zurück. „Du hast gesagt …“

„Ich habe gesagt, Roark hat nicht angerufen. Aber ich habe bei ihm angerufen. Wenn sie mich einsperren, müssen wir das Abendessen leider verschieben … Hey, entspann dich.“ Er zog sie an den Hüften zu sich zurück und küsste ihr Shirt auf der Höhe des Nabels. „Du hast doch nicht vor so ein paar Bullen Angst?“

Aber als er zur Haustür ging, spürte Gabriel eine gewisse Unruhe in der Magengegend darüber, was passieren würde – oder auch nicht. Er hatte sich seinen Text immer wieder vorgesagt, und trotzdem …

„Guten Tag, Commandant. Inspector.“

Gabriel hatte die Tür schon geöffnet, als Savarin und Roark durch das Tor kamen. Hinter ihnen stiegen zwei Beamte aus ihrem Wagen und streckten sich.

„Guten Tag, Sir“, sagte Roark förmlich.

Savarin schritt durch die Tür und stellte sich mitten in den Innenhof. Mit Kennerblick sah er sich um. Schließlich wandte er sich zu Gabriel, der die Tür zum Wohnzimmer geöffnet hatte. Als sie hineinmarschiert waren, vermied es Roark, den Blick auf Emily zu richten. Die Polizisten setzten sich auf das Sofa. Gabriel nahm sich einen Stuhl und setzte sich ihnen gegenüber. Mit blassem, unbeweglichem Gesicht ging Emily zu ihm und stellte sich hinter ihn.

Das Sofa ächzte, als sich Savarin darin zurücklehnte. „Mr. Schopenhauer", sagte er, „ich weiß nicht, warum Sie mit mir reden wollten. ‚Dringend', haben Sie Inspector Roark gesagt. Aber das ist egal, weil wir Ihnen sowieso einen Besuch abstatten wollten."

Der Klang von Savarins Stimme brachte die Erinnerung an den Münchner Vernehmungsraum zurück, an das Gefühl, die Schachfigur im Spiel eines anderen zu sein. Gabriel wappnete sich innerlich, als Roark ein Dokument aus seiner Jacke zog.

„Gabriel Schopenhauer", sagte Roark, „das ist ein Haftbefehl, ausgestellt vom Bezirkspolizeikommando Bludenz. Der Vorwurf lautet Strafvereitelung. Alles, was Sie …"

„Was!", explodierte Emily.

„… sagen oder tun, kann und wird vor Gericht gegen Sie verwendet werden. Sie haben das Recht …"

„Welche verdammte Strafverfolgung soll er denn vereitelt haben?", rief sie, stürmte zu Savarin und schaute ihn finster an.

„… zu schweigen", fuhr Roark hastig fort, „und das Recht auf einen Anwalt. Dieser Haftbefehl berechtigt uns, Sie in Gewahrsam zu nehmen und diese Räumlichkeiten zu durchsuchen." Schnell erhob er sich und ging in den Innenhof, wo zwei Beamte warteten. Die drei verteilten sich im Palazzo.

Im Wohnzimmer herrschte merkwürdige Stille. Gabriel saß unbeweglich da, die Hände auf die Knie gelegt. Savarin warf Emily einen hochmütigen Blick zu, dann lenkte er seine Aufmerksamkeit auf die architektonischen Details des Raums.

„Wie soll mein Mann denn eine Strafverfolgung vereitelt haben?", sagte Emily und klang dabei gefährlich ruhig.

Savarin schloss die Prüfung der Fensterfriese ab. „Sie halten Beweise zurück", sagte er, ignorierte sie und wandte sich an Gabriel. „Ihre Fingerabdrücke sind auf dem Kassettenrekorder im Haus Ihres Großvaters in Lech."

Gabriel warf Emily einen Blick zu. „Da ist ein Kassettenrekorder", erklärte er. „Vielleicht hat Großvater seine Aufnahme dorthin weitergeleitet – die Kassette mit seinem Mord. Offenbar kann man das machen."

„Wo ist sie, Mr. Schopenhauer?"

„Ich habe Major Moosmaier bereits gesagt, dass ich den Auswurfknopf gedrückt und reingeschaut habe. Aber dort war keine Kassette."

Emily drehte sich auf dem Absatz um zu Savarin: „Und überhaupt, natürlich sind seine Fingerabdrücke drauf. Sie sind überall im Haus. Er hat dort gewohnt, verdammt noch mal!"

Savarin sah sie herablassend an. Er wollte gerade antworten, als Roark etwas vom Hof herüberrief. Der Commandant hievte seinen massigen Körper vom Sofa hoch und gesellte sich zu ihm.

Emily beugte sich vor und flüsterte: „Siehst du. Verdammt noch mal, warum hast du das Ding nicht gleich zerstört. Jetzt sind sie …" Sie hielt inne und schüttelte ihn an den Schultern. „Gabriel, hörst du mir zu?"

„Wo sollen wir hingehen, Em? Zu Carluccio? Da ist es laut genug."

Sie riss die Augen auf. Dann winkte sie verzweifelt ab und drehte sich von ihm weg. Sie ging zurück zu dem Stuhl, ließ sich darauf fallen und verbarg ihr Gesicht in den Händen. In angespannter Stille warteten sie.

Zwanzig Minuten später kamen Savarin, Roark und die beiden Carabinieri zurück.

„Wir brauchen viel mehr Zeit für diese Bibliothek", sagte Roark. „Bis dahin schlage ich vor, Sie packen ein paar Sachen zusammen, Mr. Schopenhauer", sagte Roark.

„Nein." Gabriel spürte wieder die Unruhe in der Magengegend. Er hoffte, dass ihm nichts anzumerken war.

Die beiden Beamten positionierten sich jeweils neben Gabriels Stuhl.

„Ich fürchte, Sie haben in dieser Angelegenheit keine Wahl, Sir", sagte Roark leise.

„Inspector, bei allem Respekt für das Bezirkspolizeikommando, ich fürchte, ich kann nicht mitkommen."

Savarin sah ihn spöttisch an. „Sie sind verhaftet, Mr. Schopenhauer“, sagte er. „Wenn wir müssen, legen wir Ihnen auch Handschellen an.“

„Ich will einen Deal.“

Savarin schnaubte. „Einen Deal? Warum glauben Sie, dass Sie uns etwas anbieten könnten?“

„Ich habe Informationen.“

Savarin stellte sich breitbeinig vor Gabriels Stuhl. „Wir nehmen Sie fest, weil Sie Beweismittel zurückhalten. Wenn Sie noch ernstere Anschuldigungen vermeiden wollen, geben Sie uns alle relevanten Informationen, die Sie haben. Jetzt.“

Gabriel wurde mit einem Mal ganz ruhig. Nachdenklich sah er Savarin an, dem die Zweifel anzusehen waren.

„Ich weiß nichts ‚Relevantes‘“, sagte Gabriel. „Ich bin nur jemand, der ein paar Informationen hat. Diese Informationen könnten Sie zu einigen verschollenen Kunstwerken führen. Kunstwerke, von denen sogar ich weiß, dass sie extrem wertvoll sind.“

Als er „verschollene Kunstwerke“ hörte, warf Roark dem Commandant einen verwunderten Blick zu. Savarin trat einen Schritt zurück. Dann ging er zum Sofa und setzte sich ein wenig zu gleichgültig hin. Emily ließ sich langsam auf den Stuhl sinken und heftete den Blick auf ihren Mann.

„Mein Großvater“, fuhr Gabriel fort, „hatte einen E-Mail-Account, der die Informationen enthielt, von denen ich spreche. Ich gebe Ihnen die Daten unter zwei Bedingungen. Erstens, Immunität vor der Anklage. Zweitens, wenn Sie welche von diesen Kunstwerken finden, will ich den vollen Marktpreis dafür. Diese zweite Bedingung deckt sich mit dem ‚Kultur für alle‘-Gesetz, denke ich?“

In der Stille, die folgte, stellte sich Roark hinter Savarin.

Mit wachsendem Triumph im Blick fand Emily als erste die Sprache wieder. „Können wir hier mal für eine Minute ins Detail gehen, Houdini?“, fragte sie. „Meisterwerke. Große Kunstwerke. Was …“

„Mrs. Schopenhauer", unterbrach Savarin und winkte mit seiner Pranke ab. „Bitte …" Er schien nachzudenken. „Immunität", sagte er schließlich, „wird normalerweise nur denen zugestanden, die vollständig mit der Polizei kooperieren. Erstens. Und zweitens, wenn sich diese Zusammenarbeit für die Polizei als hilfreich erweist."

„Und um Zusammenarbeit geht es hier", sagte Gabriel.

„Sie geben uns also die Zugangsdaten zu diesem E-Mail-Account. Wenn es sich für unsere Ermittlungen als hilfreich erweist, könnte ich Ihnen in gewissem Rahmen Immunität …"

„Nein."

Gabriel schluckte schwer, während er Savarins Blick hielt.

„Dann muss ich wohl jetzt entscheiden, wie relevant Ihre Informationen sind, richtig, Mr. Schopenhauer?", sagte Savarin, als würde er einem widerspenstigen Kind nachgeben. „Erzählen Sie mehr."

„Gemälde", antwortete Gabriel und atmete wieder. „Einige, vielleicht sechs. Nein, sieben oder acht Gemälde. Eins davon ist, da bin ich ziemlich sicher, ein Tizian. Die anderen – ich habe sie allerdings nur kurz gesehen – sahen ebenso spektakulär aus. Was ich glaube, und ich sage das, ohne ein Experte zu sein: Sie sind alle ziemlich wertvoll. Meisterwerke. Und alle sind seit langer Zeit vermisst, verschollen, gestohlen, was auch immer."

„Woher wissen Sie das?"

„Sagen wir einfach, dass ich es weiß."

Savarin beugte sich vor und schaute ihn finster an. „Ich habe Sie gefragt, woher Sie das wissen, Mr. …"

„Und jedes der Fotos", unterbrach Gabriel schnell, „ist beschriftet."

„Beschriftet?"

„Mit Namen und Orten."

Gabriel gab Savarin einen Moment, um dies zu verdauen.

„Ich bin kein Polizist", fuhr Gabriel fort und strahlte. „Ich bin nur ein ganz gewöhnlicher Typ. Aber ich vermute, dass die Namen und Orte relevant und hilfreich sein könnten, falls es die Namen der gegenwärtigen Besitzer dieser Kunstwerke sind und die Orte jene, an denen sie versteckt sind."

Falls Savarin davon beeindruckt war, zeigte er es nicht. „Als wir uns zum ersten Mal trafen", stellte er matt fest, „schienen Sie nicht akzeptieren zu wollen, dass Ihr Großvater in illegalen Kunsthandel verwickelt war. Jetzt bieten Sie sozusagen den Beweis für ebendies an. Wie kommt dieser plötzliche Sinneswandel, Mr. Schopenhauer?"

„‚Kultur für alle' bietet vollkommene Verschwiegenheit. Egal, was Sie meinem Großvater nachweisen oder glauben nachweisen zu können, wird niemals an die Öffentlichkeit gelangen."

Gabriel bemerkte ein unterdrücktes Lächeln auf Roarks Lippen. Savarins Mund war zu einer schmalen, bitteren Linie zusammengepresst.

„Außerdem", sagte Gabriel, „würde Großvater nicht wollen, dass ich ins Gefängnis komme."

„Nein?"

„Haben wir einen Deal?", drängte Gabriel und ignorierte den Sarkasmus.

„Das habe ich nicht gesagt", antwortete Savarin. „Aber ich werde mit ein oder zwei Kollegen sprechen … Gemälde, sagten Sie. Eines davon, Ihrer unfachmännischen Meinung nach, ein Tizian …"

„Oh, ich hab etwas vergessen", fügte Gabriel hinzu. „Es gibt noch ein Foto."

„Also, Korrektur. Acht oder neun Gemälde." Savarin zeigte mit dem Finger auf Roark, wie um sicherzustellen, dass der Inspector sich Notizen machte.

„Kein Gemälde", sagte Gabriel. „Eine Statue."

Savarins Hand erstarrte in der Luft.

„Beschreiben Sie sie", sagte er.

Gabriel sah vom Commandant zu Roark und wieder zurück. „Nun, es ist eine Statue. Ich konnte sie mir nicht richtig ansehen, aber … es ist ein Mann, der aufrecht steht und aus Metall gemacht ist, denke ich. Sie ist dunkelbraun oder schwarz. Deshalb denke ich, dass sie aus Bronze ist. Sie steht auf einem Sockel, daran erinnere ich mich … Oh, und ein Bein ruht auf etwas …“

„Wir haben einen Deal, Mr. Schopenhauer“, sagte der Commandant. „Roark, rufen Sie in Lyon an. Sie sollen das entsprechende Immunitätsformular an das Büro in Florenz mailen …“

„Ich dachte“, warf Gabriel ein, „Sie wollten noch mit Ihren Kollegen …“

„… und wir brauchen dort einen Anwalt. Heute Nachmittag soll es von beiden Seiten aus unterzeichnet …“

„Savarin?“ Gabriel hob eine Hand. „Sie akzeptieren meine Bedingungen? Die Immunität muss wasserdicht sein. Keine Anklage wegen etwas, das mit diesen Ermittlungen zu tun hat! Und unabhängig davon, ob Sie irgendwelche dieser Kunstwerke finden.“

Savarin winkte ab. „Einverstanden.“

„Und ich will das Geld, wenn Sie sie doch finden.“

Roark antwortete nachdenklich: „Das sollte machbar sein. Wir müssten kleine Änderungen am Protokoll für Durchsicht und Genehmigung vornehmen, aber das ist machbar. Es sei denn, einer der aktuellen Besitzer bringt sein Gemälde aus dem Versteck, bevor wir bei ihm anklopfen.“

„Unwahrscheinlich, denke ich“, sagte Gabriel. „Sie haben bis heute das Angebot der Straffreiheit nicht angenommen. Und um sicherzustellen, dass es tatsächlich ‚machbar‘ ist“, fügte er hinzu, „will ich diese Vereinbarung mit Unterschrift und Siegel des Mannes, der dafür garantieren kann. Dieser Kommissar Martin, der ‚Kultur für alle‘-Typ.“

Es folgte eine angespannte Stille. Savarin schien nicht so sehr beleidigt zu sein, dass eine höhere Autorität hinzugezogen werden sollte, sondern vielmehr frustriert, weil sich der Zugriff auf den E-Mail-Account verzögerte.

Gabriel beharrte auf seinem Standpunkt. „Savarin, nichts für Ungut, aber jemand, dem ich vertraue, sagte mir, dass Sie jemand sind, dem man nicht trauen kann. Die Vereinbarung muss von Martin unterschrieben werden.“

Roark beugte sich zu seinem Vorgesetzten herunter und sagte schnell: „Das ist eine nachvollziehbare Bedingung, Sir. Ich könnte Kommissar Martin jetzt anrufen … Ich vermute, Sie haben seine Nummer, Sir?", fügte er neckisch hinzu.

Den Blick übellaunig auf Gabriel geheftet, zog Savarin sein Handy hervor, tippte eine Nummer ein und gab Roark das Gerät. Der Inspector nahm es und ging in den Innenhof. Ein paar Minuten später kam er zurück und gab Savarin ein Zeichen. Die beiden Männer begaben sich zum Fenster am anderen Ende des Raumes, begleitet von den zwei Beamten.

Gabriel stand auf. Emily war bereits an seiner Seite und betrachtete ihn mit glänzenden Augen. Sie fuhr mit ihren Fingern durch sein Haar und zog ihn für einen langen Kuss an sich heran. Als die Polizisten zu ihnen zurückkamen, hatte sie sich mit einem besitzergreifenden Lächeln bei Gabriel untergehakt.

„Kommissar Martin hat Ihren Bedingungen prinzipiell zugestimmt, Mr. Schopenhauer", sagte Roark. „Glücklicherweise fliegt er heute Abend zu einer EU-Konferenz nach Rom. Er hat gerade zugestimmt, einen früheren Flug nach Florenz zu nehmen. Unsere Beamten werden bei Ihnen bleiben und Sie gegen sechs Uhr heute Abend zu dem Treffpunkt fahren. Ein Anwalt wird anwesend sein, der Erfahrung mit Kooperationsvereinbarungen für Zeugen hat. Sie können Ihren eigenen Anwalt noch dazu mitbringen, wenn es Ihnen lieber ist. Sagen Sie uns vorher bitte Bescheid. Aus Sicherheitsgründen werden wir einen schnellen Hintergrundcheck durchführen müssen."

„Nicht nötig", sagte Gabriel leichthin. „Ich kann lesen, und ich werde lesen, was ich unterschreibe."

Wortlos verließ Savarin den Raum. Roark warf Gabriel einen neidvollen Blick zu, in dem sich Respekt und Neugier die Waage hielten. Er bedeutete den beiden Beamten, ihm zu folgen.

„Hey, Mann der Wunder, schau mich an." Emily war einen Schritt zurückgetreten und hatte die Hände in die Hüften gestemmt. Auf ihrem Gesicht lag ein Ausdruck, den er nie zuvor gesehen hatte: wie ein Burgfräulein, das den heiligen Georg anstarrte, nachdem er den Drachen erlegt hatte.

„Was für eine Vorstellung“, sagte sie und betonte jedes Wort. „Wie ich dich doch unterschätzt habe, mein lieber Ehemann. Die Kassette vor aller Augen versteckt wie im ‚Entwendeten Brief‘, wofür man wirklich schon die Nerven haben muss. Und dann ein rascher Tritt in seine Eier – dieser Gorilla, der aus dem Mund stinkt wie eine öffentliche Toilette. Ich dachte, Roark fängt gleich an zu kichern. Und dann die Pointe. Gemälde. Eine Statue. Du wusstest die ganze Zeit davon. Und hast meiner Wenigkeit nichts davon gesagt. Gemein, aber das ist mir egal, weil du offenbar nur auf den richtigen Moment gewartet hast, Savarin so richtig eins reinzuwürgen. Liebling, ich glaube wirklich, dass du der wunderbarste Mann auf der ganzen Welt bist.“

„Danke, Em“, sagte er mit einem Lächeln.

Sie hob eine Hand und streckte zwei Finger in die Luft. „Sieh dir an, was du gerade zustande gebracht hast. Immunität und Geld. Kein Knast für Gabriel, meinen Engel Gabriel. Und Megakohle, die ganz bald in unsere Richtung fließt. Tizian? Zehn Millionen, Minimum. Leg noch ‚seit hunderten von Jahren vermisst‘ obendrauf, und die Gutachter bei ‚Kultur für alle‘ müssen das Ganze verdoppeln oder verdreifachen. Alles, was wir brauchen, Baby, ist, dass Interpol bei ein oder zwei dieser Namen und Orte fündig wird.“ Ihr fiel etwas ein. „Du erinnerst dich nicht an die Namen und Orte, aber was ist mit Arthur Whyte? Er hat diese Fotos doch auch gesehen, oder? Er wird doch nicht ein paar dieser Meisterwerke mitgehen lassen?“

„Nee“, sagte Gabriel und zog sie an sich.

Sie löste sich von ihm und sah ihn ernst an. „Interpol kann legal zugreifen. Sie werden als erste diese Bilder finden. Und selbst wenn Whyte ein oder zwei davon seiner privaten Sammlung hinzufügt, ist das egal. Es mag leicht sein, ein Gemälde wegzuschaffen …“

„… aber nicht eine Statue.“

„Genau.“

„Emily, stell dir vor, sie finden nichts.“

„Oh, das werden sie. Mach dir keine Sorgen.“ Sie ging mit federndem Schritt zur Tür. Dann drehte sie sich um und sah ihn an. Ihre Beine standen auseinander. Das Licht vom Innenhof verdunkelte ihre Silhouette.

„Lass uns raufgehen, mein Bauarbeiter. Wir müssen nicht zu Carluccio. Wir machen selbst Lärm."

Hinterher lag Gabriel auf dem Bettlaken. Er atmete träge und flach. Emily war eingeschlafen. Ihr weicher Körper schien mit der Decke verschmolzen zu sein. Zwischen ihren Brüsten schimmerten kleine Schweißperlen. Eine Weile betrachtete er die Staubkörnchen, die in den Sonnenstrahlen tanzten, die durch das Fenster fielen. Er dachte an Arthur Whyte, wie er am Fenster von Haas' Bauernhaus stand, wie sich seine Silhouette gegen den Nachthimmel abhob, weil dessen unheimliches Licht ihn umschloss und bleich färbte. Er hörte das Kratzen von Whytes Fingernägeln auf dem Milchglas, während er davon sprach, dass geschnitzte Bilder mystische Kräfte haben, die ein Leben verändern können. In diesem Moment spürte er, dass sein Leben bis zu dem Tag darin bestanden hatte, in eine Welt hinauszusehen, die nicht mehr als ein kleiner, konturenloser Garten war. Und nun war er nicht länger drinnen, um nach draußen zu schauen. Nun war er draußen, und die Rollen waren vertauscht. Kurz nach dem Treffen an diesem Abend, sobald die Immunitätsvereinbarung unterschrieben war, würde Interpol auf den E-Mail-Account zugreifen. Ein oder zwei Tage später, wenn Cosimo richtig lag, würde Murphy davon hören. Und dann wird er mich durch sein eigenes verstecktes Fenster beobachten.

Gabriel stand leise aus dem Bett auf. Er hob Hose und Hemd vom Boden auf. Dann stand er ganz still, weil ihm etwas klar wurde. Dass er sich einem sadistischen Killer aussetzte, fühlte sich wie ein Fortschritt an, wie eine positive Errungenschaft. Dazu war es in seinem Leben gekommen, dahin hatte sich sein Universum verlagert. Er drehte sich um und sah auf Emilys weiche Umrisse. Mit einem Mal fühlte er den Schmerz von Verlust und Bedauern. Er wusste, dass es bei all dem um sehr viel mehr ging als um den Tod seines Großvaters.

Kapitel 23

Florenz – 11. März 2003

Gabriel, Savarin und der Anwalt der Carabinieri wurden in einen Privatraum im ersten Stock der Uffizien gebracht. Es war ein düsterer, höhlenartiger Raum. Ein kunstvoller Kronleuchter aus Muranoglas hing von der Decke, war aber nicht eingeschaltet. Die Wandleuchter warfen ein schwaches gelbes Licht, das kaum den Schreibtisch in der Mitte des Raums erreichte. Ein Mann saß dort, der sich bei ihrem Eintreffen erhob und auf sie zu ging.

„Mr. Schopenhauer", sagte Kommissar Martin warm. Er nahm Gabriels Hand in beide Hände. Der Leiter der EU-Kommission für Bildung und Kultur war eine gepflegte und ordentliche Erscheinung. Er hatte hellbraunes Haar und hellblaue Augen, und alles an ihm schien fein modelliert: Falten, Augenbrauen, gebogene Nase, die Bügelfalte – sogar die Initialen, die auf seiner Hemdtasche eingestickt waren und halb unter dem Anzugsjackett hervorschauten.

„Erlauben Sie mir, Ihnen mein Beileid zum Tod Ihres Großvaters auszusprechen." Er sprach Englisch ohne einen Akzent, seine Stimme war hell und weich. „Eine Tragödie für Sie persönlich, aber auch ein großer Verlust für die Kunstwelt. Einen Experten wie Maximilian Schopenhauer gibt es nur einmal im Jahrhundert. Er hatte das Auge, wissen Sie, das Auge von Berenson. Es ist ein Geschenk der Natur, wie die Finger von Horowitz … Ich erinnere mich noch, wie er das Baldovinetti-Porträt – das muss zwanzig Jahre her sein – wieder zurückführte. Der Louvre war so unendlich dankbar … Und nun dieser sinnlose Akt der Gewalt."

Der Kommissar deutete auf die Stühle und ging um den Schreibtisch herum, um sich wieder zu setzen. „Aber in gewisser Weise steuert Ihr Großvater der Kunstwelt ein letztes Mal etwas bei. Wenn auch traurigerweise postum und nicht als solches beabsichtigt. Natürlich werden offiziell ‚Kultur für alle' und Interpol die Anerkennung für die wiedergefundenen Meisterwerke bekommen. Aber wir in diesem Raum wissen es besser." Er hielt inne und lächelte. „Ich muss allerdings gestehen, Mr. Schopenhauer, dass diese Neuigkeiten doch eine Überraschung waren. Ihr Großvater – wir haben uns nie persönlich kennengelernt – aber er hatte einen tadellosen Ruf bezüglich seiner, sagen wir mal, Besonnenheit. Er war nicht der Mann, der Daten über illegal erworbenen Besitz besaß. Ah, Commandant, ich hätte sagen sollen ‚mutmaßlich illegal erworben', n'est-ce pas? Aber es ist interessant", fügte er nachdenklich hinzu, „und scheint nicht so ganz zu ihm zu passen. Ich frage mich, warum er das getan hat. Fällt Ihnen etwas dazu ein?"

Seit der Begrüßung und während des gesamten salbungsvollen Geplänkels von Kommissar Martin war Gabriels Unwohlsein gewachsen. Der Raum war nicht nur düster, sondern auch noch kalt. Die tröstenden Worte des Kommissars schienen etwas zu glatt und poliert, etwa so wie die einstudierte Anteilnahme eines Bestatters. Gabriel gab sich einen Ruck und räusperte sich, aber Savarin kam ihm zuvor.

„Kommissar Martin, wenn es Ihnen nichts ausmacht …"

Martin warf die Hände hoch. „Pardon. Ich nun wieder – ich lebe meinen Kindheitstraum aus, Polizist sein zu wollen." Er warf Savarin einen verschmitzten Blick zu und wandte sich wieder an Gabriel. „Die Leute von Interpol müssen ihren Job erledigen, Mr. Schopenhauer. Erlauben Sie mir jedoch zu sagen, dass Sie in dieser Angelegenheit einen Verbündeten haben. Als ich von Ihrem Antrag hörte, war meine unmittelbare Reaktion: Ja. Definitiv." Das Lächeln des Kommissars umfasste sie beide. Er lehnte sich zurück und faltete die Hände über seinem Bauch.

Der Anwalt teilte Kopien der Immunitätsvereinbarung aus und ging sie durch, indem er jeden Abschnitt zusammenfasste. Während er den Text herunterleierte, fühlte Gabriel trotz der Kälte ein Prickeln auf seiner Haut wie von einer Hitzewallung. Satzfetzen drangen zu ihm durch: „… Zusammenarbeit wie folgt definiert … umfangreiche Aussage … nach bestem Wissen … Mr. Schopenhauer?"

„Ja", sagte Gabriel mechanisch. „Verstanden. Ich verstehe."

Der Anwalt warf ihm einen strengen Blick zu und fuhr fort: „… Vereinbarung wie in Paragraph neun bezüglich … solche Werke müssen zunächst … Computerdateien oder … Maximilian Schopenhauer … sicherstellen, dass solche Werke … zum angemessenen Marktwert … ‚Kultur für alle' …"

Gabriels Gedanken zersplitterten in zufällige Sequenzen wie der Bildschirm eines mit einem Virus befallenen Computers. Der Beifahrersitz in Whytes altem BMW-Barockengel, Signora Zennettis Freskenfotos, das Internetcafé in Pistoia. Gott. Hör auf damit. Er blinzelte heftig, wie um am Ende einer langen Autofahrt nicht einzuschlafen.

„Haben Sie noch Fragen bezüglich dieser Regelungen, Mr. Schopenhauer?"

„Ja. Ich meine, nein."

Der Anwalt betrachtete ihn misstrauisch über den Rand seiner Brillengläser hinweg. „In dem Fall unterschreiben Sie bitte hier. Commandant Savarin unterzeichnet dasselbe Dokument. Kommissar Martin, Sie unterschreiben bitte diese Zusatzvereinbarung. Darin sind die anteiligen Zahlungen unter EU-Recht abgedeckt … Gleich hier."

Das Blatt blieb an Gabriels feuchten Fingerspitzen hängen, als er unterschrieb. Papier, dachte er, löst es in mir aus. Ich bin wieder im Prüfungsraum und glotze ein wichtiges Dokument an. Und schon verzieht sich mein Geist in eine Traumwelt.

Der Kommissar unterschrieb die Zusatzvereinbarung mit leichtem Schwung. Zufrieden sah er zu, wie der Anwalt die Dokumente einsammelte.

Savarin sagte: „Die Datenbank Ihres Großvaters."

Gabriel richtete sich auf. „Keine Datenbank, ein E-Mail-Account", sagte er.

„Wie haben Sie davon erfahren?", fragte Savarin.

„Arthur Whyte."

Martin hörte dem Gespräch genau zu. „Arthur Whyte war ein Kollege des Mordopfers, richtig, Commandant?"

Savarin ignorierte die Frage. Sein Blick war auf Gabriel geheftet. „Arthur Whyte war mit dabei, als Sie in die Mails geschaut und die Anhänge geöffnet haben?", fragte er.

Gabriels Handflächen juckten. Er rieb sie an seinen Knien. „Ja. Wir waren in einem Internetcafé in Pistoia. Arthur Whyte und ich haben vier Seiten mit Fotodateien ausgedruckt."

„Und …"

„… neben jedem Foto", fuhr Gabriel fort und wischte sich mit einer Hand die Stirn, „standen ein Name und ein Ort. Ich habe nichts davon gelesen. Der einzige Ort, an den ich mich erinnere, ist ein Schloss, das mit A anfängt, in Kent."

Savarin hielt sein Handy bereit, um einen Anruf zu machen.

„C'est incroyable", warf Martin ein und schien sich zu amüsieren. „Ein Schloss in Kent!"

Savarin stand auf. „Wer hat die Ausdrucke jetzt?", wollte er wissen.

„Ich habe sie vernichtet", sagte Gabriel.

„Der E-Mail-Account. Wie lautet der?"

„Es ist ein Hotmail-Account: bargello1969."

Mit einem Mal war Kommissar Martins Lächeln wie weggewischt. Gabriel bemerkte es. Seine Hände und Füße wurden kalt.

Savarin blaffte ungeduldig: „Passwort?"

Langsam drehte sich Gabriel zu ihm und sagte: „Aracoeli." Er buchstabierte es.

Savarin stolzierte vom Schreibtisch weg und drückte einen Knopf auf seinem Handy. Schnell sprach er in das Telefon und kümmerte sich nicht darum, dass die anderen ihn hören konnten. „… wir haben keine Zeit, Roark. Arthur Whyte hat die Dateien schon vor Tagen gesehen … Das lass' ich mir später autorisieren. Schreiben Sie sich auf, dass ich das gesagt habe, wenn Sie sich selbst schützen wollen." Er hörte zu. „Ich komme." Savarin klappte das Handy zu. Er gesellte sich wieder zu den anderen und trat von einem Fuß auf den anderen, während der Anwalt Gabriel erklärte, dass die Vereinbarungen noch notariell beglaubigt, vervielfältigt und an alle Unterzeichnenden gesendet werden würden. Gabriel schaukelte in seinem Stuhl kaum wahrnehmbar vor und zurück. Seine Hände waren zwischen den Schenkeln zu Fäusten geballt. Sein Blick wanderte von dem Anwalt zum Boden und wieder zurück. Kommissar Martin hatte aufgehört zu lächeln. Er starrte irgendwo ins Nichts.

Savarin unterbrach den Anwalt. „Sie entschuldigen mich, Kommissar Martin?“

Martin sah auf. „Also“, sagte er. Sanft schlug er auf die Oberfläche des Schreibtischs. Als alle aufgestanden waren, fiel Gabriel auf, wie klein Martin war. Der Kommissar ging um den Tisch herum und begleitete Gabriel zur Tür. Dabei machte er Bemerkungen über ein paar der Renaissancegemälde, die in dem Raum aushingen. Es war der Überschuss dessen, sagte er, was die meisten Leute für das am reichsten bestückte Museum in Europa hielten. Martin blieb vor einem Gemälde neben der Tür stehen. „Fra Lippi. Es ist so wunderschön. Ich bin überrascht, dass irgendjemand, der in diesem Raum sitzt, arbeiten kann. Wenn ich hier arbeite, mache ich nur sehr wenig Licht. Sonst wäre ich niemals in der Lage, meinen Blick davon abzuwenden.“

Sie standen jetzt neben einem Wandleuchter, und das Licht fiel direkt auf das Gesicht des Kommissars. Gabriel starrte wie gelähmt auf ihn herab.

„Sie interessieren sich nicht so sehr für Kunst, Mr. Schopenhauer?“

Gabriel sah zu dem Gemälde. „Wunderschön“, sagte er abwesend.

„Es ist wunderschön, ja. Es ist außerdem sehr lehrreich.“ Martin deutete auf die Madonna mit ihrem gesenkten Blick. „Das Modell war Lippis Geliebte. Sie war eine Nonne. Sie wurde praktisch als Geisel genommen, als ihre Beziehung bekannt wurde. Dadurch sollte Lippi, ein Gentleman mit sehr starkem Willen, gezwungen werden, das zu tun, was sie von ihm verlangten.“

„Sie?“

Die beiden Männer wandten sich gleichzeitig zueinander. Das Bild war vergessen.

„Ihr Kloster“, sagte Martin leise. „Die Kirche war im Quattrocento das Äquivalent zur heutigen EU. Enorm einflussreich in allen Belangen des Lebens. Und natürlich rücksichtslos im Interesse des Gemeinwohls. Besonders, wenn sie an ein Individuum gerieten, das eigene Absichten verfolgte. Gegenüber so jemandem konnte die EU – ich meine die Kirche – gnadenlos sein …"

Savarin rief ungeduldig durch die offene Tür: „Kommissar Martin, ich muss wirklich …"

Martin lächelte Gabriel an, während er zu Savarin sagte: „Wir haben nur über ein Gemälde gesprochen." Dann wandte er sich Savarin zu. Das Lächeln verschwand, als er und Savarin Blicke wechselten.

Savarin ging den marmornen Flur entlang. Am oberen Ende der Treppen blieb Gabriel stehen und sah sich um. Kommissar Martin stand vor seinem Büro und sah Gabriel ungerührt nach.

Als sie die Treppe hinuntergingen, blieb Gabriel auf halbem Weg stehen.

„Savarin?"

„Was?"

„Kommissar Martin … wie alt ist er?"

„Älter als er aussieht", sagte Savarin. „Wie jeder Regierungsbeamte."

„Er tönt sein Haar – braun."

Savarin schien ihn nicht zu hören. Sie traten auf den Platz, und er winkte den Fahrer seines Wagens herbei. „Wollen Sie direkt zu Ihrem Palazzo zurück?", fragte er, den Blick auf den sich nähernden Wagen geheftet.

Gabriel nickte.

Savarin murmelte eine Verabschiedung und ging weg.

„Savarin."

Der Commandant drehte sich um.

„War der Kommissar … als er noch jung war … war er da blond?"

Ohne Eile ging Savarin zurück zu Gabriel. „Warum interessieren Sie sich für das Aussehen des Kommissars, als er ein junger Mann war?"

Hinter ihnen ertönte ein langes, lautes Hupen. Es war Emily. Sie hatte Gabriel zu dem Treffen gefahren und parkte noch immer in der Seitenstraße, wo er ausgestiegen war. Aber einen Moment lang starrte Gabriel blind auf den Wagen, zu abgelenkt und in Gedanken versunken, um ihn zu erkennen.

Das kann nicht sein. Wie könnte das sein?

Er wandte sich Savarin zu. Der Commandant betrachtete ihn mit verschleiertem Blick.

Gabriel wirbelte herum und eilte zum Auto.

Kapitel 24

Pistoia – 11. März 2003

Gabriel hatte im Internat einen engen Freund gehabt, einen dünnen, schmalbrüstigen Jungen namens Frank, der mit brutaler Präzision Tennis spielte. Franks Vater war Kriminalpsychologe und schrieb unter einem Pseudonym Artikel für Magazine und Zeitungen. Frank hatte Gabriel einen dieser Artikel gezeigt, in dem sein Vater anmerkte, dass er in all den Jahren, die er praktizierte, nie einen Mörder getroffen hatte, der Schuld empfand. Bedauern, ja. Sie alle bedauerten zutiefst den unüberlegten Akt, der ihnen diese Strafe eingebracht hatte. Aber ein schlechtes Gewissen, nein. Jäger, schrieb Franks Vater, empfanden nichts für ihre Beute.

Zu jener Zeit war es Gabriel schwer gefallen, das zu glauben. Jetzt nicht mehr. Er lag wach im Bett, rollte sich auf die Seite, weg von Emily. Das Mondlicht fiel rautenförmig auf den Boden am Rand seines Blickfelds. Er dachte an Kommissar Martins geschmeidigen Umgang und seine süßliche Ausdrucksweise. Ein gebildeter, eleganter Mann. Ein zivilisierter Mann. Und doch war da etwas in seinem Blick, in seiner Stimme gewesen. Das Bekenntnis, ein Mörder gewesen zu sein, oder der Komplize bei einem Mord, ohne die kleinste Andeutung von Scham oder Selbstvorwürfen. Das Bild von Martins Gesicht, das ihm zugewandt war, bekam er nicht aus dem Kopf. Gabriel versuchte es zu vergessen, doch es wurde nur noch lebendiger. Wieder sah er die fein modulierten Züge vor sich, das einst blonde Haar, das nun zu einem einförmigen Hellbraun getönt war, die hellen Augen. Er wusste, dass es dasselbe Gesicht war wie auf Signora Zennettis Foto und auf dem Zeitungsausschnitt.

Gabriel rollte auf dem Bett herum, um sich an Emily zu schmiegen. Sie bewegte sich leicht, um sich fester an ihn zu drücken. Die Wärme, die von ihrem Körper ausging, war wie Balsam auf einer Wunde. Als er die Augen schloss, schien sich das Gesicht des Mörders-Schrägstrich-Kommissars aufzulösen und zu verschwinden. Aber an seine Stelle trat das eisige Wissen, womit er es nun zu tun hatte. Nicht nur mit einem gerissenen Psychopathen und einem Bullen, der seine persönliche Agenda verfolgte, sondern auch einem hochrangigen Regierungsbeamten. Hier stand er nun vor diesen Goliaths, ein pubertierender David …, der nicht mal eine Schleuder hatte.

Am nächsten Morgen wachte Gabriel nervös und gereizt auf, als hätte ihn der Schlaf nicht erfrischt, sondern eher noch mehr aufgewühlt. Das Laken fühlte sich an wie feuchtes Sandpapier. Tageslicht fiel durch die Vorhänge und brannte in seinen Augen. Er stolperte ins Badezimmer, öffnete die Schachtel Panadol und drückte zwei Kapseln aus dem Blister. Dann starrte er die Dinger in seiner Hand einen Moment lang an und warf sie gereizt in die Toilette.

Emily hatte ihm, bevor sie nach Florenz gefahren war, ein Glas Gemüsesaft auf die Küchentheke gestellt. Er nippte daran, verzog das Gesicht und kippte den Saft in den Abfluss. Mit schlechtem Gewissen spülte er die Reste weg. Es war noch warmer Kaffee da. Er goss sich eine Tasse ein und rührte einen Löffel Zucker hinein. Dann setzte er sich an den Tisch, nahm einen Schluck und verbrannte sich die Zunge. Als er draußen Schritte hörte, sprang er ans Fenster. Es war Arthur Whyte. Gabriel rannte zur Tür, zog ihn rein und schob ihn in die Küche, als ein Wagen vor dem Haus hielt. Gabriel kam gerade rechtzeitig zur Tür zurück, um zu sehen, wie Commandant Savarin auf das Tor zukam. Inspector Roark und zwei Carabinieri, die Gabriel von der Polizeistation in Florenz kannte, folgten ihm. Die vier Männer marschierten ohne ein Wort an ihm vorbei, als wäre er ein Hotelportier, und gingen direkt ins Wohnzimmer. Als er ihnen hinterherging, warf er einen raschen Blick in die Küche. Whyte gab ihm ein Daumen-hoch-Zeichen.

Savarin sah aus, als hätte auch er eine schlechte Nacht hinter sich. Der Commandant versank tief im Sofa und starrte Gabriel mit geröteten Augen an. Gabriel ließ sich auf einen Stuhl fallen und schlug die Beine übereinander. Der Koffein- und Zuckerkick ließ ihn nervös mit dem Fuß zucken.

„Vorher anzurufen und einen Termin zu vereinbaren, ist nicht ganz so Ihr Ding“, stellte er fest. „Einfach mal auftauchen, wenn's Ihnen passt, oder?“

Savarin ließ sich Zeit. „Das Foto der Statue“, sagte er.

„Was ist damit?“

Savarin feuerte seine Fragen ab. Warum stand keine Adresse bei dem Bild? Hatten Gabriel oder Whyte sie gelöscht? Warum war das Foto unscharf? Warum war die Statue von hinten fotografiert? Hatte Gabriel zusätzliche Informationen, was den Aufenthaltsort der Statue betraf?

Gabriel antwortete knapp: „Ich weiß es nicht“ oder „Nein“. Er wartete darauf, dass ihm Savarin Fragen nach den Gemälden stellte, aber das tat er nicht. Der Commandant saß dort wie ein riesiger Frosch und starrte ihn an.

Schließlich sagte Inspector Roark: „Sie scheinen mir nicht sehr an der Statue interessiert zu sein, Mr. Schopenhauer?“

„Ha“, rief Gabriel und klatschte in die Hände. „Wir machen Fortschritte.“

„Entschuldigung?“

„Was zum Teufel hab ich denn von Anfang an gesagt? Kommt das endlich mal bei Ihnen an? Kapiert es jemand? Ich wiederhole: Ich bin an nichts davon ‚wahnsinnig interessiert‘. Nichts, verstanden? Nicht an den Bildern, nicht an der Statue. Es ist mir egal, wo die Statue ist. Es ist mir auch egal, was es ist. Wenn es die Venus von Milo mit Armen dran ist, geht mir das komplett sonst wo vorbei. Wenn es Michelangelos *Bambino* ist, will ich das gar nicht wissen. Es könnte sich um den verdammten *Koloss von Rhodos* handeln, und es wäre mir egal.“

Savarin hörte auf, an seinen Augen herumzureiben, und lehnte sich vor. „Was?“

„Was?“, wiederholte Gabriel. „Was meinen Sie mit ‚Was‘? Hören Sie schlecht? Es … ist … mir … egal. Anders gesagt: Wo auch immer die Statue ist, lassen Sie sie dort für immer verschüttet liegen! Oder lassen Sie sie ausbuddeln und ausstellen! Es ist mir total gleichgültig. Gott, wie oft und in mit welchen Worten muss ich das denn noch …“

Savarin unterbrach ihn. „Sie haben gesagt, ‚Michelangelos *Bambino*‘.“

„Ja?“

„Was ist ‚Michelangelos *Bambino*‘?“

Gabriel schnaubte. „Oh Mann, mir reicht's.“ Er warf die Hände in die Luft. „Soll ich jetzt einem so genannten Kunstexperten eine Nachhilfestunde in Kunstgeschichte erteilen? Ende der Veranstaltung.“

„Mr. Schopenhauer“, sagte Roark hastig und legte eine beruhigende Hand auf Savarins Schulter, als der Commandant aufstehen wollte. „Mal angenommen, rein theoretisch, wir würden gerade der Annahme nachgehen, dass die Statue von Michelangelo ist. Nur der Diskussion halber, versteht sich. Was der Commandant sagen will: Warum bezeichnen Sie sie als ‚Michelangelos *Bambino*‘?“

Jetzt war es Gabriel, der sich die Augen rieb. „Michelangelos *Bambino*“, begann er und klang müde wie ein Lehrer, der für einen begriffsstutzigen Schüler eine Formel wiederholt, „wenn ich davon gehört habe, dann kennt ihn jeder. Das müsste auch für Sie gelten … Ich bin hier gerade am Ende meiner Kräfte.“ Er sah aus dem Fenster und seufzte resigniert. „Ich habe Ihnen nichts mehr zu sagen. Ich denke, es wäre wohl das Beste, wenn Sie jetzt gehen. Also, wenn ich bitten darf, es sei denn, Sie haben einen juristisch wasserdichten Grund hierzubleiben.“

Den Blick, den Savarin Gabriel zuwarf, hatte er schon mal gesehen: eine Art mitleidige Verachtung für einen Spinner. Aber diesmal schien es keine Einschüchterungstaktik zu sein. Der Mann erhob sich schwerfällig. Mit bitterem Gesichtsausdruck ging er.

Wenige Sekunden, nachdem sich die Haustür geschlossen hatte, tauchte Arthur Whyte auf.

„Das war interessant“, sagte Whyte. „Wir dachten, wir würden etwas durch die Polizei erfahren. Stattdessen erfahren wir etwas durch dich.“

Gabriel antwortete nicht.

„Ich vermute, dass Wut die Erinnerung anstachelt“, sagte Whyte. „Aber du solltest versuchen auszurasten, wenn du allein bist, ohne dass dir der Teufel dabei über die Schulter schaut.“

„Ich bin nicht in der Stimmung, Mr. Whyte."

„Wenn du dich an einen Traum erinnern willst, sprich laut darüber, sobald du aufwachst. Dasselbe gilt für das Gedächtnis."

Gabriel wollte schon eine wütende Erwiderung zurückbellen. Aber dann fiel ihm ein, wie er in seiner Bibliothek saß, den Inhalt des Wandsafes vor sich ausgebreitet. Die Aracoeli-Postkarte, auf der stand: „Erinnerst du dich? Das war nur unter uns." Und etwas hatte bei der Erinnerung an Großvaters „Unter uns"-Geschichte gefehlt.

Jetzt lehnte er sich auf seinem Stuhl zurück und saß eine Weile ruhig da. Splitter, Teile eines Puzzles kamen zu ihm zurück. Er sah zum Fenster und sagte: „Michelangelo arbeitete für Julius II. in Rom und entwarf die Statuen für das Grab des Papstes. Die berühmten, zumeist unvollendeten, richtig? Er richtete sich eine Werkstätte gleich unterhalb des Campanile ein. Der Campanile steht an dem Platz vor der Aracoeli. Wenn man aus der Tür auf der rechten Seite der Aracoeli kommt und nach links schaut, kann man sehen, wo die Werkstätte war. Michelangelo war jung, fünfundzwanzig oder dreißig, und es war ein riesiger Auftrag. Er stand unter großem Druck, der größte kam allerdings von ihm selbst. Er war der urtypische gequälte Künstler, der darum kämpfte, seine Leidenschaft für das Physische mit dem Spirituellen zu vereinbaren … Jeder weiß das. Es gehört zur Allgemeinbildung über den Mann, richtig? Aber was mir Großvater in dieser ‚Unter…' … Was mir Großvater einmal erzählt hat, hing mit sehr viel spezielleren Ereignissen zusammen. Nämlich, dass Michelangelo sich ganz elend durch den Tag geschleppt hatte und ganz zerrissen von seinem inneren Konflikt war. Also ging er zur Aracoeli, zu der Kapelle des *Bambino*. Und er betete wie ein Pilger mit seinen Kümmernissen zu ihm. Er betete zu der kleinen, glupschäugigen, hölzernen Puppe in ihrem gestickten Mantel, auf dem Kopf eine Krone und mit Juwelen drapiert. Ich weiß auch, dass Michelangelo einen Bittbrief an den *Bambino* geschrieben hat, weil mein Großvater den Beweis in den Wandsafe in meiner Bibliothek geschlossen hat. Es wurde nichts daraus. Es funktionierte nicht. Seine Gebete blieben unerhört. Was mir aber gerade erst eingefallen ist, ist Großvaters Epilog. Michelangelo beschloss, seinen eigenen Bambino zu erschaffen. Er modellierte ihn. Oder malte ihn."

Gabriel sah auf.

„Vielleicht habe ich das alles geträumt", sagte er.

Whyte stand mit offenem Mund da. „Michelangelo hat seinen eigenen Bambino erschaffen?", flüsterte er.

Gabriel machte eine verzweifelte Geste.

Whytes Blick durchdrang ihn. „Michelangelos vollendete Werke", sagte er leise, „und auch die unvollendeten Werke, inklusive der Bronzestatuen von Julius II., die nur drei Jahre überdauerten, weil die Idioten in Bologna sie geschmolzen haben, um daraus Kanonen zu machen – keines davon wurde jemals als ‚Michelangelos *Bambino*' bezeichnet. Kommen wir zu Savarin, der sich auskennt. Kein Gelehrter oder Mäzen oder Historiker hat jemals in den Zillionen Worten, die über Michelangelo in den letzten fünfhundertirgendwas Jahren seit seiner Geburt geschrieben wurden, jemals so etwas erwähnt. Und du kommst damit raus, als müsste es jeder Depp wissen. Dazu noch vor einem Bullen, der ein echter Experte ist – möge er in der Hölle schmoren –, und der Bulle fängt an zu sabbern wie der Pawlowsche Hund."

„Nein, das hat er nicht", sagte Gabriel. „Und wissen Sie warum? Er glaubt, ich wäre ein Volltrottel. Wenn hingegen der große Arthur Whyte etwas von ‚Michelangelos *Bambino*' gesagt hätte, hätte Savarin ihn schneller auf die verdammte Streckbank geschraubt, als …"

„Gabriel", sagte Whyte, „das hier ist ernst."

Gabriel sah ihn an. Whyte hatte nie zuvor seinen Vornamen benutzt.

„Tut mir leid", sagte er.

„Was hat Max noch gesagt? Gab's da noch mehr?"

Einen Moment lang herrschte Stille.

„Es könnte sein", sagte Gabriel. „Ja, ich glaube …" Dann schüttelte er den Kopf. „Nein, es ist weg."

Whyte presste seine Fingerspitzen an die Stirn.

„Was?“, fragte Gabriel.

„Wo ist die Kassette?“

Sie standen in der Küche. Whyte hatte die Kassette in die Stereoanlage auf dem Regal neben der Spüle geschoben.

„Als ich sie mir im Auto in Lech angehört habe, hat ein Typ etwas gesagt, das ich nicht verstanden habe.“

„Ich weiß“, sagte Gabriel. „Das haben Sie mir erzählt.“

„Ich habe es mehrfach abgespielt, aber ich konnte es einfach nicht verstehen.“

„Das haben Sie mir auch erzählt.“

„Ich glaube, ich habe es gerade gehört.“

Gabriel sah von der kleinen Stereoanlage zu Whyte.

„Worauf warten Sie?“, fragte er.

„Für mich ist es leichter zuzuhören. Ich kenne es schon.“

„Spielen Sie’s ab!“

Whyte drückte auf die Taste.

Das erste Geräusch war ein nichtssagendes Zischen, das ein paar Sekunden lang andauerte. Dann folgte ein Klicken, anschließend entfernter Verkehrslärm und gedämpfte Schritte. Die Hintergrundgeräusche ließen langsam nach. Dann hielten die Schritte an. Auf der Kassette wurde es still. Gabriel fragte sich, ob die Aufnahme angehalten hatte. Aber dann ertönte eine Stimme, und Gabriel wich zurück, als hätte ihn etwas gestochen.

„Was wollen Sie?“ Es war Großvaters Stimme. Er sprach Englisch mit dem vertrauten, leicht gutturalen Tonfall.

Eine unverständliche Antwort folgte. Whyte drückte auf die Stopptaste.

„Da“, sagte er. „Das da hab ich nicht verstanden.“ Er spulte zurück, drehte die Lautstärke auf Maximum und ließ die Kassette nochmal laufen.

„Was wollen Sie?“, fragte Großvater in voller Lautstärke.

Diesmal war die Antwort verständlich: „Den *Bambino* natürlich.“ Es war die Stimme eines Mannes. „Wo ist …“

„Ruhe.“ Eine dritte Stimme. Sie klang so schroff, dass Gabriel klar war: Großvaters Mikrophon war entdeckt worden. Es folgten Kampfgeräusche, die ein paar Sekunden andauerten. Mit einem dumpfen Aufprall, wie von einem Körper, endeten sie. Dann ein lautes, statisches Quietschen. Danach war die Kassette leer. Whyte stoppte sie und nahm sie heraus. Mit der linken Hand umschloss er das schwarze Plastik, bis seine Knöchel von der Anspannung weiß hervortraten.

„Nicht“, sagte Gabriel und streckte die Hand aus.

Whyte drehte sich mit bleichem Gesicht zu ihm. Er warf Gabriel die Kassette zu, als wäre sie heiß.

„So werden wir ihn nicht in Erinnerung behalten“, sagte Gabriel.

„Ich habe an diese Leute gedacht, nicht an Max.“

Zusammen gingen sie in den Innenhof.

„Kann die Polizei einen Stimmabgleich machen?“, fragte Gabriel. „So wie mit Fingerabdrücken?“

„Ja, und sie können ihn auch vor Gericht verwenden. Das ist ein Beweis. Erst müssen sie den Abschaum fangen. Aber du weißt ja, dass das keine Priorität bei Interpol hat. Und wenn ich die Schweine zuerst erwische, wird es nie zu einer Verhandlung kommen.“

„Wir“, sagte Gabriel. „Wenn wir sie zuerst erwischen.“

Whyte nickte.

„Aber was wir gerade gehört haben“, sagte Gabriel, „hilft uns nicht dabei, Murphy zu finden oder auch nur seinen Komplizen. Wie Sie schon in Lech gesagt haben.“

„Ich habe auch gesagt, dass Murphy nicht einfach nur irgendein Verbrecher ist.“

„Was soll das heißen?“

„Das soll heißen, dass er über die Statue längst all das weiß, an das du dich gerade erst erinnert hast.“

Florenz – 13. März 2003

Am Donnerstag überredete Gabriel Tommaso, mit ihm nach Florenz zu fahren und sich das Bargello-Gebäude anzusehen, in dem der Ingenieur aufgewachsen war. Gabriel wusste darüber nur, dass es in einer heruntergekommenen Gegend von Florenz lag. Dem erstaunten Tommaso versicherte er, dass er nicht auf der Suche nach einer Touristenattraktion war, und dieser antwortete, er hoffe, dass Gabriel auch nicht auf der Suche nach irgendwelchen Anwohnern war. Die meisten waren durch einen jahrzehntelang anhaltenden Planungsstreit vertrieben worden.

Aber da es für die Jahreszeit ungewöhnlich warm war, wollte Gabriel raus, weg vom Palazzo und weg von den Gedanken an Kunstwerke und Murphy und Savarin – und nun auch EU-Kommissar Martin –, wenigstens für ein paar Stunden. Er steckte eine Karte von Florenz in seinen Rucksack und ging zu seinem Wagen. Ein Blick in den Himmel ließ ihn umkehren und seine Wachsjacke holen.

Emily folgte ihm die Treppe hinunter. „Gabriel, ich komme mit, wenn du das willst."

„Musst du nicht ein Kapitel zu Ende schreiben?"

„Ja, aber … Ich kann mich Tommaso gegenüber auch zusammenreißen, weißt du?"

Er legte ihr einen Arm um die Schultern und drückte sie an sich.

„Du willst lieber mit ihm allein sein", sagte sie. „Ich seh' es dir an. Kein Grund für ein schlechtes Gewissen." Sie küsste ihn sanft. „Ich muss wirklich noch dieses Kapitel fertigschreiben."

Als Gabriel Tommaso abgeholt hatte und die Via dei Bardi südlich des Arnos entlangfuhr, war es bereits spät am Nachmittag, und der Himmel zog sich zu. Regentropfen prasselten auf die staubige Motorhaube des Volvo. Sie hielten an einer Bar und holten sich Kaffee. Tommaso beschimpfte Gabriel, weil er einen Cappuccino mitgenommen hatte („Kein Italiener trinkt nach elf Uhr morgens seinen Kaffee mit Milch, Gabriel. Denk dran, wenn du an der Politecnico bist."). Als sie von der Via dei Bardi runterfuhren, musste Gabriel im zweiten Gang bleiben, um durch die engen Straßen zu kommen. Tommaso navigierte ihn durch eine zunehmend dunklere und engere Straßenfolge. Die Gebäude waren gedrungen und verrußt. Ihre Eingänge waren verbarrikadiert oder mit Metalltüren und Vorhängeschlössern gesichert. Sie fuhren über einen Platz, an dem es nach vergammeltem Gemüse roch. Hier und da brannte ein gelbes Licht hinter vergitterten Fenstern.

Als sie um eine weitere Kurve bogen, musste Gabriel auf die Bremse treten, um zwei alte Frauen nicht umzufahren, die mitten auf der Straße entlanggingen. Gemüsesäcke hingen an ihren Armen wie Milchkannen. Die Frauen schlurften zur Seite und stellten sich mit dem Rücken an die Wand. Sie sahen Gabriel mit gerunzelter Stirn nach, als er im Wagen an ihnen vorbeiglitt. Eine Familie ging in entgegengesetzter Richtung vorbei. Die Männer waren unrasiert und schwarz gekleidet. In ihrer Mitte ging ein junges Mädchen. Ihr weißes Erstkommunionskleid hob sich von der dunklen Umgebung ab wie eine Ballerina von Degas.

„Pittiglioso", sagte Tommaso, als sie zu einem kleinen Platz kamen. Vor ihnen befand sich eine Touristengruppe, die ihrem Führer zuhörte.

„Hast du nicht gesagt, hier gäbe es nichts zu sehen?", fragte Gabriel und deutete auf sie.

„Das ist die Tour des Schwarzen Todes", sagte Tommaso. „Sehr beliebt bei den Jüngeren. Sie langweilen sich bei den Kirchen."

Tatsächlich war es eine junge Gruppe. Ein Mädchen trug eine Steppjacke und enge, zerrissene Jeans. Zwischen ihrem Oberteil und der Hose zeigten sich fünf Zentimeter Bauchfett und ein silbernes Nabelpiercing. Die jungen Männer trugen unterschiedliche Mützen. Ihre Jeans schienen nicht höher zu gehen als bis zur Hälfte ihrer Hinterteile. Gabriel fragte sich müßig, wie die Hosen wohl hielten. Die meisten in der Gruppe hatten Rucksäcke dabei. Einer trug sogar eine Tennistasche.

Gabriel hatte nicht damit gerechnet, geistige Erbauung im Bezirk Pittiglioso zu finden, und er fand sie auch nicht. Aber er betrachtete fasziniert die Graffiti, das Treibgut des städtischen Abfalls, die Schlaglöcher in den Straßen. Tommaso saß schweigend neben ihm. Seine schwarzen Augen schimmerten vor Abscheu oder wiederentfachten Erinnerungen – Gabriel wusste nicht, was es war. Er wollte die Last der Gedanken an den Mord seines Großvaters und die bestehende Bedrohung, die ihm und seiner Frau galt, beiseite schieben. Er spürte, dass er mit diesem Ausflug in das kleine Herz der Finsternis von Florenz genau das erreichte.

Tommaso wies ihn an zu parken. Er führte ihn zu Fuß von dem Platz fort. Sie passierten noch ein paar weitere düstere Straßen. Dann standen sie vor etwas, das zunächst wie die Öffnung zu einer Gasse aussah. Auf den zweiten Blick handelte es sich um einen engen, kopfsteingepflasterten Platz, offenbar eine Sackgasse. Linker Hand befand sich ein Bogengang, an dessen Wand sich Abfall türmte wie die Hochwassermarke am Ufer eines Flusses. Rechts standen Reihenhäuser mit verrosteten Eisengittern und eingeschlagenen Fenstern. Die Mitte des Platzes schien die örtliche Müllhalde zu sein. Im Zentrum stand ein Holzfass mit einem toten Nadelbaum. Irgendwann musste er mal ein Weihnachtsbaum gewesen sein, dachte Gabriel. Sein jämmerlich dünner Stamm und die nackten Äste ließen ihn wie ein mehrarmiges, vertrocknetes Kruzifix aussehen. Auf der Seite mit dem Bogengang klemmte eine umgestürzte, verrostete Vespa in einem Spalt zwischen den Gebäuden. Tommaso zeigte auf sie.

„Einiges von dem Müll wurde hier mit der Flut von 66 hergespült. Es wurde nie etwas weggeräumt“, sagte er. Er nickte zu dem dunklen, eindrucksvollen Gebäude direkt vor ihnen, das den Platz abschloss. Sein raues Mauerwerk zog sich über vier Stockwerke hinauf, bis zu einem hervorspringenden Gesims. Es war das höchste Bauwerk an dem kleinen Platz und schien über allem anderen zu brüten.

Gabriel konnte sich nicht vorstellen, dass irgendjemand dort wohnen wollte.

„Der andere Bargello“, sagte Tommaso.

Sie gingen die lange Seite des Rechtecks entlang. Mit ihren Schritten wirbelten sie den Müll auf, als wären es Herbstblätter. Gabriel holte die Karte aus seinem Rucksack, weil er nachsehen wollte, wo sie waren. Aber dann steckte er sie wieder weg, weil das Licht zu schwach war. Tommaso dachte laut über die Sicherheitsgitter an einigen der Gebäude nach.

„Vielleicht sind das jetzt Lagerräume“, spekulierte er. „Das ist neu“, fügte er hinzu, als sie den Eingang des Bargellos erreichten. Die Vordertür war tief in einen Torbogen eingelassen. Sie war aus mattem Metall, das so schwer und solide wirkte wie von einem Bankgewölbe. Gabriel sah sich um. Die Luft hier war trocken und warm, als ob der leichte Regen nicht durchkäme. Trotz des ranzigen Müllgestanks wirkte der Platz merkwürdig friedlich und tröstend. Der Lärm der Stadt drang nicht bis hierher. Das Bossenmauerwerk des Bargellos war so stabil wie das einer Festung. Er sah zurück zu der Straße, von der sie gekommen waren. Ein Motorrad fuhr vorbei, sein Auspuff war kaum zu hören.

„Ich frage mich, was das ist“, sagte Tommaso.

Auf der linken Seite des Bogens hing eine schwarze Gummiklappe herab. Tommaso hob sie an. Darunter befanden sich zwei gläserne Rechtecke. „Videoüberwachung“, sagte er zu sich selbst. Er ließ die Klappe zurückfallen und betrachtete die Metalltür. „Nun, wahrscheinlich ist es ein besserer Platz, um Dinge zu lagern, als Menschen zu beherbergen. Allerdings bin ich überfragt, wie man hier mit einem LKW zurücksetzen soll.“ Er kam auf den Platz zurück. Gabriel dachte, dass Tommaso wahrscheinlich von hier fort wollte. Doch stattdessen ging er zu dem Bogengang, wo die alte Vespa feststeckte. Er rief, nach oben zeigend: „Aus diesem Eckfenster hat sich Mama mit ihrer Kamera herausgelehnt. Dein Urgroßvater muss ungefähr hier gestanden haben, als er erschossen wurde.“

Gabriel wollte nicht darüber nachdenken. Am Eingang zum Platz, vor der Gebäudereihe, sah er einen der jungen Leute von der Tour des Schwarzen Todes. Es war der mit der Tennistasche. Der Junge sah etwas verloren aus. Er hatte sein Handy ans Ohr gedrückt und sah sich in alle Richtungen um, vielleicht um jemandem den Weg zu beschreiben und ihn dann zu treffen.

Gabriel führte den Pappbecher mit seinem Kaffee zum Mund. Er trank die letzten Reste des kakaobesprenkelten Schaums durch die Plastiköffnung. Es gab keine Abfalleimer in Sichtweite. Er rang kurz mit sich, den Becher einfach zu dem Müll auf dem Platz zu werfen. Dann sah er zu dem ehemaligen Weihnachtsbaum, wie er ihn für sich nannte, und steckte den Becher in seinen Rucksack.

Der Junge von der Touristengruppe schien sich auf eine lange Wartezeit vorzubereiten. Er legte die Tennistasche auf dem Bürgersteig ab und kniete sich hin, um seine Schuhe zu binden. Dann öffnete er den Reißverschluss seiner Tennistasche und griff hinein. Er zog mit einer Hand ein Gewehr hervor und hielt es mit der anderen, den Ellenbogen auf das Knie gestützt. Die kniende Figur war gegen das schwarzbraune Mauerwerk der Gebäude kaum auszumachen. Aber das Licht einer Straßenlaterne fiel glänzend auf den Lauf. Er war auf Tommaso gerichtet.

Gabriel stürzte aus der Nische hervor und stieß einen Schrei aus, als das Mauerwerk gerade im Mündungsfeuer des ersten Schusses aufleuchtete.

Kapitel 25

Florenz – 13. März 2003

Die Kugel verfehlte Tommaso und schlug ein Loch in den Kotflügel der Vespa. Tommaso warf sich zu Boden. Der Schütze löste einen weiteren Schuss, als Gabriel auf den Bogengang zurannte. Von der Mündung kam ein kurzer Lichtblitz, aber kein Geräusch. Hinter der Stelle, an der Tommaso gestanden hatte, platzte ein Brocken aus dem Mauerwerk in tausend Stücke und regnete auf das Fahrgestell der Vespa. Tommaso kroch wie eine Eidechse in den abgesetzten Teil des Bogengangs, wo Gabriel neben ihm bäuchlings auf dem Pflaster landete. Die Vespa lieferte einen guten Schutz, was schlechte Sicht anging. Der Schütze konnte nicht in die Nische feuern, es sei denn, er betrat den Platz.

Doch der Schütze schien anders darüber zu denken. Zwei weitere Schüsse bohrten Löcher in den Motor der Vespa und schoben das Fahrzeug zehn Zentimeter tiefer in die Nische.

„Bist du verletzt?“, fragte Gabriel.

„Nein. Ist das der Henker?“

„Ich denke schon.“

Gabriel schob sich den Rucksack von den Schultern, öffnete ihn und griff hinein. Seine Hand umschloss den Griff der Ruger. Er zog sie heraus, entsicherte sie und ließ die .22er-Patrone in die Kammer springen. Er rollte sich auf den Bauch und kroch zurück zur Vespa, rutschte über das Kopfsteinpflaster und zog den Rucksack hinter sich her. Er spähte am Kotflügel der Vespa vorbei, während er mit einer Hand suchend nach dem Rucksack tastete, um das Ersatzmagazin zu finden. Er zog es hervor und steckte es sich in die hintere Hosentasche. Er konnte Tommaso hören, wie er über sein Handy mit dem Notruf sprach.

Gabriel konnte gerade so den Schützen erkennen. Er kniete noch immer, vielleicht lud er nach, vielleicht spielte er mit ihnen, zog es in die Länge. Er konnte sich Zeit lassen, da seine Waffe keinen Lärm machte und die Gegend verlassen war. Er würde auch davon ausgehen, dass keiner der beiden bewaffnet war. Aber als Tommasos Stimme lauter wurde und das Echo von den Steinmauern abprallte, hob der Schütze den Kopf. Er stand auf und kam auf den Platz. Das Gewehr hielt er an seiner Hüfte. Gabriel blieb geduckt auf den Knien, das Kopfsteinpflaster biss ihm ins Fleisch. Er schob den Lauf der Pistole in eine Lücke zwischen einem Vespareifen und dem Fahrgestell und drückte zweimal den Abzug. Der Rückstoß riss ihm den Arm hoch, und die Explosionen hallten über den Platz. Der Schütze schrie auf. Er feuerte drei Mal. Ein Schuss traf den Staukasten des Motorrads und riss dadurch fast die Ruger aus Gabriels Hand. Gabriel erhaschte einen Blick auf den Schützen, wie er hinkend zu den Gebäuden auf der anderen Seite des Platzes sprang. Gabriel feuerte wieder, verlor ihn aber vor den schwarzen Flächen aus dem Blick, die entweder Nischen zwischen den Gebäuden waren, wie die, in der er und Tommaso sich befanden, oder Eingänge – er wusste es nicht. Er und Tommaso waren jetzt nicht mehr geschützt und mussten weiter.

Tommaso rannte bereits zusammengekauert durch den Bogengang in Richtung des Bargellos. Gabriel folgte ihm und sah das Mündungsfeuer auf Bodenhöhe ihnen direkt gegenüber. Die Kugel riss ein Loch in das Mauerwerk hinter ihm. Er schoss einmal zurück. Das Verschlussstück der Ruger rastete über einer leeren Kammer ein. Er schüttelte das Magazin heraus und warf es zur Seite, zog das Ersatzmagazin aus seiner Hosentasche und schob es in die Waffe, lud durch. Noch immer auf dem Bauch liegend, schoss er drei Mal über den Platz. Der erste Schuss traf den Tannenbaum und wirbelte ihn herum. Der zweite und dritte zerbrachen irgendwo Glas. Gabriel wartete ein paar Sekunden. Als kein Gegenfeuer kam, kroch er um die Ecke des Bogengangs, wo Tommaso flach an die Wand gepresst stand. Gabriel stand auf und spähte um die Ecke. In seinem Magazin waren noch drei Kugeln. Eine dünne, hohe Sirene ertönte.

„Ich kauf' mir den Kerl. Du bleibst hier“, sagte er.

„Nein. Bitte, Gabriel, mach das nicht! Er kann hier nicht an uns ran. Warte auf die Polizei!“

Ohne zu antworten, stürmte Gabriel quer über den Platz nach links auf den Bargello zu. Er warf sich in den Durchgang, als ein Schuss die Metalltür mit einem dumpfen Schlag traf, als wäre sie aus reinem Stahl. Das Mündungsfeuer hatte ihm verraten, wo der Schütze war: in einer Lücke zwischen zwei Gebäuden, wie der, in der Tommaso gerade stand, ungefähr einen Meter breit und entweder hinten durch eine Wand geschlossen oder in eine Gasse führend. Die Lücke war gute dreißig Meter entfernt; dazwischen gab es keine Zuflucht, keinen Schutz. Aber es war dunkel, sagte sich Gabriel, und seine eigene Kleidung war so schwarz wie die des Schützen. Die Sirenen schienen nicht näher zu kommen.

Gabriel behielt die Ecke der Nische im Auge. Keine Bewegung, kein Geräusch war auszumachen. Vielleicht hatte der Schütze aufgegeben und war durch diese Nische verschwunden. Er schloss seine linke Hand um das rechte Handgelenk, legte seinen zitternden Zeigefinger auf den Abzug und rannte los. Er lief im Zickzack, so weit er sich traute, und hoffte, dabei nicht auf dem Abfall auszurutschen. Er spürte, wie sich seine Lippen über den Zähnen zurückzogen und die Schultern in Erwartung einer Kugel innerlich verspannten. Als er auf die Nische zu rannte, sah er auf dem Boden einen schwarzen Turnschuh und ein Stück von einer Jogginghose. Er wandte sich seitwärts, um sich an der Wand zu bremsen. Er traf sie mit der linken Schulter, hielt die Ruger ausgestreckt auf den Fuß des Schützen gerichtet, einen Meter von ihm entfernt.

Es ertönte ein gedämpftes Klicken hinter der Ecke. Er zielte mit der Pistole in die Nische. Der Schütze lag auf dem Rücken. Das Gewehr hielt er in der Luft, während er versuchte, es verkehrtherum zu laden. Gabriel machte einen Schritt nach vorn und trat es dem Mann aus der Hand. Das Gewehr fiel scheppernd in die Dunkelheit. Gabriel stand breitbeinig vor dem Schützen und zielte auf seinen Bauch. Einen Moment lang erkannte Gabriel ihn nicht wegen der Glatze und der Reihe Stiche auf seiner Kopfhaut. Murphy sah zu ihm auf, kindhaftes Erstaunen in den Augen, die Arme ausgebreitet und in die Luft gestreckt wie ein Baby, das gerade in seiner Krippe erwacht war. Die Jogginghose war am rechten Bein vom Schritt bis zum Knie feucht von seinem Blut.

Gabriel richtete die Ruger direkt auf Murphys Gesicht. Er hörte, wie die Sirenen näherkamen und hinter ihm schnelle Schritte ertönten. Er dachte an das graue, eingesunkene Gesicht seines Großvaters auf der Bahre. Er ließ Murphy in seine Augen sehen und dort das Ende seines eigenen Lebens erblicken. Dann drückte er den Abzug.

Gabriels Schulter und Arm wurden von hinten gerammt, und sein Schuss schlug auf dem Pflaster ein. Tommaso umklammerte ihn von hinten. Ihr Schwung riss die beiden nach vorn. Sie stolperten über Murphy, der vor Schmerz aufschrie, als einer von ihnen über sein Bein stolperte.

„Bist du verrückt?", schrie Tommaso keuchend, die Arme noch immer fest um Gabriel geschlungen. „Die Polizei ist hier!" Er zog Gabriel zurück auf den Platz und nahm ihm die Pistole ab. Dann ließ er ihn los, rannte zurück, sprang über Murphys regungslosen Körper und erschien mit dem Gewehr. Er schob die Ruger in seine Jackentasche. Mit der freien Hand griff er nach Gabriels Arm und leitete ihn zu den blinkenden blauen Lichtern des Streifenwagens, der den Zugang zum Platz versperrte. Gabriel spürte, wie seine Knie nachgaben. Tommasos Hand schob sich unter seine Achsel, um ihn zu stützen. Als sie vorwärts stolperten, sahen sie zwei kniende Carabinieri, die ihre Waffen auf sie gerichtet hatten. Tommaso blieb stehen und legte das Gewehr auf den Boden. Dann nahm er die Pistole aus der Tasche, hielt den Griff zwischen Daumen und Zeigefinger und ließ sie fallen.

Die Polizisten ließen sie auf das Scheinwerferlicht des Wagens zu gehen. Commissario Bardi lief auf sie zu. Sein Blick schoss zwischen dem Schatten, in dem die beiden Waffen lagen, und der Dunkelheit dahinter hin und her, während Tommaso in schnellem Italienisch auf ihn einredete. Erst hörte Bardi mit eisigem Gesicht zu. Dann richtete er seinen Blick auf Gabriel. Er gab einem seiner Beamten ein Zeichen. Dieser holte eine Taschenlampe hervor. Sie gingen zu der Nische; Tommaso zeigte ihnen den Weg.

In der Öffnung zwischen den Gebäuden blieben sie stehen. Gabriel schob sich zwischen sie. Die Taschenlampe erhellte die enge Passage, die zu einer unbeleuchteten Straße führte, von der man das schwache Geräusch eines sich entfernenden Wagens hören konnte. Auf den Pflastersteinen zu ihren Füßen breitete sich eine Blutlache aus.

Murphy war verschwunden.

Kapitel 26

Pistoia – 14. März 2003

Am Freitagmorgen kam Arthur Whyte zum Palazzo und setzte sich am Küchentisch Gabriel gegenüber. „Wie geht's?", fragte er.

„Super."

Whyte kaute rhythmisch auf einem Hustenbonbon.

„Du solltest mir doch Bescheid geben, sobald du aus dem Haus gehst. Das hatten wir so besprochen."

„Ich dachte, es sei noch zu früh für Murphy, etwas herausgefunden zu haben."

„Wie auch immer, du hast ihn angeschossen. Aber er ist abgehauen, und die Polizei hat deine Waffe behalten. Unterm Strich …"

Gabriel sagte, dass Murphy nicht rennen konnte, auch wenn er wohl gehen konnte – mithilfe seines Partners, der im Fluchtwagen gewartet haben musste. Whyte musste unweigerlich grinsen.

„Was ist daran so lustig?", fragte Gabriel.

„Ich habe mir nur vorgestellt, wie Murphy die Kugel aus dem Bein gefummelt bekommt und ihm gleichzeitig dieser Typ die Hölle heiß macht", sagte Whyte.

„Warum sollte er?"

„Weil er fast die Gans getötet hätte, bevor sie das goldene Ei gelegt hat. Wenn ihre Quellen so schnell reagieren, dann sollten Murphy und sein Partner mittlerweile auch wissen, dass in dem E-Mail-Anhang kein Ort für die Statue verzeichnet war. Sie hoffen, dass du auf anderem Weg den Ort herausfindest. Sie brauchen dich lebendig. Stattdessen hat dich Murphy fast umgenietet. Da war er wohl ein bisschen voreilig."

„Er hat zuerst auf Tommaso geschossen. Vielleicht war geplant, Tommaso zu töten, mich dann zu entführen und die Information aus mir rauszuholen. Oder vielleicht ist er hinter den Gemälden her und nicht der Statue, deshalb bin ich überflüssig. Oder vielleicht gab es gar keinen Plan dahinter. Er wollte nur Rache für das, was ich mit seinem Kopf gemacht habe. Sie hätten die Nähte sehen sollen. Sah aus, als hätte Boris Karloff für Ersatz gesorgt."

„Verdammt großartig", sagte Whyte und grinste.

Emily stand in der Tür. Eine Tasche hing an ihrer Schulter. Der Blick, den sie Whyte zuwarf, ließ ihn aufhören, an seinem Bonbon zu lutschen. Gabriel stand auf und folgte ihr nach draußen. Sie stieß das Tor auf und sah ihn an. Ihre Augen waren gerötet, als hätte sie die ganze Nacht wachgelegen oder geweint, vielleicht auch beides.

„Das war's jetzt mit deinem Freifahrtschein, Gabriel. Du bleibst hier. Und ich will, dass du dich von diesem Penner da drin fernhältst. Der verarscht dich doch nur."

Gabriel wusste, dass er jetzt keine andere Wahl mehr hatte. Er hatte seine Chance gehabt – seine dritte – und sie versaut. Er bezweifelte, dass es eine vierte geben würde. Aber in diesem Moment konnte er kaum die Energie aufbringen, darüber nachzudenken. Seit sich das Adrenalin von gestern abgebaut hatte, ertappte er sich dabei, nach Gründen für die kleinen, alltäglichen Dinge zu suchen – rasieren, essen –, aber er fand sie nicht. Zurückzuschauen war zu schmerzhaft. Warum hatte er den Abzug nicht eine Sekunde früher gedrückt? Wenn sich Tommaso doch nur zurückgehalten hätte …

„Okay", sagte er.

Sie suchte in ihrer Tasche nach dem Autoschlüssel. „Das ist das letzte Mal, dass du diese Charles-Bronson-Dirty-Harry-Scheiße abgezogen hast. Gott sei Dank hat die Polizei diese Pistole einbehalten. Ich komme heute schon früh zurück, denk dran. Nur ein Seminar."

„Ich werde hier sein."

Sie sah ihn an, und in ihrem Blick verschwand der Ärger, wenn auch nicht ihre Sorge. „Das hier geht nicht nur dich was an, Gabriel. Sieh's endlich ein. Krieg das in deinen Kopf. Durch den Betonschädel. Es gibt hier noch jemanden."

„Jemand sehr interessantes."

„Mach jetzt nicht auf niedlich."

Sie zog sich die Autofahrerhandschuhe an, die sie sich in einem Spezialgeschäft in Florenz gekauft hatte. Sie waren aus butterweichem schwarzem Leder und fingerlos. „Großvater muss etwas hinterlassen haben, das dir verrät, wo die verdammte Statue ist“, sagte sie und drückte die Handschuhe fest zwischen die einzelnen Finger, um das Leder eng um die Haut zu schließen. Geistesabwesend formte sie Fäuste und schlug mit den Knöcheln in die Handflächen, wie ein Boxer in der Umkleide vor dem großen Kampf. Sie warf einen Blick zu dem *duomo* und verlagerte ihr Gewicht von einem Fuß zum anderen.

„Ja“, sagte Gabriel.

Sie hörte ihm nicht zu. „Dieser verdammte *Bambino*“, sagte sie, das Gesicht noch immer der Kathedrale zugewandt.

Er stand in der Kälte und sah zu, wie sie ins Auto stieg. Sie fuhr schnell weg, so wie immer, und musste scharf an dem Stoppschild bremsen, das zwanzig Meter entfernt stand. Er ging hinein.

Whyte stand dort und hatte seinen gesteppten Mantel angezogen, die Hände in den Taschen, bereit zum Gehen. Er sagte, dass er herausfinden wolle, wo man in der Toskana hinging, wenn man eine Schussverletzung hatte und nicht riskieren konnte, damit ins Krankenhaus zu gehen.

„Und ich habe dir einen Ersatz mitgebracht“, sagte er. Er legte das neuere Modell der Ruger .22 auf den Tisch, zusammen mit einer Schachtel Munition.

Gabriel griff danach, zog dann aber die Hand zurück. „Besser, ich lass’ das. Aber danke.“

Whyte sah aus dem Fenster, wo Emily zuvor neben dem Tor gestanden hatte. Er steckte Pistole und Munition wieder in seine Tasche, warf sich einen weiteren Hustenbonbon ein und hob einen Arm zum Abschied.

Mit einem Mal fühlte sich Gabriel ganz schwach. Er legte eine Hand auf den Küchentisch und ließ sich langsam auf den Stuhl fallen. Er starrte auf ein Astloch auf der Oberfläche, aber alles, was er vor sich sah, war Emilys glatt gezogener Handschuh. In seinem Ohr schien eine Stimmgabel zu vibrieren. Whyte sagte etwas zu ihm, hielt aber inne, als Gabriel den Kopf hob. Sie sahen sich an.

„Nach einer Jagd“, sagte Whyte langsam, „kommt die Angst.“

Gabriel hielt seinen Kopf oben, aber er konnte nicht aufnehmen, was Whyte sagte. Er bemerkte auch nicht, wie es unter Whytes Augen zuckte. Schließlich trat der Mann aus seinem Blickfeld, und Gabriel, der sich nicht bewegt hatte, bemerkte, dass er auf den Kalender am anderen Ende des Raums starrte. Darüber legte sich das Bild von Emilys Händen in den schwarzen, fingerlosen Handschuhen. Er stand auf, suchte sein Gleichgewicht und ging zur Haustür. Er öffnete sie und lehnte sich gegen den Türpfosten. Whyte war schon halb über den Platz gegangen.

Gabriel rief ihm hinterher. Als Whyte wieder im Haus war, schloss Gabriel die Tür. Er wusste, dass sein Gesicht aschfahl und seine Pupillen geweitet waren. Aber als er sprach, war seine Stimme fest.

„Ich habe es mir anders überlegt. Ich hätte doch gerne die Pistole.“

Teil III

Kapitel 27

Paris – 15. März 2003

Der große Konferenzraum, den die Police Nationale für Pressekonferenzen nutzte, war brechend voll. Commandant Georges Savarin stand am Podest und sah aus wie General Patton, der dabei war, seine Truppen zu befehligen – die Beine gespreizt und die Arme hinter dem Rücken verschränkt. Er sah den Journalisten und Kameracrews dabei zu, wie sie sich in Position brachten. Mit erhobenem Arm bat er um Ruhe, aber nichts passierte, bis Inspector Roark vorkam und alle aufforderte, sich zu setzen. Dann stellte er Savarin vor und trat zur Seite.

„Meine Damen und Herren“, sagte Savarin, „die Abteilung für Kunstdiebstahl bei Interpol gibt nicht oft Pressekonferenzen. Und wenn, sind wir normalerweise in Lyon. Aber was ich Ihnen heute zeigen werde …“ Er streckte seine schaufelartige Hand aus zu einer Staffelei, über der ein grünes Tuch hing, „… ist in Paris entdeckt worden. Und Paris ist das Herz der französischen Kultur. Deshalb finde ich es passend, dass wir heute hier sind.“ Savarin hob das Tuch, als würde er einen Brautschleier lüften. Auf der Staffelei stand ein Gemälde, das Porträt eines Mannes von autoritärer, durch einen Turban exotisch wirkender Erscheinung. Seine dünne, gebogene Nase und der stechende Blick ließen auf einen osmanischen Machthaber schließen.

„*Süleyman der Prächtige*“, sagte Savarin, „von Tizian. Ein unschätzbar wertvolles Kunstwerk.“ Stühle scharrten über den Boden, einige der Anwesenden versuchten, einen besseren Blick zu bekommen. Savarin ließ sich ein paar Sekunden Zeit. „Es war dreihundertsechzig Jahre lang vermisst.“ Er hielt inne, um einen ehrfürchtigen Blick auf das Bild zu werfen. „Dieses Gemälde“, fuhr er fort, „wurde im Gare du Nord gefunden … Bedenken Sie nur, meine Damen und Herren, ein Meisterwerk der Hochrenaissance … In dreckiges Leinen gehüllt lag es in einem Spind …"

… weil kein Platz in einer Herberge war, dachte Roark trocken, während er Savarins Show beobachtete. Der Commandant hatte die Pressekonferenz selbst einberufen und Roarks Bitte ignoriert, zuerst mit der Pressestelle von Interpol Rücksprache zu halten. Roark wusste, dass Savarins schlecht gefüttertes Verlangen nach Anerkennung ihn dazu bringen konnte, sich in die Karten schauen zu lassen, während die richterlichen Anordnungen für die acht übrigen Orte noch ausstanden. Der Inspector wollte dies verhindern. Er trat ein paar Schritte näher an das Podium, spürte dann eine Berührung am Arm und drehte sich um. Es war ein Mitarbeiter der Interpolzentrale in Lyon.

„Es ist gerade ein Anruf reingekommen, Inspector, von Commissario Bardi in Florenz. Mrs. Schopenhauer hat angerufen. Gabriel Schopenhauer ist verschwunden."

„Heilige Sch…"

„Bardi ist am Telefon, wenn Sie mit ihm …"

„Jetzt nicht", sagte Roark. „Ich muss auf den Chef aufpassen. Halten Sie mich auf dem Laufenden."

Savarin stellte sich den Fragen. Wie war der Tizian gefunden worden? Würde es eine Festnahme geben? Wohin kam das Gemälde? War man an weiteren vermissten Kunstwerken dran? Der Commandant beantwortete die meisten dieser Fragen mit einem knappen „Kein Kommentar". Aber bei der letzten lächelte er geheimnisvoll. „Ja, wir sind an ein paar anderen Kunstwerken dran. Wir glauben zu wissen, wo sie sind …"

Es wurde lauter. „Welche Werke? Können Sie sie uns nennen?"

„… und", fügte Savarin düster hinzu, „es wird zu Festnahmen kommen."

Roark erreichte Savarin in dem Moment, als eine attraktive Blondine aus der letzten Reihe aufstand.

„Commandant", sagte sie mit englischem Akzent, „ITV News. Es gibt Gerüchte in Brüssel, dass ein außergewöhnlich wertvolles Kunstwerk auf Ihrer Liste steht. Können Sie das bestätigen?"

Auf Savarins Gesicht breitete sich ein triumphales Lächeln aus. Als Roark das sah, griff er ein. „Interpol kann auf keinen Fall Stellung zu Gerüchten nehmen“, sagte er höflich. „Und natürlich können wir uns auch nicht zu laufenden Ermittlungen äußern. Ich denke, das war’s soweit, meine Damen und Herren. Auf dem Tisch neben der Tür liegt noch ein Handout mit den Eckdaten zu dem Tizian. Danke Ihnen vielmals für Ihr Kommen.“

Savarin atmete tief durch. Er wirkte etwas beschämt. „Danke, Eddie.“

Die attraktive Blonde starrte Savarin weiter an, während ihre Crew die Ausrüstung zusammenpackte. Der Gesichtsausdruck des Commandants hatte ihre Frage längst beantwortet. Sie durchforstete ihr Wissen aus Studienzeiten – sie hatte Kunstgeschichte in Lancaster studiert – nach bekannten verschollenen Kunstwerken.

In der Nähe von Lucca – 15. März 2003

In der Poststelle des kleinen Orts überreichte Arthur Whyte dem Angestellten einen Umschlag. Er gab an, dass der Brief nur per Einschreiben an den Empfänger ausgehändigt werden durfte. Der Angestellte wog den Brief und gab ihm ein Formular. Whyte füllte es aus und schob es ihm wieder hin. „Sie müssen auch den Absender reinschreiben“, sagte der Angestellte und zeigte darauf. „Und das macht dann achtzehn Euro.“

Whyte schrieb etwas in das Absenderfeld und gab das Formular zusammen mit einem Zwanzig-Euro-Schein zurück.

„Zwei Euro zurück“, sagte der Angestellte. „Danke …“, er warf einen Blick auf den Absender, „Signore Savarin.“

Rom – 20. März 2003

„*Der Bambino von Aracoeli*“, erklärte der Priester einem älteren amerikanischen Ehepaar, das auf den Glaskasten starrte. „Er soll aus einem Olivenbaum des Gartens Gethsemane von einem Franziskanermönch im fünfzehnten Jahrhundert geschnitzt worden sein. Der Überlieferung nach wurde es wunderbarerweise von einem Engel angemalt, während der Mönch schlief. Als die Franziskanerkurie, die sich hier in der Kirche von Santa Maria in Aracoeli befand, davon erfuhr, wurde angeordnet, den *Bambino* nach Rom zu bringen. Das Schiff, das ihn aus dem Heiligen Land bringen sollte, geriet in einen Sturm, und der *Bambino* ging über Bord. Aber er trieb durch das Sturm gepeitschte Meer und wurde schließlich sanft vor die Füße des Franziskanermönchs geschwemmt, der an der Küste von Livorno betend darauf gewartet hatte."

Als der Priester nach vier Jahren Missionarsarbeit im nomadischen Ödland von Kenia zurück in den Vatikan gerufen wurde und dann durch Rom nach Aracoeli gereicht wurde, hatte er geglaubt, dass sein größtes Problem die Langeweile sein würde. Stattdessen hatte er festgestellt, dass Schande und Heldentum der menschlichen Natur hier in der Wiege der Zivilisation im selben Maße existierten wie in den unfruchtbaren Steppen von Maikona. Das Spektrum umfasste lediglich eine andere Stufe auf der Maslowschen Bedürfnispyramide. Die Menschen hatten die unterschiedlichsten Beweggründe, hier in die Kapelle des *Bambino* zu kommen: vom touristischen Abhaken der Sehenswürdigkeiten bis hin zu tiefster, durchdringendster Qual.

Die Qualen der Menschen hatten in ihm die ersten Zweifel seines Glaubens, durch den er so weit im Leben gekommen war, angefacht. Als Lehrer an einer aus Wellblech errichteten Schule in Kenia hatte er routiniert geholfen, den Blutfluss zwischen den Beinen siebenjähriger Mädchen zu stoppen, wenn sie barfuß zum Unterricht gekommen waren, nachdem man sie beschnitten hatte. Hier in Aracoeli hatte er geholfen, den Rollstuhl einer Quadriplegikerin in die Kapelle zu schieben, um später zu erfahren, dass das Gebet dieser liebenswerten jungen Frau dazu gedient hatte, den *Bambino* um ihren Tod zu bitten.

Deshalb war der Priester nicht überrascht, als er den hoch gewachsenen jungen Mann entdeckte, der unentschlossen auf die Kapelle des *Bambino* zu wanderte und dann wieder umkehrte. Der Mann trug die äußeren Zeichen eines Obdachlosen: schmutziges, verschmiertes Gesicht, blutunterlaufene Augen und verdreckte

Kleidung. Aber er machte auch den Eindruck von jemandem, der sich mit weit größeren Problemen herumschlug als damit, wo die nächste Flasche Sambuca herkam. Als er die Vorbereitungen für die Abendmesse beendet und Kelche und Tücher ausgelegt hatte, sah der Priester den jungen Mann bei den Beichtstühlen herumlungern. Er schritt über den unebenen Steinboden, lächelte und betrat den Beichtstuhl. Der junge Mann setzte sich. Durch die Trennwand konnte der Priester seine gesenkten Augen erkennen.

„Vergib mir, Vater, denn ich habe gesündigt."

„Wann hast du das letzte Mal gebeichtet?"

„Vor Jahren."

„Sprich, mein Sohn!"

Der schale Geruch von Alkohol drang zu ihm.

„Du versuchst alles", begann die Stimme. „Du strengst dich im Unterricht an, und obwohl du was weißt, fliegst du raus. Du hast Glück und lernst eine Frau kennen, verliebst dich, und … für den Moment sieht alles besser aus. Du fängst ein Leben an – das hätte ich zuerst sagen sollen – mit einem Menschen, der dich dazu bringt, dranzubleiben … am … am … und das mit einer Karotte, nicht mit Schlägen. Er glaubt einfach an dich. Die ganze Zeit, jeden Tag, bis zum Ende … Also versuchst du es, immer weiter. Wenn du fällst, fängt er dich auf. Wenn du aufgibst und nicht mehr willst, gibt er dir Liebe und glaubt an dich. Du versuchst es nochmal. Du restaurierst ein Gebäude. Ein altes Gebäude. Und er wird … er wird ermordet. Ist tot. Erst bist du wütend auf die, die es getan haben. Du verfolgst sie. Du rennst gegen die Wand. Kein Feuer mehr. Wozu das alles? Du wolltest Gerechtigkeit, aber daran bist du gescheitert. Oh, ich hab etwas vergessen. Du versuchst, dir selbst etwas beizubringen. Du liest und übst und entwirfst Dinge, ganz allein. Es gibt eine Menge, was du nicht weißt, aber du weißt, dass du Talent hast. Du darfst es vielleicht nie einsetzen, aber du hoffst. Und du betest, nachdem er gestorben ist, dass er irgendwie wusste, dass du es immer wieder versucht hast. Dann kommt ein Mann, ein Bote. Er – der Tote, den man geliebt hat – hat dir etwas vermacht, sagt der Bote. Nur ist nicht klar, was es ist, und wo. Es ist gefährlich, danach zu suchen. Aber er ist gestorben, damit du es haben kannst, sagt der Bote. Also reißt du dich zusammen. Du versuchst es weiter mithilfe des Boten. Nur sieht es so aus, als hätte der Bote seinen eigenen Plan, sein eigenes … Unvermögen. Und wieder scheiterst du. Das Vermächtnis … kannst du vergessen. Du kannst es nicht finden. Du willst es nicht.“

Der Mann ließ sich mit geschlossenen Augen zurückfallen. Der Priester lehnte sich vor. „Mein Sohn“, sagte er sanft, mit verwundertem Gesicht, „das ist deine Geschichte, die von jedem Sünder … und die von Christus.“

„Es ist die Geschichte von mir und meinem Großvater.“ Der junge Mann richtete sich wieder auf. „Zusammen mit jemand ganz anderem, einem Freund, entscheidest du, dass der Großvater, der für dich gestorben ist, nicht wollen würde, dass du diese Risiken auf dich nimmst. Es gibt einen anderen Weg, einen sicheren. Du kannst einen Job haben, ein normales Leben, eine … Frau. Aber der Preis, den du bezahlst, besteht darin, das Vermächtnis zu vergessen. Das Vermächtnis könnte dich zerstören. Und du vergisst auch zu … zu … Und dann ergibt mit einem Mal alles Sinn. Du siehst Licht. Du wirst ruhiger. Aber dann … dann siehst du ihn, von Angesicht zu Angesicht, einen der Mörder. Vielleicht nicht den, der den Großvater umgebracht hat, aber den, der den Vorfahren ermordet hat. Und du kommst durcheinander …

Dann passiert das Schlimmste. Noch schlimmer. Du siehst … du hörst etwas, und es macht klick, es scheint ganz sicher … dass jemand … den du … nicht direkt, aber wegen etwas, das du getan hast … hast du … ihn … umgebracht. Du hast deinen eigenen Großvater umgebracht. Du warst es selbst. Durch das, was du getan hast, hast du den Abzug gedrückt. Ohne es zu wissen. Und das, Vater, das ist ein Schicksal, schlimmer als der Tod. Das …“

„Das ist die Geschichte von Christus, mein Sohn.“

„Ich habe Ihnen doch gesagt, es ist die Geschichte von …“

„Und er liebt dich noch immer.“

„Kann er nicht. Er ist tot.“

„Er ist für dich gestorben, um dich von deinen Sünden reinzuwaschen. Er ist gestorben, damit du wiedergeboren werden kannst. Weil er dich liebt.“

Der junge Mann ließ sich wieder zurückfallen. Aber der Priester wusste, dass er zuhörte.

„Du hast alles versucht, mein Sohn. Alles, außer dieser einen letzten Tat. Du musst denken, es gäbe kein Morgen mehr. Aber da ist ein Morgen. Du musst dich um Christi Willen noch mehr anstrengen. Um deines Großvaters Willen."

„Ich wäre zum *Bambino* gegangen", sagte der junge Mann. „Aber ich habe nichts anzubieten und nichts, worum ich bitten kann. Der *Bambino* ist für die mit Hoffnung. Ich habe keine Hoffnung. Und es ist nicht der echte *Bambino*. Der echte *Bambino* wurde gestohlen, oder?"

„Es gibt immer Hoffnung."

Der junge Mann stand mühsam auf. Der Priester sprang ihm hinterher. Er legte eine Hand auf seinen Arm, um ihn zurückzuhalten. „Denk nach", bat er ihn sanft. „Dein Großvater würde wollen, dass du …"

Er unterbrach sich, als der junge Mann sein erhitztes Gesicht hob und mit ohnmächtiger Wut an die Decke starrte. In diesem Moment machte er den Eindruck eines Mannes, der die Faust erheben würde, wenn er die Kraft hätte. Aber dann sank er wieder in sich zusammen. „Großvater wird es nicht erfahren."

Der Priester erstarrte, von einer plötzlichen Angst erfasst. „Was wird er nicht erfahren? Warte! Geh nicht!", sagte er schnell. „Der *Bambino* würde auch nicht wollen, dass du die Hoffnung aufgibst. Der echte *Bambino*, wo auch immer er ist."

Der junge Mann hatte sich ein Stück entfernt. Aber bei diesen letzten Worten drehte er sich um, auf seinem Gesicht ein halbes Lächeln. „Der echte *Bambino*? Ich verrate Ihnen mal ein Geheimnis …" Sein Lächeln verschwand. „Ich hätte es einmal herausfinden können. Oder wenigstens versuchen. Was der echte *Bambino* will. Was er mir zu sagen hat. Ich hätte das mal gekonnt."

Dann brach er vor den Augen des Priesters zusammen. Was er von sich gab, klang wie ein letzter Atemzug.

„Nicht jetzt."

Kapitel 28

London – 20. März 2003

„Wer zum Teufel ist Nathan Flintoff?“, fragte der Assistent.

Die attraktive junge Blondine von ITV News antwortete nicht. Stattdessen bat sie den Techniker, zurückzuspulen und das Ding noch mal laufen zu lassen. „Was davon kannst du nehmen?“, fragte sie im Anschluss.

„Alles“, sagte der Techniker. „Es ist mies gefilmt, aber das geht schon.“

Die Kassette hatte man ihr anonym zugespielt, und sie war damit in den Produktionsraum gegangen, um sie sich anzusehen. Es war ein kurzes Video, eine Art Mini-Dokumentation, die wohl im Studio eines Künstlers gedreht worden war. Die Kamera schwenkte zwischen einem Mann und einer Leinwand hin und her. Der Mann in dem Video erklärte, wie man überzeugend eine Fälschung herstellte. Als Beispiel dafür nahm er ein verschollenes Meistwerk, das man nur von Kopien kannte: Tizians *Süleyman der Prächtige*.

Am Ende der Kassette sah der Mann mit den weit auseinanderstehenden, manischen Augen direkt in die Kamera. „Und ich konnte nicht anders“, sagte er. „Es mag die Eitelkeit des Meisters sein. Aber nur um Sie restlos davon zu überzeugen, ist hier der Beweis: Suchen Sie nach meinen Initialen! NF. Das bin ich. Nathan Flintoff. Gleich hier.“ Der Mann zeigte auf die Rückseite der Leinwand und beschrieb die Stelle, die mit dem Rahmen bündig war.

„Nathan Flintoff“, sagte sie zu dem Assistenten, als sie aufstand und sich streckte, „ist der größte Kunstfälscher der Welt. Er ist selbst ein teuflisch guter Künstler. Aber er hat kürzlich erst ein paar Jahre im Knast verbracht wegen Betrugs, weil er sein Talent auf diese besondere Weise einsetzt.“

Der Assistent sah von der Blonden zum Bildschirm.

„Oha“, sagte er.

„... die neuesten Schlagzeilen: Iraks erste freie Wahl seit Saddam Hussein, aber wird sie Frieden bringen? Amerika: Kandidat für den Supreme Court wird kontrovers diskutiert. Und wir schalten nach Paris, um zu fragen: Ist der Tizian eine Fälschung?"

Fünf Minuten später erschien das Gesicht der Blonden auf dem Bildschirm. Im Hintergrund die Glaspyramide des Louvre.

„... und schließlich: ITV News hat Hinweise darauf, dass es sich mit dem neuesten Ermittlungserfolg in der Kunstwelt nicht so verhält, wie es scheint. Unsere Korrespondentin Sally Creamer ist in Paris. Sally, was können Sie uns über diese neue Entwicklung sagen?"

„Frank, wie weltweit bekannt ist, enthüllte vor drei Tagen Interpol ein lange verschollenes Meisterwerk der Renaissance, Tizians Porträt von *Süleyman dem Prächtigen*. Doch nun gibt es Hinweise darauf, dass das Gemälde in Wahrheit eine Fälschung ist. Diese Institution", Sally zeigte in Richtung der Pyramide, „will davon allerdings nichts wissen. Die französische Kunstwelt hat ihre Reihen geschlossen. Man ist davon überzeugt, dass es sich bei dem Gemälde, das Interpol gefunden hat, um das Original handelt."

„Aber welche Beweise gibt es dafür, dass es eine Fälschung sein könnte?"

„Ein Video, das ITV News exklusiv zugespielt wurde, legt zumindest nahe, dass die Wahrscheinlichkeit sehr hoch ist." Sally hielt die schwarze Kassette hoch. „Dieses Video, wir wollten es Professor Grainne, dem Kurator der Renaissanceabteilung im Louvre, zeigen. Ohne Erfolg. Deshalb zeigen wir es jetzt unseren Zuschauern."

Auf dem Bildschirm erschien Flintoff. Er sprach aufgeregt und zeigte auf die kleinen, aber sichtbaren Initialen „NF" auf der Unterseite der Leinwand.

„... und die Frage wird laut, warum sich die Behörden, die im Besitz dieses Gemäldes sind, nicht einfach das Video ansehen. Sally Creamer, ITV News in Paris."

Keine Stunde nach der Ausstrahlung erhielt Sally einen Anruf von ihrem Boss.

„Jetzt ist die Kacke mal so richtig am dampfen“, sagte er. „Wo bist du?“

„In der Air France-Lounge. Ich warte auf meinen Flug.“

„Könnte die letzte Chance sein.“

„Was?“

„Um mit Air France zu fliegen. Dein Name ist da verbrannt. Ich hätte nicht gedacht … Ich meine, es ist ein Gemälde, verdammte Scheiße …“

„Was meinst du? Mein Name ist wo verbrannt?“

„In Frankreich. Irgendwo verdammt weit oben, mehr weiß ich auch nicht. Kenny hat mich angerufen, weil Peters ihn angerufen hat, weil jemand aus Nummer Zehn bei ihm angerufen hat.“

„Das Büro des Premierministers hat …?“

„Dein Arsch ist jetzt genauso auf dem Prüfstand wie meiner. Entweder werden wir Journalisten des Jahres, oder wir arbeiten ab sofort für ein Boulevardblättchen und denken uns Geschichten aus. Rate, was sich die Franzosen wünschen!“

„Der Premierminister“, sagte Sally. „Meine Fresse.“

„Wie schaut’s aus?“

„Wie schaut was aus?“

„Wie sicher bist du, dass es eine Fälschung ist?“

„Ich weiß es nicht … sechzig-vierzig?“

„Großartig. Dann steh’ ich hinter dir. Zu sechzig Prozent.“

„Versteckst dich hinter mir“, murmelte Sally.

„Was?“

„Danke dafür.“

„Und auf dem Rückflug kannst du schon mal üben.“

„Üben?“

„Kenny holt dich am Flughafen ab. Und im Auto ruft ihr beide gleich Peters an.“

Am nächsten Tag war sich die französische Presse einig, dass ITV News zur Hölle fahren konnte. Die Absicht hinter der Ausstrahlung des Videos „von höchst zweifelhafter Herkunft“ wurde hinterfragt. Ein stellvertretender Kurator des Louvre – Professor Grainne war im Urlaub und nicht zu erreichen – fragte mit hochgezogenen Augenbrauen und einem Lächeln, ob es sich hier vielleicht um einen Anflug von englischem Neid handelte. Das Süleyman-Porträt, erklärte er, sei schließlich im Jahr seines Verschwindens 1627 für den englischen König Charles I. gekauft worden. Es verschwand auf dem Weg nach England.

„Vielleicht“, sagte er und hob lässig die Schultern, „sind das einfach nur englische Trauben, die zu hoch hängen? Weil der Tizian von nun an im Louvre und nicht in der Queen's Gallery zu sehen sein wird?“

Am selben Tag traf sich Professor Grainne, der nicht wirklich im Urlaub war, mit Savarin, Roark und dem Sicherheitschef des Museums in seinem Büro im Louvre. Neben dem Schreibtisch stand eine Staffelei mit dem Süleyman-Gemälde darauf. Ohne etwas zu sagen, zog Grainne weiße Handschuhe an. Vorsichtig drehte er das Gemälde um, während Roark die Schreibtischlampe hochhielt, um die Rückseite des antiken Rahmens zu beleuchten. Grainne drückte vorsichtig die Leinwand von dem Holzstück. Er spähte von der Seite drauf. Dann grunzte er hörbar. Savarin drängte sich vor und glotzte. Klein, aber unverkennbar standen dort die Initialen „NF“.

Zunächst ließ die französische Presse ihre Wut an Interpol und Commandant Georges Savarin aus.

„Die so genannte Abteilung für Kunstdiebstahl dieser Institution“, schrieb eine Zeitung, „wurde in den Zwanziger Jahren in Frankreich gegründet und hat sich nun traurigerweise auf das Niveau eines tölpelhaften europäischen Beamtenapparats herabgewirtschaftet. Es gab Zeiten, als Interpol Verbrechen in der Kunstwelt untersuchte. Jetzt begeht sie sie. Denn dieser Angriff auf Frankreich und sein kulturelles Standing hat kriminelle Ausmaße …“

Noch schärfere Stimmen forderten, die Interpolzentrale von Lyon nach England zwangszuverlegen, „wo ihre Machenschaften sicherlich größeren Zuspruch bekommen.“

Nach dem ersten Sturm aber fand eine Zeitung, die zufällig die Opposition in der aktuellen Wiederwahlkampagne des Präsidenten anführte, dass an ganz anderer Stelle die Dinge im Argen lagen. Die Wurzel des Skandals, hieß es, wäre die viel zu enge Verbindung zwischen Interpol und dem EU-Kommissariat für Kultur und Bildung. Man legte dem öffentlichkeitsscheuen Kommissar Martin nahe, er möge weiterhin der Öffentlichkeit fern bleiben, wenn möglich für eine lange Zeit. „Wir sind überzeugt", fügte der Herausgeber der Zeitung hinzu, „dass der Generaldirektor der Europäischen Union, gemeinsam mit seinem engen Freund, dem französischen Präsidenten, ihm genau dies nahelegen wird." Er forderte, eine Expertenkommission einzuberufen, um festzustellen, „was nun mit den vermeintlichen Meisterwerken geschehen soll, die ausgegraben und im Rahmen des ‚Kultur für alle'-Programms aus öffentlichen Geldern großzügig bezahlt worden sind. Wie viele davon", fragte der Herausgeber, „wurden in Wirklichkeit im Studio des bedeutenden Meisters Nathan Flintoff hergestellt?"

Professor Grainne hielt sich von der Aufregung fern. Er gab ein kurzes Statement ab und erklärte, dass die Pressekonferenz von Interpol ihn völlig überrascht hatte. Sie hätte stattgefunden, bevor man ihm die Gelegenheit gegeben hätte, gründliche forensische Untersuchungen an dem Gemälde durchzuführen.

Commandant Georges Savarin stand im Vorzimmer des Büros des Generalsekretärs von Interpol in Lyon und zwang sich, ruhig zu bleiben. Er wusste aus Erfahrung, dass die Mühlen einer jeden Organisation langsam mahlten, wenn es darum ging, Erfolge zu belohnen – zu viele, die ein Stück vom Kuchen abhaben wollten. Aber sie mahlten erstaunlich schnell, wenn Fehler bestraft werden sollten. Er hatte diese Vorladung erwartet. Alles, was er tun musste, war ruhig sitzen zu bleiben, während Generalsekretär Trontheim ihm einen formellen Verweis erteilte, weil er mit dem Tizian an die Öffentlichkeit gegangen war, bevor seine Echtheit bestätigt worden war.

Und doch war der Commandant unruhig. Vielleicht bildete er es sich auch nur ein, aber Trontheims Sekretärin schien durch ihn hindurchzusehen, während er im Vorzimmer stand, als wäre er nur der Geist von Georges Savarin und nicht das Original. Als ihm das Wort „Original“ in den Kopf kam, zuckte Savarin zusammen und drehte sich um. Mit einem Taschentuch tupfte er seine feuchte Stirn ab, als ein leises Surren auf dem Schreibtisch der Sekretärin ertönte. Sie nahm den Hörer ab.

„Mr. Trontheim wird Sie jetzt empfangen“, sagte sie, erhob sich und öffnete die Tür zu seinem Büro.

Mit steifen, nervösen Schritten ging Savarin hinein, dann blieb er abrupt stehen. Neben dem Generalsekretär saß Allantour, der Leiter der Rechtsabteilung, Interpols ranghöchster Anwalt. Trontheim sah aus, als hätte man ihn durch die Mangel gedreht. Allantour wirkte so unbeteiligt wie ein Richter, der dabei war, ein Todesurteil zu sprechen. Trontheim winkte ihn zu einem Stuhl, und Savarin setzte sich. Er schluckte den sauren Geschmack in seinem Mund herunter.

„Dieser Brief“, sagte Trontheim ohne Vorrede und händigte ihm dabei das Schreiben aus, „entbindet Sie mit sofortiger Wirkung von Ihren Aufgaben als Leiter der Abteilung für Kunstdiebstahl. Anhängig ist eine Untersuchung durch das Dezernat für interne Ermittlungen. Ich darf Sie um Ihren Sicherheitsausweis bitten.“

Savarin fühlte sich benommen. „Das glaub’ ich nicht“, krächzte er. Dann brach es aus ihm heraus: „So gehen Sie mit Ihren ranghohen Beamten um? Das ist ein Skandal!“

Trontheim streckte beide Hände beschwichtigend aus. „Es wird eine faire und unvoreingenommene Untersuchung, das versichere ich Ihnen.“

Aber Savarin konnte ihnen ansehen, dass ihre Ermittlungen bereits abgeschlossen waren. Das Urteil war gesprochen. Es blieb ihnen nur noch, die Routine zu durchlaufen, alles zu dokumentieren, während ihn, Savarin, das Unvermeidliche erwartete.

„Ein Kopf muss rollen. Darum geht’s“, sagte er.

„Sie werden nicht daran zweifeln, Monsieur Savarin“, sagte Allantour kühl und betonte die zivile Anrede, „dass Interpols Ruf durch Ihr Vorgehen bezüglich des gefälschten Gemäldes in Ermittlerkreisen schwer beschädigt worden ist.“

Savarin rief verzweifelt: „So etwas passiert! Es war eine hervorragende, eine überzeugende Kopie. Bis hin zur Craquelierung und dem Rahmen – ein Original aus dem 16. Jahrhundert in Italien, übrigens. Da bin ich mir sicher. Es gibt niemanden in meinem Bereich, der sich davon nicht hätte verarschen lassen."

„Es geht nicht darum, dass Sie sich haben ‚verarschen' lassen, wie Sie es sagen. Sie werden suspendiert, weil Sie an die Öffentlichkeit gegangen sind, bevor Untersuchungen stattgefunden haben."

„Untersuchungen." Savarin spuckte das Wort voller Verachtung aus.

Trontheim las von einem Blatt ab: „Eine ‚energiedispersive Röntgenmikroanalyse' hätte laut Professor Grainne geholfen, die Farbe zu bestimmen. Der Professor scheint sich recht sicher zu sein, dass Preußischblau gefunden worden wäre, was, wenn ich das richtig verstanden habe, nicht vor …"

„1710", unterbrach ihn Savarin schroff. „Und rote Lackfarbe und Chromgelb und das ganze verdammte Spektrum an synthetischen Pigmenten. Ich brauche keine Vorlesung in moderner Chromatographie …" Seine Stimme erstarb, als er die verschlossenen, harten Gesichter der beiden Männer sah.

„Sie verstehen das nicht", fuhr er fort und spürte, wie sich die Verzweiflung in seinem Bauch ausbreitete. „Es steht hier so viel auf dem Spiel. Mein ganzes Leben … Der Fund des Jahrhunderts… Die Statue …"

Allantour unterbrach ihn. „Sie würden gut daran tun, jeden Verweis auf eine Statue zu unterlassen, Monsieur. Sie war schon der Grund für Ihre vorherigen disziplinarischen Probleme, sagte man mir. Wenn Sie sich rechtlichen Beistand suchen, was ich Ihnen empfehlen möchte, wird man Ihnen sagen, dass dieser vermeintliche Fund des Jahrhunderts diesmal keine Entschuldigung mehr sein wird wie beim letzten Mal. Eher im Gegenteil."

Während der Stille, die folgte, schien Savarin vor ihren Augen zu schrumpfen. Beunruhigt beugte sich Trontheim vor.

„Wir werden die Untersuchung so schnell wie möglich durchführen", sagte er, „und dabei absolut gründlich und fair vorgehen. Ihnen wird ein vollständiger Bericht zugeschickt werden. Sie werden die Möglichkeit haben, sich zu allen Punkten …"

Trontheims Stimme verlor sich, als Savarin aschfahl aufstand. Nach einem kurzen Moment und ohne ein weiteres Wort oder einen Blick zu den beiden Männern verließ er den Raum.

In den folgenden Tagen beantwortete Kommissar Martin keinen von Savarins Anrufen.

Und den einzigen Anruf, den Savarin erhielt, hatte er am allerwenigsten erwartet.

Brüssel – 21. März 2003

Der Stabschef der Europäischen Union saß in seinem Büro und sah auf die Zeitung, die vor ihm auf dem Schreibtisch lag. Seine Nase verzog sich, als würde die Zeitung nach Gülle stinken.

Es ertönte ein kurzes Klopfen. Die Sekretärin schob Kommissar Daniel Martin hinein und schloss die Tür hinter ihm. Der Stabschef zeigte auf einen Stuhl, und während Martin sich setzte, nahm er die Zeitung in die Hand und hielt sie hoch, damit Martin die Schlagzeile lesen konnte. Dann ließ er sie los, sodass sie auf den Tisch fiel.

„Vor fünfzehn Tagen, Martin. Da haben wir uns zuletzt gesprochen. Ich habe Ihnen da gesagt, Sie sollen ungünstige Presse für den Generaldirektor vermeiden. Ganz offensichtlich hielten Sie es nicht für nötig, mich ernst zu nehmen."

Martin hatte den Artikel über die Verbindung zwischen dem Generaldirektor und dem französischen Präsidenten schon gesehen – und auch, dass beide in Bezug zu der Blamage um den gefälschten Tizian gesetzt wurden. In einem anderen Land wären solche Verbindungen lächerlich und ganz sicher nicht politisch vernichtend. Aber Kultur war seit Jahrhunderten mit der nationalen Identität Frankreichs verwoben. Die „Tizian-Affäre" hallte im gesamten Land wider, bis hinauf zum Kulturminister. Und das im Wahljahr. Martin war sich deshalb sicher, dass man ihn vierteilen würde. Aber diesmal war er vorbereitet. Er würde so wenig wie möglich sagen. Er würde sich auf das konzentrieren, was getan werden musste. Außerdem würde er sich nicht verteidigen. Das wäre ein Zeichen von Schwäche. Aber eine Sache musste er klarstellen.

„Monsieur“, sagte Martin fest. „Ich kann Interpol nicht kontrollieren. Interpol ist ein unabhängiger Ermittlungsapparat und untersteht nicht der EU. … Mir wurde mitgeteilt, dass Commandant Savarin suspendiert wurde. Und heute Morgen hörte ich von seiner Kündigung. Die volle Verantwortung dafür, dass die Abteilung für Kunstdiebstahl von dem Fälscher Flintoff in die Irre geführt wurde, scheint also auf den Schultern von …“

„Sie hätten Ihre rechte Hand daran hindern können, auf der Pressekonferenz zu erscheinen. Soweit ich weiß, hatte er dort eine nette Unterhaltung mit dem Kunstredakteur dieser Zeitung.“

Martin schürzte die Lippen. Es waren recht unscheinbare Ausrutscher wie diese, die eine Karriere auf dem höchsten politischen Level zu Fall brachten. Früher am Tag, als er mit einem mitleidigen Kollegen zu Mittag gegessen hatte, wurde ihm gesagt: „Daniel, in Schweden haben wir ein Sprichwort: An der Spitze ist es windig.“ Martin war auf einen Orkan gefasst.

Der Stabschef sah auf die Uhr. „Jetzt geht es nicht mehr darum, Risiken zu vermeiden. Das ist jetzt eine Übung in Schadensbegrenzung. Ich nenne Ihnen die Befehle des Generaldirektors. Wir müssen uns erst gar nicht vormachen, dass es etwas anderes ist.“ Er zählte die einzelnen Punkte an seinen Fingern ab. „Erstens, Sie werden Trontheim bei Interpol kontaktieren. Sie beide werden sich schriftlich auf die Bedingungen einer formalisierten, unabhängigen Beziehung zwischen der Abteilung für Kunstdiebstahl und der EU-Kommission für Bildung und Kultur einigen. Eine Abschrift dieser Bedingungen liegt morgen dem Generaldirektor vor. Zweitens, Sie werden sich mit Trontheim darüber ‚austauschen‘, wer ab sofort die Abteilung für Kunstdiebstahl leiten wird. Ich habe bereits mit Trontheim gesprochen, und er ist höchst gewillt zu kooperieren. Drittens, Sie werden auf der Stelle ein Änderungsgesetz entwerfen, um das Ausmaß von ‚Kultur für alle‘ einzudämmen. Ich bin sicher, dass Sie genau wissen, was ich meine.“

Das tat Martin, und er sagte es ihm auch. Als der Stabschef sich erhob, stand Martin ebenfalls auf. Aber statt zur Tür zu gehen, starrte er mit gesenktem Kopf auf die Zeitung und fragte: „Wie schlimm ist der Schaden?“

Der Stabschef wusste, dass Martin sich weder auf den EU-Generaldirektor noch auf den französischen Präsidenten bezog. „Ihre Leidenschaft, Martin“, antwortete er sachlich, „für diese verschollenen Kunstwerke gilt als ernsthafte Schwachstelle.“ Er warf die Zeitung in den Mülleimer. „Leidenschaft und Politik“, fügte er nachdenklich hinzu. „Man muss sich fragen, ob sie heutzutage miteinander einhergehen können …“ Er zeigte aus dem Fenster des Glas-Stahl-Gebäudes. „Lernen Sie vom Architekten Mies: Wenn du einen Gott hast, lass ihn im Detail wohnen. Gut verborgen.“

In der Nähe von Arezzo – 21. März 2003

Gabriel hatte keinen Hunger. Bei dem Gedanken an Essen wurde ihm nur schlecht. Aber er wusste, dass er seinem Körper Energie zuführen musste. So wie er seinen Wagen tanken musste, wenn er es bis nach Lech schaffen wollte. Er fuhr von der E35 auf eine Raststätte, tankte und parkte dann vor dem Café. Drinnen kaufte er sich eine Suppe und eine Flasche Saft, nahm sein Tablett mit zu einem abgeschiedenen Tisch und setzte sich vor die blanke Wand. Der Suppenlöffel bebte in seiner Hand, und er senkte den Kopf zum Teller, um die Flüssigkeit besser in den Mund zu bekommen. Ein Schatten fiel über den Tisch. Als er aufsah, setzte sich Georges Savarin ihm gegenüber.

Es gab eine Zeit, als Savarins bloße Anwesenheit so unmöglich zu ignorieren gewesen war wie ein ungesunder Nebel. Aber abgesehen von dem flüchtigen Eindruck, dass der Mann abgenommen zu haben schien, tat sich bei Gabriel nun nichts. Er aß weiter seine fade Suppe, und es war ihm egal, ob Savarin bemerkte, dass er auf den Tisch kleckerte, wenn er den Löffel zum Mund führte.

„Sie waren schwer zu fassen, Mr. Schopenhauer. Hatten wohl das Handy ausgeschaltet, nehme ich an. Aber die Polizei in Florenz, für die Sie offiziell eine vermisste Person sind, ist durch die Benutzung Ihrer Kreditkarte alarmiert worden, als Sie sich ein Auto in Rom gemietet haben. Diese Autos haben Peilsender, wussten Sie das? Mein Freund Commissario Bardi hat mir gesagt, wo ich Sie finden kann. Inoffiziell, natürlich. Ich habe Sie vor gut zwanzig Minuten eingeholt … Wie geht's Ihnen?"

„Gut."

„Sie sehen nicht gut aus. Eher krank. Kann ich irgendwas tun?"

„Was wollen Sie?"

Savarin setzte ein wenig überzeugendes Lächeln auf. „Was wollen Sie, Mr. Schopenhauer, mehr als alles andere auf der Welt?"

Gabriel wollte aufstehen, aber Savarin umklammerte mit schwerer Hand seinen Unterarm und hielt ihn am Tisch fest. Sein Lächeln war verschwunden.

„Ich sage Ihnen, was ich mehr als alles andere auf der Welt will", sagte er. „Die Statue."

Gabriel schüttelte seine Hand ab. „Und ich will nicht mehr von verschissenen, korrupten Bullen belästigt werden." Er richtete sich wackelig auf.

„Nur teilweise richtig, Mr. Schopenhauer."

Der Suppenteller und die Saftflasche rutschten über das Tablett, als Gabriel es unsicher hochhob.

„Ich bin kein Polizist mehr", fuhr Savarin fort. „Ich habe gekündigt. Das hat mich einiges gekostet, was die Abfindung angeht. Aber ich habe vor, ein Vielfaches davon als privater Berater reinzuholen. … Die hatten mich freigestellt, als rauskam, dass der Tizian eine Kopie war. Und Interpol hat die Ermittlungen eingestellt, was diese Kunstwerke angeht. Dafür steht eine Ermittlung gegen mich an, ein sich in die Länge ziehender Prozess, der mit dem guten alten französischen Klischee enden würde – einem Glas Cognac und einem Revolver auf dem Tisch. Also, wenn die erwartet haben, dass ich den ehrenvollen Weg gehe, hätten sie mir nicht schon vor Jahren alle Ehre nehmen sollen, als ich mich zum ersten Mal mit Ihrem Großvater verkeilt habe. Und jetzt bringt

Ihr Großvater Interpol wieder dazu, mich zu diskreditieren. Er hat mich mit diesen Fotos reingelegt, vielleicht mit Hilfe von … Haben Sie von einer Organisation gehört, die sich ‚Die Doktoren' nennt? … Nein? … Ich hoffe, es macht Ihnen nichts aus, wenn ich Ihnen das alles erzähle. … Wollen Sie sich nicht besser wieder hinsetzen, Mr. Schopenhauer?"

Gabriel hatte das Tablett auf den Tisch gestellt, damit es nicht mehr wackelte. Aber er blieb stehen, wenn auch leicht schwankend.

„Aber die Statue auf dem Foto", fuhr der Ex-Commandant fort, „die ist echt. Sie passt zu der vorläufigen Zeichnung im Louvre. Die Verzierungen auf dem Sockel entsprechen denen, die ein Augenzeuge im 18. Jahrhundert beschrieben hat. Es wäre eine Ungerechtigkeit, wenn diese Statue versteckt bliebe. Aber es wäre noch viel schlimmer, eine Tragödie, wenn ein anderer als ich sie fände. … Ah, das ist besser, oder?"

Gabriels Knie waren weich geworden und hatten ihn gezwungen, sich wieder hinzusetzen.

„Das war ein Schock, gebe ich zu, als sie mich suspendiert haben. Es hat sich angefühlt wie das Ende der Welt, das Ende meiner Suche. Aber dann hab ich mit einem Mal verstanden – dank eines Telefonanrufs, den ich erhielt –, dass mir Interpol sogar einen Gefallen getan hat. Interpol zu verlassen – sich von Interpol zu befreien, könnte man sagen – ist genau das, was nötig war, um meinen Traum wahr werden zu lassen. Ein Zivilist hat riesige Vorteile, wie Sie wissen. Zum Beispiel hörte ich vor einiger Zeit, lange bevor Ihr Großvater ermordet wurde, von einer Firma auf der Isle of Man, die auf Maximilian Schopenhauers Namen lief. Zu der Zeit konnte ich mit dieser Information nicht arbeiten, weil die Quelle ein Subunternehmer war, der für die Antiterroreinheit … Bitte was?"

Gabriel hatte leise „Rot" vor sich hingemurmelt. Jetzt schüttelte er nur schwach den Kopf.

„Wie gesagt", fuhr Savarin fort, „wegen der Quelle konnte ich als Mitarbeiter von Interpol diese Information nicht benutzen. Als freiberufliches Individuum kann ich das. Aber zuerst muss ich die

Information aus den Geschäftsunterlagen bekommen. Ich will die Details über diese Firmenanmeldung auf der Isle of Man. Ich bin sicher, dass ich darüber herausfinde, wo die Statue ist.“

Gabriel starrte ihn glasig an. Seine Gedanken waren weit weg, wichen aus, übersteuerten. Seit er mit dem Priester in der Aracoeli gesprochen hatte und während seiner Fahrt nach Norden hatte er mit Erstaunen festgestellt, dass er lange auf Dinge starren konnte, ohne über sie nachzudenken oder sie auch nur zu bemerken.

„Alles, was Sie tun müssen, Mr. Schopenhauer, ist, den Anwalt Ihres Großvaters anzurufen, diesen Heuschmidt, und ihn anzuweisen, für Sie die Details heranzuschaffen. Und mit Details meine ich, wo die ‚Vermögenswerte‘ sind. … Sie wirken überrascht. Aber ich meine das ernst.“

„Sie haben gefragt“, sagte Gabriel, „was ich am meisten auf der Welt möchte. Ich will nichts auf der Welt. Fast nichts. Aber eine Sache, die ich wirklich will, ist, dass Sie die Statue nicht in die Finger bekommen! Sie sind der letzte Mensch auf der Welt, dem ich die Statue geben würde!“ Jetzt fühlte er sich stark genug, um zu gehen. Er beschloss, das Tablett auf dem Tisch zu lassen, und erhob sich.

„Korrektur“, sagte Savarin und betrachtete ihn. „Ich bin der vorletzte. Der letzte ist Nicholas Joseph Murphy. Geben Sie mir diese Adresse, und ich gebe Ihnen Murphy.“

Gabriels Gedanken hörten mit einem Mal auf zu wandern. Sein Blick glitt zu Savarin. Er sah den Mann nun mit ungeteilter Aufmerksamkeit an. Und was noch schlimmer war: Er konnte ihn riechen.

„Wie wollen Sie mir Murphy liefern?“

„Murphy hat mich einen Tag, nachdem ich suspendiert worden bin, kontaktiert. Er ist ein hochintelligenter Mörder. Und gut vernetzt außerdem. Er hat mich nämlich auf meinem Handy angerufen, dessen Nummer eigentlich nur meine Interpolkollegen haben. Meine ehemaligen Interpolkollegen, muss ich ja sagen. Murphy erklärte mir, dass wir etwas gemeinsam hätten. Wir wollten beide dasselbe erreichen. Die Statue öffentlich im Louvre ausgestellt sehen. Er will nur das Geld von ‚Kultur für alle‘ dafür, dass er sie mir bringt. Er soll das Geld bekommen, und ich einen Anteil, den er mir zahlen will. Aber ich allein soll den Ruhm ernten. Murphy hat mir das als Geschäft vorgeschlagen, Mr. Schopenhauer. Und so kann ich ihn Ihnen liefern. Sehen Sie, meine Beratungsfirma hat gerade einen Klienten, nur einen: Nicholas Joseph Murphy."

Pistoia – 21. März 2003

Arthur Whyte hatte ein sehr schlechtes Gefühl bei der Sache. Gabriel war nun seit fast einer Woche verschwunden. Seitdem hatte Whyte den Palazzo überwacht. Er hatte ein Café gefunden, von wo aus er observieren konnte, ohne gesehen zu werden. Er trank zu viel Espresso. Er hatte einen Reiseführer offen vor sich liegen, um den freundlichen Gesprächen des Inhabers zu entgehen. Er konnte sich einige Gründe vorstellen, warum Gabriel verschwunden war, aber keinen, warum er keine Nachricht hinterlassen hatte. Hinzu kam, dass Emily Schopenhauer ebenfalls verschwunden war. Seit zwei Tagen hatte Whyte nichts von ihr gesehen.

Er war gerade auf dem Weg zurück zum Café, als er hörte, wie sich Autos dem Palazzo näherten. Whyte sah um die Ecke: Ein Polizeiwagen hielt vor dem Eingang, dahinter eine Limousine. Polizisten in Uniform und in Zivilkleidung stiegen aus und gingen in das Gebäude. Einer von ihnen trug einen silbernen Metallkoffer.

Forensische Techniker trugen solche Koffer.

Ohne nachzudenken, ging Whyte langsam auf den Palazzo zu, zog sich dann aber hinter den Steinbrunnen zurück. Er wollte noch immer die Polizei vermeiden – mehr als zuvor. Wenn sie ihn unter einem Vorwand festnahmen, könnte er Gabriels Rückkehr verpassen. Und wenn Gabriel zurückkam, war es unabdinglich, dass Whyte dort war. … Whyte wischte sich kalten Schweiß von der Stirn. Er rang nach einer Erklärung für die Spurensicherung … abgesehen von der einen inakzeptablen …

Die Haustür des Palazzos flog auf, und Whyte erstarrte. Aber die Männer kamen mit leeren Händen heraus. Kein Leichensack.

Whyte wandte sich zum Gehen, aber einer der Polizisten zeigte bereits in seine Richtung. Sekunden später rannten zwei Uniformierte auf ihn zu.

„Entschuldigen Sie“, sagte einer der Polizisten. „Hier entlang, bitte.“ Einen Moment lang dachte Whyte darüber nach abzuhauen. Dann ließ er sich von den Männern zu dem leitenden Beamten bringen, der vom Tor aus zu ihm herübersah.

„Dachte ich mir, dass wir Sie hier finden würden, Mr. Whyte“, sagte Roark. In seinem nach oben gewandten Blick leuchtete Neugier.

„Inspector Roark, guten Morgen“, sagte Whyte.

„Chief Inspector“, sagte Roark.

Falls er damit erreichen wollte, dass man ihm zu diesen Neuigkeiten gratulierte, war Whyte der Falsche. Er war zu sehr in seinen Gedanken versunken. Roarks Gesicht verhärtete sich unmerklich. „Seit dem Mord an Schopenhauer suchen wir nach Ihnen, Mr. Whyte. Aber Sie sind uns aus dem Weg gegangen. Wie kommt das?“

Whyte sah über Roarks Schulter und versuchte, durch die geöffnete Tür zu sehen. „Wollen Sie mich wegen irgendwas verhaften?“, fragte er.

„Noch nicht“, sagte Roark mit spürbarem Bedauern. „Aber wir wollen immer noch mit Ihnen reden.“

„Hier bin ich.“

Roark sah ihn kühl an. „Wo ist Gabriel Schopenhauer?“

Whyte blickte Roark direkt an. „Ich hatte gehofft, dass Sie mir das sagen könnten.“

„Vor ein paar Tagen“, sagte Roark, „ist der junge Schopenhauer einfach aus dem Palazzo spaziert. Seine Frau hat der Polizei in Florenz erzählt, dass er mit Ihnen gesprochen hat, als sie zu ihrer Vorlesung aufgebrochen ist. Die Kollegen hatten ihn kurz in Rom gesichtet, dann aber wieder verloren.“

„Rom?“

„Er geht nicht ans Telefon.“

„Auch nicht, wenn ich ihn anrufe."

„Bei Ihnen auch nicht, hm?" Roark betrachtete ihn genau. „Erst dachten wir, dass er sich nur eine Auszeit genommen hat. Das machen manche Leute nach einer stressigen Zeit. Dass er dabei das Telefon ausgeschaltet oder einfach den Akku nicht mehr geladen hat, wissen Sie? Um mal Abstand zu kriegen. Aber wenn er Sie anruft, bevor er sich bei uns meldet", fügte er unheilverheißend hinzu, „warnen Sie ihn besser! … Der Täter hat ihn im Visier."

„Ziemlich melodramatisch, Chief Inspector, finden Sie nicht?", sagte Whyte und versuchte, gleichgültig zu klingen. „Nur weil Mr. Schopenhauer für ein paar Tage nach Rom …"

„Jetzt kommen Sie mir nicht auf diese aufgeblasene Höflichkeitstour, Sie Arsch", blaffte Roark. „Wollen Sie wissen, warum wir da mit der Spurensicherung rein sind? Weil nicht nur der junge Schopenhauer, sondern auch seine nicht ganz so junge Frau verschwunden ist. Beide sind weg. Und es gibt Kampfspuren." Roarks Augen verengten sich boshaft, als er Whytes erstauntes Gesicht sah.

„Sie ist verschwunden", sagte er. „Wir glauben, dass der Henker sie hat."

Florenz – 22. März 2003

Kurz vor zwei Uhr morgens stieg Gabriel aus dem Wagen und ging über die Piazza della Santissima Annunziata. Es kam ihm vor, als würde er schweben und mit den Füßen den Boden nur streifen. In der Dunkelheit eines Hauseingangs blieb er stehen und zog die .22er, die ihm Arthur Whyte gegeben hatte. Das Rautenmuster auf dem Griff fühlte sich in seiner trockenen Hand wie Sandpapier an. Er lud Patronen nach und behielt dabei den Platz im Auge. Abgesehen von ein paar Stadtstreichern, die sich schattengleich in der Arkade vor dem Ospedale degli Innocenti bewegten, war der Platz leer. Das Ospedale war vor fünfhundert Jahren gebaut worden, um der dramatisch wachsenden Zahl illegitimer Kinder in Florenz Unterschlupf zu gewähren. Nun bot es einer neuen Generation Ausgestoßener Unterschlupf, jedenfalls unter seiner Arkade. Der perfekte Ort, um Murphy spät nachts zu treffen, hatte Savarin ihm gesagt. Ein Wachmann, der hier seine Runde drehte, würde zwei Männer, die sich dort in den Stunden nach Mitternacht trafen, nicht verdächtig finden.

In der Dunkelheit wirkte der Vorbau wie der Querschnitt einer Höhle. Die Menschen darin würden ihn längst gesehen haben, bevor er sie sah. Deshalb war Gabriel eine halbe Stunde früher gekommen, als Savarin ihm gesagt hatte. Er sah zu den blauen Medaillons mit den Della Robbia-Porzellanreliefs eines Wickelkinds hinauf. Bambini, eine Menge davon, dachte er. Bei einem ihrer Ausflüge nach Florenz hatte Großvater sie ihm gezeigt. Gabriel erinnerte sich daran, wie es ihn aufgeregt hatte, dass die Säuglinge so fest eingewickelt waren und dadurch aussahen wie tote Kinder in Leichentüchern. Als er über die Piazza ging, dachte er an die Mütter im fünfzehnten Jahrhundert, die ihre unehelichen Kinder auf die Drehscheibe legten und sie anschoben, um sie innen anonym abzugeben. Innocenti, die Unschuldigen. Unschuldig in der Tat … Aber mit der Zeit verliert ein Waisenkind seine Unschuld, Großvater. Und für manche gibt es keine Erlösung. Nur eine letzte Chance, etwas aus den Trümmern zu retten, aus der Zeit vor … Lech.

Er erklomm die Stufen zu der Arkade und spähte den Bogengang hinunter. Dann ging er zum westlichen Ende des langen Gangs, von wo aus er die gesamte Piazza und die Zubringerstraßen im Auge behalten konnte. Er kam an zwei Gestalten vorbei, die sich schlafend an der Wand zusammengerollt hatten. Der eine war in einen Schlafsack gewickelt. Der andere, der Gabriel am nächsten war, hatte sich mit einem länglichen Schlauch aus Pappe zugedeckt. Gabriel bewegte seine Finger und trat von einem Fuß auf den anderen, um sich in der eisigen Nachtluft warm zu halten. Er beobachtete die Piazza und fragte sich, wer zuerst auftauchen würde, Savarin oder Murphy. Und was wäre wohl die Ausrede des vormaligen Commandants seinem „Klienten“ gegenüber, sich zu so später Stunde zu treffen? Vielleicht hatte er ihm keine Ausrede, sondern die Wahrheit gesagt: Gabriel Schopenhauer will dich treffen, um dich zu töten, und anschließend wird er mir den Brief an Heuschmidt geben. Savarin müsste nicht hinzufügen: „… oder sich von dir umbringen zu lassen, nachdem er uns den Brief gezeigt hat.“ Das verstand sich von selbst.

Ein Mann tauchte am anderen Ende des Platzes auf. Er trug eine Strickmütze und hatte einen langen, roten Bart. Zielgerichtet schlurfte er auf die Arkade zu und schleppte Bettzeug über einer Schulter mit sich. Gabriel drückte sich tiefer in den Schatten, als er näher kam. Der Rotbärtige kam die Stufen herauf und blieb dann überrascht stehen, als er den mit Karton bedeckten Schläfer sah. Ganz offensichtlich fand er, dass sein persönlicher Schlafraum belegt worden war. Er beschimpfte den Mann laut auf Holländisch. Davon wurde die Gestalt in dem Schlafsack etwas weiter die Arkade hinunter wach. Er setzte sich auf und beobachtete das Drama.

Etwas meldete sich am äußersten Rand von Gabriels Wahrnehmung. Er sah auf die Uhr. Savarin und Murphy waren spät dran. Als der Rotbärtige immer wütender wurde, zog er sich noch weiter zurück. Der Mann hob die Stimme und schimpfte auf Englisch weiter. Er trat gegen den Karton des Eindringlings. Als immer noch keine Antwort kam, griff er nach dem Karton, riss ihn weg und rief: „Hey! Ich rede mit dir!“

Dann stieß der Rotbärtige einen unterdrückten Schrei aus. Er taumelte zurück. Der Körper lag auf dem Rücken in einer Blutlache. Eine tiefe, klaffende Wunde zog sich von der Lende bis zum Brustbein. Sein Blick war nach oben gerichtet und starrte Gabriel leer an. Der Rotbärtige starrte ihn nun ebenfalls an. Gabriel hob die Ruger. Er richtete sie abwechselnd auf den Rotbärtigen und den Mann im Schlafsack, der auf allen vieren kauerte und durch die Dunkelheit der Arkade in ihre Richtung spähte. Der Rotbärtige hob beide Hände und taumelte zurück. Gabriel hielt die Waffe zwischen die beiden Männer gerichtet und trat einen Schritt vor. Er warf einen Blick auf die Leiche. Ein silbriges chirurgisches Messer ragte aus der Brust. Die Augen schienen fest auf Gabriel zu ruhen.

Im Tode richtete Savarin einen letzten anklagenden Blick auf ihn.

Gabriel rannte los.

Kapitel 29

Lech – 22. März 2003

Als er den Mietwagen vor dem Bungalow parkte, sah Gabriel auf die Benzinanzeige: leer. Passt, dachte er. Er hatte das vage Gefühl, dass die Fahrt von Florenz hierher länger als üblich gedauert hatte. Er hatte immer häufiger Pausen auf dem Weg eingelegt. Diamagnetismus, dachte er. Vom Magnetfeld meines Bestimmungsorts abgestoßen. Auch das schien zu passen. Du kannst nichts dafür, dass du mich abstößt, sagte er zu dem Gebäude. Er warf einen Blick hoch zu Haas' Haus. Ein einzelnes Licht schien durch die roten Vorhänge eines Fensters wie das letzte Glühen eines sterbenden Feuers. Über Haas' Dach ragten die Berge im orangefarbenen Sonnenuntergang empor wie schwarze Kohlehaufen. Als Gabriel aus dem Wagen stieg, hatte er ein nervendes Brummen in den Ohren. Er hatte an dem Tag nichts gegessen, und aus irgendeinem Grund hatte er den Geschmack von Essig im Mund. Er öffnete die Haustür und ging ins Wohnzimmer, ohne das Licht anzuschalten.

Jemand hatte aufgeräumt, sogar die Bücher zurück in die Regale gestellt und die Akten auf dem Schreibtisch gestapelt. Gabriels Blick blieb an einem blauen Plastikordner hängen, der oben auf einem der Stapel lag. Darin waren Gabriels Zeugnisse, die sein Großvater all die Jahre aufgehoben hatte. Bei dem Anblick verkrampfte er sich mit einem Mal. Trauer verzerrte sein Gesicht. Aber der Moment ging vorüber, und er wandte sich ab und warf sich auf das Sofa. Das Brummen in seinen Ohren nahm ab und wieder zur. Erst lauter, dann leiser, dann wieder lauter, wie eine Biene, die immer wieder angeflogen kam. Er öffnete seinen Rucksack und zog die Ruger heraus. Er lud die Kammer mit einer Patrone.

Ihm wurde schwindelig, und er lehnte sich vor, um den Kopf zwischen seine Knie zu legen. Als er sich aufrichtete, sah er sich im Wandspiegel. Es war das Gesicht eines Fremden. Er streckte die linke Hand aus, um an der Sofalehne Halt zu finden. Dann versuchte er, sich auf das Webmuster des Teppichs zu konzentrieren. Von irgendwoher glaubte er, eine Tür zuschlagen zu hören. Das Rauschen in seinen Ohren wurde wieder lauter.

Mit einem Mal wurde sein Kopf ganz klar. Das Geräusch in seinen Ohren hörte auf. Stille schien den Raum zu fluten und in seinen Körper einzudringen. Die Ruger fühlte sich so leicht an, als wäre sie ein Spielzeug. Er drückte sie an seine Schläfe. Das Metall war kühl auf seiner Haut. Draußen bellte ein Hund. Er neigte den Kopf zur Seite, um den Winkel des Laufs für einen senkrechten Schuss zu bekommen. Vor ihm stand eine Kommode. Er konnte die ausgeprägte Maserung des Holzes erkennen. Er schloss die Augen und öffnete den Mund. Sein Finger zitterte etwas, als er ihn um den Abzug legte.

Draußen ertönte ein harsches, knirschendes Geräusch wie von schweren Stiefeln, die über den Kies gingen. Gabriel riss den Kopf hoch, als die Haustür aufgestoßen wurde und an der Wand abprallte. Eine Sekunde lang sah er Haas, bevor die Tür wieder zuknallte. Gleich darauf wurde sie wieder aufgestoßen, als Gabriel gerade die Ruger unter das Sofa schob. Er sprang so schnell auf, dass ihm fast schwarz vor Augen wurde. Er ließ sich wieder auf das Sofa fallen. Haas stand unbeweglich im Türrahmen, eine Hand auf dem Türknauf. Der alte Mann atmete schwer. Mit weit aufgerissenen Augen starrte er ihn an.

„Ich dachte, du wärst der Killer“, japste er zwischen zwei Atemzügen. „Der sich noch mal umschaut.“ Er beugte sich vor und betrachtete den Türriegel, der aus seiner Schlaufe gerissen worden war. Dann richtete er sich auf. „Du hast ein neues Auto“, fügte er hinzu. Er kam herein und schloss die Tür hinter sich.

„Herr Haas …“

Haas atmete lange und bebend aus. „Ich hab’ bei dir in Pistoia angerufen. Deine Frau hat gesagt, du wärst verschwunden. Dann ist sie auch nicht mehr ans Telefon gegangen. Hey“, sagte er, zeigte auf die Anrichte und ging zu ihr. Er nahm eine der Flaschen. „Das hat dein Großvater am liebsten getrunken. Marillenschnaps. Auch einen? Nein?“ Er goss sich ein großzügiges Glas ein. Seine Hand zitterte. „Morgen mach’ ich ein neues Schloss an die Tür. Prost, gell?“ Er hob das Glas und trank es in einem Zug aus.

Gabriels Kopf fühlte sich an wie eine Bowlingkugel, die an einem Grashalm hing. „Herr Haas, mir geht's nicht so gut, und ich …"

„In einer Minute bin ich weg."

Gabriel wandte den Blick ab und versuchte, nicht in den Spiegel zu sehen.

Haas betrachtete ihn über den Rand seiner Brille hinweg. „So lange kannst du noch warten, bevor du dir den Kopf wegschießt."

Gabriel drehte sich noch weiter von dem Mann weg. Hinter seinen Schläfen fühlte er einen stechenden Schmerz.

„Bevor du das machst", sagte Haas in fast schon anstößig neutralem Ton, „gibt's noch ein paar Dinge zu klären. Dein Großvater …"

Gabriel riss den Kopf herum. Sein Mund zuckte. „Kein Wort über meinen Großvater", drohte er eisig. „Kein Wort, ist das klar? Sie verdammter Mistkerl … Kriegsverbrecher." Er sprang auf die Füße und schlug nach Haas' Händen. Flasche und Glas fielen auf den Teppichboden. „Verdammt noch mal. Sie treten meine Tür ein. Sie saufen meinem toten Großvater das Zeug weg, als wäre das Ihr Haus? Raus!" Er stolperte an Haas vorbei zum Flur. Aber nach wenigen Schritten gaben seine Knie nach. Er musste sich auf den Boden sinken lassen, um nicht hinzufallen. Hinter sich hörte er ein Geräusch. Als er sich umwandte, sah er, wie Hass die Schnapsflasche und das Glas vom Boden aufhob. „Mein Großvater hat Ihnen damals geholfen", sagte Gabriel. Er sprach zum Boden, um den Mann nicht ansehen zu müssen. „Und dann machen Sie einfach …"

Das Glas in Haas' Hand fing an zu beben. Er nahm seinen Arm zurück, drückte ihn durch wie ein Speerwerfer, hielt inne und schleuderte dann das Glas gegen den Kamin. Glasscherben übersäten den Teppich. Dann kam er zu Gabriel und beugte sich zu ihm hinab. Nur wenige Zentimeter waren zwischen ihren Gesichtern. „Max hat mir geholfen?", krächzte er. Sein Atem roch sauer. „Was weißt du denn schon über deinen Großvater und mich. So viel weißt du." Er hielt eine Hand hoch und machte mit Daumen und Zeigefinger eine null. Dann richtete er sich auf und wich zurück. „Du da unten, auf deinen Knien, fast dreißig und immer noch auf den Knien … Du warst fast dein gesamtes Erwachsenenleben auf den Knien, Gabriel Schopenhauer. Du hast deinen Vater gehasst, weil er sein Leben mit Drogen verschwendet hat. Glaubst du, du wärst auch nur ein Stück besser? Mir wird schlecht von dir. Du hast deinen Großvater nicht verdient. Und du benutzt ihn, den Mann, der einen Enkel verdient hätte, auf den er stolz sein kann. Aber er hat dich bekommen. Du benutzt den Namen dieses Mannes gegen den Kriegsverbrecher, den alten Haas, weil er ihn nicht hat hängenlassen. Nach allem, was er für dich getan hat, willst du es wegwerfen. Dein Leben wegwerfen … Verdammt! Wo ist deine Knarre? Ich erschieß' dich."

Gabriel hielt Haas' Blick stand. Die Verwünschungen interessierten ihn nicht. Nur eines trieb ihn um.

„Ich hab' ihn getötet", sagte er.

Haas beugte sich wieder vor. Er betrachtete grimmig Gabriels Gesicht. Dann fiel der angespannte Ausdruck von ihm ab, und er drehte sich weg. Sein Körper bebte wie der eines Hundes, der Regenwasser von sich abschüttelt. „Du hast ihn getötet", wiederholte er langsam in den Raum hinein. Er wandte sich zum Fenster. Die Sonne war hinter den Bergen untergegangen, und ein klarer, violetter Himmelsstreifen war dort zu sehen. „Ich erzähl' dir was über's Töten, mein Junge. Und über Schmerz. Und über das Leben. Leben", sagte er höhnisch zum Fenster. „Das Leben sollte für dich wie ein Urlaubsfoto sein. Ein hübsches, kleines Dorf wie Lech. Eine Postkarte. Ein winterlicher Garten voller Schnee und Gemütlichkeit …" Er warf einen kurzen Blick auf Gabriel. „Was ich hier gesehen habe … Was ich in Stalingrad sehen musste … Dein Großvater und ich haben im Schlamm nach Insekten gegraben, uns gegen die Kälte in Lumpen gewickelt. Wir haben uns gegenseitig Gedichte aufgesagt, unsere Rippen jeden Tag gezählt, um etwas zu tun zu haben. Wir haben auf unseren Tod gewartet. Du bist an der Uni nicht klargekommen? Ja, ich kenne deine Geschichte. Dein Großvater hat sie mir erzählt. Ich hab' Stunden damit zugebracht, deinem Großvater zuzuhören, wie er von dir erzählt hat."

Haas ging zu der Anrichte und nahm sich ein neues Glas. Er füllte es, trank es in einem Zug aus und zeigte auf das Fenster. „Du glaubst, es tut dir weh", sagte er. „Vor zwanzig Jahren wurde hier im Paradies Lech in der Rüfikopf-Seilbahn ein kleiner Junge vom pädophilen Cousin des Inhabers eines Fünf-Sterne-Hotels vergewaltigt. Er war ein cleveres Kerlchen. Er hätte etwas aus seinem Leben machen können. Jetzt ist er drogenabhängig und lebt in Kambodscha. Der Cousin des Hotelbesitzers wurde nie angeklagt." Im Raum war es dunkler geworden. Schwarze Schatten lagen auf Haas' Gesicht, die Augen schimmerten beim Blick auf die Berge. „Der Vater dieses Jungen", fuhr er fort, „hat in seinem Leben nichts mehr zu tun. Deshalb geht er jeden Tag runter ins Dorf. Er schaut auf die Rüfikopf-Seilbahn. Sieht dabei zu, wie sie an den langen Seilen rauf und runter fährt. Das macht er seit zwanzig Jahren." Haas räusperte sich. „Ich rede nicht viel", sagte er schlicht. „Nur in den langen Nächten mit Max in meiner Küche, oder hier, wenn wir was getrunken haben." Er goss sich noch einen Marillenschnaps ein und betrachtete ihn.

„Deinem Ermessen nach", sagte Haas, „hätte sich dieser Mann umbringen müssen? … Sicher, dass du nicht auch was willst?", fragte er und hielt ihm die Flasche hin.

Gabriel schüttelte den Kopf.

Haas schwenkte die klare, zähe Flüssigkeit in seinem Glas. Er hob es an seine Lippen, ließ es aber gleich wieder sinken.

„Weißt du, warum ich hier bin?"

Gabriel nickte, den Blick abgewandt.

„Nein, das weißt du nicht! Mach schon! Erschieß dich! Hinterher, …"

Gabriel drehte sich um, sagte aber nichts.

„… nachdem ich dir gesagt habe, was mir Max für dich aufgetragen hat."

Erschöpft sah Gabriel wieder weg.

„Du glaubst", sagte Haas, „wenn es wichtig wäre, dann hätte ich dir das schon in der Nacht erzählt, in der du mit deinem Freund aufgetaucht bist. Na ja, ich war mir nicht sicher, ob du da schon soweit warst. ‚Hansi', hat Max zu mir gesagt, ‚du musst dir sicher sein, dass er soweit ist. Sag es ihm nicht, bis er soweit ist.'" Haas klang mit einem Mal etwas betrunken. Er nahm noch einen Schluck. Zum ersten Mal zeigte sich eine Spur von Zweifel auf seinem walnussartig zerfurchten Gesicht.

„Und ich … war auch noch nicht soweit."

Er stellte das Glas auf den Tisch. „Aber wenn du jetzt nicht soweit bist, wirst du es nie sein", sagte er. „Also erzähl ich es dir und dann … Aber erst müssen wir etwas klarstellen." Haas' Gesicht nahm wieder seinen gewohnten säuerlichen Ausdruck an. „Was du von mir hörst … das hörst du nicht von einem Kriegsverbrecher. Nur, weil man bei der Wehrmacht war, heißt das nicht, dass man ein Nazi war. Ja, ich hasse die meisten Menschen. Sogar … sogar mein eigenes Fleisch und Blut." Er machte eine wegwerfende Handbewegung. „Aber ich bringe die Menschen, die ich hasse, nicht um. Dein Großvater hat das gewusst."

Gabriel spürte den Drang, sich aufzurichten, aber er wusste, dass er es nur stufenweise schaffen konnte. Er stützte sich mit den Händen neben den Knien auf dem Teppich ab und ging in die Hocke. Dann hielt er inne.

Haas betrachtete interessiert Gabriels Anstrengungen mit zusammengekniffenen Augen. „Max wusste auch, dass mein Bruder … Menschen, die er hasste, getötet hat." Er sprach in sein Glas. „Mein Bruder war nicht nur irgendein Nazi. Er war Aufseher … in Bergen-Belsen. Wir sind keine Zwillinge, aber wir sahen uns sehr ähnlich. Wiesenthal hat uns verwechselt. Dein Großvater wusste das."

Gabriel hatte sich langsam aufgerichtet. Mit kleinen, vorsichtigen Schritten bewegte er sich zum Sofa.

„Mein Bruder", sagte Haas und beobachtete ihn, „war wirklich schlimm, schlimmer als ich. So wie ich mit schlechter Laune."

Gabriel musste unwillkürlich schnauben. Verwundert über sich selbst, erstarrte er.

Haas sah ihn ernst an.

„Du hast deinen Großvater getötet, ja? Setz dich!"

Gabriel hatte genau das vorgehabt. Stattdessen blieb er breitbeinig stehen, um die Balance zu halten.

„Dein Großvater hatte Krebs im Endstadium. Er hatte nicht mehr lang zu leben. Ein paar Wochen vielleicht. Deshalb hat er in der Nacht seinen Mörder getroffen."

Diese Worte schienen die ersten Informationen zu sein, die Gabriels Gehirn verarbeitete, seit es vor ein paar Tagen in der Küche des Palazzos vollkommen leergefegt worden war.

„Krebs … und Großvater wusste, dass man ihn töten würde?"

In Haas' Gesicht hatten sich schon vor langer Zeit Schmerzensfalten eingegraben. Aber im Halbdunkeln schienen sie noch tiefer zu sein. „Er wusste, dass es so kommen könnte. Neuigkeiten in letzter Minute. Vielleicht eine Vorahnung. Max hatte einen guten Instinkt. Er konnte Dinge spüren … Er machte es ihnen leicht. Ein einsamer Ort auf dem Gelände des Museums. Zu später Stunde."

„Warum?"

Die Stimme des alten Mannes wurde sanfter. Nicht weil er akzeptierte, was er nun enthüllte, sondern um die Bitterkeit, die er spürte, zu verdecken. „Um dir etwas zu beweisen. Wer diese Leute sind. Was sie wollen … Er konnte es dir nicht einfach sagen. Du hättest es ihm nicht geglaubt. ‚Sag Gabriel', hat er zu mir gesagt, ‚dass es mein Geschenk ist' …"

Gabriel hörte den Rest, bevor die Worte ausgesprochen wurden. „Mein Geburtstagsgeschenk."

Gabriel blieb einen Moment lang still, als würde er sich noch einmal die Tonbandaufnahme von etwas anhören, das er nicht ganz verstand. Dann tastete er hinter sich nach dem Sofa und setzte sich. Sein Blick blieb auf Haas geheftet, so als hätte er Angst, die Verbindung zu ihm zu unterbrechen.

Haas betrachtete ihn. „Du weißt, wie dein Urgroßvater gestorben ist? Max' Schwiegervater? Ja, du weißt es … Max wollte diese Geschichte wiederholen. Du hast ihn nicht getötet. Das hat er selbst getan."

Gabriels Augen glitten zum Spiegel. Er schreckte vor dem, was er sah, zurück, aber es war nicht mehr das Gesicht eines Fremden.

Er lehnte sich im Sofa zurück. Erst dann sah er den Umschlag. Haas hielt ihn in der Hand und reichte ihn ihm. Es war ein Din A4-Umschlag, bereits vergilbt und muffig riechend, so als hätte er jahrelang in einer geschlossenen Schublade gelegen. Kaum lesbar war auf der Vorderseite in der verblassenden Handschrift seines Großvaters geschrieben: „Für Gabriel." Die Lasche war mit Klebeband, Heftklammern und einem zerbröckelnden Siegel verschlossen.

„Ich sollte noch neun Tage warten, bevor ich ihn dir gebe", sagte Haas. „Nachdem irgendwas ausläuft. Ein Gesetz? Ist ja auch egal."

Gabriel kratzte das Siegel ab, löste die Heftklammern und riss das Klebeband ab, das buchstäblich zu Staub zerfiel, als er daran zog. Dann öffnete er die Lasche und nahm den Inhalt heraus.

Es waren vier Seiten. Er starrte auf die vertraute Handschrift seines Großvaters, während er am Rande registrierte, dass Haas ging und leise die Tür hinter sich schloss. Dann hielt er sich die Blätter dicht vor die Augen und fing an zu lesen.

Lieber Gabriel,

ich möchte dir eine letzte Geschichte erzählen. Und natürlich ist dies, wie immer, nur unter uns ...

Es begann vor langer Zeit während der Französischen Revolution in Paris, „im Jahre II der Französischen Republik", wie sie es damals nannten. Am Morgen dieses Tages hielt der Sicherheitsausschuss seine tägliche Sitzung im großen Salon ab, dem Versammlungsraum der Exekutive der Republik. In dem Raum war es brechend voll und laut. Niemand nahm den dunklen, dünnen Mann wahr, der in einer Ecke saß und seine Knie zusammenpresste, um diese daran zu hindern, zusammenzuschlagen. Der dünne Mann war der Bürger Lemonnier, und er war als nächster an der Reihe, um zu dem Sicherheitsausschuss zu sprechen. Die beiden wichtigsten Männer in diesem Ausschuss, Robespierre und Danton, sahen gelangweilt, beziehungsweise gereizt aus. Gelangweilt war gut, sagte sich Lemonnier. Es ver-

hieß Gutes für die Lüge, die er erzählen musste. Aber gereizt war schlecht, ein Desaster, wenn man ihm auf die Schliche kam. Nun hörte Lemonnier, wie sein Name in dem Lärm aus scharrenden Stühlen und Geschnatter gebellt wurde. Er erhob sich, um zu dem Ausschuss zu sprechen. Seine Knie zitterten etwas, aber er holte tief Luft und war erleichtert, seine Stimme so klar und fest zu hören:

„An jenem Tag ... gingen wir, die gesetzlich bestellten Mitglieder des Denkmalausschusses, im Beisein des Bürgermeisters und zwei städtischen Beamten zum Haus des Bürgers Villeroy in der Kommune Mennecy. Unter der Führung der Pförtner und Hausmeister besuchten wir alle Räumlichkeiten des Hauses, da der Bürger Villeroy nicht anwesend war. In einem Außengebäude fanden wir folgende Gegenstände ...“

Lemonnier zählte die diversen Kunstwerke auf. Es war nicht zu übersehen, dass die Liste seinem aus Sansculotten bestehenden Publikum nichts sagte. Mit wachsender Selbstsicherheit schloss er:

„... und zu guter Letzt eine Bronzestatue des David, der gerade Goliath geschlagen hat, von Giambologna ... Alle erwähnten Objekte gehören besagtem Bürger Neufville Villeroy, aber nach seinem Tod sollten sie der Republik gehören, in Hinblick auf den Umstand, dass seine natürlichen Erben mutmaßlich das Land verlassen haben. Wir haben all diese Gegenstände unter den Schutz der Nation gestellt, um zu verhindern, dass ihnen Schaden zugefügt wird. Wir fordern die Kommune von Mennecy auf, ihrer Aufbewahrung besondere Sorgfalt zukommen zu lassen und zu überwachen, dass sie nicht von dem Bürger Neufville Villeroy verkauft werden, ohne uns, den Denkmalausschuss, darüber in Kenntnis zu setzen, da wir die besagten Werke als für die Republik von Wert eingestuft haben ...“

Während einer Sitzungspause nahm Robespierre Lemonnier beiseite. „Von Giambologna, Citoyen?“, fragte Robespierre mit butterweicher Stimme.

Lemonnier sah in seine feuchten Rehaugen und riskierte es.

„Nein, Citoyen, sehr viel wertvoller als ein Giambologna", sagte er und hielt dann den Atem an. Einen Moment lang verhärtete sich Robespierres Blick und wurde zugleich leer. Lemonnier wusste, dass sein Leben von den Gedanken hinter diesen Augen abhing. Tausende hatten sie schon in den Tod gehen sehen.

Dann lächelte Robespierre. „Das bleibt am besten unter uns", sagte er sachlich.

„D'accord, Citoyen", sagte Lemonnier und wagte wieder zu atmen. „Es könnte", fügte er zögerlich hinzu, „jemanden mit Interesse an diesem Werk geben."

Robespierre warf ihm einen interessierten, wenn auch verhaltenen Blick zu.

„Eine sehr wohlhabende Person ..."

Robespierre ließ seinen Blick mit einem entspannten Lächeln durch den Salon wandern, als erfreue er sich am neuesten Bonmot von Hébert über die Witwe Capet und ihren Sohn.

„... aus der Schweiz."

Robespierre hustete laut, als Danton mit einem Mal erschien, bullig und ungeduldig in der Erscheinung.

„Wir haben gerade über die Kunstsammlung von Villeroy gesprochen", sagte Robespierre sanft.

„Kinkerlitzchen", sagte Danton. „Wenn man das Zeug nicht essen kann, soll man es verbrennen, sag' ich."

„Wie Savonarola, Citoyen", bemerkte Robespierre, „und wir wissen ja, was mit ihm geschehen ist."

„Zur Hölle mit den verdammten Bildern", sagte Danton. „Was ist mit Villeroy, dem Verbrecher?"

„Den kann man auch nicht essen, Citoyen", sagte Robespierre. „Wir könnten ihn verbrennen, aber", er wedelte mit der Hand in Richtung des großen Salons, „das hier ist nicht die katholische Kirche. Stattdessen werden wir, sobald Bürger Fouquier-Tinville die notwendigen Papiere ausgestellt hat, Villeroy zum Platz des Schlachthofs führen. Pardon. Platz des Friedens, sollte ich sagen. Dem Place de la Concorde. Stimmen Sie mir zu, Citoyen?"

Danton stolzierte knurrend davon.

Achtzehn Monate später stand Lemonnier am Flussufer und betrachtete bang einen näherkommenden Wagen mit einer Kiste darauf. Weit im Hintergrund ragte das Château Villeroy hervor, ein schonungsloses Mahnmal für das, was seit dem schicksalhaften Gespräch mit Robespierre geschehen war. Im folgenden April hatte der Duc de Villeroy seine Verabredung mit Madame Guillotine gehalten. Aber es hatte keine Gelegenheit gegeben, die „Schweizer Transaktion" durchzuführen, da am selben Tag zwei Hébertisten ohne Vorwarnung im Château eingetroffen waren und sich dort eingenistet hatten, um, wie sie verkündeten, „die Habseligkeiten zu beschützen".

Und der Italiener war ebenfalls im Château geblieben.

Lemonnier sah nervös zu dem Gebäude, das jetzt nur noch als schwarze Masse vor einem indigoblauen Himmel wahrnehmbar war. Dieser Italiener war das größere Problem gewesen: Villeroys Langzeitgast, der Revolution gegenüber gleichgültig, durch seinen Status als Ausländer geschützt, eine dunkle, piratenhafte Erscheinung, die jeden Besuch, den Lemonnier der Kunstsammlung abstattete, überschattete. Der Italiener sprach nie, war aber stets höchst aufmerksam Lemonnier gegenüber. Er verfolgte jeden seiner Schritte in den Gebäuden und auf den Terrassen und war dabei weder übertrieben höflich noch feindselig ... Doch der Ausdruck auf dem Gesicht des Italieners an dem Tag, als sie vor der Statue standen ... Lemonnier erschauerte stets bei dem Gedanken daran. Sie befanden sich damals in dem Terrassengarten des Châteaus – Lemonnier, die schäbigen Mitglieder des Denkmalausschusses, der Bürgermeister von Mennecy und, unbemerkt am Rand der Gruppe, der Italiener. Lemonnier hatte seine Untersuchung der Statue abgeschlossen. Die anderen warteten gespannt. Lemonnier wandte sich ihnen zu:

„Das ist ein interessantes Stück", sagte er und deutete auf die Bronzefigur auf dem Podest. „Und es besteht kein Zweifel – es ist ein Giambologna."

Und dann hatte Lemonnier das Gesicht des Italieners gesehen, und seine Hand war mitten in der Luft erstarrt. Der Italiener lächelte ihn an: ein böses, hinterhältiges Lächeln. Es kam einem anzüglichen Grinsen gleich, das er Lemonnier zuwarf.

Ja, nachdem die Hébertistenschweine fort waren, gab es nur noch den Italiener, der zu fürchten war. Er hatte diese großkotzige Art, die auf einen Aristokraten schließen ließ. Und die hervorstehende Unterlippe schien dem Gerücht, das Lemonnier gehört hatte, er sei ein Medici, Wahrheit zu verleihen. Aber das Gerücht hatte sich als haltlos herausgestellt. Die Medici waren vor fünfzig Jahren ausgestorben, und der Name des Mannes war Gonzaga, Ippolito Gonzaga. Ippolito, höhnte Lemonnier, der Name eines Kindes, eines Clowns, nicht eines Mannes.

Trotzdem hatte sich Lemonnier von dem Château ferngehalten, während seine Spione den gesamten Sommer und Herbst über Wache gehalten hatten, bis sich schließlich vor drei Tagen das Warten ausgezahlt hatte. Die Statue war noch immer im Terrassengarten, aber der Italiener war endlich gegangen. Die Bediensteten glaubten, dass er nach Italien zurückgekehrt war.

Die Kiste befand sich nun auf dem Kahn. Lemonnier dirigierte die Männer auf das breite Deck und händigte ihnen die kräftigen Staken aus. Dann löste er die Leinen und sprang an Bord. Der Kahn glitt sanft vom Ufer ab und folgte der Strömung in Richtung der Seine. Ihr Ziel war ein Stück Ackerland auf halbem Weg nach Paris, ein vereinbarter Treffpunkt, an dem Lemonnier und seine Fracht von einem Transportmittel erwartet wurden. Die Arbeiter würden bezahlt und entlassen werden. Dann die zweitägige Reise an die Grenze zur Schweiz und dann ... ein neues Leben.

Lemonnier saß auf der Kiste in der Mitte des Kahns und sah in den Himmel. Es sah nach Regen aus. Dunkel und bedrohlich türmten sich die Wolken, und Lemonnier war weder warm noch gegen Regen gekleidet. Als der Wind auffrischte und sich die Oberfläche des Flusses kräuselte, schlang er die Arme fest um seinen Körper. Trotz der Kälte befand er sich in einer Stimmung nüchterner Ekstase. Seit dem verzweifelten Tiefpunkt vor ein paar Monaten, als Robespierre Opfer des Schreckens wurde, den er selbst geschaffen hatte, aufgefressen von den Kindern der eigenen Revolution, war Lemonnier klar geworden, dass sein Traum, durch die Republik auf eine höhere Ebene zu gelangen, vorbei war. Sein Mentor und Beschützer war fort, es war nur eine Frage der Zeit, bevor der Schrecken auch seine Tentakel nach ihm, Lemonnier, ausstreckte.

Aber nun war Lemonniers Verwandlung zum Greifen nah, nicht durch die Bewegung, sondern durch seinen eigenen mutigen Einsatz, indem er seine Chance wahrnahm.

Es wurde dunkler, als der Kahn in einen Tunnel aus Bäumen glitt, die sich über dem engen Wasserweg fast berührten. Donner polterte näher und wurde lauter, und der Wind pfiff den Fluss hinunter und gab dem Kahn Geschwindigkeit. Die Ufer wurden steiler. Der Fluss verengte sich, und die Strömung wurde stärker. Die Arbeiter stakten gleichmäßig, um den Kahn von den Ufern fernzuhalten. Sie näherten sich einer scharfen Biegung, hinter der eine Brücke zum Vorschein kam. Lemonniers Einschätzung nach hatten sie nun die Hälfte des Wegs zurückgelegt. Die Hälfte! Triumph durchflutete ihn. Er dachte wieder an den Italiener, der in sein armseliges, zerrissenes, dreckiges Land zurückgekehrt war, während Lemonnier heiter auf die friedliche, ordentliche Schweiz und ein neues Leben zuglitt ...

Lemonniers Träumerei wurde unterbrochen, als sich die Landschaft am rechten Flussufer veränderte. Wie seltsam, dachte er. Sie schien sich zu bewegen. Zweifellos das Schattenspiel der Bäume im Mondlicht, die vom Wind geschüttelt wurden.

Und dann ging alles ganz schnell – wie ein Blitzschlag, Sekunden nur, bevor der Donner sich rührt. Es blieb keine Zeit, um zu reagieren, nicht einmal, um Angst zu spüren. Eine kleine Gruppe schwarz gekleideter Gestalten sprang vom Flussufer auf den Kahn. Jede von ihnen hängte sich an einen der Arbeiter. Mit sparsamen Bewegungen, die zeigten, dass sie dies schon oft zuvor getan hatten, rammten sie in der Dunkelheit weiß aufblitzende Messer in ihre Hälse. Erstickte Laute waren zu hören sowie das hässliche Geräusch der Klingen, die sich durch Haut und Fleisch schnitten, gefolgt von dem Platschen der vier Körper in den Fluss. Bis Lemonnier sich ungläubig staunend von der Kiste erhoben hatte, war es schon vorbei. Dann kam einer aus der

Gruppe auf ihn zu und stellte sich vor ihn, die Beine breit, um auf dem Kahn das Gleichgewicht zu halten.

Lemonnier sah zwei blitzende Augen und einen vor Hass verzerrten Mund vor sich. „Wer seid Ihr?“, flüsterte er.

„Les Medecins.“

Lemonnier erkannte die Stimme. Als sein Kopf zurückgerissen wurde, sah er in das dunkle, brutale Gesicht des Italieners. Dann spürte er den brennenden Schnitt der Klinge durch seinen Hals. In seinem Gehirn explodierte weißes Licht.

Nachdem Lemonniers Leiche achtlos über Bord geworfen worden war, blies ein heftiger Wind über den Fluss und beförderte die Angreifer vom Kahn ins Wasser. Dann öffnete der Himmel seine Schleusen. Regensturzbäche nahmen jede Sicht. Die schwarzen Gestalten, die im Wasser paddelten, sahen hilflos zu, wie der Kahn den Fluss hinabtrieb und um die Biegung gerissen wurde. Die Kiste hatte sich gelöst und war an die Seite gerutscht.

Ippolito Gonzaga, der uneheliche Enkel von Francesco Maria de' Medici, nicht anerkannter, aber rechtmäßiger Erbe der wertvollsten Kunstsammlung in der Geschichte, eine Sammlung, die dem toskanischen Großherzogtum von seiner Großtante Anna Maria Luisa, der vermeintlich „letzten der Medici“, geschenkt worden war, starrte mit vor Schock und Wut weit aufgerissenen Augen hinterher, als der Kahn hinter der nächsten scharfen Flussbiegung verschwand.

Da wurde die Kiste zum letzten Mal gesehen. Sie war zusammen mit ihrem Inhalt verschwunden. Man hatte angenommen, dass sie zerstört worden war, so wie die Revolution unzählige andere Leben und Schätze ausgelöscht hatte. Der Schrecken hatte seinen Höhepunkt erreicht. Falls jemand davon gehört hatte, dass etwas aus dem Château Villeroy in einer Kiste verschwunden war, dann hatte derjenige nicht genug Interesse daran, um danach zu suchen. Man war zu sehr damit beschäftigt, am Leben zu bleiben.

Zu diesem Schluss kam jedenfalls dein Urgroßvater, Armande Montmorency. Er hatte sich die Geschichte aus den Memoiren von Ippolito Gonzaga und anderen Quellen zusammengereimt. Armande hatte recht. Deshalb konnten wir mehr als ein Jahrhundert später, kurz nach dem Zweiten Weltkrieg, diese Kiste aus dem Fluss ziehen. Es geschah übrigens während eines fürchterlichen Wolkenbruchs, ähnlich dem, in dem Ippolito Gonzaga die Kiste verloren hatte. Wir flogen die Kiste nach Italien und versteckten dort ihren Inhalt. Auch wenn der Schatz rechtmäßig Armande Montmorency gehörte, hätte die französische Regierung ihn beansprucht, weil eine frühere französische Regierung seinen Eigentümer, den Duc de Villeroy – Armandes und dein entfernter Verwandter – hingerichtet hatte. Dann, im Jahr 1969, wurde Armande von Terroristen ermordet, die aufgrund ganz ähnlicher Schlussfolgerungen versuchten, ihn aus dem Privatbesitz zu „befreien“. Ich erbte ihn. Ich brachte ihn in ein sicheres Haus, wo er sich seither befindet.

Der Schatz ist eine Statue, Gabriel. Sie gehört jetzt dir.

Die Statue wurde von der Regierung von Florenz im Jahr 1503 in Auftrag gegeben. Sie war ein diplomatisches Geschenk an einen wichtigen französischen Staatsbeamten. Sie zeigt einen lebensgroßen David aus Bronze. Es ist der zweite David, den dieser Bildhauer gefertigt hat. Der andere ist die berühmte Marmorfigur in der Accademia in Florenz.

Der Bildhauer war Michelangelo.

Gabriel starrte lange auf den letzten Satz. Mit ausgestreckten Armen hielt er das Papier von seinem Körper weg, ohne sich abzustützen und unnatürlich still. Dann sah er auf.

Er war allein.

Etwas später öffnete sich die Haustür einen Spalt weit. Haas lugte hinein; dann trat er ein. Er schlich zum Sofa und sah auf den schlafenden Gabriel, der den Umschlag an seine Brust presste wie ein Kind ein Kuscheltier. Er ging den Flur hinunter und kehrte mit einer Decke zurück, die er über ihn legte. Eine Weile betrachtete er das unrasierte Gesicht und das regelmäßige Heben und Senken der Brust. Haas drehte die Heizung hoch, kippte ein Fenster und zog die Vorhänge zu. Dann ging er. Als er die Haustür leise hinter sich schloss, wehte ein Luftzug zum Sofa hinüber.

Ein kleines, zusammengefaltetes Stück Papier, das unbemerkt aus dem Umschlag gefallen war, flog in die Luft und sank dann in einer kleinen Spirale auf den Teppich.

Kapitel 30

Zürich – 23. März 2003

Cosimo kam mit dem Lift hinunter in die Lobby des Hotels Baur au Lac. Er entdeckte Nathan Flintoff, der halb verdeckt hinter einer Topfpalme stand und sich unbehaglich zu fühlen schien, was gar nicht zu ihm passte.

„Können wir woanders hingehen?“, flüsterte Flintoff.

Ohne ein Wort führte Cosimo ihn nach draußen auf die bevölkerte Terrasse. Es war ungewöhnlich warm für März. Hotelgäste und Einwohner machten das Beste aus dem milden Wetter und dem schönen Blick auf den Zürichsee. Cosimo fand einen abgelegenen Tisch am anderen Ende, von dem aus man auf den Garten sah. Er bestellte Kaffee und Croissants und setzte sich. Seinen Aktenkoffer lehnte er gegen das Tischbein.

Flintoff setzte sich entspannt und lächelnd ihm gegenüber. „Haben Sie den großen schwarzen Mann in der Lobby gesehen“, fragte er, „mit dem Armani-Anzug und den Stammesnarben auf den Wangen?“

Cosimo hatte ihn gesehen, wie er mit zwei Bankern gesprochen hatte. „Schwer zu übersehen.“

„Er ist hier, um den Status seiner Provisionen zu checken“, sagte Flintoff.

„Provisionen?“

„Von der humanitären Hilfe, die Simbabwe jedes Jahr bekommt.“

Cosimos Lächeln war unverändert und freudlos. „Ein Klient?“

„Er hat einen meiner Rembrandts.“

Der Kaffee wurde gebracht. Flintoff schnappte sich ein Croissant aus dem Brotkorb und schwenkte es in Richtung seines Gastgebers. Ein stiller Tribut und eine beglückwünschende Geste.

„Ja“, sagte Cosimo, dessen Lächeln jetzt seine Augen erreichte. „Es hat funktioniert.“

„Sie sind ein Genie, Doctor."

„Flintoff, Sie sind das Genie. Sie haben Professor Grainne reingelegt. Er hat es bestritten, aber niemand glaubt ihm. Wenn Sie nur fünf Jahrhunderte früher geboren worden wären, würden Ihre Werke heute in den Uffizien hängen."

„Das tun sie doch." Der Schalk in Flintoffs Augen schien sein ganzes Gesicht zu erleuchten. Aber dann wurde aus der Freude mit einem Mal Traurigkeit. „Ich kann kopieren, Doctor. Ich kann nicht komponieren. Das ist meine Tragödie."

Cosimo hob die Tasse an den Mund und betrachtete den Künstler durch den aufsteigenden Dampf. „Flintoff", begann er, „… Nathan. Normalerweise mache ich keine Vorschläge …"

„Sie denken, ich sollte Europa verlassen."

„Dauerhaft."

In Flintoffs Augenwinkeln zeigten sich Lachfältchen. „Ganz Ihrer Meinung", sagte er fröhlich. „Absolut. Es ist an der Zeit, dass ich Gaugin kopiere. Sein Leben, nicht seine Gemälde."

Cosimo warf ihm einen skeptischen Blick zu. „Nicht Tahiti, hoffe ich. Sie wären eine ebenso auffällige Erscheinung in Tahiti, wie es Gaugin war."

„Ein belebterer Ort, Doctor. Dieselbe grobe Richtung auf der Erdkugel, aber nein, nicht Tahiti."

Flintoff dachte an die beiden indonesischen Mädchen und die Abmachungen, die er bereits getroffen hatte, sich mit ihnen in der Nähe der Urlaubsgebiete von Phuket niederzulassen. Er fasste um den Tisch herum und griff nach dem Aktenkoffer. Er schien von dessen Schwere entzückt zu sein. Mit strahlendem Lächeln wandte er sich an Cosimo.

„Es war eine sehr große Freude, mit Ihnen Geschäfte zu machen." Dann schien sich wieder der Schalter umzulegen, und Flintoff sah ihn ernst an. „Aber bitte, Doctor, Sie müssen wissen, dass ich das für Sie und Maximilian Schopenhauer getan habe. Nicht nur des Geldes wegen." Er klopfte auf den Aktenkoffer. „Für Sie und Maximilian … Darf ich Ihnen noch einmal sagen, wie leid mir Maximilians fürchterlicher Tod tut. Wirklich sehr, sehr leid."

Cosimo sah ihn fest an. „Danke, Nathan", sagte er ruhig. „Vielen Dank."

Als er später allein auf der Terrasse saß, schaute Cosimo auf den Zürichsee, der sich länglich nach Süden zog. Sein blaues Wasser wurde vom porzellanweißen Himmel erhellt. See und Himmel streckten sich bis zu den sägezahnartigen Umrissen der Alpen. Das Sonnenlicht tanzte auf den kleinen Wellen. Ein Segelboot glitt langsam wie ein weißer, junger Vogel auf seinen ersten Flugversuchen vom Pier fort. Cosimo bestellte sich einen weiteren Kaffee. Da haben endlich mal die Mächte des Lichts über die Mächte der Dunkelheit gesiegt, dachte er.

Er zog einen Brief aus der Manteltasche. Er war von seiner Tochter und hatte bereits so viele Eselsohren und Knicke wie ein Stück Papier, das immer und immer wieder gelesen worden war. Als er ihn nun wieder las, schmolz sein steifes Lächeln wie Eis in der Sonne.

„Gute Neuigkeiten, wie's aussieht, Herr Doktor", sagte der Kellner, der ihm Kaffee brachte.

Von jedem anderen wäre diese Bemerkung aufdringlich gewesen. Aber Cosimo kannte diesen Kellner seit zwanzig Jahren.

„Peter", sagte er und sah auf. „Guten Morgen. Ja. Ja, es sind gute Neuigkeiten."

„Bleiben Sie lange bei uns, Herr Doktor?"

„Ich fahre heute Abend."

„Dahin, wo es warm ist, hoffe ich. Obwohl es heute nicht schlecht ist."

„In die Kälte. Chicago."

„Alles Gute, Sir." Peter wandte sich zum Gehen.

„Mein Enkel ist dort. Ich habe ihn noch nie gesehen."

„Ah, die Enkel", sagte der Kellner wie jemand, der sich damit auskannte. „Enkel sind etwas Besonderes … Einen guten Flug, Sir." Er fing an, das Geschirr vom Nachbartisch abzuräumen.

Cosimo sah ihm dabei zu, als faszinierte ihn diese Tätigkeit. Dann wandte er sich wieder dem See zu. Das Segelboot war jetzt nur noch ein weißer Klecks in mittlerer Entfernung. Cosimo sprach es an, denn er wollte die Worte noch einmal laut aussprechen, sie zu jemandem sagen, der sie verstehen würde:

„Ich werde meinen Enkel sehen, Max."

Lech – 23. März 2003

Gabriel schlug die Augen auf und blieb still liegen. Durch die Vorhänge drang silbriges, diffuses Licht. Dadurch sahen die Fenster aus wie leere Leinwände, die auf den Pinsel des Künstlers warteten. Der perfekte Hintergrund, um sich an den Rest von Großvaters ‚Unter uns'-Geschichte zu erinnern. Es war ihm nur wenige Sekunden zuvor eingefallen, nicht im Traum, sondern in diesem Zustand kurz vorm Aufwachen, wenn vergrabene Dinge an die Oberfläche kamen. Und schließlich war alles wieder da gewesen.

Er sah sich selbst neben Großvater auf einer Kirchenbank in der Aracoeli sitzen.

„Das ist jetzt nur unter uns", hatte sein Großvater gesagt. Gabriel sah ihn an und suchte nach einem ironischen Lächeln in seinem Gesicht. Aber der alte Mann hatte die Lippen nach unten gezogen und die Augen verengt, als er zur Kapelle des *Bambino* sah. „Damals, als Michelangelo in Rom arbeitete, kam er manchmal von seiner Werkstätte, die sich unter dem Campanile befand, hierher und betete zu dem *Bambino*. Er betete darum, von seinen körperlichen Lüsten befreit zu werden, dass seine spirituelle Seite sie besiegte. Und wie so viele andere vor und nach ihm, schrieb Michelangelo einen Bittbrief an den *Bambino*. Dieser Brief war ein offenes und schmerzliches Geständnis dessen, was den großen Bildhauer quälte. Er legte den Brief dem *Bambino* zu Füßen. Er wurde jedoch von einem Franziskanerbruder, der ihn erkannt hatte, beobachtet. Als es an der Zeit war, die Bittbriefe zu verbrennen, pickte dieser Diener Gottes Michelangelos Brief heraus, steckte ihn ein und öffnete ihn in der Einsamkeit seiner Mönchszelle, um ihn zu lesen. Er bewahrte ihn heimlich auf."

Großvater hielt inne und sah zu den Engeln auf dem Altargemälde.

„Michelangelos Gebete wurden nicht erhört. Daraufhin beschloss er, seinen eigenen Bambino zu erschaffen. Dieser neue Bambino sollte die Menschen nicht von den Krankheiten des Körpers, sondern denen des Geistes heilen.“

Mit einem Mal schien das Sonnenlicht nicht mehr durch die Kirchenfenster. Im Hauptschiff wurde es dunkel, und aus der Ferne war Donnergrollen zu hören. Der Steinfußboden unter Gabriels Füßen wurde kalt. Die Luft schien feucht und muffig.

„Michelangelo fand, dass dieser neue Bambino ein David sein musste. Für ihn war David das Symbol dafür, ein mächtiges persönliches Risiko einzugehen … im Kampf um die Freiheit.“

Mit diesen Worten legte sich ein Ausdruck heiterer Gelassenheit, den Gabriel schon kannte, auf Großvaters Gesicht. Neben vielem anderen bedeutete dies: Egal, wie viel schon gesagt worden war, eine Menge blieb unausgesprochen.

„Großvater?“

„Ja?“

„Das hat sich … nicht wie eine Geschichte angehört. Du hast dir das nicht ausgedacht, glaube ich.“

„Ich habe den Brief“, sagte sein Großvater. „Und ich habe die Statue gesehen.“

Gabriel zog die Decke unters Kinn. Er sah eine Weile müßig an die Wand, aber dann schoss er panisch hoch. Er warf die Decke von sich und tastete verzweifelt nach Großvaters Testament. Als er die Seiten auf dem Teppich liegen sah, ließ er sich erleichtert zurückfallen und streckte die Beine aus, um etwas gegen seine steifen Knie zu tun. Dann stand er auf und tapste in die Küche, wo er verwundert stehenblieb. Auf dem Schneidebrett fand er Käse, Salami, Brot und eine frische Tasse Kaffee vor. Haas, dachte er. Er schlang ein belegtes Brot hinunter und ließ den warmen Kaffee folgen, der sich in seinem Körper ausbreitete wie eine Wohlfühldroge. Er ging ins Bad, duschte und rasierte sich, trocknete sich ab und verschwand im Gästezimmer, das früher einmal sein Zimmer gewesen war. Dort zog er zum ersten Mal seit einer Woche frische Kleidung an.

Als er wieder im Wohnzimmer war, sammelte er den Umschlag und die Blätter vom Teppich auf. Dabei sah er das zusammengefaltete Stück Papier. Verwundert ging er damit zum Fenster, zog den Vorhang auf und faltete es auseinander. Es war eine kurze, handgeschriebene Nachricht mit der Wegbeschreibung zu einer Adresse in Florenz, einem Gebäude, zusammen mit Instruktionen, wie man hineinkam.

Ungläubig starrte er auf das Papier. Dann lächelte er. Natürlich, dachte er. Er ging zu dem Beistelltisch und räumte die Glasoberfläche leer. In einer Schublade fand er Streichhölzer. Damit ging er zum Tisch zurück und knüllte das Papier zu einem Ball zusammen. Einem Impuls folgend, nahm er das halbvolle Schnapsglas, das Haas hatte stehenlassen, und tauchte das Papier hinein. Er zündete das Streichholz an und sah dabei zu, wie Großvaters Wegbeschreibung in Flammen aufging wie ein winziger Scheiterhaufen. Aufmerksam sah er zu. Die Flammen ließen seine Augen aufleuchten.

„Nur unter uns, Großvater", sagte er.

Draußen war der Himmel taubenblau. Die Sonne wärmte seine Schultern, als er den Hügel zum Bauernhof hinaufging. Haas saß auf der Holzbank neben der Haustür. Die Morgensonne schien ihm direkt ins Gesicht. Er sah den Hügel hinab zum Dorfkern und darüber hinaus, zu den eleganten, beeindruckenden Kabeln der Rüfikopf-Seilbahn.

„Und jetzt?", fragte Haas.

„Jetzt schau ich mir an, was mir Großvater hinterlassen hat. Und bitte um Hilfe. Und mache ein Angebot."

Haas sah enttäuscht aus. „Kirche, hm?"

„Keine Kirche", sagte Gabriel. Er streckte die Hand aus, und Haas schüttelte sie. „Aber doch ein Ort der Verehrung", fügte Gabriel hinzu, „und des Gebets."

Kapitel 31

Pistoia – 24. März 2003

Es war bereits Nachmittag, als Gabriel den Mietwagen an der Stazione Centrale abgab und zu Fuß zum Palazzo ging. Als er die Polizeiwagen davor sah, bog er in die kleine Seitenstraße ab, in der er seinen Volvo geparkt hatte. Er schloss ihn auf, stieg ein und steckte sein Handy ans Ladekabel. Seit Tagen schon war die Batterie leer. Er hatte siebenundzwanzig neue Nachrichten. Als er die Anrufliste durchsah, klingelte es.

„Endlich … Mr. Schopenhauer."

„Ja."

„Sind Sie allein?"

„Wer ist da?"

„Keine Polizei bei Ihnen, oder Arthur Whyte, oder Tommaso Zennetti?"

„Moment mal …"

„Ihnen wird aufgefallen sein, dass ich nicht gefragt habe, ob Ihre Frau bei Ihnen ist."

Gabriels Blick schoss die Straße hinunter, wo eine Ecke der Palazzofassade zu sehen war. Davor war Emilys Wagen geparkt.

„Den Hintergrundgeräuschen nach zu urteilen, Mr. Schopenhauer, gehe ich davon aus, dass Sie nicht in Ihrem Palazzo sind. Wären Sie es, würde ich Sie zum Fuß der Treppe im Innenhof schicken. Dort würden Sie einen Schuh Ihrer Frau finden. Wenn ihn die Polizei nicht weggenommen hat. Ihr Schuh ist runtergefallen. Na ja, nicht einfach runtergefallen. Sie hat ihn dort verloren."

Gabriel drückte den Hörer mit rasendem Herzen fester ans Ohr.

„Ihre Frau ist wirklich sehr kräftig", sagte die Stimme etwas lebhafter. „Meinen Kollegen hat sie richtig fest getreten, das sag' ich Ihnen. Das hat ihn gar nicht gefreut. Jetzt sinnt er auf die gute alte Rache. Sie wissen schon. Das Jungs-Mädchen-Ding. Jedenfalls, so hat sie ihren Schuh verloren."

„Was wollen Sie?"

„Aber keine Sorge. Sie braucht den Schuh nicht. Weil in vierundzwanzig Stunden … Wie spät ist es jetzt? Zehn vor vier, sehe ich. Sagen wir vier Uhr. Morgen um vier Uhr nachmittags werden wir ihr den rechten Fuß abschneiden und Ihnen schicken. Nur als Beweis, dass wir sie haben. Sie werden doch den Fuß Ihrer Frau erkennen? Aber machen Sie sich keine Sorgen. Sie wird schon nicht verbluten." Die Stimme leierte ohne Betonung weiter, als würde jemand von einem Manuskript ablesen. „Wir werden die Wunde versorgen. Wir sind hier hervorragend medizinisch ausgestattet. Es wird einen sauberen Schnitt durch den Knöchel geben."

„Was wollen Sie?"

„Dann, weitere vierundzwanzig Stunden später, machen wir dasselbe mit ihrer Hand. Der rechten Hand. Abschneiden, versorgen, Ihnen die Hand schicken. Man könnte sagen, Sie bekommen Ihre Frau stückweise zurück."

Jetzt klang die Stimme nach zu viel Speichel. Und da wusste Gabriel: Es war Murphy.

„Warum sind Sie …?"

„Wir machen dann sozusagen im Uhrzeigersinn weiter. Einen Tag später, die linke Hand. Dann, einen Tag drauf, der linke Fuß. Nur wird vermutlich mein Kollege bis dahin seine gute alte Rache genommen haben. Deshalb weiß ich nicht, ob Sie sich noch erkennen werden, selbst wenn wir Ihnen alle Teile zurückgeschickt haben, wenn Sie wissen, was ich meine."

Gabriel wartete mit fest geschlossenen Augen. Aber die Stimme blieb still, deshalb fragte er wieder: „Was wollen Sie?"

„Die Statue."

„Statue?"

„Erster Fehler, Mr. Schopenhauer. Wenn Sie auch nur so tun, als wüssten Sie nicht, wovon ich spreche oder wo die Statue ist, werden wir keine vierundzwanzig Stunden warten, um die Übung an Ihrer Frau durchzuführen. Dann fangen wir jetzt an."

„Nehmen Sie die Statue."

„Das kann ich nicht. Ich weiß nicht, wo sie ist. Aber mein Berater versichert mir – Entschuldigung, versicherte mir; ich muss in der Vergangenheit von ihm sprechen –, dass Sie wissen, wo sie ist."

Gabriel umklammerte seine Stirn mit der Hand und drückte konzentriert seine Schläfen. „Ich kann sie Ihnen zeigen."

„Sie können es mir sagen. Jetzt. Am Telefon. Dann, wenn wir sie gefunden haben, lassen wir Ihre Frau in einem Stück gehen."

„Ich kann Ihnen nicht sagen ..."

„Mr. Schopenhauer, das war Ihr zweiter Fehler ..."

„Nein, ich meine", unterbrach Gabriel mit zitternder Stimme, „ich könnte es Ihnen sagen, aber das würde nichts bringen. Sie können ohne mich nicht rein. Es sei denn, Sie wollen, dass ich meine Hand abschneide und ein Auge rausnehmen und Ihnen beides schicke."

Zum ersten Mal machte der Anrufer eine Pause. Dann grunzte er: „Scanner ... Verdammter Scheiß! ... Der alte Idiot hätte uns was sagen und eine Menge Zeit und Ärger sparen können. Wir haben nur ..."

Die Stimme wurde von einem Klappern unterbrochen, so als würde das Telefon zu Boden fallen. Gabriel glaubte, eine heftige Auseinandersetzung im Hintergrund zu hören. Dann wurde das Telefon wieder aufgenommen, und eine zweite Stimme, eine andere Stimme, sprach zu ihm. Sie klang gedämpft, als käme sie durch einen Filter. „Ja", sagte die Stimme, „Sie müssen dort sein."

„Und meine Frau", sagte Gabriel.

„Und", kam die langsame Antwort, „Ihre Frau. Warum nicht? Heute Abend dann, nach Einbruch der Dunkelheit."

„Morgen Abend. Ich brauche noch etwas Zeit, um alles vorzubereiten."

„Um was vorzubereiten, Mr. Schopenhauer?" Die Stimme dieses Anrufers war so tief wie die des Henkers, aber undeutlicher. „Ich erkläre Ihnen mal Plan B. Plan B ist das, was geschehen wird, wenn Sie die Polizei kontaktieren und versuchen, uns in eine Falle zu locken. Plan B sieht vor, dass wir Ihnen von Ihrer Frau als erstes die Haare schicken. Mit ihrem Skalp daran. Wir haben hier chirurgische Instrumente, die mich sehr faszinieren. Ich wollte schon immer mal Indianer spielen. Dann werden wir Ihnen am nächsten Tag die Nase schicken. Danach …“

„Sie verstehen das nicht“, rief Gabriel. „Ich muss mich vorbereiten, um der Polizei zu entkommen. Sie stehen jetzt gerade vor meinem Haus. Sie werden mir Tag und Nacht folgen, da bin ich mir sicher. Aber ich glaube, morgen kann ich es einrichten, mit einem Freund in ein Restaurant zu gehen und …“

„Nicht glauben, Mr. Schopenhauer. Sie können es sich gerade nicht leisten zu glauben. Sie müssen sicher sein. Und wenn Sie es sind, dann werde ich die Lieferung vom ersten Teil weitere vierundzwanzig Stunden verschieben. Zunächst brauche ich …“

Im Hintergrund ertönte ein Alarm.

„Nein“, sagte die Stimme. „Die Zeit, um eine Fangschaltung zu vermeiden, ist gerade abgelaufen. Ich rufe morgen wieder an.“

Die Verbindung wurde unterbrochen.

Gabriel saß ein paar Minuten flach atmend in seinem Wagen und starrte auf den Palazzo. Dann suchte er Arthur Whytes Nummer heraus und wählte sie.

Kapitel 32

Florenz – 25. März 2003

Am nächsten Tag wurde das Wetter schlecht. Die Geschäfte auf der Ponte Vecchio schlossen früh. Unter der Brücke peitschte der Wind den Arno zu einer grünbraunen Suppe auf. Im dichten Regen war die einzelne gelbe Lampe des Restaurants nichts weiter als ein kleiner Fleck, als Gabriel und Tommaso zeitgleich an der Eingangstür erschienen.

„Danke, dass du gekommen bist, Tommaso“, sagte Gabriel, als sie ihre Mäntel im Foyer ausschüttelten.

„Ist was passiert?“, fragte Tommaso und sah ihn forschend an.

„Kann man so sagen“, antwortete Gabriel mit unbeweglichem Gesicht. „Erzähl' ich dir später. Erst will ich was zu essen, mich ein bisschen unterhalten und etwas von diesem in Flaschen abgefüllten Sommer trinken.“

Tommaso betrachtete ihn nachdenklich. „Du siehst deinem Großvater mit jedem Mal, wenn ich dich sehe, ähnlicher.“

Der Mann am Empfang nahm ihre Mäntel. Tommaso machte eine Bemerkung über das leuchtende Gelb von Gabriels Jacke.

„Den Polizisten gefällt das“, sagte Gabriel und nickte zu dem draußen geparkten Streifenwagen. „Macht es ihnen leichter, mich im Blick zu behalten.“

Der Manager, der Tommaso mit „Dottore“ ansprach, brachte sie zu einem ruhigen Tisch am Fenster. Er reichte ihnen eine einseitige Speisekarte und die umfangreiche, in Leder gebundene Weinkarte. Tommaso nahm letztere und blätterte sie durch.

„Hier gibt's so einiges an Sommer in Flaschen, mein Lieber“, sagte er mit einem Lächeln.

Gabriel erhob sich. „Toilette“, sagte er und legte seine Kreditkarte auf den Tisch. Tommaso sah ihn fragend an. „Diesmal zahle ich, okay?“, sagte Gabriel.

Als er allein war, sah Tommaso aus dem Fenster zum im Laternenlicht vor Regenwasser triefenden Streifenwagen mit den unförmigen Umrissen der Polizisten im Innenraum. Ein paar Minuten später hob er den Blick von der Weinkarte. Am Eingang stand ein untersetzter Mann und sprach mit dem Manager. Hinter ihm war Gabriels leuchtend gelbe Jacke zu sehen, die an der Garderobe hing. Tommaso blätterte um. So viele großartige toskanische Weine, dachte er, und so wenig Zeit …

„Guten Abend, Sir. Ist Mr. Schopenhauer bei Ihnen?"

Der untersetzte Mann stand an seinem Tisch.

„Er ist sich ‚die Hände waschen' gegangen, sagen Sie nicht so in England?", antwortete er freundlich.

„Gut. Das ist da hinten, oder?"

„Richtig, Officer."

„Und das ist Ihre Kreditkarte, Sir?"

„Was, nein. Nein, die von Mr. Schopenhauer."

„Das soll uns wohl überzeugen, was? Dass er zurückkommt?"

Tommaso sah ihn überrascht an. „Das soll mich überzeugen, dass er bezahlt."

Der Polizist betrachtete ihn nachdenklich. „Er wird mit Sicherheit bezahlen, wenn er nicht unter unserem Schutz bleibt." Dann ging er schnell zu den Toiletten, kehrte wenige Sekunden später zurück und führte eine hitzige Diskussion mit dem Manager. Anschließend stürmte er mit seinem Kollegen heraus.

Der Manager kam zu Tommasos Tisch und wirkte besorgt. „Dottore, diese Polizisten sind hinter Ihrem jungen Gast her."

„Ist er gegangen?"

„Er hat mich gebeten, Ihnen zu sagen, dass er noch einen Freund abholt, der mit Ihnen beiden essen wird. Er ist dann in Richtung der Carmine gegangen. Aber er wollte nicht, dass die Polizei davon erfährt … Er ist ein Freund von Ihnen, Dottore?"

„Ja."

„Also habe ich der Polizei eine etwas andere Antwort gegeben."

Er hob sein Kinn in Richtung der Ponte Vecchio.

Die abschüssige Straße führte vom Fluss weg. Gabriel lief mit kurzen Schritten, um nicht auszurutschen. Feuchtigkeit drang in seine Hosenbeine und unter seinen Kragen. Vor einem Kunsthandwerkgeschäft stellte er sich in einer Nische unter und sah zurück. Die leere Straße gähnte ihn an. Er ging rasch weiter und bog in eine düstere Seitenstraße ein. Im Zickzack lief er weiter durch enge, dunkle Gassen, bis er zu einer Straße kam, die er kannte. Ein paar Minuten später betrat er den Platz und blieb stehen. Direkt vor ihm erhob sich der Bargello im Nebel wie ein riesiges braunes Tier. Der Müll sonderte einen modrigen Geruch ab, der beim letzten Mal noch nicht dagewesen war. Die verrostete Vespa und das Holzfass mit der Tanne standen noch an ihren Plätzen. Einen Moment lang empfand er diesen Anblick als tröstlich. Die Akustik des Innenhofs verstärkte das Geräusch, das seine Schritte machten, als er auf den Bargello zuging, dessen Steinfassade mit Nässe überzogen war. Er sah zu der Gummiklappe in der Eingangsnische. Als eine Ratte an ihm vorbeihuschte, sprang er erschrocken einen Schritt zurück. Er sah auf die Uhr. Seine Hand zitterte. Wieder drückte er sich in den zurückgesetzten Hauseingang und wartete. Er ließ seine Hand in die Tasche gleiten, um den Griff der Ruger zu umfassen. Zu seiner Linken war die Stelle, an der er rittlings auf dem verwundeten Murphy gesessen hatte. Es gab da zwei Bogengänge. Vielleicht hatten sie dort Position bezogen, dachte er. Ich könnte sie nicht sehen. Aus der Ferne tönte eine Sirene. Schwach war zu hören, wie jemand rannte. Sein Blick ruhte auf dem erbärmlichen ehemaligen Weihnachtsbaum, der von urbanem Unrat umgeben war. Wie so viele Geschenke, die geöffnet und weggeworfen wurden … Irgendwann hat man sie mal geliebt, dachte er. Vom Schenkenden und Beschenkten nicht wegen ihres eigentlichen Werts geschätzt, sondern als äußeres und sichtbares Zeichen der Verbundenheit. Wie Geschenke verkamen auch Verbindungen … oder sie wurden zerstört …

Dann schoss sein Blick zu dem Eingang des Platzes. Sein Brustkorb schnürte sich zusammen. Absätze klapperten laut auf dem Bürgersteig. Eine dunkle Gestalt wurde sichtbar. Sie bremste schlitternd ab und sah zu dem rostigen Straßenschild hinauf, das in das Mauerwerk eingelassen war. Dann wandte sich die Gestalt um und rannte direkt auf ihn zu. Er drückte sich tiefer in die Nische. Seine Schulterblätter verkrampften sich, als die Nässe sein Hemd durchweichte. Er zog die .22er aus der Tasche und entsicherte sie. Die Gestalt kam rasch auf ihn zu, sah ihn, wurde für ein paar Schritte langsamer, stürmte ihm dann entgegen und warf sich in seine Arme, bevor er die Waffe heben konnte.

„Emily!"

„Sie kommen", keuchte sie heiser und klammerte sich an ihn, während sie nach Luft rang. „Ruf … Polizei."

Gabriel löste sich von ihr, wirbelte herum und hob die Gummiklappe. Er drückte die flache Hand gegen das untere Rechteck und hielt sein rechtes Auge vor das obere. Sofort ertönte hinter dem Torbogen ein hydraulisches Seufzen. Die Metalltür öffnete sich. Er packte sie am Arm, zog sie mit sich hinein und hielt sie fest, während er sich mit dem Rücken gegen die Tür warf. Sie schloss sich mit dem Geräusch schwerer Riegel, die zufielen.

„Geht's dir gut? Bist du verletzt?"

Sie klammerte sich an ihn, schluchzte kurz auf, verbarg ihren Mund in seinem Hemd. Er strich über ihr Haar. Es fühlte sich klebrig an.

„Sie sind ins Haus eingedrungen …" Ihre Worte kamen stoßweise. „… ich bin in die Bibliothek gerannt … hab' versucht, mich zu verstecken … Sie haben mich an den Haaren rausgeschleift … ein stinkendes, feuchtes Tuch auf das Gesicht gedrückt … in einem kleinen Zimmer aufgewacht … Ich war eingesperrt … Einmal kamen sie rein, um mir zu drohen … Der eine Mann wollte mir was abschneiden."

Er hielt sie fest, bis sie sich etwas beruhigt hatte. Schließlich hob sie den Kopf und sah sich um. Dann stieß sie ihn unvermittelt von sich weg und stolperte zurück. „Die schießen vielleicht die Tür auf", rief sie.

Er streckte die Hand nach dem gebürsteten Metall aus, das die Tür verstärkte, und klopfte dagegen. Es klang nach solidem Stahl. „Wenn, dann mit einer Bazooka."

„Wo sind wir hier?", fragte sie verwundert.

Vorsichtig trat sie in die Mitte des Raums, der irgendwann einmal so etwas wie eine Lobby gewesen sein musste. Nun war es nur noch ein leerer Ort mit Obergadenfenstern einige Meter über dem Boden. Links war ein Treppenabsatz zu sehen, weiter hinten ein Aufzug. Anders als der Platz draußen, war der Boden sauber und die Luft rein. Das leise Surren einer Klimaanlage war zu hören.

„Offiziell", sagte er, „ist das ein Lagerhaus. Es gehört mir. Oder vielmehr der Firma, die auf der Isle of Man registriert ist und deren Besitz nach Großvaters Tod auf mich überging."

„Und hier", sagte sie und sah sich weiter staunend um, „ist es also."

„Du bist … nicht verletzt? Körperlich, meine ich. Gott, es muss … Wer hat das getan?"

Sie stand mit dem Rücken zu ihm und starrte hinauf zu den Fenstern. „Einfach mitten in Florenz", sagte sie leise zu sich. „Einen Steinwurf entfernt … die ganze Zeit über …"

Er glaubte, ein leises Lachen zu hören.

„Wie bist du ihnen entkommen?"

Sie drehte sich um. „Ich hab' sie belauscht", sagte sie mit leiser, tonloser Stimme, „von dem Zimmer aus, in dem ich war. Sie mussten weggehen, um eine Karte zu besorgen, damit sie die Adresse, die du ihnen heute Morgen genannt hast, finden konnten. Dann haben sie sich laut darüber unterhalten, wie sie dorthin kommen. Erst diese Straße, dann die andere. Ich kenne Florenz. Ich wusste, wohin sie wollten. Alles, bis auf diese letzte Sackgasse. Hier war ich noch nie, ich wusste nicht, dass es sie gibt. Als ich dich vorhin sah, dachte ich einen Moment lang, es wäre einer von ihnen – Gott!"

Sie legte eine Hand über ihre Augen.

„Als sie aufbrechen wollten, zerrten sie mich aus dem Zimmer. Der Anführer ging weg, um den Wagen zu holen. Ich war mit der Bestie allein." Ihre Stimme bebte. „Ich war verzweifelt … es gab nur einen Ausweg, das wusste ich. Aber ich musste mich fast übergeben. Ich bot ihm an, mit ihm zu schlafen. Er sah mich misstrauisch an, aber ich hielt seinen Blick. Ich muss es geschafft haben, den Ekel aus meinem Gesicht zu halten, denn er ging drauf ein." Sie spuckte auf den Boden und schüttelte sich. „Den Rest seines verdammten Lebens wird er sich zum Pinkeln hinsetzen müssen." Ihre Schultern bebten, als würde ihr Eis den Rücken herunterlaufen. Sie starrte zu Boden. „Ich rannte los. Zur Tür raus, die Treppe runter, durch den Eingang und um die Ecke, bevor der Typ aus dem Wagen aussteigen konnte." Sie hob den Kopf. „Entweder ist der Anführer noch dort und sorgt dafür, dass diese Bestie nicht verblutet, oder … was wahrscheinlicher ist, er steht jetzt vor dieser Tür und wartet."

Gabriel schloss lange die Augen. Als er sprach, war seine Stimme kalt und hart. „Um die wird sich gekümmert …" Er straffte die Schultern und sah sie an. „Aber jetzt gehen wir da rauf", er zeigte auf den Aufzug, „wo laut Testament meines Großvaters mein Erbe ist."

Sie sah aufmerksam zum Aufzug. Aber als er darauf zuging, blieb sie, wo sie war.

„Warum hast du das getan?", fragte sie.

Er blieb stehen und drehte sich um.

„Ich meine, hierher zu kommen. Allein. Oder ist die Polizei draußen auf dem Dach?"

„Nein, ich bin allein."

„Dann bist du unglaublich dumm, Gabriel. Aber … du bist nicht dumm." Ihre Stimme bekam einen Klang, den er nie zuvor gehört hatte, eine Art weibliche Verletzlichkeit.

„Ich hatte keine Wahl", sagte er schlicht.

„Sie wollten dich töten. Ich hab es gehört, durch die Tür. ‚Ihn bringen wir als erstes um', hat der Anführer gesagt. Sie könnten immer noch deine Hand und dein Auge benutzen, um die Tür zu öffnen, auch wenn du tot bist."

„Ich dachte, sie würden mich erst die Tür öffnen lassen. Das wäre weniger Arbeit. Und uns dann beide töten. Die Leichen wegschaffen. Die Statue an einen sicheren Ort bringen, wo sie sie dann ‚entdecken' könnten. Die Polizei informieren. Das Geld einkassieren."

„Warum hast du dann …?"

Er klopfte auf seine Tasche. „Ich habe eine Waffe."

„Gegen zwei? Wenn ich mich nicht befreit hätte, wären wir jetzt beide tot!"

Er hob die Schultern.

„Das musst du doch gewusst haben. Aber du bist trotzdem gekommen, allein. Warum?"

„Das musste ich."

„Weil du mich so sehr liebst?"

„Ja, ich habe dich geliebt."

„Du hast?"

„Ich liebe dich."

Emily betrachtete ihn eine Weile in dem halbdunklen Raum. Sie ging langsam auf ihn zu. Ihre selbstbewusste Haltung war fort. Sie bewegte sich zögerlich, fast schon demütig. „Das ist einiges wert." Sie sah ihn dabei an. Aber sie schien es zu sich selbst zu sagen. „Das ist eine Menge wert."

Während der Fahrt mit dem Aufzug zum obersten Stockwerk blieben sie still. Die Türen öffneten sich, und zu ihrer Rechten verlief ein Flur, in dessen Mitte eine Tür war. Daneben befand sich ein weiterer Scanner mit zwei Rechtecken. Er ging hin, stand davor und sah ihn an. Hinter ihm atmete Emily so schnell, als wäre sie gerade Treppen gestiegen.

„Vor ein paar Jahren, als wir in Amerika waren", sagte er, „ließ Großvater irgendwo Fotos von meiner Iris und meiner Handfläche machen. Er sagte, das sei für ein neues Sicherheitskontrollsystem am Flughafen."

Er legte die Hand auf das gläserne Rechteck und sah in das Augenlesegerät. Wieder ertönte ein hydraulisches Zischen, gefolgt von einem mechanischen Klicken. Die Tür öffnete sich ein paar gequälte Zentimeter und warf einen Streifen graues Licht in den Flur. Er streckte die Hand aus und drückte dagegen. Die Tür schwang ohne ein Geräusch auf– zunächst sah es aus, als käme dahinter gleich eine Wand. Sie gingen hinein und sahen, dass es sich um einen Raumteiler handelte, der in etwa Kopfhöhe hatte. Er verlief von links nach rechts und schaffte dadurch eine Art

Eingangshalle. Weit über dem Boden wölbte sich eine Kuppel mit einem Oberlicht. Es war, als betrete man eine moderne, minimalistische Kunstgalerie, deren vor ihnen liegende Innenwand auf eine neue Ausstellung wartete.

„Damit soll der Blick vom Durchgang aus abgeschirmt werden, nehme ich an", sagte er. Er wollte gerade vorgehen, als er Emilys Hand auf seinem Arm spürte.

„Gabriel, ich …" Ihre Hand fühlte sich heiß und feucht durch seinen Ärmel an. „Ich …", fing sie wieder an und hielt dann mit verzerrtem Mund inne. Sie ließ ihre Hand fallen und schüttelte den Kopf.

Gabriel ging nach links. Er umrundete den Raumteiler und blieb stehen.

Da war er. Seit zweihundert Jahren verschollen, von den Gelehrten zerstört geglaubt, der Öffentlichkeit praktisch unbekannt: Michelangelos David. Sein zweiter David. Sein einziger David aus Bronze.

Er stand allein mitten in dem Raum, der sich über die gesamte Breite des Gebäudes streckte. Ohne künstliches Licht waren die Mauern an den Enden nicht zu sehen. Durch das gesäuerte Glas des Oberlichts breitete sich ein Baldachin aus Mondlicht über die Mitte des Raums, der abgesehen von der Statue leer war.

Sie war lebensgroß und stand auf einem Podest, das an den Kanten mit Widderköpfen verziert war. Davids rechter Fuß stand auf Goliaths abgetrenntem Kopf. Sein rechter Arm war nach vorn gestreckt, als hätte er einmal eine Schleuder oder ein Schwert gehalten. Den linken Arm hatte er anmutig hinter den Torso geschwungen. Er hielt den Kopf nachdenklich gesenkt. Das Gesicht lag im Dunkeln. Sogar in dem schwachen Licht war das Stück umgeben von Michelangelos unverkennbarer Qualität dynamischer Klarheit, der Andeutung einer Bewegung, die gleich ausgeführt würde. Eine Veränderung, die jeden Moment stattfinden würde.

Gabriel spürte Emily an seiner Seite und hörte, wie sie nach Luft schnappte. Ohne ein Wort ging sie vor und streckte den Arm aus. Sie strich mit ihren Fingerspitzen über das angehobene Bein, wie um sich selbst zu überzeugen, dass es real war. Sie trat zurück und umkreiste die Statue mit weit geöffneten, starren Augen. Dann blieb sie davor stehen und sah David an.

Dabei veränderte sich der Ausdruck auf ihrem Gesicht. Vielleicht war es zunächst nur einfach die Reaktion auf den Ausdruck, den sie dort sah. Aber dann wurde es mehr. Etwas in seinem Antlitz ließ Emilys Züge erschlaffen. Es war, als würde die Statue sie betrachten, nicht andersherum. Gabriel bemerkte, wie sich um ihre Augen und ihre Kiefer herum Trotz breitmachte.

Schließlich riss sie mit zusammengepressten Lippen den Blick los. Sie trat zurück und schauderte etwas.

„Na", sagte sie, „die Statue so sehen zu können, ist schon etwas Besonderes. Das nächste Mal sehen wir sie im Louvre, während wir hinter einer riesigen Menschenmenge stehen. Und wir werden dafür Eintritt zahlen müssen." Sie lachte. „Aber den sollten wir uns leisten können."

Sie wandte sich um und sah Gabriel an. Während sie die Statue betrachtet hatte, war er einige Schritte entfernt mit verschränkten Armen und in Gedanken versunken stehengeblieben.

„Sie scheint dich ja nicht so fürchterlich zu beeindrucken", bemerkte sie mit leisem Sarkasmus.

„Als ich sie zum ersten Mal sah, schon."

Emily starrte ihn an. „Wann?"

„Gestern, auf dem Rückweg von Lech. Und glaub' nicht, dass ich nicht beeindruckt wäre. Das bin ich. Ich habe dasselbe gemacht wie du. Ihm ins Gesicht gesehen. Ich habe allerdings anders reagiert als du. Und da habe ich auch ein Versprechen gegeben."

Sie stand mit dem Rücken zur Statue und wartete.

„Ein Versprechen?"

„Den Willen meines Großvaters anzunehmen."

Sie sah ihn aus schmalen Augen an. „Das bedeutet …?"

„Unter anderem", sagte er, „dass ich die Statue behalte."

Sie schnaubte kurz und heftig, als hätte er einen dummen Scherz gemacht. Er schien es nicht zu bemerken und sah weiter die Statue an.

„Das ist dein Ernst“, sagte sie schließlich. Sie breitete die Arme aus und drehte sich langsam im Raum, als suche sie in den dunklen Ecken ein Publikum. „Kann man das glauben? Er ist verrückt geworden, bekloppt.“ Dann ließ sie die Arme fallen. Ihre Schultern sanken zusammen, und ihr Mund stand weit und hässlich offen.

„Und wenn ich bedenke“, sagte sie lachend zu sich selbst, „dass ich dabei war, ihn zu …“

Sie sah ihn müde und angewidert an, mit einem Hauch Bedauern. Dann ging sie zur Tür. Als sie die Trennwand erreicht hatte, blieb sie stehen und warf einen letzten verweilenden Blick auf den David.

„Diese Statue wird der EU im Rahmen der ‚Kultur für alle‘-Regelung übergeben“, sagte sie tonlos, während sie sie ansah und nicht ihn. „Das Geld wird ausgezahlt. Die Scheidungspapiere werden eingereicht. Du bekommst die Hälfte, ich bekomme die Hälfte. Ende der Geschichte.“

Sie wandte sich zum Gehen, ohne auf eine Antwort zu warten.

„Du hast keine Angst mehr vor den Entführern da draußen?“, fragte er.

Sie drehte sich um.

„Als die ‚Entführer‘ angerufen haben“, sagte er, „habe ich eine Stimme erkannt. Die von Murphy, deinem … Freund.“

Sie sahen sich schweigend an.

„Deshalb“, sagte er und zeigte auf die Statue, „hast du mich geheiratet. Großvater hat es herausgefunden, aber da war es schon zu spät. Und selbst als er sich halbwegs sicher war, konnte er nicht davon ausgehen, dass ich ihm glauben würde. Mir ist noch nicht ganz klar, wie du von der Statue erfahren hast. Aber jetzt steht fest, dass du mich geheiratet hast, um sie mitzuerben. Großvater war sich da auch sicher, und du hast es gerade bestätigt, dass für dich erben zugleich bedeutete: verkaufen, das Geld kassieren.“

Er sah die Statue an. „Dann kam ‚Kultur für alle‘, mit großen Ausgleichszahlungen während der Amnestiezeit. Aber wenn diese ausläuft, wird die französische Regierung Ansprüche geltend machen und mir für die Statue nichts bezahlen. Du musstest dafür sorgen, dass ich vorher erbe." Er sah sie an. „Deshalb hast du ihn umgebracht."

Emily stand da, ohne sich zu bewegen. Das graue Licht fiel schräg über ihr Gesicht und warf Schatten.

„Der *Bambino*", fuhr er fort, „wurde auf der Kassette erwähnt. Als du davon sprachst, als du ‚Bambino' draußen vor dem Palazzo gesagt hast, während du dir die Autofahrhandschuhe angezogen hast – da hab ich es kapiert. Es gab keine andere Möglichkeit, wie du diese Bezeichnung in Bezug auf die Statue kennen konntest. ‚Michelangelos *Bambino*'. Nur Großvater und ein paar wenige Auserwählte wussten davon. Da wurde mir dann alles klar. Warum du so müde warst an dem Morgen, als die Polizei kam und mir die Nachricht von Großvaters Ermordung überbrachte. Du bist in der Nacht davor von München zurückgeflogen, stimmt's? Und auch deine Paranoia, was die Kassette anging und die Stimme, die darauf war."

Gabriel stand ganz gerade, als spräche er vor Gericht. „Wille zum Leben … der andere Schopenhauer, der Philosoph, hatte recht. Gegensätze ziehen sich an, und es folgt … Desaster. Indem ich dich geliebt und geheiratet habe, habe ich das Todesurteil für meinen Großvater unterschrieben." Nun wandte er seinen Blick sowohl von der Statue als auch von ihr. „Später erfuhr ich dann, dass er sowieso gestorben wäre. Wenn auch dir nicht rechtzeitig genug, um das Geld einzusammeln."

Bei seinen letzten Worten verkrampfte sich Emily kurz. Dann schüttelte sie traurig den Kopf und sprach mit ihrer üblichen Stimme: „Gabriel, diese Fantasiewelt, in der du lebst, oben in der Bibliothek mit deinen Spielzeugbrücken, die hat dich ganz schön vernebelt." Mit unbewegtem Gesicht kam sie auf ihn zu und tastete ihn ab: vorne, unter den Armen. Sie hielt inne, als sie die Waffe in seiner Hosentasche bemerkte, ignorierte sie aber.

„Ich bin nicht verkabelt", sagte er. „Ich brauche keine Beweise, die vor Gericht standhalten."

„Nein?", fragte sie unverbindlich. Ihrem Ton nach zu urteilen, war sie entweder völlig desinteressiert oder gab den Rasereien eines Wahnsinnigen nach.

„Nein, nicht was dich angeht. Allerdings Beweise gegen deinen Kollegen, das ist eine andere Sache."

„Mein Kollege", sagte sie und warf ihm einen mitleidigen Blick zu. „Das wäre dann der Henker, oder? Also wirklich, Gabriel …" Resigniert wandte sie sich zur Tür.

„Die Polizei wird an dir dranbleiben, dafür kann ich sorgen", sagte er. „Früher oder später wirst du Kontakt mit ihm aufnehmen müssen. Und ihn werden sie identifizieren können. Mit einem Stimmenabgleich. Außerdem sind die Fingerabdrücke auf dem Metallbauwerk, an dem Großvater hochgezogen wurde, im Park der Pinakothek. Nicholas Murphys Fingerabdrücke. Roark hat es mir gesagt. Murphy wird lebenslänglich ins Gefängnis gehen."

Sie blieb in der Tür stehen und starrte in den Flur, als hätte sie dort etwas gesehen.

„Es gibt dort keine Fingerabdrücke", sagte sie.

„Nein?"

„Du lügst."

„Wirklich?"

Und als sie sich zu ihm umdrehte und sein Gesicht und die Haltung seines Körpers sah, verstand Emily, dass er nicht log. Langsam schüttelte sie den Kopf, wie um die Wahrheit von sich zu weisen. Sie schien mit sich zu kämpfen, ob sie bleiben oder gehen sollte. Dann machte sie ein paar zögerliche Schritte zurück in den Raum.

„Behalte die Statue", sagte sie, als würde sie ihm ein Geschäft vorschlagen. „Versteck sie oder verkauf sie. Ich gehe. Versprich mir nur, dass mir niemand folgen wird."

Es folgte eine lange Pause.

„Was meinst du, Gabriel? Sag ja, und dir bleiben hunderte Millionen. Oder ein Riesenklumpen Bronze. Ich meine natürlich, ein wunderschönes Kunstwerk. Entscheide dich. Du musst nur …"

„Ich habe dich geliebt. Und du hast meinen Großvater getötet."

Sie schloss für einen Moment die Augen. Dann öffnete sie sie und ließ ihren Blick über seinen Körper gleiten. Sie trat einen Schritt vor. Ihre Arme waren erhoben.

„Du hast ihn umgebracht, oder?“ Er griff in seine Tasche und zog die Ruger hervor. Der Lauf glänzte in dem schwachen Licht. „Man würde dich nicht verurteilen. Und selbst wenn, hier in Europa ist man nicht so sehr für die Todesstrafe. Ich bin es auch nicht.“

Mit einem Mal war er sich sicher, dass sie seiner Stimme lauschte, aber nicht seinen Worten. Wie eine Tigerin, die die Ohren gespitzt hatte, um die aufsteigende Panik der Beute, die sie jagte, aufzunehmen. Wieder tat sie einen Schritt vor und hielt inne. Einen weiteren Schritt, mit ausgebreiteten Händen und abgespreizten Fingern.

Gabriel stolperte zurück. Seine bebenden Finger hatten Mühe, die Waffe zu entsichern. Der Griff fühlte sich rutschig in seiner Hand an.

„Aber ich habe dem *Bambino* etwas versprochen“, sagte er. Als er die Waffe hob, fing sie an zu schwanken. Er legte beide Hände um den Griff. Der Lauf zuckte hoch und runter. Seine Lippen kräuselten sich zurück. Etwas zerbrach in seiner Brust. Worte und Tränen schienen aus ihm herauszubrechen.

„Ich habe dich geliebt!“

Sie flog auf ihn zu und rammte seine Brust. Es riss ihn von den Füßen, er stürzte um. Sein Kopf schlug auf den harten Steinboden. Fingernägel rissen an Gesicht und Augen. Er schaffte es, einen Arm zu heben, und schlug mit er Faust gegen ihre Luftröhre. Es nahm ihr den Atem, und ihre Hände glitten von seinem Gesicht. Doch dann stieß sie ihr Knie in seine Leiste. Er schrie vor Schmerz. Mit der Luft, die aus seinen Lungen wich, krallten sich ihre Finger schraubstockartig um seinen Hals. Alles verlief viel zu schnell. Vergeblich versuchte er, ihre Finger zu lösen. Er konnte nicht mehr atmen. Heftig wand er sich auf die Seite. Seine Hand berührte die Ruger, die neben ihm auf dem Boden lag. Verzweifelt griff er nach ihr. Mühsam versuchte er, sie aufzuheben, aber sie schien Tonnen zu wiegen. Langsam spürte er, wie sie sich hob, als schwarze Punkte vor seinen Augen tanzten und er langsam nichts mehr sah. Die Waffe … er konnte sie nicht aufheben. Sie rutschte weg. Beweg dein Handgelenk, verdammt. Dreh es nach innen. Die Ruger wurde schwerer. Es klappt nicht. Sie fällt. Ich sterbe. Dann lösten sich die Finger mit einem Mal von seinem Hals. Er spürte, wie ihm die Waffe aus der Hand gerissen wurde und Luft zurück in seine Lungen strömte.

„Du kannst es nicht", keuchte Emily, die noch immer auf ihm saß. Die .22er hielt sie in der Hand, der Lauf war nur wenige Zentimeter von seiner Nase entfernt. Ihre Augen leuchteten. „Aber ich."

Sie ließ ihn in das kleine schwarze Loch seines sofortigen Todes sehen.

Der Knall klang wie die Explosion einer Granate. Gabriel flog zur Seite. Mit einem Klingeln in den Ohren lag er verwirrt da und hatte den scharfen Geruch von Kordit in der Nase. Kurz fragte er sich, wo die Kugel seinen Körper getroffen hatte und warum er noch nichts spürte. Blut tropfte von seiner zerkratzten Wange in sein linkes Auge. Er rang nach Atem und wischte es sich weg. Dann spürte er eine Hand an seiner Schulter.

„Gabriel."

Er sah auf. Arthur Whyte stand über ihm. Seine .25er war auf den Boden gerichtet. Ein paar Schritte entfernt lag Emily auf dem Rücken, den Kopf gegen den Sockel der Statue gelehnt. Ihre Augen waren offen. Sie starrte Gabriel ungläubig an. Dann sah sie verwundert an sich herab auf das kleine Loch in ihrer Bluse auf der linken Seite ihres Bauchs. Um das Loch hatte sich ein roter Ring gebildet. Die Bluse begann zu flattern, als sich ihr Bauch verkrampfte. Ihre Augen verdrehten sich, und sie nahm die Embryonalstellung ein, als stünde sie unter Schock.

Wenn Gabriel sich bewegte, schmerzte es in seiner Leiste, als hätte er Rasierklingen verschluckt. Aber er kam auf die Beine. Sein Körper zuckte krampfhaft. Whyte hielt ihn mit beiden Armen fest. Emily hatte die Augen geschlossen. Ihre linke Hand glitt zu der Schusswunde und bedeckte sie. Whyte ließ ihn kurz los. Er hob die Ruger auf und steckte beide Waffen ein. Dann waren Whytes Hände wieder an seinen Schultern, und er führte ihn zur Tür.

Kapitel 33

Florenz – 25. März 2003

Emily spürte, wie ihre Glieder aufgaben.

Ich werde nicht hier sterben, dachte sie.

Sie zwang sich, die Augen zu öffnen, und sah der Statue ins Gesicht.

„Es ging mir nicht nur ums Geld", flüsterte sie ihr zu. „Ich wollte dich auch sehen. Und das Lustige ist … ich hab' wirklich angefangen, ihn zu lieben."

Diesmal gab ihr das, was sie sah, Mut. Sie versuchte, ihren Blick fest auf Davids Gesicht gerichtet zu halten. Aber als sie sich an die Kante des Sockels klammerte und sich daran hochzog, fühlte sie einen brennenden Schmerz im Bauch, von dem ihr schwarz vor Augen wurde. Gleichzeitig brachte er sie auf die Beine. Zusammengekauert stand sie da und rang nach Luft. Sie kämpfte dagegen an, ohnmächtig zu werden, und gab nicht dem Willen ihres Körpers nach, auf den Boden zu sinken. Um sich dort zu ergeben und zu warten.

Ich werde nicht hier sterben, sprach sie sich Mut zu.

Sie setzte einen Fuß vor den anderen. Nachdem sie einmal damit angefangen hatte, wurde es leichter. Als sie schließlich die offene Tür erreicht hatte und auf dem Weg zum Aufzug war, fühlten sich ihre Organe nicht mehr so an, als würden sie mit einem Reibeisen bearbeitet. Vielmehr fühlte sie sich jetzt taub und aufgebläht. Dann spürte sie, wie innerlich Flüssigkeit aussickerte. Ihre gesamte Konzentration war auf den Grad dieses inneren Flusses im Vergleich zu der kurzen Distanz, die sie zurückzulegen hatte, gerichtet. Mit der kleinstmöglichen Anstrengung hob sie die Hand, um den Aufzugknopf zu drücken. Sie wartete geduldig mit einer Hand auf dem Bauch – Zeit und Distanz.

Ich gehe nach Hause, dachte sie.

Es hatte aufgehört zu nieseln. Der Nebel hob sich langsam. Emily trat durch die Tür nach draußen. Mit gesenktem Kopf konzentrierte sie sich darauf, ihre verbliebene Energie aufzusparen und einen gleichmäßigen Schritt zu halten. Sie drückte auf ihren Bauch, sah auf ihre Füße, die sich gleichmäßig bewegten.

Die beiden Männer standen in dem zurückstehenden Torbogen wie Beute, die den Jäger aus der Sicherheit der Höhle heraus beobachtet, während Emily durch ihr Blickfeld auf den Eingang zum Platz schlurfte. Über den Müll wehten Nebelschwaden. Rote Backsteine zeigten Risse im Putz wie Wunden, die wieder aufgegangen waren. Der tote, regennasse Nadelbaum ragte aus den Trümmern auf. An seinen Zweigen hingen Tropfen so groß wie die Perlen eines Rosenkranzes. Aber der Himmel war dunkelviolett und kristallen. Und über den Dächern sah Gabriel eine Kuppel, einen Nachbau von Pistoias *duomo*, in dessen Schatten er zum ersten Mal Emilys Hand in seine genommen hatte. Ihm wurde klar, wie sich die Welt in den wenigen Sekunden, die zwei Menschen brauchen, um ihre Finger ineinander zu schlingen, neu erfinden kann.

Sie war nur wenige Meter entfernt. Ihre schwarze Gestalt hob sich deutlich ab. Das Sternenlicht setzte scharlachrote Akzente auf ihr Haar. Er wollte ihr nicht folgen und ihren Namen rufen oder ein letztes Mal ins Gesicht sehen. Er wollte nicht, dass der Mond hinter dem Dom aufging oder die Kirchenglocken die Uhrzeit schlugen. Ihre Gestalt verschwand in den Schatten hinter dem Eingang. Neben ihm rührte sich Whyte, aber Gabriel trat zurück in die Nische. Er wollte in dieser kühlen Dunkelheit mit ihren bröckelnden Mauern und dem modrigen Geruch und alten, verschimmelnden Steinen bleiben. Er wollte die weißen Nebelknospen betrachten, die wie Musselintücher zum Himmel hinaufstiegen. Er wollte an diesem Ort bleiben, an dem seine Frau gestorben war.

Lyon – 25. März 2003

Abends um halb neun war der Teil im vierten Stock des Interpolhauptquartiers, in dem die Abteilung für Kunstraub saß, so gut wie ausgestorben. Ein Mitarbeiter klopfte an Roarks Tür und trat ein.

„Chief, wissen Sie noch, als wir vor zwei Wochen das Foto von der Statue an alle Einheiten im Land geschickt haben?“

Roark sah auf.

„Äh, ja“, sagte er vorsichtig.

„Also, ich habe es auch an einen Kumpel beim LAPD geschickt. Und …“

„Los Angeles? Warum?“

„Weil es mich an irgendwas erinnert hat. Ich dachte, ich hätte es schon mal gesehen. Jedenfalls hab’ ich meinen Kumpel, Detective Kramer, gefragt, ob er sich da mal drum kümmern kann. Er hat mir gerade gemailt.“

„Wovon zum Teufel sprechen Sie?“, blaffte Roark. „Der Fall ist abgeschlossen, Rick. Abgeschlossen heißt: abgeschlossen.“

„Ich weiß, Boss. Ich weiß. Hab’ ich vergessen, Kramer zu sagen – mein Fehler. Und das ist gerade reingekommen.“

Er gab Roark einen Ausdruck.

„Ich hatte recht“, sagte Rick. „Ich hab’ das schon mal gesehen. Vor vielen Jahren muss das gewesen sein.“

Roark las die Mail und lehnte sich mit geschürzten Lippen zurück.

„Diese Statue, Chief“, sagte sein Mitarbeiter und zeigte auf die Mail, „Savarins ‚Fund des Jahrhunderts‘, stand mal vor langer Zeit in der Getty-Villa in Malibu. Sidney Kitchener hat sie dort aufgestellt, als er sich das Haus von Getty gemietet hatte. Es ist ein Bronze-David, auf jeden Fall. Kitchener hat ihn in den 1980ern in Auftrag gegeben. Er wollte eine Kopie in Bronze von Michelangelos Zeichnung. Sie wissen doch, die im Louvre. Der Bildhauer war Joe Blow, wie sie in Amerika sagen. Sie ist was, zehntausend Dollar wert?“

Beide schwiegen einen Moment.

„Eine völlig sinnlose Jagd, Chief … Savarins Einbildung. Wenn ich dran denke, wie viele Arbeitstage, wie viele Wochen wir damit verbracht haben …“

„Das reicht, Rick.“

Der Mitarbeiter trat unsicher von einem Fuß auf den anderen und räusperte sich.

„Wie Sie sagen, Chief, der Fall ist abgeschlossen. Keine Veranlassung, ihn wieder aufzurollen. Ich kann das verschwinden lassen. Kramer wird den Mund halten. Er ist mir was schuldig."

Roark zog die Augenbrauen hoch.

„Sie glauben, dass mich das kümmert? Diese Abteilung ist doch längst die Lachnummer für alle. Unsere Ärsche sind schon so dermaßen grün und blau, ich glaub' nicht, dass wir's mitkriegen, wenn wir noch einen Arschtritt kriegen."

„Gut, Sir. Also …"

„Das ist Schnee von gestern, Rick. Niemand schaut sich diese Akte noch mal an. Und selbst wenn es jemand sieht, dann ist das nur noch ein weiterer Nagel in Georges Savarins Sarg." Roark sah auf den Ausdruck. In seinen Augen lagen Wut und Schmerz. Schwach deutete er auf das Blatt. „Machen Sie damit, was Sie wollen."

Rick nahm die Mail und wollte gehen.

„Aber …", sagte der Chief Inspector.

Der Mitarbeiter sah sich zu ihm um.

„… wenn ich das zu entscheiden hätte … Sie haben die Fotos von der Leichenschau gesehen, Rick. Sie wissen, wie der Mann gestorben ist."

„Er war ein Mistkerl, Chief – entschuldigen Sie meine Ausdrucksweise. Aber er war ein großartiger Ermittler."

Unbeweglich blieb Roark sitzen und starrte durch die offene Tür auf die leeren Schreibtische. Eine Minute später durchschnitt ein hoher Heulton die Stille, gefolgt von einem tieferen Ton. Das Papier lief durch den Schredder.

Florenz – 25. März 2003

Murphy stand schon eine ganze Weile auf dem Balkon seines Apartments und stützte sich auf einem Stock ab. Sein rechtes Bein war verbunden. Er regte sich nicht und sah auch nicht hinunter, als er das Geräusch schleppender Schritte auf der Straße unter sich hörte. Er starrte weiter auf den Vollmond, der den Glockenturm gegenüber in kreideweißes Licht tauchte. Dann folgte das Geräusch eines Schlüssels, der sich im Schloss umdrehte. Emily kam nach Hause. Sie schleppte sich mit einer Hand auf dem Bauch herein. Murphys Blick folgte ihr mit der ungebrochenen Hingabe und Treue eines Familienhundes, der sein Frauchen ansah.

Am Schreibtisch öffnete sie eine Schublade und nahm eine Waffe heraus. Erst da bemerkte er ihr graues Gesicht und die glühenden Augen.

„Emily …" Sein Stock rutschte weg, und er hielt sich am Geländer fest, um nicht zu fallen.

„Setz dich zu mir", flüsterte sie und ging zu ihm.

Murphy starrte sie an und brachte kein Wort heraus. Sie klemmte die Waffe in ihre Armbeuge, verzog dabei vor Schmerz das Gesicht, und nahm seine Hand. Dann führte sie ihn hinein, schloss die Balkontür und brachte ihn zum Sofa. Sie behielt seine Hand in der ihren und setzte sich mit schmerzlich sparsamen Bewegungen neben ihn.

„Nick, du weißt, du bist der einzige Mann, den ich je geliebt habe … jedenfalls bis …"

Murphy fand endlich seine Stimme. „Emmy, was ist los? Was ist passiert?"

„Du hast deine Schwester zurück. Ich bin nicht mehr Mrs. Schopenhauer."

Seine Hand zuckte unwillkürlich, aber sie hielt sie weiter fest.

„Ich werde dich nicht beschützen können", sagte sie. Die Worte kamen in schwachen Stößen. „Ich kann nicht zulassen, dass sie dich einsperren. Nicht schon wieder."

Seine Augen weiteten sich vor Angst.

„Ich denke", stotterte er wie ein kleiner Junge, der versucht, mutig zu klingen, „diesmal könnte ich es ertragen. Eingesperrt zu sein, meine ich. Solange ich weiß, dass ich danach wieder zu dir kann, Emmy. Ich meine, ich würde es versuchen."

Emily schüttelte den Kopf.

„Ich werde nicht hier sein“, murmelte sie. „Aber wir sind zusammen ... Das allein zählt. Es ist das einzige, was je gezählt hat.“

Sie nahm die linke Hand von ihrem Bauch. Er starrte auf den dunklen Fleck, der sich auf ihrer Bluse ausgebreitet hatte. Dann setzte er sich aufrecht hin. Er sah zu, wie sie die Pistole vom Sitz nahm und damit auf seine Stirn zielte. Er öffnete seine Augen ganz weit, doch diesmal ohne Angst. Ernst sah er sie an. Der Lauf fing an zu zittern. Dann fiel die Waffe auf das Kissen.

„Ich kann das nicht“, sagte sie.

Ihr Bruder sagte etwas, aber Emily hörte es nicht mehr. Mit kurzen, eckigen Bewegungen zog sie ihre Füße auf das Sofa und legte sich hin, die Arme um seine Hüften geschlungen. Nur zwei Sinne funktionierten noch: Sie sah Licht – klares, helles Mondlicht, das durch die Vorhänge der Balkonfenster ins Zimmer fiel und sich an den roten Wänden spiegelte, so dass die beiden in rotbraunes Licht getaucht waren. Und sie hörte die Kirchenglocken, die leise im Glockenturm läuteten. Es war spät, weshalb das Geläute gedämpft war. In der Stille der Nacht war das Geräusch tröstlich, als wandte es sich an die einsamen, gepeinigten Seelen, die zu dieser Stunde noch wachten. Das Mondlicht verschwamm. An den äußeren Rändern wurde es dunkel, in der Mitte schummrig.

Emily lächelte.

Sie dachte an jene Zeit, in der sie Nick umarmt hatte, an jene Nacht, in der sie ihn und sich von dem Tier Murphy befreit hatte. Nick war erst sechs Jahre alt gewesen, sie zwölf. Mit dieser Umarmung hatte sie gewusst, dass es ihre Lebensaufgabe war, ihn zu beschützen. Auch er hatte es gewusst. Sie erinnerte sich daran, wie er sich an sie gehängt hatte, wie sie ihm liebevoll und beruhigend ins Ohr geflüstert hatte, so leise, dass es niemand außer ihm auf der Welt hören konnte. Sie erinnerte sich, wie sie ihn auf sein Haar geküsst hatte. Sie erinnerte sich an den frischen Milchgeruch seiner feuchten Locken.

Jetzt hörte sie das nachlassende Klingen der Kirchenglocken, und dann schlug nur noch eine einzige tiefe Glocke. Sie schlug im Takt ihres Herzens. Sie wusste, wenn die Glocke aufhörte zu schlagen, würde auch ihr Herz stehenbleiben. Der dunkle Klang wurde langsam schwächer. Er schien sich weiter zu entfernen, als wäre die Glocke auf einem Schiff, das vom Ufer zu einem neuen Ziel hinterm Horizont aufgebrochen war. Schließlich erstarb der Klang. Alles war ruhig.

Emily rollte sich neben ihrem Bruder zusammen und sah zu ihm auf.

Kapitel 34

Brüssel – 25. März 2003

Man sah hier nie den Mond, dachte Kommissar Martin, als er aus seinem Bürofenster in den stumpfen grauen Abendhimmel blickte. Nach einer Weile wandte er sich ab und ging zurück zu seinem Schreibtisch, wo er die beiden Gegenstände anstarrte, die heute mit der Post gekommen waren. Zum Glück hatte seine Sekretärin den Hinweis „persönlich/vertraulich" respektiert und ihm den Umschlag ungeöffnet übergeben. Er nahm den Brief, las ihn noch einmal mit gerunzelter Stirn und warf ihn dann zur Seite. Aber er zögerte bei dem zweiten Gegenstand. Es war die Kopie eines sehr alten Fotos – von ihm. Er ließ seinen Blick über das Gesicht gleiten, staunte darüber, wie wenig Veränderung die Jahre gebracht hatten. Es war, als sähe man in einen beschlagenen und stumpf gewordenen Spiegel, und doch war unverkennbar zu sehen, was ihn damals ausgemacht hatte und was er heute noch war.

Martin sehnte sich danach, das Foto und all die Erinnerungen, die es entfachte, zu behalten. Aber das Risiko war zu groß. Er zündete ein Streichholz an und verbrannte auf der Glasoberfläche seines Schreibtisches zuerst den Brief, dann das Foto. Die Asche hackte er mit dem Brieföffner klein und schob sie in den Abfalleimer. Dann ging er zurück zum Fenster und starrte hinaus in die leere, konturlose Nacht.

Er hatte verloren. Martin konnte sich das eingestehen – ganz ohne Bitterkeit. Er bewunderte Whyte, denn er ging davon aus, dass er es gewesen war, der ihm Brief und Foto geschickt hatte. Es war dasselbe Foto, mit dem Martin vor vierunddreißig Jahren von Max Schopenhauer erpresst worden war. Martin schätzte diese Erinnerung ebenfalls, denn selbst wenn er damals auch verloren hatte, so war sie doch Teil des Spiels. Und schließlich liebte Martin das Spiel. So sehr er die Mission auch schätzte, damals in den 1960ern war es das Spiel gewesen, das sein Blut in Wallung gebracht hatte. Ein Funke davon brannte noch heute in ihm. Er war in dem fairen Wettkampf des Terrorismus, in dem die einzige Regel die Abwesenheit von Regeln war, übertroffen worden. Und in Wahrheit kümmerte sich Martin wenig darum, ob diese verschollenen Bilder weiter verschollen blieben.

Die Statue allerdings war eine andere Angelegenheit, dachte er mit einem Stich. Sie waren so nah dran gewesen. Wenn sein damaliger Komplize Olivier an diesem Tag Montmorency nur verwundet hätte, wie es der Plan gewesen war, dann hätten sie ihn zu dem alten Bauernhaus bringen und aus ihm herausquetschen können, wo die Statue war. Hatten Oliviers Hände gezittert, so dass er danebenschießen musste? War sein Hass auf Ancien Régime-Typen wie Montmorency in der Sekunde, in der er den Abzug gedrückt hatte, zu stark gewesen? Martin würde es nie erfahren. Selbst wenn er seinen früheren Kameraden im Gefängnis besucht hätte, bevor er sich erhängt hatte, hätte Martin ihn wahrscheinlich nie gefragt. Die Existenz der Statue und die Identität ihres damaligen Besitzers war schließlich Oliviers wunderbare Entdeckung gewesen. Er hatte es während seines Praktikums bei Kitchener Petroleum herausgefunden, während er ein Gespräch belauscht hatte, von dem das Kapitalistenschwein geglaubt hatte, es sei privat.

Wenn sie damals nur die Statue gefunden hätten … wie anders wäre der Platz von „Action Directe“ heute in der Geschichte …

Martin starrte blind auf die sterile Architektur Brüssels. Sein Kopf war voll mit den Orten und Menschen aus der verrückten Zeit, die das Foto wieder in Erinnerung gerufen hatte. Die wilden, intensiven Tage von „Action Directe“. Dann wandte er sich um zu seinem Büro mit den äußerlich sichtbaren Insignien seines jetzigen gehobenen Status. Und in dem Moment zeigte sein Gesicht den emporschießenden Schmerz über die vergangene Jugend und verlorenen Abenteuer.

Und er dachte: Ein Stück dieser Vergangenheit werde ich mir bewahren. Ein Stück, von dem ich nicht lassen werde. Nur einmal diese Statue zu sehen, sie triumphierend dort zu sehen, wo sie hingehört, wo alle Kunst hingehört: an einem für die Öffentlichkeit zugänglichen Ort. Vorerst lasse ich es auf sich beruhen, aber wer weiß? Ich kann warten und beobachten, und eines Tages …

Vielleicht gibt es in unserem Spiel eine Revanche, Mr. Whyte.

Florenz – 25. März 2003

Die Sache war noch nicht vollendet. Es musste getan werden. Aber als Gabriel vor dem Mietshaus stand, in dem Murphy wohnte, und zu dem erleuchteten Fenster hinaufsah, fragte er sich, ob ihn sein Glück heute Nacht bei diesem letzten Gewaltakt verlassen würde.

Er hatte sich ein Alibi in dem Restaurant verschafft, nachdem er mit Arthur Whyte zurückgekehrt war. Die Polizei suchte noch immer nach ihm, und Gabriel hatte die beiden Männer dort zurückgelassen und war hierher gekommen. Er war sicher, dass sie zu Murphy gegangen war. Murphy würde auch dort sein. Und wenn nicht, dachte Gabriel, als er über die Straße ging und durch die Tür trat, warte ich eben auf ihn.

Er stieg die Treppen hinauf und hielt im vierten Stock an, um zu Atem zu kommen. Er zog die Ruger aus der Tasche und schlich den Flur hinunter bis zur Nummer dreiundvierzig. Die Tür war nur angelehnt. Offenbar wurde ein Besucher erwartet. Als Gabriel das sah, trat er einen Schritt zurück. Die Erinnerung traf ihn wie ein Blitz: Er sah sich selbst im Schlafanzug in der Auffahrt in San Francisco, von wo aus er die von den Rettungshelfern halb offene Eingangstür beobachtete und auf die Leichen seiner Eltern wartete. Leichensäcke würden auch durch diese Tür getragen werden, soviel stand fest. Aber wie viele? Und wer würde darin sein? Eine leise innere Stimme sagte ihm, dass er nicht durch diese Tür gehen musste. Er musste nicht sehen, was dort war, und alles aufs Spiel setzen, was er überstanden hatte, all seine Versprechen. Er steckte die .22er ein, wischte die Hände an den Hosen ab und zog sie wieder hervor. Die Pistole mit beiden Händen umklammernd, schlich er auf Zehenspitzen voran. Er stieß die Tür mit der Schulter auf. Die Waffe hielt er gerade vor sich, als sie aufschwang.

Murphy saß auf dem Sofa. Das verbundene Bein hatte er von sich gestreckt. Er hielt Emilys Kopf auf seinem Schoß. Ihre Augen standen starr offen. Ihr graues Gesicht war von einer Aureole aus schwarzem Haar mit roten Akzenten umgeben und wirkte wie ein Witwenschleier. Murphy sah kurz auf, dann wandte er den Blick wieder auf den Kopf in seinem Schoß. Er schaukelte sanft vor und zurück. Seine linke Hand liebkoste Emilys Schläfe. Die rechte lag außerhalb des Blickfeldes auf der anderen Seite der Toten. Gabriel trat seitlich in den Raum und hielt die Waffe auf Murphy gerichtet, auf seinen rechten Arm. Als er näherkam, hörte er, dass Murphy leise etwas vor sich hin summte, das wie ein Kinderlied klang. Gabriel stellte sich vor ihn und richtete die Ruger auf Murphys gesenkte Stirn.

„Schau mich an“, sagte Gabriel.

Murphy summte weiter, schaukelte dabei und strich über Emilys Haar.

„Schau mich an.“

Murphy hob einen Finger an seine Lippen. „Schsch“, machte er. Und fügte hinzu: „Ich dachte mir schon, dass du kommen würdest. Ich habe auf dich gewartet.“

Da sah Gabriel es: in dem weißen Licht der Deckenlampe. Der Zentimeter von Murphys Haar, der nachgewachsen war. Sein Haar war schwarz … mit roten Funken. Sprachlos ließ er die Waffe sinken, während er es verarbeitete. In der Sekunde sah er nicht, dass Murphys rechte Hand sich hob. Als er es bemerkte, sprang er zurück und hob panisch seine Pistole. Er hatte den Finger schon auf den Abzug gepresst, als er die Spritze bemerkte. Murphy hielt sie hoch, die Nadel zeigte zur Decke. Er starrte auf die Spitze, aus der sich eine winzige braune Blase herauslöste.

„Das Warten ist vorbei“, sagte Murphy zu der Blase.

Mit den Fingerspitzen der Linken strich er über seinen Hals. Er fand die Arterie und führte die Nadel mit einer flinken, sicheren Bewegung ein. Seine Augenlider flatterten. Er richtete den Blick auf das Gesicht in seinem Schoß und drückte den Kolben. Ein leiser Seufzer, wie Wind in den Bäumen, entfuhr ihm. Sein Körper schien sich zu verflüssigen und mit dem Sofa zu verschmelzen.

Aber das sah Gabriel nicht mehr. Er war bereits zur Tür hinaus und stolperte wie betrunken durch den Flur zum Treppenhaus.

Pistoia – 31. März 2003

Es war Montag. Chief Inspector Roark saß in seinem Büro in der Polizeistation von Florenz und starrte nachdenklich auf seinen Schreibtisch. Er war leer, was wie eine Metapher für die Untersuchung im Fall von Emily Schopenhauers Verschwinden schien. Sie war nun über eine Woche fort, und die Entführer hatten keinen Kontakt aufgenommen. Oder vielmehr, wie Commissario Bardi sich nun ausdrückte, „ihre vermeintlichen Entführer". Es hatte im Palazzo triftige Hinweise auf einen Kampf und eine Entführung gegeben. Eine Tischlampe auf dem Boden, das Sofa im Arbeitszimmer von der Wand geschoben, ein Frauenschuh mit gerissenem Riemchen am Fuß der Treppe, der Wagen von Mrs. Schopenhauer vor dem Haus geparkt. Aber ohne Lösegeldforderung schien Gabriel Schopenhauers Annahme glaubwürdig: dass seine Frau einfach nur ein paar Tage Abstand von allem brauchte. Genau wie er selbst vor wenigen Tagen, hatte der junge Schopenhauer zu Roark gesagt.

„Das haben wir uns bei Großvater abgeschaut", hatte er ihm erzählt. „Es ist fast schon so etwas wie ein Familienritual."

Roark klopfte mit einem Bleistift auf die Schreibunterlage und dachte über Gabriel Schopenhauer nach. Seit der Eskapade im Restaurant, als er mit Arthur Whyte im Schlepptau wieder bei dem Abendessen mit dem italienischen Ingenieur aufgetaucht war, schien der junge Schopenhauer verändert. Während er vorher kaum in der Lage schien, zu Hause bleiben zu können, verließ er den Palazzo nun gar nicht mehr. Was auch immer er dort tat, er tat es zu merkwürdigen Uhrzeiten. Die Streife, die vor dem Palazzo stand, berichtete, dass das Licht in der Bibliothek nachts um zwei oder um vier anging. Und auf dem Sofa im Wohnzimmer hatten sie ein Kissen und eine Bettdecke gesehen. Und heute, am letzten Tag im März – dem Datum, an dem die Amnestie bei ‚Kultur für alle' auslief – hatten die Streifenbeamten Roark angerufen. Arthur Whyte war zum Palazzo gekommen und hatte den alten BMW draußen geparkt. Vierzig Minuten später fuhr der Chief Inspector gerade dort vor, als Schopenhauer mit einem Koffer aus dem Palazzo trat. Roark stieg aus, und Gabriel wandte sich zu ihm.

„Ich bleibe ein paar Tage bei Arthur Whyte“, sagte er.

„Wo ist das?“, fragte Roark und warf einen Blick auf Whyte, der in seinem Wagen saß.

„Keine Ahnung.“

Die Morgensonne fiel direkt auf Schopenhauers Gesicht. Darin, dachte Roark, hatte sich am meisten verändert. Er sah nicht mehr wie der „junge“ Schopenhauer aus. Sein Blick war gebrochen, und Falten hatten sich eingegraben, die sonst erst im Alter erschienen. Außerdem war die für ihn typische Wut Distanziertheit gewichen. Vielleicht war es aber auch Erschöpfung.

„Wir brauchen eine Adresse“, sagte Roark. „Für die Überwachung durch die örtliche Polizei.“

Gabriel winkte ab.

„Nicht nötig, Chief Inspector. Ich bin nicht mehr in Gefahr.“

„Sie meinen ‚wir‘“, sagte Roark.

„Entschuldigung?“

„Sie und Ihre Frau sind – wie Sie denken – nicht mehr in Gefahr.“

„Da haben Sie recht“, sagte Gabriel und zog den Reißverschluss seines Mantels zu.

Roark sah ihn misstrauisch an.

„Bevor Sie gehen“, sagte er, „möchte ich Ihnen etwas zeigen.“ Er führte Gabriel ins Haus, die Treppen hinauf in die Bibliothek. Die Kriminaltechniker wären sehr gründlich durch den Palazzo gegangen, sagte ihm Roark. Letzte Nacht war ihm in dem Bericht etwas aufgefallen, das er zuvor übersehen hatte. Er ging zu einem der Brückenmodelle und zeigte mit einem Stift auf das glänzend schwarze Material. Es war in einem komplizierten geometrischen Muster um die Balsastreben gewickelt worden.

„Sieht aus wie das Band von einer Tonkassette“, sagte Roark.

„Es ist das Band aus dem Haus in Lech.“

Roark richtete sich auf und starrte ihn ungläubig an. Wieder fiel ihm auf, wie gebrochen und zugleich teilnahmslos der Mann schien. Wie ein Folteropfer, das alles hinter sich gelassen hat.

„Ich habe es mir angehört“, sagte Gabriel. „Es war leer.“

Roark wollte unbedingt diese ruhige Haltung erschüttern. Aber um den Mann wegen Unterschlagung von Beweismitteln festzunehmen, bräuchte er einen neuen Haftbefehl aus Bludenz. Und angenommen, das Band wäre wirklich leer, was hätte er dann erreicht?

„Sie scheinen das Interesse an dieser Mordermittlung verloren zu haben, Mr. Schopenhauer. Wollen Sie nicht, dass wir den Mörder Ihres Großvaters finden?“

„Ich habe ihn schon gefunden.“

Roarks Kiefer klappte herunter.

„Oder besser“, sagte Gabriel, „er hat mich gefunden. Ich habe ihm ins Bein geschossen. Sie erinnern sich?“

Kapitel 35

Florenz – 15. Mai 2003

Gabriel und Arthur Whyte schlenderten über die Ponte Santa Trinità, die elegante Brücke ein Stück flussabwärts von der berühmten Ponte Vecchio. Es war ihr erstes Treffen seit einem Monat. Gabriel hatte einen Intensivkurs in Italienisch absolviert. Whyte war im Apartment in der Prinz-Ludwig-Straße in München gewesen, um Geschäftspapiere und Akten in Ordnung zu bringen. Beim Mittagessen hatten sie sich in stillem Einvernehmen darüber und über andere aktuelle Ereignisse ausgetauscht. Nun verlangsamten sich ihre Schritte, als sie die Mitte der Brücke erreicht hatten. Gabriel blieb stehen und sah auf den *duomo.*

„Übrigens", sagte Whyte, „hast du mir nie erzählt, was du mit der Kassette gemacht hast."

„Ich hab das Band in eins meiner Brückenmodelle eingewoben. Roark hat es gefunden."

„Dann hat er …"

„Er hätte nichts hören können. Ich hab es vorher gelöscht."

Whyte warf ihm einen langen seitlichen Blick zu. „Ich habe dasselbe mit Murphys Zeichenblock gemacht. Geschreddert. Aber vorher habe ich ihn mir noch einmal genau angesehen, und da ist mir etwas eingefallen. Erinnerst du dich an die Zeichnungen? Die Büßerfiguren? Ich wette, es waren alles *Noli me tangere*, Variationen des Themas mit Christus und Maria Magdalena."

Sie schwiegen.

„Könnte sein", sagte Gabriel dann.

„‚Berühre mich nicht.' Es muss die Hölle sein, zu lieben und nicht berühren zu können. Oder es nicht zu dürfen."

Gabriel sah ihn interessiert an.

„Ich bin kein Seelenklempner", sagte Whyte, „aber in dieser Nacht im Bargello … So, wie sie reagiert hat, als du Murphy erwähnt hast … Das war … Weißt du noch, als ich gesagt habe, dass diese Morde ein höheres Ziel haben als nur Geld? Jedenfalls für

Murphy?“ Als Gabriel nicht antwortete, fügte er hinzu. „Kam es dir wie eine normale Beziehung zwischen Junge und Mädchen vor?“

Gabriel wandte den Blick ab. „Nein.“

„Das war eine seltsam starke Verbindung, soviel ist mal klar.“

Gabriel nickte. „Die längsten Verbindungen sind die stärksten. Wie Großvater und ich … Wo wir gerade vom Bargello sprechen, wir sind nicht weit davon entfernt.“

Whyte antwortete nicht. Er lehnte sich über das Geländer und starrte auf den Fluss.

„Hast du sie dir richtig angesehen, Arthur?“

„Ich hatte ja genug Zeit, nachdem du mich mittags schon in den Kasten gesperrt hast.“

„Ich meine: richtig angesehen. Wie dein deutscher Wanderer. Er sah etwas in der Gruppe, musste aber noch mal zurückgehen, um es sich allein anzusehen. Es musste eine Einzelerfahrung sein.“

Arthur hob die Schultern.

„Wie hieß er?“, fragte Gabriel.

„Gluck. Christoph Gluck.“

„Natürlich kannst du sie dir jederzeit nochmal ansehen. Es muss nicht heute sein.“

„Klar“, sagte Whyte.

„Ich sag’ dir aber was, wir gehen jetzt hin. Es sind nur zwanzig Minuten von hier. Ich mach’ dir die Tür auf, und dann kannst du es dir noch mal überlegen.“

Gabriel ging langsam los, und nach kurzem Zögern folgte Whyte ihm. Sie überquerten die Brücke, gingen weiter in Richtung Süden auf der Via Maggio und bogen ab in die dämmrigen Seitenstraßen. Hier schienen die verwitterten, derben Gebäude das Sonnenlicht zu verschlucken und nichts davon freizugeben, wie das vom Alter gezeichnete Gesicht eines Großvaters. Sie gingen durch leere Gassen, ohne Menschen und Verkehr. Gabriel bog ein letztes Mal ab und gelangte auf einen engen, mit Abfall übersäten Platz.

Der Weihnachtsbaum war noch immer da. Sie wateten durch den Müll und blieben vor der Tür mit der Gummiklappe stehen. Whytes Gesicht zuckte. Er starrte auf die Tür, als sei sie eine Bedrohung.

„Was hat Gluck gesagt?“, fragte Gabriel. „Dass es wie ein Energiestoß war – physisch, nicht spirituell? Etwas in der Art. Der David sah ihn an, und er spürte es in seinen Knochen.“

Whyte drehte sich um und sah auf die Tür.

Gabriel betrachtete einen Moment sein Profil. Dann hob er die Gummiklappe, hielt ein Auge vor den Irisscanner und seine Handfläche an das Rechteck darunter. Mit einem leisen Klicken öffnete sich die Tür ruckartig. „Ich habe die Tür im obersten Stockwerk angelehnt gelassen“, sagte er.

Er ging fort, ohne sich umzusehen.

Whyte wartete, bis das Geräusch von Gabriels Schritten verklungen war. Er hob die rechte Hand und sah ungerührt auf das Narbengewebe und die verkrümmten Finger. Er drückte seine linke gegen die schwere Tür und stieß sie auf.

Dann ging er hinein und schloss die Tür hinter sich.

Ein paar hundert Meter vom Bargello entfernt in dem tristen Nachkriegsgebäude, in dem Murphys Apartment war, wischte eine hübsche, junge marokkanische Reinigungskraft den Boden im Flur des vierten Stocks, als ihr der schreckliche Gestank auffiel, der aus der Tür von Nummer dreiundvierzig kam. Sie sprang die Treppen hinunter, um dem Hauswart davon zu berichten. Ihr war letzte Woche schon etwas aufgefallen, sie hatte aber gedacht, dass die Mieter, die sie noch nie gesehen hatte, im Urlaub waren und drinnen den Müll vergessen hatten.

Der Hauswart, genervt darüber, dass er vier Stockwerke hinaufsteigen musste, blaffte sie an, sie solle bleiben, wo sie war. Er ließ seinen Blick über ihr Kleid wandern und verschwand in seiner Wohnung. Ein paar Sekunden später kam er mit dem Hausschlüssel zurück. Er bestand darauf, dass das Mädchen vor ihm die Treppen hinaufging.

Ihr war es eigentlich egal, ob der alte Bock ihr auf den Hintern starrte. Wenn er ihr auf die Brust starrte, nervte es sie wirklich, weil sie dann dabei sein Gesicht sehen konnte. Trotzdem machte sie es ihm schwer, indem sie zwei Stufen auf einmal nahm. Ihr trainierter Körper ließ schon bald den Hauswart hinter sich. Sie erreichte den vierten Stock einige Minuten, bevor er angekeucht kam.

Sie wünschte sich, sie hätte nicht so lange warten müssen. Wenn überhaupt war der Gestank schlimmer geworden.

„Du bist heute vielleicht ein Speedy Gonzalez Road Runner", japste der Hauswart, als er die letzten Treppenstufen nahm. „Vielleicht erwischt dich der alte Kojote irgendwann …"

In dem Moment erreichte der Geruch seine Nase. Er trat unwillkürlich einen Schritt zurück. Er kannte den Geruch. Es war über ein halbes Jahrhundert her. Sein Gesicht verlor das anzügliche, zahnlückige, satyrhafte Grinsen, und seine Augen wurden schmal. Mit einer fast schon beschützenden, elterlichen Geste gab er dem Mädchen zu verstehen, sie solle sich hinter ihn stellen. „Nimm mein Telefon", sagte er und zog es aus der Tasche. „Geh runter zur Haustür und ruf die Polizei. Bleib dort und schick sie rauf."

Sie rannte die Treppen hinunter, froh darüber, wieder durchatmen zu können. Der Hauswart nahm ein Taschentusch, bedeckte Mund und Nase damit und näherte sich der Tür. Er drehte den Schlüssel um. Er wusste, was er auf der anderen Seite der Wohnungstür finden würde.

Aber selbst die Erfahrungen im Zweiten Weltkrieg, die ihn abgehärtet hatten, konnten nicht verhindern, dass der Hauswart sich auf der Stelle übergab.

Kapitel 36

Florenz – 19. Mai 2003

„Fünf Tote“, sagte Chief Inspector Roark. „Vier Lösungen.“

Er saß im provisorischen Interpolbüro der Polizeistation Florenz und sprach in ein Diktiergerät. Drei Monate nach dem Mord an Maximilian Schopenhauer waren die Leichen von Emily Schopenhauer und Nicholas Murphy entdeckt worden. Das war Roarks Zusammenfassung, um den Fall abzuschließen.

„Nicholas Murphy“, sprach Roark in das Gerät, „hat Maximilian Schopenhauer und Christel Köberl ermordet. Schopenhauers DNS-Profil passte zu den Blutspuren, die wir an einer Spritze in Murphys Apartment in Florenz gefunden haben. Murphys DNS fand sich im Urin auf Frau Köberls Kleidung. Murphys Voll- und Teilabdrücke waren auf dem Chirurgenmesser in Georges Savarins Brust. Und schließlich hat sich Murphy mit einer Dosis Kaliumchlorid umgebracht, die er sich selbst in den Hals injiziert hat ... Was aber die fünfte Leiche betrifft, Emily Schopenhauer“, sagte er, „da haben wir keine Lösung. Nicht mal einen Verdächtigen.“

Roark drückte die Pausetaste und räusperte sich. Dann fuhr er fort. „Emily Schopenhauers Geburtsname war Murphy, auch wenn sie eigentlich eine geborene Adams war, wie weiter unten erklärt wird. Das National Central Bureau in Irland hat bestätigt, dass sie die ältere Schwester von Nicholas – hier bitte Querverweise zur ‚Henker‘-Akte – war.“ Roark sah zum Fenster hinaus, ein abwesender Blick trat in seine grünen Augen: „Ein Foto von Emily und Nicholas Murphy aus Kindertagen wurde in ihrem Arbeitszimmer im Palazzo der Schopenhauers in Pistoia gefunden. Es war auf die Rückseite eines Gemäldes geklebt worden, das ihr gehörte, einer Reproduktion von Fra Angelicos *Noli me tangere*.“

Roark drückte auf die Stopptaste und nahm ein Fax vom irischen National Central Bureau. Es war spät gekommen, wie immer, wenn man mit dem unterbesetzten Büro dieses Landes zu tun hatte. Er fand die Passage, die er gesucht hatte, und stellte das Gerät wieder an.

„Weiterer Hintergrund für Emily Schopenhauer … Emily Bernadette Adams wuchs im Kerngebiet des IRA-Konflikts auf. Sie war eines von mehreren Kindern eines Ehepaars im County Armagh, beide standhafte Republikaner. Eines Nachts kamen zwei Männer, die niemals dingfest gemacht werden konnten, in das Haus der Adams und schossen Emilys Eltern im Wohnzimmer vor den Kindern nieder. Das war 1981. Das Mädchen war elf. Die Kinder der Adams wurden in ein Waisenhaus gebracht, und später kamen Emily und ihr Bruder Nicholas bei einem Mann namens Murphy in Pflege. Nach einem Jahr starb Murphy. Emily kam in eine Klosterschule, die sie mit sechzehn verließ, um dann mehr oder weniger vom Radar zu verschwinden. Das nächste Mal tauchte sie, laut Angaben aus Dublin, in Genf an der Seite eines österreichischen Kunsthändlers namens Gorky auf, der vierzig Jahre älter war als sie.

Ein weiterer Vorfall ist noch erwähnenswert. Laut ihrer nun pensionierten Klassenlehrerin erschien eines Tages in der Klosterschule ein höherrangiges Mitglied der IRA. Er wollte mit Emily sprechen, was er auch durfte. Als dieser Mann wieder ging, machte er der Klassenlehrerin gegenüber eine seltsame Bemerkung, die verständlicherweise große Angst vor ihm hatte und sich an jedes Wort erinnert. Er fragte, ob die junge Emily gut im Sportunterricht war, da sie stark und wendig wirkte, sowohl geistig als auch physisch. Die Mutter Oberin bestätigte es. Das schien dem IRA-Mann zu gefallen. Dann schärfte er der Mutter Oberin ein, man möge sehr gut auf Emily aufpassen. Die junge Emily, sagte er, hätte der Bewegung einen großen Dienst erwiesen.

Nachdem dieser ungewöhnliche Besucher gegangen war, stellte die Mutter Oberin einige Nachforschungen an. Sie fand heraus, dass der Pflegevater des Mädchens, Murphy, nicht einfach so gestorben war. Man hatte ihn ermordet. Mit einem Messer in den Hals gestochen. Außerdem war der Pflegevater ein aktives – laut der Provos beschämend überaktives – Mitglied der IRA gewesen. Murphy hatte dem Republikanischen Führungskommando einige Probleme bereitet wegen seiner, selbst für die IRA, exzessiven Gewaltbereitschaft. Es stellte sich auch heraus, dass Murphy zehn Jahre zuvor wegen Kindesmissbrauchs angeklagt, aber nicht verurteilt worden war. Das mutmaßliche Opfer war seine eigene Tochter aus einer früheren Ehe gewesen. So ein Mann hatte Emily und ihren jüngeren Bruder Nicholas in Pflege nehmen dürfen …

Das irische National Central Bureau bestätigte, dass diese Person ein Vollstrecker der IRA war, Seamus Murphy. Auch bekannt als Mad Dog."

Roark schaltete den Rekorder aus. Und so einer, dachte er, durfte Pflegekinder aufnehmen. Hatte er jemanden bedroht, um dies zu erreichen? Angewidert warf Roark das Fax auf den Schreibtisch. Tatortfotos lagen ausgebreitet vor ihm. Sie zeigten die auf dem Sofa ausgestreckten, teilweise verwesten Leichen von Emily und Nicholas Murphy. Roark warf einen Blick auf die Bilder und sah gleich wieder weg. Es war nicht der Gestank gewesen, der ihn in dem Apartment so angewidert hatte. Es war der Anblick von Emilys schwarzem Haar mit den roten Akzenten, das ein Gesicht umrahmte, auf dem Fliegen herumkrochen und besonders die Augen besetzten. Der Fotograf hatte die Fliegen verscheucht, sie waren nicht auf den Fotos. Aber so schnell würden sie nicht aus Roarks Erinnerung verschwinden.

Roark stellte das Band wieder an, um die Ergebnisse der Kriminaltechnik und der Rechtsmedizin zusammenzufassen. Die Möglichkeit, dass Emily von ihrem Bruder im Rahmen eines Selbstmordpakts getötet worden war, konnte ausgeschlossen werden. Auf Emily war mit einer anderen Waffe geschossen worden als der, die neben den beiden gefunden worden war, und auch an einem anderen Ort. Ihr Blut hatte man im Treppenhaus gefunden. Nach der Bauchwunde hatte sie noch dreißig, vielleicht vierzig Minuten Zeit gehabt, bevor sie innerlich verblutet war. Sie war irgendwo in der Nähe des Apartments erschossen worden, aber nicht darin.

„Normalerweise", sagte Roark in das Gerät, „gehört automatisch der Ehepartner zu den Hauptverdächtigen. Aber Gabriel Schopenhauer hat ein Alibi. Er war in einem Restaurant mit einem Tommaso Zennetti essen. Vor der Bestellung verließ Schopenhauer die Lokalität und erschien laut dem Manager des Restaurants eine Stunde später mit Arthur Whyte. Schopenhauer sagte, dass er Whyte entgegengegangen sei, weil dieser seinen Wagen auf der anderen Seite des Flusses geparkt und sich dann verlaufen hätte. Diese Zeitangaben wurden durch Whyte und Tommaso Zennetti bestätigt. Natürlich hätten ihm sechzig Minuten gereicht, um seine Frau auf der Straße vor dem Haus ihres Bruders zu erschießen und zum Abendessen zurückzukehren. Es gibt jedoch keine Zeiten, keine Beweise und kein …“ Roark zögerte. „… kein Motiv.“

Etwas widerwillig drückte der Chief Inspector die Pausetaste. Seine Augen wanderten zu einer Plastikhülle, in der ein Handy lag. Er wusste, dass Savarin dies ein Motiv genannt hätte. Aber der Modus Operandi der Abteilung für Kunstraub war, sich streng an Fakten zu halten. Lass es oder leg's ab, sagte er zu sich. Er ließ die Pausetaste wieder los.

„Das Folgende ist als Fußnote gedacht, bei Interesse. Es ist zu nebensächlich und spekulativ, um als Beweis in diesen Mordfällen zu gelten.“

Roarks schelmischer Blick wurde undurchschaubar.

„Auf Nicholas Murphys Handy haben wir eine Sprachnachricht von seiner Schwester gefunden. Darin erwähnt sie den ‚Bambino‘. ‚Bambino‘ könnte sich auf ein Foto der Statue beziehen, das in Maximilian Schopenhauers E-Mail-Account gefunden wurde. Dieses Foto und neun Bilder von alten Meisterwerken waren Teil einer parallel laufenden Ermittlung – Querverweis zur Fallakte ‚Gemini‘. Eines dieser Bilder wurde entdeckt, aber gleich darauf als Fälschung identifiziert. Außerdem könnte die Statue in Wahrheit ein modernes Werk sein, das einmal in der kalifornischen Getty-Villa stand. Projekt ‚Gemini‘ wurde geschlossen und die Akte archiviert.

Trotzdem könnte Emily Schopenhauer, genau wie eine Weile lang die Abteilung für Kunstraub, davon überzeugt gewesen sein, dass Maximilian Schopenhauer im Besitz einiger wertvoller, verschollener Kunstwerke war – besonders der Statue. Ein solches Kunstwerk, sofern es sich tatsächlich um ein Original handelt, wäre Unsummen wert, wenn man es während der Amnestiezeit dem ‚Kultur für alle‘-Programm gemeldet hätte. Als Gabriel Schopenhauers Frau würde Emily Schopenhauer vom Erbe profitieren, das Maximilian seinem Enkel vermacht hat. Es ist vorstellbar, dass Maximilian Schopenhauer eine solche Situation mit allen Mitteln zu verhindern versucht hätte. Er hätte dafür gesorgt, dass ein solches Kunstwerk im Geheimen und ganz privat in den Besitz seines Enkels übergeht. Wir wissen – und das ist keine Spekulation – dass Emily Murphy vor achtzehn Jahren die Geliebte von Sidney Kitchener war, einem früheren Klienten von Maximilian Schopenhauer. Durch ihre Beziehung zu Kitchener könnte sie Gerüchte gehört haben, nach denen Schopenhauer ein solches Meisterwerk wie diese Statue besessen oder Zugriff darauf hatte. Außerdem war die Statue in der Getty-Villa, auf die weiter oben Bezug genommen wurde, offenbar eine Kopie, die Kitchener von diesem – mutmaßlichen – Meisterwerk hatte anfertigen lassen. Es ist auch vorstellbar, dass sie geplant hatte, Gabriel Schopenhauer zu heiraten und schließlich das Erbe zu beschleunigen, indem sie den Großvater ihres Ehemanns tötete.

Das oben genannte besteht aus einer langen Reihe hochgradig spekulativer Möglichkeiten. Würde man diese erhärten, was man nicht kann, hätte man ein glaubhaftes Motiv für Gabriel Schopenhauer, seine Frau zu töten. Wie jedoch oben aufgezeigt, muss dies als reine Spekulation betrachtet werden … Ende der Fußnote.“

Roark drückte die Austaste und stand erschöpft vom Schreibtisch auf. Lose Enden fand er ärgerlich. Aber wie alle Polizisten hatte er gelernt, damit zu leben. In jedem Fall war es nicht Interpols Hauptanliegen, den Mörder einer Frau zu finden, die selbst mit hoher Wahrscheinlichkeit durch ihre Beziehung zu Murphy mindestens Beihilfe zum Mord geleistet hatte. Dasselbe taktische Prinzip galt, wenn die Mafia einen ihrer eigenen Leute erschossen hatte. Man könnte es hier anwenden. Natürlich könnte man auch die Akte irgendwann später wieder öffnen …

Und in Roarks Kopf würde der Fall offen bleiben. Das wurde ihm, als er die Polizeistation verließ, auf eine Weise klar, die er sich nicht gewünscht hätte.

Roark wusste, er würde es noch lange Zeit bedauern, dass der letzte Anblick von Emily Bernadette Murphy Schopenhauer, geborene Adams, dem Waisenkind aus Belfast mit den ausdrucksvollen Augen und dem festen Handschlag, der vom Foto ihrer Leiche war.

Kapitel 37

Florenz – 28. August 2003

Gabriel stand auf der Lungarno Guicciardini am südlichen Ufer des Arno und stellte vorsichtig seinen Rucksack auf den Gehsteig. Auf der anderen Seite des Flusses glänzten die Ikonen von Florenz in der späten Sommerhitze: der *duomo* direkt gegenüber, die Signoria und die Uffizien zur Rechten. Gabriel ignorierte sie. Er sah über die Balustrade hinunter auf die verschlammten Steine, die das Flussufer zu seinen Füßen säumten. Dort würde er sein, dachte er, der Fuß der Brücke. Als die Worte in seinem Kopf klangen, blinzelte er. Er sah sich um, um sicherzugehen, dass er allein war.

„Brücke", sagte er laut, hielt inne, um dem Nachhall zu lauschen. „Meine Brücke."

Sein Blick beschrieb den schlanken Bogen, dem die Struktur in ihrer Bahn über den Fluss zum Nordufer folgen würde. Als sich das Bild in seinen Gedanken vervollständigt hatte, erinnerte er sich an die Unterhaltung vor drei Monaten, die zu all dem geführt hatte, und einen Moment lang konnte er gar nicht wirklich glauben, dass alles so schnell gegangen war.

„Tommaso, schau dir das an."

Gabriel war mit einigen Zeichnungen unter dem Arm in das Büro von Zennetti und Partner gekommen. Er rollte diese auf dem nächsten Zeichentisch aus und begrüßte den Ingenieur, als dieser den Gang hinunterkam.

„Hey, Gabriel", sagte Tommaso freundlich. Er setzte seine Lesebrille auf, die an einer Kette um seinen Hals hing, und lehnte sich über die Zeichnung. „Elegant. Ich mag die Statue in der Mitte. Ein bisschen zu eng allerdings, sogar für eine Fußgängerbrücke. Ein Universitätsprojekt? Noch bevor du angefangen hast?"

„Ich will den Entwurf der Stadt Florenz anbieten. Florenz braucht noch eine Brücke. Gute hundert Meter flussabwärts von der Santa Trinità."

Einen Tisch weiter sah ein junger Ingenieur auf und starrte ihn an.

„Sicher", sagte Tommaso.

„Und übrigens muss diese Brücke so schmal sein."

„Okay."

„Ich möchte, dass du mich zu den Leuten bringst, die das entscheiden können", sagte Gabriel.

Tommaso sah ihn über den Rand seiner Brille an. „Gabriel, ich stamme aus Florenz, und wir Florenzer lieben es, dummen Menschen einen Streich zu spielen. Deshalb würde ich dir wirklich gern helfen. Ich kenne die entsprechenden Leute: Es sind drei. Zwei Männer und eine Frau. Das Problem ist nur, dass sie nicht dumm sind, besonders die Frau nicht."

„Das ist kein Witz. Wenn sie die Brücke, meine Brücke, bauen, dann spende ich ihnen die Statue. Ich habe ein Versprechen gegeben, das ich halten will. Aber so können andere sie auch sehen. Aber immer nur einer nach dem anderen."

Tommaso hob beide Hände und nahm langsam die Brille ab.

„Welche Statue soll das sein?"

„Eine Statue, die auf eine Brücke gehört. Eine Brücke ist ein Ort zwischen Orten. Etwas, das verwandelt. Und diese Statue … Schau, hier auf dem Blatt!" Er zog eine detaillierte Zeichnung hervor. „Ich habe die Statue so platziert, dass immer nur einer davorstehen kann. Und ihr ins Gesicht sehen kann."

„Gabriel …"

„Die Statue ist von Michelangelo."

Bald würde ungefähr dort, wo er jetzt stand, ein Sicherheitszaun die Baustelle umgeben. Daran würde ein Schild hängen mit der Aufschrift: „Zennetti und Partner, Bauingenieure." Vielleicht sogar: „Entwurf: Gabriel Schopenhauer". Gabriel sah auf die Uhr. Der Zug nach Mailand fuhr in vierzig Minuten. Er hob den Rucksack hoch. Er spürte das Gewicht des Buchs darin, *Brücken der Welt*, und er konnte vor seinem geistigen Auge die Handschrift seines Großvaters auf dem Deckblatt sehen:

Für Gabriel

Von Lego zu wer weiß? Alles ist möglich. Tu's einfach.

Dein dich liebender Großvater

Er warf den Rucksack über eine Schulter und hob das Gesicht. In seinem Blick lag ein fragender Ausdruck, als er in den Himmel sah.

Nicht eine Wolke in Sicht.

Er lächelte und machte sich auf den Weg zum Bahnhof.

Der Autor

Richard Surface ist ein US-amerikanischer Thrillerautor.

Er wurde in Kansas geboren und wuchs als Sohn eines Universitätsprofessors mit vier Geschwistern auf. Er schloss zunächst seinen Bachelor in Mathematik und Kunstgeschichte ab, gefolgt von einem Master in Betriebswirtschaftslehre und arbeitete zuletzt als Geschäftsführer einer Versicherungsgesellschaft bevor er sich dem Schreiben zuwandte. In Deutschland erschien 2014 sein erster Thriller „Das Vermächtnis".

Durch seine Leidenschaft für abgelegene Winkel der Kunstgeschichte entdeckte er eine Studie, welche sich mit Kunstwerken befasst, die verschwunden sind, ohne Beweise dafür, dass sie zerstört wurden („Missing Masterpieces: Lost Works of Art 1450-1900", 2003, von Gert-Rudolf Flick (The British Art Journal, in association with Merrell)). Das rätselhafte Schicksal eines dieser Meisterwerke war der Anstoß zu seiner Idee für „Das Vermächtnis" – ein Kulturthriller, der im heutigen Deutschland, Italien und Österreich spielt. Zur Zeit arbeitet er intensiv an einigen Kurzgeschichten sowie seinem zweiten Thriller, der im selben Kosmos wie sein Debüt spielen wird.

Richard Surface ist verheiratet, Vater von drei Kindern und lebt abwechselnd in London, München und Los Angeles.

Das Kunstwerk, um das es in der Geschichte geht, existierte wirklich und ist vielleicht immer noch irgendwo da draußen. Eine in Flicks Werk ins Englische übersetzte Passage aus einem französischen Originaldokument von 1793, das von diesem Kunstwerk berichtet, findet sich hier ins Deutsche übertragen auf Seite 300.

Zoë Beck (Übersetzerin)

Zoë Beck, geboren 1975, lernte Klavier und studierte Literatur, arbeitete bei Theater, Film und Fernsehen. Heute ist sie als Autorin, TV-Synchronredakteurin und Übersetzerin tätig.

2010 erhielt sie den Friedrich-Glauser-Preis in der Sparte „Bester Kurzkrimi“. 2011 war sie wieder mit einem Kurzkrimi nominiert.

„Das zerbrochene Fenster“ wurde von der Jury der KrimiZEITBestenliste unter die zehn besten Kriminalromane im September 2012 gewählt, ebenso „Brixton Hill“ im Januar, Februar und März 2014.

Im September 2014 wurde sie mit dem Krimipreis von Radio Bremen ausgezeichnet.

WEITERE KRIMIS AUS DEM ACABUS|VERLAG

Heinz-Joachim Simon
Der Picassomörder
Huntinger und das Geheimnis
des Bösen

ISBN: 978-3-86282-097-9
268 Seiten
EUR 14,90
ACABUS Verlag Februar 2012

Heinz-Joachim Simon
Der Schrei der Zypressen
Ein Provence-Umwelt-Krimi

ISBN: 978-3-86282-286-7
248 Seiten
EUR 14,90
ACABUS Verlag August 2014

Michael Hetzner
Prager Requiem

ISBN: 978-3-86282-094-8
268 Seiten
EUR 13,90
ACABUS Verlag Februar 2012

Andreas Behm
Hamburg – Deine Morde
Der Spion ohne Vaterland
Harald Hansens 3. Fall

ISBN: 978-3-86282-195-2
356 Seiten
EUR 13,90
ACABUS Verlag Oktober 2012

Stella Michels
Hanseaten-Mord

ISBN: 978-3-86282-243-0
204 Seiten
EUR 11,90
ACABUS Verlag Oktober 2013

Angela L. Forster
Schuldlos tot
Ein Hamburg-Harburg-Krimi

ISBN: 978-3-86282-195-2
356 Seiten
EUR 13,90
ACABUS Verlag Oktober 2012